KNAUR

Von Pia Casell sind bereits folgende Titel erschienen:
Oliven zum Frühstück
Ein Sommer voller Salbeiduft

Über die Autorin:
Pia Casell ist Teilzeit-Weltenbummlerin, hat lange im Tourismus gearbeitet und liebt das mediterrane Flair über alles. Besonders angetan haben es ihr die noch ursprünglichen Orte abseits der ausgetrampelten Touristenpfade, wo Traditionen und Bräuche noch immer lebendig sind. Wenn immer möglich reist sie mit ihrer Familie durch die griechische Inselwelt oder nach Süditalien und sammelt unterwegs leidenschaftlich gerne Kochrezepte, lokale Keramik und besonders blumige Dialektausdrücke.

PIA CASELL

Sommer auf Sizilianisch

ROMAN

KNAUR

Besuchen Sie uns im Internet:
www.droemer-knaur.de

Papier | Fördert gute Waldnutzung
FSC® C014496

Originalausgabe April 2025

Ein Imprint der Verlagsgruppe
Droemer Knaur GmbH & Co. KG
Maria-Luiko-Straße 54, 80636 München

Redaktion: Birgit Förster
Dieses Werk wurde vermittelt durch die
Michael Meller Literary Agency GmbH, München.
Covergestaltung: ZERO Werbeagentur GmbH, München
Coverabbildung: Composing von ZERO Werbeagentur
unter Verwendung von Motiven von Shutterstock.com
Illustration im Innenteil von Sketch Master / Shutterstock.com
Satz und Layout: Adobe InDesign im Verlag
Druck und Bindung: GGP Media GmbH, Pößneck
ISBN 978-3-426-53063-4

Kontaktadresse nach
EU-Produktsicherheitsverordnung:
produktsicherheit@droemer-knaur.de

2 4 5 3 1

»Italien ohne Sizilien macht gar kein Bild in der Seele: hier ist erst der Schlüssel zu allem.«

Italienische Reise
Johann Wolfgang von Goethe

»SIZILIEN VERSTEHEN«

Als ich vor fast dreißig Jahren zum ersten Mal als Reiseleiterin nach Sizilien gekommen bin, war ich davon überzeugt, keinerlei Verständigungsproblemen zu begegnen. Schließlich kannte ich Italien und war stolz darauf, Italienisch zu sprechen.

Die Erkenntnis, dass Italien nun einmal nicht Sizilien und Italienisch auch nicht gleich Sizilianisch ist, ließ jedoch nicht lange auf sich warten.

Über die Frage, ob es sich dabei tatsächlich um eine eigenständige Sprache oder doch nur um einen Dialekt handelt, scheiden sich die akademischen Geister schon seit Langem.

Fragt man die Sizilianer, besteht meistens kein Zweifel: Sizilianisch ist neben dem offiziellen, im Alltag gebräuchlichen Italienisch eine eigene gelebte und gefühlte (Zweit-) Sprache. Ja, man könnte sie sogar als eine Identifikation bezeichnen, wobei deren Gebrauch natürlich maßgeblich vom gesellschaftlichen Kontext und Umfeld abhängt.

Nach anfänglichen Herausforderungen habe ich Sizilianisch inzwischen lieben gelernt, und das in all seinen regionalen Variationen und Eigenheiten. Es heißt nicht umsonst, dass die Sprache der Spiegel einer Kultur sei. Kaum etwas anderes verrät so viel über die Geschichte und die Mentalität einer Bevölkerung. Wie könnte ich also einen Roman über Sizilien schreiben, ohne hier und da ein paar typische Ausdrücke einzustreuen?

Zwar habe ich immer versucht, eine erklärende Übersetzung mit einzuflechten, für ein wirklich »umfassendes Erlebnis« der sizilianischen Sprache bedarf es aber einiger Erklärungen. So gibt es zum Beispiel ein paar Ausdrücke, die die Insel quasi versinnbildlichen und sogar auf dem italienischen Festland als typisch sizilianisch erkannt werden. Die Liste ist auch hier nicht abschließend:

Sì na camurrìa!: wahrscheinlich einer der bekanntesten Ausdrücke überhaupt. Übersetzt bedeutet er in etwa so viel wie »Du bist eine Plage« und wird oft und gerne von Eltern gegenüber ihren Sprösslingen angewendet. Alternativ kann damit auch eine besonders nervige Sache, also *una cosa camurriusa* beschrieben werden.

Amuninni oder auch *amunì*: auf Italienisch *andiamo,* also: »Gehen wir.« Nur kommt es im Sizilianischen sehr auf die entsprechende Betonung an. Je nachdem kann *amunì* dann auch »Ach, komm schon« bedeuten.

Matri! oder *Bedda matri!*: wörtlich übersetzt »Mutter« beziehungsweise »schöne Mutter«. Jetzt kommt aber der Trick mit der Aussprache. Im Dialekt der Region Palermo wie auch dem Großteil der Nordküste werden die Doppellaute dri/dra/dru oder tri/tra/tru nämlich ähnlich dem englischen »r« in *tree* oder *dry* ausgesprochen. So klingt das Wort *matri* somit fast wie »madschi« mit einer lang gezogenen ersten Silbe.

Nun lässt sich allein schon mit dem Ausruf *»Matri!«* je nach Betonung eine ganze Spannbreite an Emotionen von Überraschung und Staunen über Ungeduld, Erschrecken oder Verzweiflung bis hin zu Verärgerung ausdrücken.

Ruft jemand hingegen *»Bedda matri!«* (*Bedda* übrigens mit Betonung auf die erste Silbe), dann ist das quasi der Superlativ. Entweder möge uns in diesem Fall also der Himmel beistehen, weil das Unheil so grenzenlos ist, oder aber wir haben es mit einem Wunder zu tun. Sie sehen: kleines Wort, große Wirkung.

Wie fast alle Südländer sind auch die Sizilianer zudem Meister der nonverbalen Kommunikation. Ob mit Gesten, Blicken, der Mimik und dem wohl wichtigsten Ausdrucksmittel überhaupt, dem Zungenschnalzen. Oder wie ich es nenne: dem »Ntz«.

Dabei handelt es sich nicht um das übliche, dezente Schnalzen, sondern um einen lauten, absolut unmissverständlichen Ausdruck der Verneinung, der Missbilligung oder des Missfallens. Und Sie werden sehen, die Sizilianer lieben es zu »ntzen«.

Am Schluss des Buchs finden Sie eine Auflistung aller im Roman vorkommenden italienischen und sizilianischen Ausdrücke mit Übersetzung sowie ein Nachwort mit weiteren spannenden Details über die Insel.

Aber nun will ich Sie nicht noch länger mit Erklärungen aufhalten und wünsche Ihnen viel Spaß auf Sizilien

Ihre Pia Casell

KAPITEL 1

Von Reisbällchen, Ginsterbüschen, einem Kastell und einem oberdämlichen Huhn

Anfang Juli, an der Nordküste Siziliens

Die Morgensonne ließ den Himmel im tiefsten Blau erstrahlen, während sich die Berge und Hügel entlang der Küste Nordsiziliens wie die Schemen einer Fata Morgana aus dem Hitzedunst erhoben.

»Macht euch bereit, *ragazzi*«, plapperte die Moderatorin im Radio fröhlich daher und spielte im Hintergrund bereits die ersten Noten des Songs *Fresh* von *Kool & the Gang* ein. »Heute ist Scirocco-Wind und der bisher heißeste Tag des Jahres vorhergesagt. Sorgen wir also schon jetzt für Abkühlung.«

Helene Mechler drehte die Lautstärke des Autoradios auf und schlug mit den Fingern den Takt auf das Lenkrad. Packte das Steuer jedoch sogleich wieder mit beiden Händen, als ein Lastwagen sie so dicht links überholte, dass der Fahrtwind ihren Cinquecento zum Rütteln brachte.

»Idiot«, murmelte sie und warf einen kurzen Blick in den Rückspiegel.

Der silberne Punto ihrer Kollegin Anja war immer noch direkt hinter ihr. Sehr gut.

Anja und sie arbeiteten beide bei *Globo*, einem der bekanntesten Reise- und Kulturmagazine Deutschlands mit Sitz in Berlin. In dessen Auftrag waren sie vor fast genau zwei Stunden hier auf Sizilien gelandet und befanden sich nun auf der Autobahn von Palermo entlang der Nordküste in Richtung Messina.

Sie schaute kurz auf ihre Armbanduhr. 10:15 Uhr. Obwohl sie einige Zeit zwischen Baustellen und Autogetümmel auf der Umgehungsstraße von Palermo verloren hatten, hielt sich der Verkehr hier in Grenzen. Ausgezeichnet, sie waren perfekt im Zeitplan.

Das gab Helene sogar ab und zu die Gelegenheit, einen Blick auf die Umgebung zu erhaschen. Denn was für eine Aussicht! Zu ihrer Rechten wechselten sich schroffe Felsgrate mit üppigen Olivenhainen und sanften, ins Meer abfallenden Hügeln ab. Hübsche Ortschaften schmiegten sich linker Hand die ganze Küste entlang.

Diese sahen allerdings nicht aus wie die üblichen idyllischen Städtchen mit fotogenen, wie aus bunten Bauklötzchen zusammengeschachtelten Häusern, wie man sie vielleicht aus den Cinque Terre oder von der Amalfiküste kannte. Stattdessen schienen sich die Gebäude hier eher trotzig aneinanderzuklammern, um sich gegenseitig zu stützen. Die meisten Fassaden waren entweder in Beige oder ähnlichen Farbnuancen bis hin zu einem warmen Ockerton gehalten. In derselben Farbe wie die Erde auf den Feldern.

Manche der Häuser waren schmuck zurechtgemacht, andere erweckten einen alten, ja hier und da sogar heruntergekommenen Eindruck. Trotzdem strahlten sie eine Würde aus, als wären die von der Sonne verblichenen Stoffrollos der Balkone lediglich Teil eines sich perfekt ergänzenden Gesamtkunstwerks.

Zwar kannte Helene Italien, sie war oft genug als Kind mit ihren Eltern während des Sommerurlaubs kreuz und quer durch den ganzen Stiefel gefahren. Nie zuvor hatte sie jedoch eine so satte Farbenvielfalt der Landschaft gesehen. Angefangen von den Grauschattierungen der Granitfelsen über die von dunkelrosa bis hellgelb variierenden Blüten der Oleandersträucher bis hin zum saftigen Grün der Agaven und der Orangenbäume entlang der Hügelterrassen. Dazwischen reckten sich immer wieder felsige Landzungen weit ins azurblaue Meer hinaus.

Helene hatte eben die Ortschaft Altavilla Milicia passiert, als sie zum Überholen eines Lieferwagens ansetzte. Dabei fiel ihr Blick auf einen alten, eckigen Steinturm, der dort, von den Sonnenstrahlen beleuchtet weithin sichtbar, auf einem ins Meer ragenden Felsen thronte.

Das war schon die zweite Turmruine, die sie unterwegs entlang der Küste sah. Die erste war ihr unweit des Flughafens ins Auge gefallen. Was es mit diesen Ruinen wohl auf sich hatte?

Völlig in Gedanken versunken, zuckte sie zusammen, als auf einmal statt des Radios ein Klingelton über die Bluetooth-Freisprechanlage des Mietwagens schrillte und Anjas Name auf dem GPS-Display erschien.

»Ich brauche dringend eine Mindestdosis an Koffein, sonst garantiere ich für gar nichts mehr«, ertönte Anjas Stimme vom anderen Ende der Leitung her. »Sofern die Beschilderung von eben stimmt, gibt's ein paar Kilometer weiter eine Autobahnraststätte.«

Der Autogrill bei Caracoli Sud, Helene hatte das Schild ebenfalls gesehen.

Prompt hörte sie jedoch in Gedanken wieder die Stimme ihres Vaters während den Urlaubsfahrten. In dessen Weltbild stellten Autobahnraststätten schon seit jeher den Inbegriff eines gastronomischen Sakrilegs dar. »Autogrills sind dreckig und überteuert. Das Essen ist eine Beleidigung für jeden Geschmack, und das Personal ist außerdem unfreundlich«, hatte er immer behauptet. Und oft hatte er damit sogar recht gehabt.

Allerdings ... Der Kaffee während des Flugs heute Morgen war scheußlich gewesen, hatte nach Schweißfüßen gerochen und nach Salzwasser geschmeckt. Endlich einen richtigen Espresso zu trinken, war eine herrliche Vorstellung. Die nächste größere Ortschaft war Termini Imerese, die Ausfahrt war nur noch fünfhundert Meter entfernt. Dort war bestimmt eine Cafébar zu finden. Sie hatten zudem genügend Zeit.

Kurz entschlossen setzte Helene den Blinker. »Fahr mir nach.«

Als sie wenig später die *Bar del Vicolo* in Termini Imerese betraten, schlug ihnen der Duft von Kaffee und gegrilltem Brot zusammen mit einer Mauer aus auf Polartemperatur heruntergekühlter Luft entgegen.

Der Raum war erfüllt von den Stimmen der vielen Leute und dem lauten Klackern der Kaffeetassen auf dem Tresen. Im Hintergrund war das Gitarrensolo des Vasco-Rossi-Konzerts von vor ein paar Tagen in Palermo zu hören, dessen Aufzeichnung auf dem Großbildschirm an der Wand lief.

»Was möchtest du? Ich kümmere mich ums Frühstück, während du uns einen Tisch besorgst, okay?«, wandte Helene sich zu Anja um.

Diese warf einen Blick auf die Vitrine bei der Theke und hob hilflos die Augenbrauen. Tatsächlich war das Angebot riesig. Allein schon der Geruch ließ sämtliche Geschmacksnerven im Mund jubilieren und gleichzeitig die Leber aufstöhnen: kleine mit Schinken und Champignons belegte Pizzen. Mit Teig umrollte Würstchen. Dick belegte Brötchen, die auf dem Grill getoastet wurden. Gefüllte und mit

Sesamkörnern besprenkelte Teigfladen, aus deren Seiten geschmolzener Käse troff. Daneben lagen zwei ganze Reihen von Tabletts voll mit etwa faustgroßen, panierten und kross braun frittierten Reisbällchen. Wie konnte man um diese Uhrzeit so viel essen?

Schließlich schüttelte Anja den Kopf. »Egal was, Hauptsache, Kaffee.«

Die Kundschaft der Bar war bunt gemischt: Geschäftsleute in ihren perfekt sitzenden Anzügen und mit Sonnenbrillen – wie hielten die das bei dieser Hitze bloß aus? Daneben Bauarbeiter, die sich eine Pause gönnten, und Mütter mit laut quengelnden Kindern. Direkt neben Helene stand ein älteres Ehepaar, und am anderen Ende des Tresens erkannte sie zwei Beamte in der blauen Uniform der *Polizia Stradale.* Beide hielten je eines dieser Reisbällchen in der Hand und bissen genüsslich hinein.

Das mussten diese *Arancine* sein. Eine der bekanntesten sizilianischen Spezialitäten. Der Reis war gelb vom Safran und entweder mit Mozzarella, Erbsen und Bolognese-Soße oder nur mit Käse, Butter und Schinkenwürfeln gefüllt. Darüber und über die unzähligen anderen lokalen Köstlichkeiten hatte Helene während der vergangenen Wochen schon jeden Artikel, jedes Buch und jeden noch so winzigen Textschnipsel gelesen, den sie hatte finden können.

Wie üblich bezahlte sie zuerst an der Kasse und wollte schon mit der Quittung zum Tresen gehen, als der rechts von ihr stehende Geschäftsmann auf einmal irgendetwas Unverständliches in sein Handy bellte und dazu mit der freien Hand in der Luft herumzufuchteln begann.

Zwar schien sich sonst niemand daran zu stören, Helene machte jedoch sofort einen Schritt zurück. Nicht, dass er sie womöglich auch noch anschnauzte. Du liebe Güte, er redete so laut und so schnell und in einem Dialekt, der nach allem Möglichen klang, nur nicht nach Italienisch. Das hätte sie zumindest verstanden, sie sprach es sogar fließend.

Umso verblüffter war sie jedoch, als der Mann sie plötzlich mit einer ausladenden Geste anlächelte und noch immer mit dem Handy am Ohr, aber dafür im wohlklingendsten Italienisch sagte: *»Prego, dopo di Lei.«* – Bitte, nach Ihnen.

Bevor er es sich womöglich noch anders überlegte, trat Helene vor. Hinter sich hörte sie ihn erneut unbekümmert laut auf Sizilianisch weiterbrüllen.

Als sie kurz darauf ein Tablett mit je zwei Espresso, Wassergläsern und riesigen, mit Vanillecreme gefüllten Cornetti zu einem Tisch in der Ecke neben dem Ausgang trug, hatte Anja bereits ihr Notebook aufgeklappt. Auf dem Bildschirm war eine Google-Maps-Straßenkarte zu erkennen.

Sie sah auf, und ihr Gesicht begann zu strahlen. »Koffein. Meine Rettung.« Dennoch griff sie zuerst nach dem Cornetto, biss hinein und sank mit einem genüsslichen Grunzen gegen die Stuhllehne zurück. »Wow, das ist köstlich.« Vor lauter Wonne verdrehte sie die Augen. Puderzucker klebte ihr an Oberlippe, Nasenspitze und den Wangen, und das Kinn war mit Vanillecreme verschmiert, aber das schien ihr völlig egal zu sein.

Helene lachte. Doch Anja hatte recht, stellte sie nach ihrem ersten Bissen fest. Die Vanillecreme schmeckte göttlich – nicht zu süß, sondern genau richtig, und der Blätterteig war so zart, dass er einem fast im Mund zerging.

Und dann der Espresso … In der Tasse war gerade genug für zwei Schlückchen, ein echter Ristretto. Mit dem Zucker, den sie dazugegeben hatte, war daraus ein cremiger Genuss geworden. Man konnte sich über so manche italienische Sitte streiten. Auch darüber, dass Kaffee für die Italiener eine

Art Heiliger Gral war, mit dem man die Lebensgeister weckte, die Verdauung förderte, Gäste bewirtete, Freundschaften besiegelte und in Gedanken sogar den Weltfrieden zu retten vermochte. Im Moment war Helene sogar versucht, all das zu glauben, denn der Ristretto war köstlich.

»Übrigens … Fast hätte ich's vergessen«, sagte Anja nach einer Weile des kontemplativen Genießens mit vollem Mund. »Eben hat Sue angerufen. Sie und Holger sind gut in Trapani angekommen.«

Sofort setzte sich Helene auf ihrem Stuhl gerade hin. »So schnell schon?« Mit einer Papierserviette wischte sie sich die Finger sauber, bückte sich nach ihrer Tasche und zog das Notebook hervor.

Die Gedanken an Cornetto, Espresso und diesen unmöglichen sizilianischen Dialekt waren ruckzuck verflogen und machten stattdessen dem Fokus auf den eigentlichen Grund ihrer Reise nach Sizilien Platz. Denn sie alle vier – Anja, sie selbst sowie ihr Redaktionskollege Holger Petersen und die Fotografin Sue Hendricks – waren hier, um für die Artikel einer Sonderausgabe zu recherchieren.

Daran war im Grunde nichts Außergewöhnliches, über andere Länder zu schreiben, war Helenes Job. Ihr Traumjob sogar, für den sie bereits die halbe Welt bereist hatte.

Im Vergleich zu allen bisherigen Aufträgen war dieser hier jedoch anders. Dieses Mal trug sie nämlich die Verantwortung für die gesamte Koordination der Sonderedition. Das hieß, sie war die sogenannte Chefin vom Dienst, hatte nicht nur die Leitung des Journalistenteams, sondern überwachte und entschied auch über die redaktionelle Auswahl der Artikel. Eine Herausforderung, von der Helene bis vor einem halben Jahr nicht einmal zu träumen gewagt hatte, und zugleich ein entscheidender Wendepunkt in ihrer Karriere. Kurz gesagt: Es war die Chance ihres Lebens. Für die Helene eigentlich Feuer und Flamme sein sollte, was sie auch war. Wirklich, Ehrenwort. Würde Sizilien nicht zu Italien gehören und wäre genau diese Tatsache nicht der Grund für ihr Dilemma, weil …

Sie seufzte in Gedanken auf. Ach, es war verflixt kompliziert.

Ein Grund mehr, weshalb sie so eisern an ihrer PZZ-Regel festhielt: professionell, zielorientiert, zuverlässig. Ihr persönliches Motto und Mantra, schon seit Jahren.

Mit einem Klick rief sie ihre bis ins kleinste Detail ausgeklügelte Masterplanungsliste auf, von der aus sie über einen Direktlink die Storyline und somit die bisher gesammelten Artikelideen sowie die provisorische Seitenaufteilung, den sogenannten Seitenspiegel, aufrufen konnte.

Zugegeben, sowohl Storyline als auch Seitenspiegel bestanden im Moment noch aus sehr dürftig gefüllten Excel-Rastern. Aber genau deshalb waren sie nach Sizilien gekommen.

Sizilien – das kultur-kulinarische Erbe der Vergangenheit. So lautete der vorgegebene Titel der *Globo*-Sonderedition. Sie hatten genau einen Monat Zeit, um genügend Material zu sammeln und die über hundert geplanten Seiten mit spannenden Themen-Artikeln und Bildern zu füllen.

Ein weiterer Klick, und die geografische Übersichtskarte Siziliens erschien auf dem Bildschirm.

»Sue und Holger sind also schon angekommen. Ausgezeichnet.« Helene nickte zufrieden. Planung war das A und O jeder Rechercheréise. Besonders, wenn man es mit der größten Insel im Mittelmeer zu tun hatte.

Um die Arbeit möglichst effizient und flächendeckend zu gestalten, hatte Helene jedem der Journalisten im Team eine zu verantwortende Region zugeteilt: Holger war für den gesamten Westzipfel zwischen Palermo, Caltanissetta, Agrigento und Trapani zuständig. Anja würde den Südosten mit Siracusa und Catania bis landeinwärts nach Enna übernehmen und Helene schließlich den nordöstlichen Teil mit der Region rund um Taormina, Messina, Cefalù sowie den inländischen Gebirgsregionen der Madonien und Nebrodi. Sue, die Fotografin, hatte von allen vieren den Jackpot gewonnen und würde zwischen den drei Regionen hin- und herreisen, um für das Bildmaterial zu den Artikeln zu sorgen.

»Wann hast du deine ersten Termine?«, fragte sie Anja. Alle von ihnen waren auch für die Themenbeschaffung innerhalb des zugewiesenen Gebiets verantwortlich. Sie hatten dafür schon im Voraus zum Teil sehr ausführliche Onlinenachforschungen betrieben und Kontakte geknüpft. Ja, Themenrecherche war wie eine Art Detektivarbeit, nur ohne Täter und Mordopfer. Doch auch hier bargen die unauffälligsten Details oft die erstaunlichsten Geschichten und Hintergründe.

Anja klaubte ein paar Cornetto-Krümel vom Teller auf und runzelte konzentriert die Stirn, während sie ihren eigenen Bildschirm betrachtete. »Morgen um 10 Uhr treffe ich mich mit dem Verantwortlichen einer Schokoladenfabrikations-Kooperative in Modica«, erklärte sie. »Die Schokolade von Modica soll noch immer nach dem gleichen, von den Spaniern im 16. Jahrhundert aus Südamerika nach Europa gebrachten Verfahren hergestellt werden. In der Gegend rund um Ragusa gibt es zudem noch einige andere Spezialitäten, denen ich auf den Grund gehen will.« Sie scrollte durch ihre Notizen. »In der Ortschaft Scicli gibt es zum Beispiel eine Süßspeise namens *Testa di Turco,* die an eine

Schlacht gegen die Osmanen im 11. Jahrhundert erinnern soll und nur am Ehrentag der Lokalheiligen hergestellt wird. Daraus lässt sich womöglich ein spannendes Thema entwickeln.«

»Sehr gut.« Helene nickte erneut. Anja war eine hervorragende Journalistin, die es verstand, ihren Texten einen ganz eigenen Ton zu verleihen, ohne sie durch überschwängliche Beschreibungen zu beschweren. Ihre ruhige, besonnene Art war einnehmend, täuschte jedoch oft über ihren staubtrockenen Humor hinweg, mit dem Anja einen aus dem Hinterhalt überrumpelte. Außerdem sprach sie Italienisch. Ein weiterer Grund, weshalb Helene sie ins Team geholt hatte.

»Mein Ziel für heute Abend liegt hingegen im Hinterland von Cefalù, mitten im Madonien-Gebirge«, erklärte Helene nun ihrerseits. Sie schob sich die Brille auf der Nase zurecht, ehe sie den Blick zurück auf den Bildschirm richtete. »Die Ortschaft heißt Castelbuono. Scheint eine recht malerische Gegend zu sein und bekannt für die angeblich von den Byzantinern eingeführte Produktion von Manna.«

»Echt jetzt?« Anja riss die Augen auf. »Das biblische Manna?«

Helene schüttelte lachend den Kopf. »Nicht ganz so episch. Soweit ich gelesen habe, nennt man das Harz der Manna-Esche so. Es wird nur noch in Castelbuono und dessen Umland gewonnen. Jedenfalls gibt es dort auch eine Konditorei, die eine Art Manna-Panettone und Manna-Eiscreme herstellt.«

»Hm, das klingt le…«

Sie sahen beide auf, als von der anderen Seite des Raums auf einmal ein durch Mark und Bein fahrendes Kinderheulen ertönte, dem prompt das deftige Schimpfen einer sizilianischen Mutter folgte, während der Inhalt des zu Boden gefallenen Eisbechers langsam über die Terrakottafliesen rann. Sie waren offenbar alle ziemlich laut, diese Sizilianer.

»Ich bin jedenfalls gespannt«, nahm Helene die Ausführung wieder auf. »Der Bürgermeister von Castelbuono hat für morgen ein Treffen mit dem Inhaber der Konditorei für mich organisiert. Er war ganz begeistert, als ich ihm von einem möglichen Artikel in unserer Sonderausgabe erzählt habe. Ich bin heute Nachmittag mit ihm verabredet, um alles zu besprechen.« Und das war sogar noch untertrieben. Der Bürgermeister, ein gewisser Vincenzo Cusimano, hatte sich am Telefon schier überschlagen vor Enthusiasmus und ihr alle nur erdenkliche Unterstützung zugesichert.

Auf dem Parkplatz der Bar verabschiedete sich Helene wenig später von Anja. Sie hatten beide noch eine lange Fahrt vor sich, wobei sich ihre Wege beim nächsten Autobahndreieck trennen würden.

Anja hupte dreimal zum Abschied, ehe sie sich kurz darauf bei Buonfornello auf die rechte Fahrbahn in Richtung Catania einordnete.

Helene winkte ihr noch einmal kurz zu, dann sah sie den silbernen Punto der Kollegin auch schon um die Kurve biegen. Sie selbst folgte der Autobahn weiter entlang der Nordküste. Vorbei an Ortschaften wie Campofelice di Roccella und Cefalù.

Es war fast Mittag, als sie bei der Ausfahrt Pollina-Castelbuono von der Autobahn abzweigte. Von nun an war es einfach, der Beschilderung zu folgen, es schlängelte sich nur eine einzige Straße in Hunderten von Kurven hinauf in die Berge.

Mit jedem Kilometer, den sich Helene von der Küste entfernte, wurde die Vegetation dichter und grüner. Feigenkakteen und üppige Ginsterbüsche säumten die Straße. Saftige

Weiden, Macchia, Olivenhaine, Korkeichen- und Kiefernwälder überzogen abwechselnd die Hügel bis fast hinauf zu den Berggraten und schufen so ein Mosaik aus unzähligen Klecksen in allen möglichen Grünschattierungen.

Am faszinierendsten waren jedoch die Dörfer, die wie Tortendekoration an den Berggipfeln oder auf den Hügelgraten klebten. Manche waren klein, bestanden lediglich aus ein paar Häusern, andere hatten hingegen eine beachtliche Größe mit bestimmt mehreren Tausend Einwohnern.

Helene hatte zuvor schon einiges über die Madonien gelesen, die seit dem Jahr 1989 den Status eines Nationalparks hatten sowie seit über zwanzig Jahren als Geopark auch von der UNESCO anerkannt wurden. Die gesamte Region umfasste in etwa 40.000 Hektar mit insgesamt fünfzehn Gemeinden. Und obwohl die Fläche nur etwa zwei Prozent des sizilianischen Territoriums ausmachte, waren hier mehr als die Hälfte der gesamten Flora sowie alle auf der Insel vorkommenden Säugetiere vertreten.

Das Thermometer des Autos zeigte zweiunddreißig Grad Außentemperatur an. Trotzdem öffnete Helene das Fenster. Im ersten Moment fühlte es sich an, als hätte sie die Tür zu einem Backofen aufgestoßen. Heißer Scirocco-Wind wehte ihr ins Gesicht. Ihr brach der Schweiß aus allen Poren. Doch zugleich war da dieser Geruch. Würzig und dennoch frisch. Nach Kiefernnadeln, trockenem Gras und Heidekraut mit einem Hauch von Meersalz. Sie sog tief die Luft ein. Herrlich.

Und wie aus heiterem Himmel waren auf einmal wieder alte Kindheitserinnerungen da: der alljährliche Urlaub mit den Eltern in den Abruzzen. In dem kleinen, scheinbar von der Welt vergessenen Bergdörfchen Cocullo, das sich an den Südhang des Monte Catini schmiegte. Wo die Leute sie nicht Helene, sondern Elena nannten und wo die Eltern sie schon als Achtjährige bedenkenlos allein durchs Dorf streifen ließen, weil hier jeder jeden kannte und sich alle um alle kümmerten, wie man das eben in diesen kleinen Orten noch tat. An besonders heißen Sommertagen hatte die Luft dort ganz ähnlich gerochen. Helene hatte seit Jahren nicht mehr daran gedacht.

Sie lenkte das Auto um die nächste Kurve, und … »Wow!«

Vor ihr eröffnete sich die Sicht auf eine weite, von sanft aufsteigenden Bergen umgebene Talebene, in deren Mitte sich ein Städtchen an einen Hügelrücken schmiegte. Castelbuono – unverkennbar und genau wie auf den unzähligen Fotos abgebildet.

Die Gegend sei recht malerisch, hatte sie Anja gesagt. Sie würde sich eine neue, passendere Beschreibung einfallen lassen müssen, denn »malerisch« wurde dem hier wirklich kaum gerecht: Die fast perfekt symmetrisch verlaufenden Häuserreihen ließen den mittelalterlichen Grundriss noch immer erkennen. Zwei Kirchtürme überragten die restlichen Dächer. Ganz am nördlichen Ende des Orts jedoch thronte, von rundum zu sehen und im Sonnenlicht sandfarben leuchtend, das trutzige mittelalterliche Kastell. Auch davon hatte Helene gelesen. Die Festung war im Jahr 1317 auf Wunsch von Federico Ventimiglia, des Conte di Geraci und treuen Gefolgsmanns Königs Federico III. von Sizilien, erbaut worden.

Zwar herrschte auf dieser Strecke kaum Verkehr, doch auf einer so kurvenreichen Straße rechts heranzufahren, war trotzdem gegen jede Vorsicht und gesunden Menschenverstand. In Deutschland würde sie nicht einmal im Traum auf die Idee kommen. Aber die Journalistin in Helene konnte nicht anders. Dieses Licht, die Farben der Landschaft und der Häuser mit all ihren Schattierungen, dazu der wolkenlos blaue Himmel – diesen Anblick musste sie einfach festhalten. Sie war ohnehin viel zu früh dran, der Bürgermeister erwartete sie erst gegen 16 Uhr.

Kurzerhand schnappte sie sich ihre Fotokamera und stieg aus. Nur schnell ein paar Bilder schießen. Sie ließ sogar den Motor und das Autoradio laufen.

Mist, von ihrem Standpunkt aus verdeckten ihr die Büsche auf dem gegenüberliegenden Straßenrand die Sicht.

Ein kurzer Blick nach links und rechts, dann eilte sie über die Fahrbahn.

Sie spürte die Sonne auf der Haut, während sie sich durch die Zweige des Ginsterbuschs kämpfte. Aus dem Autoradio ertönte der bekannte Siebzigerjahre-Schlager von Massimo Ranieri *Se bruciasse la città.* Sogar die jüngere Generation der Italiener liebte diese alten Hits, erinnerte sich Helene. Jetzt gab das laute Zirpen der Grillen dem Lied sogar einen seltsam passenden Backgroundeffekt.

Endlich fand sie eine Stelle mit perfekter Sicht auf das Städtchen Castelbuono und das Kastell, drückte gleich mehrmals auf den Auslöser und wechselte immer wieder die Position.

Die Fotos waren gut gelungen. Sie würde sie heute Abend gleich auf den Server laden, damit Sue sie begutachten konnte.

Der Schweiß rann ihr über die Schläfen, als Helene wieder über die Straße eilte.

Was für eine Hitze. Rasch zurück ins Auto und die Klimaanlage auf die Höchststufe stellen.

Sie öffnete die Autotür und wandte sich zum Einsteigen, als genau im selben Moment hinter ihr ein lautes, lang gezogenes Hupen ertönte.

Vor Schreck stieß sie einen Schrei aus, ehe im nächsten Augenblick ein weißer Lieferwagen nur um Haaresbreite neben ihr vorbeibrauste und hinter der nächsten Kurve verschwand.

Es dauerte mehrere stockende Herzschläge lang, bis sich Helene erneut zu bewegen wagte. Rasch stieg sie ein und blieb einen Moment lang wie erstarrt sitzen.

Himmel, das war knapp gewesen.

Ihre Knie zitterten immer noch so heftig, dass sie den Motor dreimal abwürgte, bevor sie den Wagen endlich in Gang brachte. Während sie im Schneckentempo weiterfuhr, stand ihr der Schreckensmoment von eben noch immer vor Augen. Das Hupen, das ihr durch Mark und Bein gegangen war. Der weiße Lieferwagen. Ein kleiner Citroën-Van.

»Ich dämliches Huhn«, fluchte sie und schlug die flache Hand auf das Lenkrad. Denn natürlich hatte sie nicht daran gedacht, sich das Nummernschild zu merken, um den Vorfall auf der nächsten Polizeistation zu melden.

Doch schon im nächsten Atemzug verwarf sie den Gedanken wieder. Was sollte sie den Beamten denn erzählen? Etwa, dass sie selbst höchst fahrlässig gewesen war, weil sie das Auto dort am Straßenrand hatte stehen lassen, nur um ein paar Fotos zu machen? »Ich oberdämliches Huhn.«

Aber da war ein eigenartiger Schriftzug auf der Rückseite des Vans gewesen, erinnerte Helene sich. Ja, richtig. Zwar hatte sie den Namen nicht lesen können, jedoch zumindest einen Teil des Logos erkannt: Zweige mit feinen Blättern – eine stilisierte Baumkrone.

Und vor ihr säumten bereits die ersten Häuser von Castelbuono den Straßenrand.

KAPITEL 2

Der Unterschied zwischen kulinarischer DNA und einer Pizza-Schachtel

Vier Monate zuvor, in der Redaktion des Globo-*Magazins, an der Prenzlauer Allee in Berlin*

Der Märzmorgen war nass, trist und ungemütlich. Sogar der schlanke Turm der Immanuelkirche auf der gegenüberliegenden Straßenseite hatte sich hinter einem Mantel aus Schauerschwaden versteckt. Die Regentropfen prasselten laut gegen die Fensterscheiben des Sitzungszimmers. So laut, dass Helene sich anstrengen musste, um die Worte ihres dort am Tischende stehenden Vorgesetzten überhaupt verstehen zu können.

»Es soll der Auftakt zu einer mehrteiligen Sonderedition werden. Ganz im Zeichen der Bewahrung des europäischen Kulturerbes«, erklärte Jürgen Heck, der Chefredakteur des Kultur- und Reisemagazins *Globo*. Euphorie strahlte aus seinem Gesicht und ließ ihn einen Moment lang wie einen Teenager mit grau meliertem Stoppelbart und schütterem Haar wirken. Erst vor zwei Wochen hatten sie auf seinen sechzigsten Geburtstag angestoßen.

Es war Montagmorgen um 9:30 Uhr und damit Zeit für die allwöchentliche Redaktionssitzung. Dieses Mal war jedoch etwas anders als sonst, bemerkte Helene. Es waberte nicht, wie sonst üblich, die geschäftsmäßige Konzentration, sondern eine erwartungsvolle Spannung durch die Luft. Zusammen mit dem Geruch nach frisch aufgebrühtem Filterkaffee.

Sie ließ den Blick unauffällig über die Runde der Anwesenden gleiten. Ausnahmsweise saßen heute alle sechs Hausredakteure, die drei festen freien Mitarbeiter sowie die vier Fotojournalisten des Verlags am Tisch. Eine wahre Seltenheit, denn normalerweise war immer jemand von ihnen abwesend. Meistens auf Recherchereise irgendwo auf der Welt. *Globo* gehörte nicht umsonst zu den renommiertesten Reise- und Kulturzeitschriften auf dem Deutsch sprechenden Markt, das sich vor allem durch spannende und ausführlich recherchierte Foto- und Textreportagen auszeichnete. Es verging kaum ein Jahr, in dem nicht mindestens ein Artikel des Magazins für den Stern-Preis nominiert wurde und ihn nicht selten auch gewann.

Die Augen aller Anwesenden hingen nun aber an Jürgen, dem Chef. Der hatte die Sitzung bereits vor zwei Wochen mit dem Vermerk »Wichtigkeit: hoch« bekannt gegeben. In den vier Jahren, in denen Helene bereits bei *Globo* arbeitete, hatte er noch nie eine solche Ankündigung gemacht.

»Ein Mehrteiler? Es hat doch immer geheißen, die wären zu aufwendig in der Produktion und generierten zu wenig Umsatz.« Die Bemerkung kam von dem neben Helene sitzenden Mann. Sein Name war Holger Petersen. Er gehörte zu ihren langjährigen Journalisten-Kollegen.

»Das ist richtig. Normalerweise jedenfalls.« Jürgen nickte. »Außer wenn sich ein Auftrag von höherer Stelle anbietet, der zugleich für einen mächtigen Imagepush sorgt.« Sein Grinsen wurde noch breiter, und er drückte den Knopf auf der Fernbedienung in seiner Hand. Das leise Surren des Beamers ertönte, zugleich erschien ein Bild auf der Wand hinter Jürgen: die Europaflagge auf blauem Hintergrund, darunter der Hashtag #europeforculture. »Erinnert ihr euch noch an die Ausschreibung des Cultural Heritage Forums?«

Helene stutzte. »Die Expertengruppe der EU? Aber die Ausschreibung ist doch schon fast drei Jahre her.«

»Die internationalen Mühlen mahlen nun einmal langsam.« Jürgen zuckte die Schultern. Dann jedoch ließ er den Blick langsam und zufrieden von einem zum anderen wandern, während er erneut den Knopf der Fernbedienung drückte. Auf der Projektion hinter ihm erschienen sieben Titelseiten verschiedener Magazine. Helene erkannte das britische Magazin *Wanderlust* oder *Echappée Belle* aus Frankreich. Und auch eine Titelseite des *Globo*-Magazins. »Viel wichtiger ist hingegen ...«, nahm Jürgen seine Rede erneut auf, »... dass wir zusammen mit sieben anderen europäischen Kulturmagazinen den Zuschlag bekommen haben. Unser *Globo*-Magazin.« Unüberhörbarer Stolz schwang in seiner Stimme mit. »Wir sind somit Teil einer groß angelegten, von EU-Geldern gesponserten Kampagne und haben zugleich die Exklusivität auf dem gesamten Deutsch sprechenden Markt. Dit wird en janz dickes Ding, sach ick euch.«

»Wow.« Mehr brachte Helene nicht heraus. Wie alle anderen Kollegen brauchte sie einen Moment, um die Neuigkeit sickern zu lassen: eine von der Europäischen Union gesponserte, mehrteilige Sonderedition. Das war nicht nur eine Auszeichnung für *Globo,* sondern bedeutete zugleich europaweite Werbung und damit eine um ein Vielfaches erhöhte Auflage. Ein ganz dickes Ding, tatsächlich.

Damit die Produktion der üblichen Magazinausgaben trotzdem geregelt weiterlaufen konnte, würden sie sich in mehrere Rechercheteams, bestehend aus jeweils drei Journalisten und einem Fotografen, aufteilen, die abwechselnd nur für die Sondereditionen zuständig waren. »Jedes Team stellt eine Leitungsperson, die für die Koordination der Artikel sowie das Bildmaterial verantwortlich ist«, bestimmte Jürgen.

Sogleich begannen in Helenes Kopf die Gedanken zu rotieren, und ihre Finger trommelten auf den Rand des vor ihr liegenden E-Ink-Tablets.

Eine mehrteilige Sonderedition mit Fokus auf die Bewahrung des europäischen Kulturerbes. Das bedeutete geschätzt pro Ausgabe je ein bis zwei Hauptthemen mit vielleicht zehn dazugehörigen Artikeln. Und es gab eine schier unermessliche Anzahl von Ländern, Kulturen und Geschichten, über die man schreiben könnte.

Sie griff zum Eingabestift und begann, Ideen auf den Bildschirm zu kritzeln. Die Stichworte kamen wie von selbst, hörten gar nicht mehr auf zu sprudeln:

~ *Türkei: Osmanisches Reich, Konstantinopel, Tor zum Orient, internationaler Handel, Seidenstraße, Nordafrika*
~ *Spanien: arabische Invasion, Alhambra, Córdoba, Andalusien, Kastilien, Aragón, Reconquista, Habsburger …*

Bald schon war Helene ganz in ihre Notizen vertieft und bekam nur noch am Rande mit, worüber die anderen redeten.

So war es schon immer gewesen. Kulturen, Länder und Traditionen kennenzulernen und darüber zu schreiben … Dass das ihr Traumberuf werden würde, war ihr bereits klar gewesen, als sie im letzten Grundschuljahr einen Aufsatz über die Hopi, eine indigene Bevölkerungsgruppe in Arizona, geschrieben hatte. Seit jenem Tag hatte Helene während ihrer gesamten schulischen Laufbahn einzig und allein auf dieses Berufsziel hingearbeitet, den Bachelor in Medienkommunikation und Journalismus gemacht, um anschließend Berufserfahrungen zu sammeln. Erst bei verschiedenen Tageszeitungen, zwischendurch sogar bei einer Lifestyle-Zeitschrift, für die sie Reportagen und Kolumnen im Kulturteil schrieb. Das war zwar noch längst nicht das, was sie eigentlich wollte. Sie wollte Storys mit Gehalt und Tiefe schreiben. Über Themen, die den Lesern in Erinnerung blieben.

Solche zu finden, war allerdings nicht einfach, im Gegenteil. Viele eröffneten sich einem erst nach einer langwierigen Recherche, über andere stolperte man hingegen ganz zufällig. Doch die richtig guten Themen erkannte Helene inzwischen sofort. Wobei, es war kein Erkennen im eigentlichen Sinn, sondern vielmehr ein Gefühl. Ein Gespür – ja, fast eine Art Vorahnung, bei der sich ihr jedes Mal die Härchen im Nacken aufrichteten und ein warmes Kribbeln verursachten.

So arbeitete sie unermüdlich und mit verbissener Hartnäckigkeit weiter. Schrieb sich Tag und Nacht, Zeile um Zeile ihrem Ziel entgegen. Sehr zum Unverständnis ihrer Eltern.

Oh, die waren natürlich immer stolz auf sie gewesen, aber sie hatten den verbissenen Ehrgeiz ihrer Tochter nie so recht nachvollziehen können. Obwohl Mutter seit dem Beginn von Helenes Journalistenkarriere all ihre Artikel ausschnitt, um sie sorgfältig in Ordnern mit Sichtmäppchen aufzubewahren und dann bei jedem Verwandten- oder Bekanntenbesuch vorzuzeigen. Inzwischen war so eine ordentliche Sammlung zustande gekommen. Vor allem seit sie für das *Globo*-Magazin schrieb.

~ Griechenland: Wiege Europas, Antike, Seefahrermächte, Philosophie, Wissenschaften, Sparta, Troja, Odysseus, Byzantinisches Reich …

»Helene?«

Jemand stieß sie mit dem Ellenbogen an. »Helene!«

»Hm?« Gedankenversunken sah sie von ihrem Tablet auf. »Oh.« Und fühlte im selben Moment, wie ihr die Röte in die Wangen schoss, sobald sie die amüsierten Blicke von Jürgen und den übrigen Kollegen bemerkte. Sie fasste sich jedoch sogleich wieder und sagte in gekonnt professionellem Ton: »Ich habe inzwischen schon ein kleines Brainstorming zu möglichen Themen gemacht.«

Sogleich hörte sie Holger neben sich glucksen. »Hätte mich auch gewundert, wenn unser Helenchen bei so einer Gelegenheit nicht gleich die Griffel wetzen würde.« Er knuffte sie erneut kumpelhaft mit dem Ellenbogen. »Ich bin froh, dass wir uns nur auf Europa beschränken. Wenn's nach dir ginge, wäre bestimmt von einem möglichst unaussprechlichen Land in der hintersten Ecke der Welt die Rede, stimmt's?«

»Wie voriges Jahr«, rief eine Fotografin, die eigentlich Susanne hieß, jedoch von allen nur Sue genannt wurde. »Als du mich für eine Reportage über alte Steppenvölker in die Mongolei geschleppt hast.« Ihr Tonfall klang vorwurfsvoll, als sie fortfuhr: »Deinetwegen musste ich drei Wochen lang nur gegorene Stutenmilch trinken.« Doch ihr spitzbübisches Grinsen strafte ihre Worte Lügen. Die Tage im Terelj-Nationalpark und in Ulan-Bator waren fantastisch gewesen.

Helene schenkte den beiden ein zuckersüßes Lächeln als Antwort. Sie liebte Sue über alles. Zu deren Markenzeichen gehörte nicht nur ihr frecher, schlumpfblauer Kurzhaarbob, sondern vor allem der knallrote Lippenstift und der silberne Nasenring. Sie war außerdem eine der besten Fotografinnen, die Helene kannte. Absolut professionell und zuverlässig, und in ihren Bildern fing Sue Emotionen mit einer solchen Tiefe ein, dass sie dem Betrachter ihre ganz eigene Geschichte zu erzählen schienen.

Holger hingegen hatte sie damals als Allerersterster als neue Kollegin begrüßt, überall herumgeführt und ihr alles gezeigt, was – so hatte er damals erklärt – bei *Globo* überlebenswichtig war. Etwa, wie man den Drucker durch einen gezielten, aber wohldosierten Fußtritt gegen die Gehäuseecke unten links wieder zum Laufen brachte. Oder wo sie die Reservepackungen finden konnte, wenn der Kaffee alle war.

Er schrieb phänomenale Texte, scheute dabei keinen Aufwand und recherchierte zum Teil wochenlang für seine Artikel. Doch was seine Arbeitsweise anging, hatte Helene noch nie im Leben einen größeren Chaoten erlebt. Es war ihr sogar nach all den Jahren noch ein Rätsel, wie Holger inmitten des Gewühls aus lose herumliegenden Notizzetteln auf dem Tisch und mit dem vollständig von farbigen Post-its umklebten Bildschirm überhaupt arbeiten konnte.

Süffisant lächelnd sagte Helene an die beiden Kollegen gewandt: »Wie heißt es so schön? Der Weg ist das Ziel. Und das ist da, wo sich gute Storys finden.« Sie lehnte sich vor und streckte dabei den Zeigefinger hoch, als hätte sie eben einen bahnbrechenden Einfall gehabt. »Ich hab's! Was haltet ihr von einer Reportage über grönländische Fischerdörfer?«

»Oh Gott.« Sue verzog gespielt gequält die Miene, während alle anderen lachten.

»Gute Idee.« Sogar der Chef grinste. »Aber was ich eigentlich sagen wollte: Du wirst die Koordination des ersten Teams übernehmen, Helene.«

Sie stockte fassungslos. »Was? Ich?« Zugleich spürte sie, wie ihr Herzschlag vor lauter Aufregung aussetzte. Hatte sie richtig gehört? Sie als Koordinatorin des Journalistenteams einer Sonderedition? Das war nicht nur eine große Herausforderung, sondern zugleich ein unglaublicher Vertrauensbeweis. Jürgen hätte genauso gut sonst jemanden aus dem Team mit der Aufgabe betrauen können. Jemanden mit viel mehr Erfahrung. Jemanden wie Holger zum Beispiel.

»Ja, du«, erwiderte Jürgen und klopfte mit den Fingerknöcheln auf den Tisch. »Land und Titel der ersten Ausgabe stehen nämlich schon. Die Verlagsleitung hat sich dafür entschieden. Und du bist die ideale Besetzung dafür.«

Die Worte ließen Helene sogleich aufhorchen. Thema und Titel standen schon?

Und als hätte jemand den Startschuss gegeben, redeten mit einem Mal alle durcheinander. »Dann spann uns doch nicht länger auf die Folter.« – »Ja, nun sag schon.« – »Ich wette, es geht nach Skandinavien. Oder ins Baltikum.« – »Nee, oder? Den Norden hatten wir doch erst kürzlich schon.«

Aber Jürgen hob nur beschwichtigend die Hände und drückte dabei auf den Fernbedienungsknopf. An der Wand erschien ein neues Bild. Sofort herrschte wieder Ruhe im Raum, während alle angestrengt auf das Foto starrten: eine enge Straße zwischen mehrstöckigen Häusern, mit von roten und orangefarbenen Markisen überdachten Marktständen links und rechts. Die Tische der Stände waren über und über mit Waren gefüllt. Das Angebot reichte von Gemüse in allen Variationen und saftigen Früchten – Zitronen, Melonen, Aprikosen und Kirschen – über Fleisch, schier unendlich lange Wurstgirlanden und riesige Käselaibe bis hin zu Zubern voller Muscheln, Krebse, in Salz eingelegten Sardellen und Langusten. Ein Bild, so reich an Farben und Schattierungen, dass man beinahe die Süße der Erdbeeren riechen und das Geschrei der Verkäufer hören konnte.

Die Menge der Marktstände, das schmale Sträßchen, umringt von Schatten spendenden Häuserreihen – auf den ersten Blick schien es eine typische Szene, wie man sie auf einem arabischen Souk erleben würde. Wäre auf dem riesigen gelben Schild beim Früchtestand nicht in roten, gekringelten Lettern die Aufschrift auf Italienisch *Frutta e verdura* zu lesen gewesen. Obst und Gemüse.

Helene erkannte das Schild sofort. Sie schloss die Augen und stieß langsam den Atem aus. Italien. Bitte nicht Italien.

»Sizilien – das kultur-kulinarische Erbe der Vergangenheit«, rief Jürgen in die Runde und warf dazu den linken Arm in einer alles umfassenden Geste in die Luft, als wäre er der römische Kaiser Titus vor dem versammelten Volk im Kolosseum.

Und im selben Moment fühlte Helene, wie ihre anfängliche Euphorie mit einem Schlag auf den Nullpunkt sank.

»Ich hatte eigentlich erwartet, dass du Feuer und Flamme für den Auftrag sein würdest. Du bist doch Italienerin. Über das eigene Herkunftsland zu schreiben – einfacher geht es ja kaum.« Jürgen schüttelte verständnislos den Kopf, als sie wenig später in seinem Büro vor ihm saß.

Helene rutschte unbehaglich auf dem Stuhl hin und her. Sie konnte ihm die Verwunderung beim besten Willen nicht verübeln. Denn er hatte ja recht, und jede ihrer Erklärungen musste sich für ihn wie das gezierte Gehabe einer Primadonna anhören.

»Ich meinte nur … Spanien ist doch genauso spannend. Ich hätte dazu schon einige Ideen. Hier, schau mal«, sagte sie und hielt ihm ihre Notizen hin. Ein letzter, an den Haaren herbeigezogener Versuch.

Zugleich brüllte ihr ihr sonst so durch und durch vernünftiger Verstand im Geiste zu, was für eine unglaublich dämliche Pute sie doch war, eine solche Chance zu riskieren. Und das alles nur aus Gründen, die wahrscheinlich niemand außer ihr nachvollziehen konnte.

Aber Jürgen fegte den Einwand mit einem Händewedeln beiseite. »Weil es kaum eine andere Region Europas gibt, die das Thema besser verinnerlicht als Sizilien.« Er geriet geradezu ins Schwärmen. »Stell dir vor: Griechen, Phönizier, Römer, Karthager, Goten und Was-weiß-ich-wer-noch – sie alle haben die Insel im Laufe der Geschichte erobert und ihre Fußabdrücke hinterlassen. Was will man mehr an Kultur und noch dazu in einem einigermaßen überschaubaren Radius? Außerdem zieht Kulinarisches immer, egal von wo.«

Darauf wusste Helene beim besten Willen nichts zu erwidern. Wie gesagt, ihre Argumentation war ohnehin schon von Anfang an mehr als dürftig gewesen.

Jürgens Stimme nahm nun einen geschäftsmäßigen Tonfall an. »Nur, damit wir uns recht verstehen. Mich interessiert kein neues Rezept für Spaghetti Bolognese oder wie man Ravioli macht. Ich will das Besondere. Das Ursprüngliche, das sich bis heute bewahrt hat.« Er schnipste mit den Fingern. »Die kulturelle DNA der sizilianischen Küche, wenn dir das besser gefällt.«

»Okay, verstanden.« Eilig notierte sie ein paar Stichworte und gab sich damit zugleich geschlagen. Was blieb ihr auch anderes übrig?

Denn sie konnte sich noch so sehr um »Deutschheit« bemühen, ihren Vornamen noch so sehr verdeutschen und sich noch so sehr einreden, dass es normal war, nach der Scheidung den Nachnamen des Ex-Mannes zu behalten, weil der so unauffällig deutsch klang. Das alles änderte jedoch nichts an der Tatsache, dass ihre Eltern vor etwas mehr als vierzig Jahren aus einem kleinen Dorf in den italienischen Abruzzen als Gastarbeiter nach Deutschland gekommen waren. Ihr Geburtsname lautete nicht Helene Mechler, sondern Elena Buccitelli. Kurz: Ja, sie war eine waschechte Italienerin. Eigentlich. Und genau das machte ihr Leben alles andere als einfach.

»Na also!« Jürgen nickte zufrieden. Dann lehnte er sich auf einmal mit einem Ruck vor, und seine Stimme wurde ganz leise, als er sagte: »Da ist übrigens noch etwas. Ich wollte eigentlich noch nicht mit der Tür ins Haus fallen, aber vielleicht hilft es dir als zusätzlicher Ansporn. Ich habe mich dazu entschlossen, nächstes Jahr in Frührente zu gehen. Die Information an die Belegschaft geht morgen früh raus.«

Erschrocken starrte sie ihn an. Was sagte er da? Als ob es an diesem Morgen noch nicht genügend Neuigkeiten gegeben hätte. »Du in Frührente?« Sie schüttelte den Kopf. Ausgerechnet Jürgen? Er, der das Magazin zu dem gemacht hatte, was es heute war, und der kaum einen Tag ohne seine Arbeit aushielt? Aber vor allem: ein *Globo*-Magazin ohne ihn?

Er winkte augenzwinkernd ab. »Klingt seltsam, ich weiß. Aber ich freue mich darauf. Vielleicht kaufe ich ja ein Haus irgendwo am Meer. Warum nicht? Und was das Magazin angeht, so hat mich die Verlagsleitung um eine Auswahl an potenziellen Nachfolgern gebeten. Ich habe deinen Namen genannt.«

»Wie?« Sogleich fühlte Helene, wie sich ihr einen kleinen Moment lang der Kopf drehte. Sie stieß den Atem aus und umklammerte den Rand ihres Tablets fest mit beiden Händen, damit Jürgen auf keinen Fall bemerkte, wie sehr sie zitterte. Professionell wirken und Gelassenheit ausstrahlen, obwohl sie es kaum noch fertigbrachte, still zu sitzen.

Sie als Chefredakteurin. Das war eines ihrer beruflichen Ziele, von denen sie immer geträumt und auf die sie so hart hingearbeitet hatte. Auf einmal lag es direkt vor ihr, in Reichweite. Völlig unverhofft und so reizvoll wie eh und je. Und dafür bräuchte sie wirklich nur über ihren eigenen Schatten zu springen und eine Sonderausgabe über Sizilien zu produzieren? »Aber ich bin doch noch gar nicht so lange …«

»Komm jetzt nicht mit der Leier, du hättest nicht genügend Erfahrung, und solchem Blödsinn«, fiel Jürgen ihr ins Wort. »Du bist eine der besten Journalistinnen im Haus. Du arbeitest zielorientiert und strukturiert, hast Talent, Geschäftssinn und ein untrügliches Gespür für gute Storys.« Er unterstrich jedes Wort mit einem Nicken. Dann lehnte er sich vor und richtete einen eindringlichen Blick auf sie. »Genau deshalb will ich dich als Verantwortliche dieser Sonderausgabe haben. Das ist deine Chance, um auch der Verlagsleitung zu beweisen, dass du die richtige Kandidatin für die Position bist. Du kannst das, dessen bin ich mir absolut sicher.«

»Ich werde dich bestimmt nicht enttäuschen. Danke, Jürgen. Danke für alles«, beeilte sich Helene zu sagen und sprang auf. »Ich mach mich gleich an die Arbeit. Du bekommst die Namen meines Rechercheteams so schnell wie möglich.«

Sie wandte sich zum Gehen, in Gedanken bereits mitten in den Vorbereitungen. Die erste Ausgabe sollte im Frühling des nächsten Jahres erscheinen, hatte Jürgen noch vorhin im Sitzungszimmer erklärt. Es blieben ihr also mindestens elf Monate für Konzeption, Planung, Recherche und Bildbeschaffung sowie das Schreiben der Artikel für die vorgesehenen hundertsechzehn Magazinseiten. Das klang nach viel Zeit, doch Helene wusste, wie schnell die Wochen mit der Arbeit an einem neuen Projekt vorbeirasten.

Die Entscheidung der Teammitglieder war rasch gefällt: die Fotografin Sue, Holger und Anja, eine freie Journalistin.

Mit ihr zusammen hatte Helene bereits vor knapp zwei Jahren an einem Artikel über die ethnische Vielfalt der Bevölkerung Sumatras gearbeitet.

Als unerwartet viel schwieriger erwies sich jedoch die Recherche nach den Inhaltsthemen, in die sich Helene zusammen mit ihrem Team während der folgenden Tage stürzte. Streng ihrer PZZ-Regel folgend: professionell, zielorientiert und zuverlässig. Und ohne sich von irgendwelchen Emotionen aus dem Konzept bringen zu lassen. So war Helenes Plan.

Sie nutzten die zweieinhalb Meter lange Pinnwand im Sitzungszimmer als zentralen Ideensammelort. In deren Mitte hatte sie eine Landkarte Siziliens aufgehängt. Innerhalb kürzester Zeit war jedoch nahezu jeder freie Fleck rundum mit gesammeltem Recherchematerial bestückt. Da waren unter anderem Bilder von mit weißem Marzipan überzogenen und mit kandierten Früchten dekorierten Torten, unzähligen Kekssorten, kleinen, mit Käse und Tomaten gefüllten Teigtaschen oder Tellern voller Teigwaren in allen möglichen Formen und Zubereitungsarten. Dazwischen hingen handgeschriebene Notizzettel und ausgedruckte Artikel mit Überschriften wie *Die Küche Siziliens – ein aromatischer Mix der Kulturen* oder *Die jahrtausendealte Gastronomiekultur Siziliens.*

»Ich weiß nicht«, meinte Holger nachdenklich, während sie alle vier am folgenden Freitag vor der Pinnwand standen. »Irgendwie wirkt das Ganze wie eine Rezeptsammlung aus einem x-beliebigen mediterranen Kochbuch.«

Sue nickte. »Fehlt nur noch ein lachender Koch mittendrin, dann haben wir das perfekte Bild für eine Pizza-Schachtel.«

Helene musste ihnen zustimmen. Die Themensammlung war fade. Langweilig. Lieblos. Ohne das gewisse Etwas.

Nichts, was man nicht auch in jedem beliebigen Taschenreiseführer finden konnte.

Mit einem tiefen Seufzer sagte sie schließlich: »Es ist schon spät, machen wir übers Wochenende Pause. Am Montag sehen wir bestimmt klarer.« Das hoffte sie zumindest.

Nachdem sich die anderen längst verabschiedet hatten, stand Helene noch immer allein und in Gedanken verloren vor der Pinnwand.

Kein Zweifel, sie mussten tiefer graben. Das Besondere finden. Den roten Faden. Oder wie hatte Jürgen es genannt? Die DNA der sizilianischen Küche.

Nur ... Wo suchte man die, wenn man vor lauter Zutaten das Rezept nicht mehr sehen konnte?

Und mit derselben Frage schlichen sich auch schon die ersten Zweifel heran.

Was, wenn sie keine spannenden Themen fanden?

Vielleicht hatte sich Jürgen doch in ihr getäuscht, und sie war noch nicht so weit.

»Blödsinn.« Energisch schüttelte Helene den Kopf, trat vor die Pinnwand und nahm sämtliche gesammelten Bilder ab. Schnell weg damit, die versperrten nur den Blick auf neue Ideen.

Dann starrte sie auf die übrig gebliebene Landkarte Siziliens. »Ich weiß zwar noch nicht, wie, aber ich werde deinen verflixten DNA-Code knacken, das schwöre ich dir.« Und wenn es das Allerletzte war, was sie in ihrer Journalistenkarriere tat, jawohl.

Der Gedanke hallte noch immer in ihrem Kopf nach, als Helene an jenem Abend im Innenhof des fünfstöckigen Wohnhauses in Wilmersdorf stand. Das allwöchentliche gemeinsame Abendessen gehörte zu den sakrosankten und unantastbaren Familientraditionen im Hause Buccitelli.

Sie blickte die Altbaufassade hinauf. Dort, in der Wohnung im obersten Stock, wo auf dem Balkon ein Grill und drei Rattanstühle um einen rechteckigen Tisch und eine Topfpalme herum standen, wohnten ihre Eltern: Ennio und Carla Buccitelli-Colarossi.

Sobald sie die Wohnung betrat, dröhnte ihr die Stimme eines Talkshow-Moderators aus dem Fernseher entgegen. Und wie immer war es, als ob sie in einen ganz eigenen, vertrauten Mikrokosmos eintauchte. Wo die Bodenfliesen so blitzblank waren, dass man fast fürchtete, darauf auszurutschen, und wo das Funkeln des Kristallkronleuchters über dem Esstisch im offenen Wohnzimmer einen blendete. Mit der Kommode und dem Vitrinenschrank aus Mahagoni – beides Erbstücke und Mutters ganzer Stolz –, wo polierte Silberteller, Silbertassen, Silberbestecke, Silberkaraffen, Silberfigürchen sowie mehrere Kerzenständer – natürlich aus Silber – zur Bewunderung ausgestellt waren. Wo stets der unverwechselbare Geruch nach Olivenöl, Knoblauch und Möbelpolitur in der Luft hing. Wo der Fernseher lediglich eine reine Hintergrundgeräuschkulisse darstellte und den ganzen Tag über lief, obwohl ihn kein Mensch beachtete.

Einen Moment lang blieb Helene stehen und atmete tief ein. Im selben Augenblick fühlte sie, wie die Anspannung der vergangenen Tage langsam nachließ. Hier, in dieser Vierzimmer-Altbauwohnung, war sie aufgewachsen und hatte mit ihren Eltern zusammengelebt, bis zu ihrer Hochzeit mit Thomas vor sieben Jahren. In dieser kleinen, heilen Welt, in der sie plötzlich nicht mehr Helene war, sondern wieder zu Elena wurde, sobald sie die Tür hinter sich schloss.

Ihre Familie war nie vermögend gewesen, irgendwie hatten die Eltern es jedoch geschafft, die Wohnung zu kaufen. Solange sie denken konnte, schuftete Vater unermüdlich in seiner Autowerkstatt, wobei der Ertrag oft mehr schlecht als recht war. Um das Familieneinkommen aufzubessern, nähte Mutter Vorhänge auf Bestellung. Beide hatten sie im Laufe der Jahrzehnte all ihre Mühe und Arbeit in diese vier Wände gesteckt. Für sich und ihre Tochter. Umso stolzer waren sie auf jeden einzelnen silbernen Kaffeelöffel.

Der laute Applaus aus dem Fernseher ließ Elena aufblicken, und sie schüttelte lächelnd den Kopf. Natürlich war auch jetzt niemand sonst im Wohnzimmer. Stattdessen hörte sie das Klappern von Pfannen aus der Küche.

»Ciao mamma«, rief sie, sobald sie die Küche betrat und ihre Mutter dort am Herd stehen sah.

Das Gesicht der Älteren leuchtete freudig auf. *»Amore mio, bella!«* Sogleich legte sie den Holzlöffel quer über die offene Pfanne, in der die Tomatensoße blubberte. Sich die Hände an der Schürze abtrocknend, kam sie auf ihre Tochter zu, nahm ihr Gesicht zwischen beide Hände und gab ihr einen herzhaften Kuss auf die Wange. »Da bist du ja endlich.« Ja, mit ihrem hellbraunen Haar im Pagenschnitt und der schlanken Gestalt mochte man Carla Buccitelli, geborene Colarossi, vielleicht nicht auf den ersten Blick als Südländerin erkennen. Spätestens der überschwängliche Tonfall ihrer Stimme und die Gestik ließen jedoch nicht mehr den kleinsten Zweifel an ihrer Herkunft aufkommen.

Ihre Wangen waren leicht feucht von Schweiß und Küchendampf, trotzdem schloss Elena sie fest in die Arme, sog dabei den vertrauten Duft nach Lavendel und Nachhausekommen ein. »Was gibt's heute Leckeres?«, fragte sie dann. Ihr Blick fiel dabei auf die mit Mehl bestäubte Holzplatte auf dem Küchentisch, auf der ein rechteckiges, dünn ausgerolltes Teigstück lag. Daneben erkannte sie den einfachen, länglichen Holzrahmen, auf dem eine Reihe von feinen

Metalldrähten gespannt waren. Ein Utensil, das in keiner abruzzischen Küche fehlte. Wegen der gespannten Drähte nannte man es entweder *la chitarra* oder im Dialekt *lu maccherunare*.

»*Tonnarelli con pallottine cacio e ova*«, antwortete Mama schmunzelnd.

»Mmmh.« Schon lief Elena das Wasser im Mund zusammen. Sie liebte hausgemachte Pasta. *Tonnarelli* – so wurden die dünnen Nudeln genannt, die nicht wie Spaghetti einen runden, sondern einen quadratischen Querschnitt hatten. Ihre Form bekamen sie, indem das ausgerollte Teigstück sorgfältig durch die Metalldrähte gepresst wurde. Die *pallottine* waren hingegen kleine Bällchen aus Rigatinokäse und Ei in einer würzigen Tomatensoße. Ein typisches Gericht aus den Abruzzen – simpel, aber köstlich.

Dabei wusste sie eigentlich kaum etwas über die Spezialitäten der Abruzzen, überlegte Elena, während sie neben ihrer Mutter stand und den Teig zu Rechtecken ausrollte. Wie es sich gehörte, hatte Mama zwar immer versucht, ihr die alten Familienrezepte beizubringen. Zu viel mehr als einer einigermaßen akzeptablen Tomatensoße hatte es Elena jedoch nie gebracht. Nicht, weil sie die traditionelle Küche ihrer Heimat nicht mochte, ganz im Gegenteil. Der Grund dafür, dass sie selten bis nie italienisch kochte, lag ganz woanders.

»Hier, koste.« Gnadenlos hielt Mama ihr einen Löffel mit Tomatensoße hin.

Sofort schwebte Elena der würzige Geruch von Tomaten, Sellerie und Zwiebeln entgegen. Sie blies auf die noch heiße Soße, spitzte vorsichtig die Lippen. Ein warmer, vertrauter Geschmack erfüllte ihren Mund. Sie schloss die Augen und seufzte vor Genuss.

Mama nickte zufrieden. »Und zum Nachtisch habe ich *Bocconotti* gebacken. Die magst du doch auch so gerne.«

Oh, und wie Elena diese kleinen Kuchen mochte, deren Form amerikanischen Muffins ähnelte. Nur waren sie aus Mürbeteig gefertigt und hatten eine köstliche Füllung aus Kaffee und Schokolade.

Sie kam nicht um ein Lächeln umhin, als sie sich erinnerte. »Weißt du noch? Als kleines Kind konnte ich den Namen nicht richtig aussprechen.«

Mama gluckste. »Du hast immer ›*Boccococchi*‹ gesagt. Dein Großvater hat dich deshalb nur noch *Boccolina* genannt.«

Nonno Tommaso – richtig, auch an ihn erinnerte sich Elena noch sehr gut. Er war ihr Großvater mütterlicherseits gewesen. Jener drahtige und vom Alter und einem Leben voller Feldarbeit gekrümmte Mann mit dem gutmütigsten Gesicht, das sie je gesehen hatte.

Zu ihrem eigenen Erstaunen fühlte sie leise Wehmut in sich aufsteigen. Von allen Verwandten war Nonno Tommaso ihr absoluter Liebling gewesen. Es hatte für sie kaum etwas Schöneres gegeben, als auf seinen Knien zu sitzen, während er ihr abruzzische Volkslieder vorsang.

Und als sie alt genug gewesen war, hatte er ihr das Kartenspielen beigebracht. Heimlich natürlich, damit vor allem Elenas Mutter nichts davon bemerkte, die hätte ihm dafür ordentlich die Leviten gelesen.

Elenas Lieblingsspiel war *Scopa*. Mit den Jahren wurde sie sogar richtig gut darin: Sie schaffte es problemlos, sich die bereits ausgespielten Karten zu merken und dies taktisch zu nutzen. Als sie nach einem Familienessen an einem Samstagabend mit gerade mal dreizehn Jahren sämtliche Onkel und Cousins in einem mehrstündigen *Scopa*-Spiel schlug, hielt Mama sie für ein Naturtalent, und Nonno zerplatzte schier vor Stolz auf seine *Boccolina*. Unglaublich, wie viel Zeit seither vergangen war.

»Woher kommt denn eigentlich der Name *Bocconotti?*«, fragte Elena, einer plötzlichen Eingebung folgend.

Mama hielt einen Moment lang sinnierend inne. »Wenn ich mich recht erinnere, habe ich jemanden sagen hören, die Köchin eines reichen Haushalts in Chieti habe das Gebäck erfunden. Irgendwann gegen Ende des 17. Jahrhunderts«, erklärte sie dann und rührte in der Tomatensoße. »Deren Herr sei ein großer Liebhaber von Kaffee und Schokolade gewesen – beides damals noch sehr exotische Zutaten, die gerade in der Region bekannt geworden waren. Das Gebäck sollte die Form eines Kaffeetässchens haben. Damit sich die Füllung aus flüssiger Schokolade und Kaffee während des Backens jedoch verdickt, ist sie auf die Idee gekommen, gemahlene Mandeln beizufügen und das Ganze mit einer Mürbeteigschicht zuzudecken. Und da man es in einem einzigen Happen essen kann, hat sie es *Bocconotto* genannt. … Nanu, wo willst du denn auf einmal hin?«

»Ich muss kurz telefonieren.« Noch während sie aus der Küche eilte, wählte Elena Holgers Nummer.

Es schien eine Ewigkeit zu dauern, bis er endlich antwortete: »Helene? Hi, was ist denn los?«

»Ich weiß endlich, wonach wir suchen müssen …«

KAPITEL 3

Der, der Geschmack denken kann

Anfang Juli, im Büro des Bürgermeisters von Castelbuono, Sizilien

Gaetano Cusimano war fassungslos.

Er starrte seinen Vater an, der dort, gewappnet mit der Trikolore auf der einen, der Flagge Siziliens auf der anderen Seite sowie dem burgunderroten Gemeindebanner Castelbuonos an der Wand hinter ihm an seinem Bürgermeistertisch saß und ihn mit einer zufriedenen Miene bedachte. Aus dem Vorraum des Büros war das Klackern von geschäftigen Fingern auf einer Computertastatur zu hören. Vaters Sekretärin.

»Wie bitte? Ich soll morgen *was* tun?«, fragte er erneut, eisern um innere Ruhe bemüht. Er musste sich verhört haben. Entweder das, oder es handelte sich mal wieder um einen von Papàs schlechten Witzen.

Doch Vater verwarf die Fragen mit einem Handwedeln und seufzte: »*Bedda matri,* nun stell dich nicht so an. Du hast mich ganz genau verstanden.« Er fuhr auf die Beine, hob die Achseln und legte beide Hände mit den Handflächen nach oben nebeneinander. »Das hier ist eine einmalige Gelegenheit. Stell dir vor, jeder wird über Castelbuono lesen können. Wir werden international in aller Munde sein. Das ist kostenlose Werbung. Und sogar von der EU gefördert, ohne dass es die Stadtkasse auch nur einen Cent kostet«, erklärte er in einem so dramatisch klingenden Tonfall, als würde er seinem Sohn die Zehn Gebote darlegen. »Dafür wirst du doch wohl einmal über deinen Schatten springen und deinen Dickschädel vergessen können.«

Dickschädel? Ha, das sagte genau der Richtige.

Gaetano stieß abfällig die Luft aus und verschränkte die Arme vor der Brust. »Sieh an. Dann werde ich also auf einmal deinen Ansprüchen doch noch gerecht, he? Ausgerechnet ich, der *pasticciere* – oder wie sagst du immer so schön: der Zuckerbäcker.« Trotz allem Ärger konnte er sich eine gewisse Schadenfreude nicht verkneifen. Denn normalerweise ließ sich Pà kaum eine Gelegenheit entgehen, um seine Enttäuschung über seinen rebellischen Jüngsten in alle Welt hinauszuposaunen. Heute Morgen hatte er ihn jedoch angerufen, während er, Gaetano, gerade mit der Lieferung an einen Kunden im Nachbarort Isnello beschäftigt gewesen war. Er müsse umgehend ins Rathaus kommen, hatte die Order geheißen, denn es gehe um eine Sache von äußerster Dringlichkeit.

Prompt schüttelte Vater entrüstet den Kopf. »Das hat doch damit jetzt rein gar nichts zu tun. Hier geht es um etwas viel Wichtigeres.«

»Klar. Darum, dass du dich profilieren willst, weil bald wieder Amtswahlen anstehen«, blaffte Gaetano zurück und schnalzte mit der Zunge.

Mit leiser Genugtuung sah er, wie sich die Wangen seines Gegenübers blähten und die Ader dort beim Haaransatz an der Stirn hervortrat. Wie sie es immer tat, wenn Vater wütend wurde.

»Das ist doch …« Der Ältere schnaubte, schien sich jedoch gerade noch rechtzeitig seiner Stellung als *sindaco* – als Bürgermeister – zu erinnern und daran, wie ungut es sich machen würde, wenn er seinem Sohn hier in der Öffentlichkeit den Kopf abriss.

Stattdessen holte er tief Atem und erwiderte mit mühsam beherrschter Stimme: »Was ich tue, tue ich einzig zum Wohl der Bürger Castelbuonos. Dazu gehört auch, dass ich diese deutsche Journalistin heute Nachmittag empfange und dafür sorge, dass sie unsere Stadt von ihrer schönsten und gastfreundlichsten Seite kennenlernt.«

Mit einem Mal wurde seine Stimme leiser, eindringlicher, und sein Blick bohrte sich in Gaetanos. »Sie kommt eigens hierher, um unter anderem über die hiesige Manna-Produktion zu schreiben. Du und dein Cousin, ihr rühmt euch doch ständig wegen eurer Eiscreme, euren *Torroncini* und dem Panettone aus Manna.« Er senkte den Kopf wie ein Stier, der die Hörner zum Angriff reckte. »Also wirst du dieser Helene Mechler gefälligst so viel Zeit widmen, wie sie für ihre Recherche benötigt.« Seine Augenbrauen zuckten in die Höhe – ganz kurz nur. »Wenn ich mich außerdem recht erinnere, steht die Erneuerung der Gewerbelizenz für das *Il Frassino* an. Es wäre doch zu schade, wenn die nicht genehmigt würde, nicht wahr?«

Die Klimaanlage oben an der Wand fauchte. Es war angenehm kühl im Raum, doch Gaetano fühlte, wie ihm heiße Wut die Kehle zuschnürte.

Das war einmal mehr typisch. Wie immer ließ Vater alle nach seiner Pfeife tanzen. Vor allem ihn. Und das nur, weil sich Gaetano lieber seinen Traum erfüllt und zusammen mit seinem Cousin Rosario eine Pasticceria und Gelateria übernommen hatte, statt Politikwissenschaft zu studieren. Letzteres wäre Papàs Wunsch für seine beiden Söhne gewesen. Ginge es nämlich nach ihm, konnte es nicht genug Studierte in der Familie geben. Immerhin war Gaetanos älterer Bruder dem Wunsch nachgekommen und arbeitete jetzt als

Berater und Mediensprecher der *Assemblea Regionale Siciliana,* dem Parlament der autonomen Region Siziliens. Zu Vaters hellem Verzücken verstand sich.

»Ich habe keine Zeit, um Babysitter für irgendwelche deutschen Journalistinnen zu spielen. Wie auch? Ich kann kein Deutsch«, knurrte Gaetano zurück.

Doch Vater fuhr ungerührt fort, als hätte er nichts gehört. »Sie spricht ausgezeichnet Italienisch. Ich hole sie also morgen im Hotel ab und bringe sie in die Pasticceria. Punkt 9:30 Uhr. Hier ist das Programm für die nächsten Tage. Es ist alles schon mit Signora Mechler abgesprochen.« Damit streckte er ihm über den Tisch einen Schrieb entgegen.

»Für die nächsten Tage?« Gaetanos Stimme wurde lauter. »Was soll das, Pà? Ich bin weder dein Angestellter noch ein Reiseleiter. Ich habe ein eigenes Geschäft und kann nicht einfach …«

»Um euren Laden kann sich inzwischen Rosario kümmern. Du solltest mir eigentlich für die kostenlose Werbung danken, die ich euch damit ermögliche, so mäßig, wie euer Geschäft läuft«, fuhr ihm Vater ins Wort und schwenkte die Hand mit dem Zettel so heftig, dass das Papier raschelte.

»No.« Gaetano schüttelte vehement den Kopf. *»No e no.* Vergiss es.« Demonstrativ schwang er bei jedem einzelnen Nein die flache Hand durch die Luft, wie um damit Vaters sämtliche Argumente einzeln zu zerstückeln. Ja, die Geschäfte könnten zurzeit besser laufen, und ja, jede Werbung wäre nützlich. Doch eher lernte der Teufel Schlittschuhlaufen, bevor er das seinem Vater gegenüber zugab. Erst recht, wenn dieser ihm sogar mit dem Entzug der Gewerbelizenz drohte. Das war ein tiefer Schlag, sogar für Vater. Als Bürgermeister hatte er zwar nicht direkt die Autorität, das zu veranlassen, doch er hatte sehr wohl die nötigen Verbindungen.

Er riss Vater den Zettel aus der Hand, drehte sich mit einem Ruck um und stampfte zurück zur offenen Tür. Noch ehe er die Tür erreichte, hörte er, wie der Ältere hinter ihm Luft holte und brüllte: »Gaetano Vincenzo Benedetto Cusimano, ich bin noch nicht …«

»Ich sagte: Vergiss es!« Er wandte sich nicht einmal mehr um. Er hatte endgültig genug von diesem Affentheater.

Vaters Sekretärin sah von ihrem Bildschirm auf und schenkte ihm ein stoisches Lächeln, als er an ihrem Arbeitstisch vorbeistürmte. Ihr Name war Nicoletta. Sie arbeitete schon als Schreibkraft des amtierenden Bürgermeisters, solange sich Gaetano erinnern konnte. Wahrscheinlich hatte sie in all den Jahren genügend Diskussionen und Dramen hier im Rathaus miterlebt, um sich daran zu gewöhnen.

»Denk daran: Morgen um 9:30 Uhr in der Pasticceria!«, tönte es aus Vaters Büro.

»Scurdatillu!«, gab Gaetano auf Sizilianisch zurück, was zwar ebenfalls so viel wie »Vergiss es!« hieß. Es fühlte sich jedoch einfach besser, persönlicher und deutlicher an, im Dialekt zu sprechen, wenn man wütend war. Damit es Pà auch wirklich begriff. Was natürlich ein reines Wunschdenken war, dafür kannte Gaetano seinen Vater zu gut. Wenn der einmal eine Chance gewittert hatte, brachte ihn so schnell nichts mehr von seiner Idee ab.

Er kochte noch immer vor Ärger, als er kurz darauf vor dem Rathaus auf die Via Sant'Anna trat und ihn die Sonne blendete.

Ein Blick auf sein Mobiltelefon. Das Display zeigte kurz nach 14 Uhr sowie drei verpasste Anrufe von seiner Mutter. Wahrscheinlich hatte sie ihn vor Vaters Plänen warnen wollen. Tja, zu spät.

Eine Gruppe Touristen, bewaffnet mit Informationsbroschüren, Rucksäcken und Fotoapparaten, kam ihm von rechts entgegen. Ihr Ziel war leicht zu erraten: Die Straße führte direkt zum Castello hinauf.

Wie kam man nur dazu, bei dieser Hitze freiwillig dort hochzukraxeln?

Gaetanos Ziel lag hingegen in der entgegengesetzten Richtung. Die Bewohner Castelbuonos bezeichneten den Ort zwar voller Stolz als Städtchen, liebten jedoch in Wahrheit dessen dörflichen Charakter ebenso sehr wie die Tatsache, dass hier im alten Ortsteil alles bequem zu Fuß zu erreichen war. Ohnehin waren viele der Straßen der Altstadt entweder für den Verkehr gesperrt oder zu eng, als dass Autos überhaupt hätten passieren können.

Nur ein paar Schritte vom Rathaus entfernt lag die Piazza Margherita mit dem achteckigen Brunnen und umringt von der alten Mutterkirche auf der einen und dem ehemaligen Gefängnis sowie der mittelalterlichen *Banca della Corte* – der Hofbank mit dem Glockenturm – auf der anderen Seite.

So unscheinbar der Platz auch schien, war er das Zentrum des gesellschaftlichen Lebens in Castelbuono. Nicht so jedoch jetzt um die Mittagszeit, wenn es viel zu heiß war, die großen weißen Sonnenschirme auf der gegenüberliegenden Seite der Piazza den einzigen Schatten weit und breit boten und sich die Castelbuonesi lieber zum Mittagessen in die Kühle ihrer Häuser zurückzogen.

Gaetanos Blick glitt über die dort stehenden Tische und Stühle. Mehr als die Hälfte davon war von Touristen besetzt, die gemütlich eine Erfrischung oder eine leichte Stärkung genossen.

Der Anblick brachte ihn trotz allem zum Lächeln, und er kam nicht um einen Anflug von leisem Stolz umhin. Das war mehr Kundschaft als gestern und vorgestern. Ausgezeichnet, heute schien ein guter Tag zu sein. Denn die Schirme gehörten zu der Konditorei mit Eisdiele, die er zusammen mit Rosario, seinem Teilhaber, Cousin und zugleich bestem Freund, nun schon seit fast genau sieben Jahren führte.

Der Laden lag direkt am Ende der Piazza, bei der Ecke zur Via Umberto. Dort, wo über dem Eingang zum Verkaufsladen das Schild mit dem Geschäftslogo und in geschwungener Schrift der Name *Pasticceria & Gelateria Il Frassino* hing.

Il Frassino – die Esche. Den Namen hatte ihr Großvater, ihr *Nonno,* dem Laden vor über fünfzig Jahren gegeben. Er hatte ihn gegründet und war damals einer der wenigen gewesen, die für die Herstellung ihrer Süßkreationen ausschließlich lokale Zutaten verwendeten. Dazu gehörte auch Manna – das Harz der Manna-Eschen, das einzig in Castelbuono und ein paar wenigen umliegenden Gemeinden gewonnen wurde. Ein jahrhundertealtes, natürliches Süßungsmittel, das nicht nur gesünder als der übliche raffinierte Zucker, sondern darüber hinaus noch vielseitig verwendbar war.

Ja, *Nonno* war ein Visionär gewesen. Wenn er wüsste, dass sein eigener Sohn – Gaetanos Vater – diese alten Traditionen jetzt nur für etwas Werbung an eine deutsche Journalistin verschacherte …

Natürlich war das Wissen um Manna und dessen Anwendung im Lebensmittelbereich und der Kosmetik kein Geheimnis. Im Gegenteil, je mehr Leute davon wussten, umso mehr konnten die lokalen Produzenten davon profitieren. Vielmehr ging es Gaetano ums Prinzip. Und darum, dass er es nicht ausstehen konnte, wenn Vater über ihn bestimmen wollte. Bei dem Gedanken brodelte sein Ärger augenblicklich erneut auf.

Erst als er wenig später den Verkaufsladen des *Il Frassino* betrat und ihm der vertraute Geruch nach Fruchteis und Pistazien, nach gerösteten Mandeln, Sesam und Kaffee entgegenschwappte, atmete er auf. Endlich wieder im eigenen Reich, in seinem eigenen Laden, auf den er stolz war wie ein Pfau.

Der Palazzo, in dessen Erdgeschoss das Lokal lag, war alt, wie so viele Gebäude Castelbuonos. Seine jetzige Bauform stammte noch aus dem frühen 18. Jahrhundert. Nonno hatte seinerzeit viel Geld und Mühe investiert, um das Lokal zu modernisieren, dabei jedoch die ursprüngliche Substanz so gut wie möglich zu bewahren.

Das Alte wahren und mit Neuem festigen. So hatte es nach Nonno auch seine Tochter, Rosarios Mutter, gehandhabt, und so taten es nun auch Rosario und Gaetano. Zwar hatten sie damals bei der Übernahme den ganzen Produktionsbereich im Untergeschoss komplett renoviert und nach neuestem Standard sowie entsprechend den gesetzlichen Vorschriften umgebaut. Auch der Verkaufsraum hatte eine Auffrischung bekommen: Der Verputz an den Wänden war abgetragen worden, sodass die alten Natursteinmauern zum Vorschein kamen. Eine durchdacht platzierte Beleuchtung brachte deren sandfarbene Maserung erst richtig zur Geltung. Dazu sorgte der Mix aus Edelstahl und Holz der Verkaufstheke und Wandgestelle für einen modern-rustikalen Touch. Deko-Elemente aus lokaler Keramik setzten hingegen die nötigen Farbakzente. Unter anderem hatten sie dafür ihr neues Logo – die stilisierte Krone eines Eschenbaums – auf eigens für sie entworfene Keramikkacheln malen lassen.

»Vorsicht!«

Gaetano trat gerade noch rechtzeitig aus dem Weg, um der mit einem Tablett mit Getränken und getoasteten Sandwiches beladenen Mitarbeiterin Platz zu machen. Jetzt, während der Touristensaison, boten sie über Mittag auch kleine Snacks und Salate an. Wie meistens um diese Uhrzeit lief es darum auch im Laden nicht allzu schlecht. Insgesamt beschäftigten sie drei Angestellte, die sich um den Verkauf, die Bar sowie die Eisdiele kümmerten. Unten in der Produktion arbeiteten nebst ihm und seinem Cousin zudem eine Hilfskraft, ein Bäcker sowie zwei weitere Mitarbeiter.

Ihr ganzes Herzblut lag im *Il Frassino,* in das Rosario und er nicht nur ihre ganzen Ersparnisse gesteckt hatten, sondern wo sie seither auch fast jede freie Minute verbrachten. So hatte auch jeder von ihnen seinen eigenen Kompetenzbereich: Sasà, wie Rosario von Familie und Freunden genannt wurde, war ausgebildeter *mastro gelataio* und hatte mit seinen hausgemachten Eissorten schon internationale Preise gewonnen. An besonders guten Tagen kamen sogar Leute aus Palermo und Catania bis hierher, um seine Kreationen zu kosten.

Das Ergebnis seiner Arbeit präsentierte sich an der Eistheke. Die lag gleich beim Eingang neben einem offenen Fenster, durch das Passanten ihr Eis direkt über die Gasse kaufen konnten. Entweder im Becher, in der Waffeltüte oder auch in einer Brioche, dem auf Sizilien typischen Brötchen aus süßem Hefeteig. Dabei hatten die Kunden die Qual der Wahl aus rund zwanzig verschiedenen Sorten, deren Farbenpracht allein schon eine Augenweide war. Nebst den üblichen Eissorten wie Vanille, Erdbeer, Schokolade und Pistazie fanden auch Liebhaber des Exotischen mit Maulbeer-, Ananas-Ingwer- oder eben Manna-Eis etwas für ihren Gaumen.

Er, Gaetano, hingegen war der *chef pasticciere* und damit für alle Back- und sonstigen Süßwaren zuständig. Dazu gehörten nicht nur die hausgemachten Brioches, sondern auch alles, was in der Verkaufstheke im linken Teil des Raums ausgestellt war: natürlich die typischen sizilianischen Spezialitäten, wie die mit Ricotta gefüllten *Cannoli,* die mit weißer Glasur überzogenen und mit kandierten Früchten dekorierten *Cassate* und die unzähligen Varianten von Mandel- und Pistazienbiskuits. Jetzt im Sommer war zudem die *Cubbaita* beliebt – der traditionelle sizilianische Krokant aus gerösteten Sesamsamen, Mandeln oder Pistazien. Zu handlichen Stückchen zurechtgeschnitten und in hübschen Geschenkverpackungen präsentiert, war sie ein ideales Mitbringsel.

»Da bist du ja endlich«, riss ihn die vertraute, tiefe Stimme aus den Gedanken.

Gaetano wandte den Blick und sah seinen Cousin breit grinsend, in seinem weißen Kittel und mit dem erbsengrünen Bandana auf dem Kopf die Treppe vom Untergeschoss hochkommen. In den Händen hielt er ein bis zum Rand mit Tiramisu-Eis bespachteltes Edelstahlbecken, das er nun der jungen Angestellten an der Theke reichte.

»Ich dachte schon, du hättest dich auf dem Weg nach Isnello verfahren«, sagte er lachend und knuffte Gaetano kumpelhaft mit dem Ellenbogen in die Seite.

Gaetano stieß resigniert den Atem aus. »Witzbold.« Es führte nur eine einzige Straße von Castelbuono nach Isnello. Nicht einmal ein Blinder könnte sich unterwegs verirren. Abgesehen davon hatte er noch immer Wut im Bauch. Trotzdem fühlte er ein Grinsen an seinen Lippen zucken, als er das amüsierte Funkeln in den Augen seines Cousins entdeckte.

Sasà war einer jener Menschen, deren Frohnatur einen meistens überraschte, manchmal sogar nervte, jedoch schlussendlich immer wieder ansteckte. Sie kannten sich schon ein Leben lang, Gaetano war nur gerade drei Monate älter. Sie waren zusammen zur Schule gegangen und auch gemeinsam in den Kommunionsunterricht bei Padre Costanzo. Sie hatten die schlimmsten Flegeljahre Seite an Seite durchgestanden, die ersten Schwärmereien sowie unzählige Familienfeste.

»Ich musste noch kurz im Rathaus vorbei. Befehl vom *sindaco* persönlich«, erklärte Gaetano, während er neben seinem Cousin die Treppe hinunterstieg.

Ah, was für eine herrliche Kühle. Hier unten befand sich der ganze Produktionsbereich mit Backstube und Eisherstellung. Aufgeteilt zwischen den verschiedenen Arbeitsstationen: der Wasch- und Rüstzone mit den Kühlräumen, der eigentlichen Produktionszone mit den ganzen Maschinen sowie weiteren Kühlräumen für Milchprodukte und Gebäck und schließlich der letzten Station, wo die Backwaren garniert und Torten zusammengesetzt und dekoriert wurden.

»So? Was ist denn passiert?« Feixend hob Sasà die Augenbrauen. »Hat dir dein Vater etwa wieder einmal erklären wollen, wie enttäuscht er von dir ist?«

»So ähnlich.«

In einer theatralischen Geste tat Sasà, als wischte er sich Schweiß von der Stirn. »Uff, dann ist ja zum Glück alles beim Alten. Ich hab mir schon Sorgen gemacht. Die letzte Standpauke ist bereits über zwei Wochen her.« Grinsend verschränkte er die Arme vor der Brust und lehnte sich mit dem Rücken gegen die Wand.

Gaetano warf seinem Freund einen vorwurfsvollen Seitenblick zu, ehe er den kleinen Nebenraum betrat, der ihnen beiden als Büro und Umkleidezimmer diente. Wie gesagt, manchmal konnte einem Sasà mit seinen Witzen wirklich auf die Nerven gehen.

Hinter einem Vorhang streifte er rasch Sneakers, Jeans und Poloshirt ab und schlüpfte stattdessen in seine Arbeitskleider. Er hatte heute noch einiges zu tun: Es warteten ein paar Bestellungen auf Erledigung, und der Teig für morgen musste vorbereitet werden.

Ja, und dann war da noch diese Sache, die Papà ihm eingebrockt hatte …

»Eine Journalistin aus Deutschland will einen Artikel über die hiesige Manna-Produktion schreiben, und ich soll sie babysitten«, erklärte er und schob den Vorhang der kleinen Ankleidekabine zurück.

Je länger Gaetano darüber nachdachte, umso absurder klang das Ganze. »Pà bringt sie morgen hierher, damit ich ihr erkläre, was wir aus Manna herstellen.« Mit einer energischen Geste band er sich sein eigenes, rotes Bandana um den Kopf. »Das sei eine großartige Gratis-Werbung, meint er.« Das Detail mit der Gewerbelizenz behielt er vorerst noch für sich. Gewisse Dinge brauchte der Rest der Familie nicht zu wissen, das war allein eine Angelegenheit zwischen Vater und ihm.

Sasà hatte bisher schweigend zugehört. Jetzt aber krauste er die Stirn und fragte vorsichtig: »Wir finden das jedoch alles andere als großartig, weil …?«

»Weil ich Besseres zu tun habe, als mit dieser …« Wie hieß sie noch gleich? »… Helene Mechler Backe, backe Kuchen zu spielen«, gab Gaetano zurück. »Vor allem aber, weil es mir sauer aufstößt, von Vater wie eine Verlegenheitslösung benutzt zu werden.« Denn es war schließlich nichts anderes als das, und sobald die Journalistin wieder abreiste, würde sich Pà erneut nur über ihn und seinen in dessen Augen armseligen Beruf beklagen.

Noch immer voller Ärger schnaubend, schrubbte er sich über dem Spülbecken die Hände sauber.

»Na ja, es ist kostenlose Werbung, das lässt sich nicht leugnen«, hörte er Sasà hinter sich sagen.

»Ich weiß.« Gaetano seufzte innerlich. Das war ja genau die Krux an der Geschichte. Er konnte toben und wüten, so viel er wollte, das änderte jedoch nichts an dieser Tatsache. Sie konnten es sich schlicht nicht leisten, auf diese Chance zu verzichten. Natürlich wusste das auch Vater, und das fuchste Gaetano sogar noch mehr als die versteckte Drohung.

»Nun lass dir mal keine grauen Haare wachsen. Vielleicht ist diese Journalistin auch ganz in Ordnung und macht eine schöne Reportage über uns.« Sasà schlug ihm die Hand auf die Schulter, beugte sich näher und flüsterte mit gespieltem Pathos in der Stimme: »Und im schlimmsten Fall weißt du ja: Salz, ein Hufeisen und drei Knoblauchzehen. Das alte Hilfsmittel gegen jedes Übel.« Ohne eine Antwort abzuwarten, drehte er sich um und schlenderte davon.

Gaetano blickte ihm kopfschüttelnd nach, sah jedoch, wie Sasàs Schultern bebten, und wusste im selben Moment, dass er lachte. Er liebte seinen Freund und Cousin von ganzem Herzen, ehrlich. Aber manchmal wünschte er wirklich, Rosario könnte zur Abwechslung wenigstens so tun, als würde er den Ernst einer Situation erkennen.

Den Rest des Nachmittags verbrachte Gaetano mit dem Fertigstellen einer Torte, die sie für eine Geburtstagsfeier für heute Abend backen sollten.

Konzentriert spritzte er erst auf jede Tortenschicht einen Ring aus Buttercreme und füllte diesen dann mit Vanille-Mascarpone. Als geschmacklicher Kontrast kam dazwischen noch ein Gelee aus Passionsfrucht, angereichert mit Splittern aus weißer Schokolade.

Vor dem Zusammensetzen mussten die Böden kühl gestellt werden. Die Zeit nutzte Gaetano für das Ansetzen der verschiedenen Hefeteige. Die würden über Nacht im Kühlschrank aufgehen und waren morgen bereit für die Verarbeitung.

Er liebte seine Arbeit, und er war Perfektionist. Jede Bewegung eine ins Blut übergegangene Gewohnheit. Jeder Spatenstrich so sorgfältig, bis die Meringue samtig und faltenlos schimmerte. Jede Blumenblüte, jeder Tropfen Ganache und jeder noch so kleine Schnipsel Blattgold genau am rechten Ort platziert, sodass Form und Farbe der Kreation perfekt harmonierten.

Er war zehn Jahre alt gewesen, als er zum allerersten Mal Geschmack hatte »denken« können. Als ob sich in seinem Kopf eine ganz genaue Vorstellung von warmem, sahnigem Karamell bildete. Er hatte es im Mund geschmeckt – die anfängliche Explosion der Süße, mit dem kurzen salzigen Abgang, der am Gaumen kitzelte. An jenem Tag hatte er beschlossen, *pasticciere* zu werden. Natürlich hatte Papà das nie verstehen können.

Es war fast 21 Uhr, als er als Letzter das Licht im Laden löschte und die Tür zum *Il Frassino* abschloss.

Die Sonne stand schon tief über den Hügeln. Die Hitze des Tages hing noch immer an den Mauern der Häuser, stieg von den Pflastersteinen der Straßen auf, und im Gegensatz zu heute Mittag wehte nun kein einziges Lüftchen mehr.

Trotzdem war die Piazza, wie jeden Abend, mit Menschen überfüllt. Kinder rannten lachend und kreischend um den Brunnen herum. Die Erwachsenen flanierten zu zweit oder in Grüppchen über den Platz und entlang der Via Sant'Anna. Es war die Zeit des allabendlichen Sozialisierens, des Sehens und Gesehenwerdens, des Plauderns und des gemütlichen gesellschaftlichen Austauschs. Kurz, es war die Zeit der *passeggiata,* des Spaziergangs – oder wie man es hier in Castelbuono nannte: der *passiata.*

Doch Gaetano war heute Abend weder nach Plaudern noch nach großer Gesellschaft zumute. Er war hundemüde, sogar seine Wut auf Vater war einer sturen, aber erschöpften Resignation gewichen. Jetzt einfach nur schnell nach Hause, etwas essen und den Abend dann gemütlich ausklingen lassen. Ah, ein herrlicher Gedanke.

Der alte Palazzo, in dem er wohnte, lag nur ein paar Schritte vom *Il Frassino* entfernt. Dort, direkt an der Ecke zur Via Giordano, mit der Hausnummer 33.

Irgendwann, vor ewig langer Zeit, war das Gebäude zwar im Besitz einer lokalen Adelsfamilie gewesen, die einstige Pracht ließ sich inzwischen jedoch nur noch erahnen. Der Verputz bröckelte überall von der Fassade, von den Rissen an Wänden und Decken der Innenräume ganz zu schweigen. Die Böden der Wohnungen waren so uneben, dass die Ecken der Türen über die Fliesen schabten. Trotzdem hätte Gaetano nirgendwo anders lieber gewohnt.

Die Angeln kreischten ohrenbetäubend, als er das aus dicken Gusseisenstäben geschmiedete Gittertor aufstieß. Sogleich umfing ihn das kühle Halbdunkel eines Mauerbogens. Im Winter wurde der Eingang zusätzlich mit einem schweren Holztor abgeschlossen, jetzt im Sommer sorgte das Gitter jedoch für eine natürliche Ventilation.

Beim Eingang, direkt neben den Briefkästen, befand sich eine kleine Nische, darin stand der Stuhl für den Pförtner. Der alte Lillo, so der Name des letzten Pförtners, war jedoch gestorben, kurz nachdem Gaetano vor sechs Jahren hier eingezogen war. Seither stand der Stuhl leer, die Bewohner des Palazzo ließen ihn jedoch an seinem Platz.

Als Gaetano die kleine Vase mit dem frischen Bougainvillea-Zweig dort auf dem Stuhl stehen sah, lächelte er. Irgendjemand dachte immer daran, Blumen zur Erinnerung an Lillo hinzustellen.

Links und rechts führte je eine breite, mit bunten Keramikkacheln geflieste Treppe in den ersten und zweiten Stock hinauf. Folgte man dem Durchgang geradeaus über die drei Treppenstufen und durch ein weiteres Gittertor, gelangte man direkt in einen kleinen Innenhof.

Gaetano leerte seinen Briefkasten. Mal wieder nur Werbung, aber wenigstens keine Rechnungen. Noch während er in Richtung der Treppe ging und dabei den Stapel von Werbeflyern durchblätterte, erkannte er aus den Augenwinkeln eine Bewegung zu seiner Rechten.

Er wandte den Kopf.

Gerade noch rechtzeitig, um die kleine Gestalt mit den hellroten Haaren zu erkennen, die ihm aus dem Schatten entgegensprang.

KAPITEL 4

Der Palazzo an der Via Giordano

»Autobots, zum Angriff«, brüllte der rothaarige Zwerg, während er nur eine Fußbreite vor Gaetano am Boden landete, sich jedoch sofort in die schmächtige Brust warf und die Arme wie ein Karatekämpfer in Verteidigungspositi-on reckte. Mit drohend klingender Stimme verkündete er: »Ich bin Optimus Prime, Beschützer des Planeten Erde. Gib auf, oder deine Zeit ist gekommen.«

Matri, allein schon dieser Anblick kostete Gaetano jedes Quäntchen an Beherrschung, um nicht laut aufzulachen.

Doch noch ehe er irgendetwas erwidern konnte, ertönte die strenge Stimme einer Frau aus dem Innenhof: »Tancre-di! Hör sofort mit diesem Gebrüll auf.« Und eine zierliche Gestalt mit ebenso leuchtend roten Locken und in die Hüf-ten gestemmten Fäusten erschien am inneren Gittertor. »Was habe ich dir gesagt, he?«

Sogar ein Blinder hätte die beiden als Mutter und Sohn erkannt. Ihr Name war Paola Salemi. Sie wohnte in dem Stock gleich unter Gaetano, wo sie auch ihr Schneiderinnen-atelier betrieb. Der Mini-Transformer hingegen war ihr sie-benjähriger Sohn. Der mit Abstand jüngste Bewohner des ganzen Palazzo und damit Maskottchen aller sowie unbe-strittener König des Hauses. Ein Umstand, den er mit ben-gelhaftem Charme ausnutzte.

Sofort ließ Tancredi die Arme fallen und stöhnte gequält auf. »Mama, du ruinierst meine ganze Taktik.« Er verdrehte die Augen so theatralisch, als würde er die Last der ganzen Welt auf seinen Schultern tragen. »Jetzt ist das Überraschungsmoment völlig im Eimer, und Gaetano ist wieder im Vorteil.«

Erst bei der Erwähnung seines Namens schien Paola ihn wahrzunehmen, und ihr Gesicht erhellte sich zu einem freundlichen Lächeln. »Oh, *ciao*. Entschuldige, ich hatte dich gar nicht gesehen. Tancredi hat dich hoffentlich nicht erschreckt?«

Gaetano winkte ihr zur Begrüßung zu. »Keine Sorge, alles in Ordnung.«

Sogleich wandte sie den Blick wieder dem Jungen zu, ihre Miene verdüsterte sich, und ihre Stimme wurde streng. »Gut. Er hat nämlich eigentlich Hausarrest.«

»Darum bin ich ja noch im Haus«, gab der Kleine mit seiner unschuldigsten Miene zurück. Dieser Teufelsbraten.

»*Basta così* – genug ist genug.« Mit einer entschiedenen Geste öffnete Paola die Gittertür. »Du kommst jetzt mit und lässt Gaetano in Ruhe.« An Gaetano gewandt fuhr sie fort: »Wir sitzen alle hier im Garten, da ist es kühler. Warum kommst du nicht auch?«

Er schüttelte den Kopf und wandte sich zur Treppe. »Ein anderes Mal. Ich bin hundemüde, und morgen erwartet mich ein anstrengender Tag.« Das war nicht einmal gelogen.

»Wenn du meinst«, sagte sie, während sie ihren Sohn sanft, aber bestimmt am T-Shirt-Ärmel über die Schwelle des Gittertors zog. »Aber ich habe *Pasta al forno* gemacht.«

Sofort hielt Gaetano mitten in der Bewegung inne. Paolas *Pasta al forno*. Allein schon beim Gedanken daran knurrte sein Magen erwartungsvoll. Er hatte bisher nie herausgefunden, was es genau war, das sie ihrem Nudelauflauf beifügte, damit das Tomatenragout so cremig wurde und die Käsekruste eine wahre Geschmacksexplosion auf der Zunge auslöste.

»Es gibt genug für alle«, fügte Paola mit einem wissenden Schmunzeln hinzu.

Das reichte endgültig, um ihn zu überzeugen, Müdigkeit hin oder her. »Na schön, lass mich nur kurz duschen. Aber ich bleibe nicht lange«, rief er ihr zu, ehe er zwei Treppenstufen auf einmal nahm, um sich zu beeilen. Eine Portion der legendärsten *Pasta al forno* der Welt auszuschlagen, wäre ein unverzeihliches Sakrileg.

Als Gaetano kurze Zeit später über die Außentreppe in den Innenhof hinunterstieg, hörte er die leise plaudernden Stimmen schon, bevor er das dort am Tisch sitzende Grüppchen von Leuten inmitten der wuchernden Pflanzen sehen konnte.

Der Platz war nicht groß, vielleicht ungefähr sieben Meter in der Breite und etwas mehr in der Länge. Mauertreppen verbanden ihn mit den kleinen Balkonen aller vier Wohnungen des Palazzo.

Dichter Efeu und Bougainvillea wucherten an der Nord- und Ostseite entlang bis fast zu den Dachtraufen hinauf. Dort, in der sonnigsten Ecke, lag ein liebevoll angelegtes kleines Kräuterbeet mit Basilikumstauden neben Thymian- und Rosmarinbüschen. Palmen und Sträucher verteilten sich entweder in Beeten oder in den unzähligen großen und kleineren Pflanzenkübeln rund um den ganzen Platz. Das Wasser, das sie benötigten, kam aus dem aus Naturstein behauenen Brunnenbecken links vom Eingang. Im Gegensatz zum Großteil Siziliens waren die Madonien ein wasserreiches Gebiet, dessen Bewohner so gut wie keine Wasserknappheit kannten. In Castelbuono allein gab es mehrere öffentliche Trinkwasserquellen.

»*Buona sera* allerseits«, rief Gaetano, sobald er näher trat.

Es war inzwischen schon fast dunkel geworden. Eine Lichterkette und Kerzen in Einmachgläsern tauchten den Tisch und die Gesichter der Darumsitzenden in einen warmen Schein.

»Da bist du ja endlich.« Sofort sprang Tancredi von seinem Stuhl auf.

Die übrigen Anwesenden hoben den Blick oder drehten sich ihrerseits um. *»Ciao.«* – *»Buona sera.«* – »Oh, Tanuzzo, schön, dich zu sehen.«

Bei dem Anblick musste Gaetano lächeln. Wer ihnen zum ersten Mal begegnete, könnte die Bewohner des Palazzo an der Via Giordano 33 als ... na ja, ein wenig sonderbar bezeichnen. Mit gutem Willen vielleicht auch als etwas eigen, ganz bestimmt aber als ziemlich schrullig.

Direkt neben Paola saß ein kleiner Mann mit vollem, weißem Haar, das er sich in einer perfekten Welle aus der Stirn gekämmt hatte. Dazu passend war auch sein hellgrauer Kinnbart tadellos gestutzt. Trotz der Hitze trug er ein langärmliges Hemd, dessen Bügelfalten fast symmetrisch schienen. Und um seinen Hals hatte er ein dunkelblaues Seidenhalstuch gelegt.

Seine schmalen Schultern bebten, als er nun freudig in die Hände klatschte, dann auf den freien Stuhl neben ihm deutete und Gaetano zuwinkte. »Tanuzzo, komm her. Setz dich.«

Ja, Girolamo di Benedetto, genannt Mimmo, war eine Persönlichkeit und das Halstuch sein Markenzeichen, ohne das er nie das Haus verließ. Wahrscheinlich hatten das Künstler wie er so an sich. Denn Mimmo war ein begnadeter Violinist. Ein ziemlich berühmter sogar, er hatte früher als Solist unter anderem an der Mailänder Scala gespielt. An manchen Tagen, wenn die Arthrose an seiner Schulter ihn nicht zu sehr schmerzte, spielte er auch heute noch vor dem offenen Fenster.

Gaetano selbst hatte zwar keinerlei Ahnung von klassischer Musik, aber die Melodien, die Mimmo seiner Geige entlockte, waren pure Magie – sogar für seine ungeübten Ohren. Und er mochte den alten Mann, der immer diese von Herzen kommende Lebensfreude ausstrahlte. Mimmo war auch der Einzige im ganzen Palazzo – nein, in ganz Castelbuono –, der ihn mit Tanuzzo, dem Diminutiv von Gaetano, ansprach.

»Etwas bereitet dir Sorgen, Junge«, zwitscherte die ältere Frau gegenüber von Mimmo. »Ich sehe es dir am Gesicht an.« Sie schloss den Fächer aus rotem Seidenpapier und streckte die manikürte Hand nach Gaetano aus. Mit erstaunlicher Kraft zog sie seinen Kopf zu sich herunter und küsste ihn zur Begrüßung auf die Wange.

Sofort umgab ihn ihr Geruch nach Rosen und Veilchen. Die zu einem Turm hochgesteckten Locken ihrer Perücke – heute war es diejenige aus hellblondem, fast weißem Haar – kitzelten ihn an der Nase.

»Keine Sorge, ich habe zurzeit nur etwas viel um die Ohren. Du hingegen siehst heute wieder atemberaubend aus, Mafalda«, erwiderte Gaetano, einen Handkuss andeutend.

»Oh, du Schelm.« Sie kicherte wie das junge Mädchen, das sie einmal gewesen war, und schlug ihm sacht tadelnd mit dem Fächer auf den Arm. Dabei klackerten die traubengroßen, rot-goldenen Glasperlen, die sie als Kette um den Hals trug.

Mafalda Orfeo, die einst gefeierte Operndiva, lebte zusammen mit ihrem Ehemann Mimmo in einer Wohnung im ersten Stock. Und sie liebte ihre extravagante Erscheinung, besonders ihre Perückensammlung, mindestens ebenso sehr, wie sie diesen Innenhof liebte. So hegte Mafalda jedes Pflänzchen und jede noch so kleine Blüte mit derselben Hingabe, mit der sie ihre Arien sang.

»Spielst du nach dem Essen ein Computerspiel mit mir?« Mit vor Erwartung glänzenden Augen zupfte Tancredi an Gaetanos T-Shirt. »Wie wär's mit FIFA? Ich überlasse dir auch die italienische Mannschaft und nehme dafür Brasilien.«

»*Sì na camurrìa.* Lass Gaetano in Ruhe«, wies Paola ihren Sohn zurecht.

»Aber, Mama …«

»*Basta.* Jetzt wird gegessen.« Sie stellte eine noch dampfende Auflaufform in die Mitte des Tischs.

Sogleich stieg Gaetano der Duft von Tomatensoße mit Hackfleisch, frittierten Auberginenwürfeln, Erbsen, Schinken und würzigem Caciocavallo-Käse in die Nase. Er ließ sich auf den Stuhl fallen und seufzte tief auf. Ah, göttlich. Beim ersten Bissen schloss er genüsslich die Augen. Kein Zweifel, man müsste Paola heiligsprechen. Sie und ihre *Pasta al forno.*

»Das schmeckt …« Gaetano schüttelte den Kopf, ihm fehlten schlicht die Worte.

»Wie ein Sonnenaufgang am Sommerhimmel«, fuhr stattdessen der Mann am anderen Ende des Tisches mit ruhiger, sonorer Stimme fort. »Wie das liebend-tröstende Lächeln einer Mutter. Wie die simpelste und zugleich überwältigendste Lebensfreude. So verlockend und doch so ursprünglich, dass man sich wünschte, dieser eine Moment könnte ewig dauern.« Er verstummte, den Blick in die Ferne gerichtet, während sich der Schein der Lichterkette in seinen Brillengläsern spiegelte.

Ruggiero Lo Iacono – mit ihm waren die Bewohner des Palazzo an der Via Giordano komplett. Und wer ihn nicht kannte, dem wurde spätestens nach einem Vortrag wie diesem klar, dass er es mit einem Professor für Literaturwissenschaften zu tun hatte.

Einen Atemzug lang herrschte Stille am Tisch. Alle Augen waren auf Ruggiero gerichtet.

»*Ecco*«, erklärte Gaetano schließlich und grinste den Professor an. »Genau das wollte ich sagen. Ein großes Kompliment an die Köchin.« Dann hob er das Glas, in das ihm Mimmo in der Zwischenzeit etwas Wein eingeschenkt hatte, und prostete erst Paola und dann Ruggiero zu. Er konnte den wunderlichen Kerl mit dem runden Gesicht und dem Kraushaar in dunklem Silber gut leiden. Normalerweise ließ sich dieser kaum hier im Hinterhof blicken. Wenn er nicht an der Universität von Palermo unterrichtete, verkroch er sich lieber hinter den Stapeln der Werke alter Dichter in seiner Wohnung. Daraus hervorlocken konnte ihn meistens nur ein Gläschen Zibibbo aus Mimmos Weinkeller. Oder eben Paolas *Pasta al forno*.

»Bravo.« Mimmo applaudierte begeistert.

»Ein ganz hervorragendes Essen. Und was für ergreifende Worte«, rief Mafalda und schwenkte ihren Fächer noch schneller.

Paola senkte lächelnd den Blick und tat die Komplimente mit einem Wink ab. »Ach, das Rezept ist von meiner Tante, nicht von mir. Ich habe allerdings heute Morgen in meinem Horoskop gelesen, dass die Venus besonders günstig für uns Krebse steht.« Sie gluckste vergnügt. »Daran wird es liegen.«

Ah ja, Paolas Faible für Astrologie durfte keinesfalls unerwähnt bleiben. Es gab nichts, was ihrer Überzeugung nach nicht mit den Sternen zu tun hatte – seien es Kopfschmerzen, steigende Benzinpreise oder, wie in diesem Fall, ob die *Pasta al forno* gelang.

Währenddessen verdrehte der neben ihr sitzende Tancredi nur die Augen.

Gaetano beobachtete den Jungen, der lustlos in seinem Essen stocherte und sich ganz offensichtlich nicht die Bohne für das Gespräch interessierte. Normalerweise verschlang der Kleine sein Abendessen wie ein Staubsauger, um sich anschließend draußen in der Gasse nebenan mit seinen Freunden zu treffen und Fußball zu spielen. Erst recht jetzt, während der Schulferien. Der Hausarrest musste eine Qual sein und das Gerede der Erwachsenen pure Langeweile. Vor allem für einen so aufgeweckten Jungen, wie Tancredi es war.

Was er wohl dieses Mal angestellt hatte? Erst kürzlich hatte ihm seine Mutter ein dreitägiges Computerverbot aufgebrummt, nachdem er seiner Lehrerin erklärt hatte, dass er Astronaut werden würde und darum Wichtigeres lernen wollte als Aquarellmalen.

Gaetano erinnerte sich auch noch ganz genau an jenen denkwürdigen Tag vor einem halben Jahr, als Tancredi das Cola-Mentos-Experiment ausprobieren wollte und dabei das ganze Badezimmer der Wohnung mit ekelhaft klebrigem Schaum verkleisterte.

Paolas Schimpfen war im ganzen Palazzo zu hören gewesen. Er selbst, Mimmo und Ruggiero hatten ihr daraufhin beim Putzen geholfen, während Mafalda Tancredi in ihrer Küche den Schaum aus Haaren und Kleidern zu waschen versuchte.

»Wenn du dich beim Essen gut benimmst, spiele ich nachher eine Runde FIFA mit dir«, sagte er über den Tisch hinweg zu dem Jungen.

Der horchte sofort auf. »Ehrlich? Versprichst du's?« Seine Augen begannen zu strahlen.

»Ehrenwort.« Er hob die rechte Hand wie zum Schwur. »Aber nur ein Spiel, nicht mehr.«

Doch Tancredi hörte ihm gar nicht mehr zu, während er ganz vorbildlich zu essen begann.

Sich gegenseitig helfen und unterstützen – so hatten sie es im Palazzo an der Via Giordano 33 schon immer gehandhabt. Erst recht, seit Paolas Mann, Tancredis Vater, vor vier Jahren bei einem Arbeitsunfall ums Leben gekommen war.

Zum Nachtisch gab es Wassermelone – herrlich süß und erfrischend. Danach einen Espresso, einen Amaro Averna und natürlich das versprochene Spiel am Notebook, das Tancredi drei zu zwei gewann. Aber nur dank eines erschummelten Elfmeters.

Satt und zufrieden streckte Gaetano schließlich die Beine aus und lehnte sich auf dem Stuhl zurück. Er liebte diese Sommerabende, wenn sie alle hier nach einem langen Tag beisammensaßen, Karten spielten, plauderten oder einfach nur die gegenseitige Gesellschaft genossen.

Ein leises Lüftchen drang nun von der Straße her in den Innenhof und brachte die Blätter der Sträucher zum Rascheln.

»Du hast gesagt, du hättest viel zu tun. So laufen die Geschäfte also besser?«, fragte Mimmo und nahm einen Schluck von seinem Amaro.

Und mit einem Schlag war Gaetanos Laune wieder dahin. Mist, dabei hatte er während der letzten Stunden doch so gut verdrängt, was ihm morgen blühte.

Die Eiswürfel klackerten, als er sein Glas in der Hand schwenkte. »Das *Il Frassino* läuft ganz gut«, antwortete er ausweichend. Er hatte eigentlich nicht die geringste Lust, darüber zu sprechen.

Doch Mafalda legte die Hand auf seinen Arm. »Du erzählst uns nicht alles, ich sehe es dir an. Was ist denn los, *caro*?«

»Besser, du rückst gleich damit heraus. Wir sind unerbittlich und werden nicht nachgeben, das weißt du.« Paola lachte und zwinkerte ihm verschwörerisch zu.

Sogar Ruggiero lehnte sich auf einmal vor und stützte die Ellenbogen abwartend auf dem Tisch ab. »Wenn ich schon mal meine Wohnung verlasse, soll es sich wenigstens gelohnt haben. Also erzähl schon.«

Gaetano seufzte in Gedanken auf. Das hingegen war der Nachteil, wenn man an einem Ort wohnte, wo zwar jeder jeden unterstützte, dafür aber auch alle alles wissen wollten. Ein Geheimnis zu wahren, entpuppte sich hier als ein völlig illusorisches Unterfangen. Zum Glück war wenigstens Tancredi inzwischen drüben auf der Hängematte eingeschlafen. Der hätte ihm jetzt gerade noch gefehlt.

»Na schön«, gab er sich schließlich geschlagen. So erzählte er seinen Mitbewohnern von dem Gespräch mit seinem Vater, von der deutschen Journalistin, davon, welche Rolle er selbst dabei gemäß Papàs Plänen spielen sollte. Und er erzählte sogar von der Sache mit der Gewerbelizenz.

»Zwar halte ich die Drohung für viel Rauch ohne Braten, aber Fakt ist: Das *Il Frassino* kann die Werbung gut gebrauchen. Also werde ich mitspielen – zähneknirschend zwar, doch ich werde es tun. Wenn ich Vater hingegen eine Retourkutsche verpassen könnte – Bürgermeister hin oder her ...« Er schlug mit der flachen Hand auf den Tisch. »Nichts Schlimmes natürlich, aber etwas, das ihm eine Lektion erteilt. Ah, dafür würde ich diese Journalistin sogar einen ganzen Monat lang babysitten.«

Mafalda nickte eifrig und drehte sich kurz zu Tancredi um, um sicherzugehen, dass er auch wirklich nichts hören konnte, ehe sie wisperte: »Eigentlich ziemt es sich nicht, so etwas überhaupt zu denken, aber nach allem, was sich dein Vater geleistet hat, hätte er tatsächlich eine ordentliche Strafe verdient. Jawohl.«

Ihr Ehemann, Mimmo, ergriff lächelnd ihre Hand und drückte sie. »Wir müssen jetzt einen kühlen Kopf bewahren und dürfen uns nicht von unseren Gefühlen verleiten lassen, nur weil der *sindaco* erst kürzlich die Abfallsteuern erhöht hat.«

»Aber das zeigt doch erst recht, was für ein gedankenloser Mensch er ist«, ereiferte sich Mafalda weiter und fächelte sich so heftig Luft zu, dass ihr Fächer nur so flatterte. An Gaetano gewandt sagte sie: »Verzeih, er ist zwar dein Vater, aber meine Stimme wird er bei der nächsten Wahl nicht mehr bekommen. Erst recht nicht, nachdem er so mit dir umspringt.« Mit einem entrüsteten Schnauben warf sie sich eine Perückensträhne über die Schulter zurück.

»Du solltest dich nicht so aufregen.« Besorgt beugte sich Paola zu der Älteren hinüber. »Du weißt, das tut deinem Blutdruck nicht gut. Uns wird schon etwas einfallen, keine Sorge.«

»Worum soll es denn in diesem Artikel genau gehen?«, fragte Ruggiero in seinem üblichen neutralen Tonfall dazwischen.

Gaetano schüttelte den Kopf. »Wenn ich das richtig verstanden habe, geht es sogar um eine ganze Ausgabe von irgendeinem deutschen Kulturmagazin. Jedenfalls sollen darin verschiedene Artikel veröffentlicht werden. Das Thema ist …« – er wedelte ziellos mit der Hand durch die Luft – »… das historisch-kulturelle Erbe in der sizilianischen Küche oder so ähnlich.«

Mimmo zog die Augenbrauen hoch. »Hm, darüber lässt sich einiges schreiben.«

»In der Tat«, sinnierte Ruggiero. Ein beinahe listiges Lächeln erhellte auf einmal sein Gesicht. »Vor allem, wenn einem ein wahrhaftig kultureller Leckerbissen offeriert wird, dem man nicht widerstehen kann.«

Verständnislos sah Paola ihn an. »Was meinst du damit?«

Sogleich rutschte Ruggiero näher zum Tisch. »Der Bürgermeister will dieser Journalistin Castelbuono von seiner besten traditionellen Seite präsentieren, richtig? Was, wenn wir ihr zwar eine typische Tradition bieten, aber auf eine Art und Weise, die sie so schnell nicht vergessen wird?« Er beugte sich noch weiter vor. »Und zwar mit einer Kostprobe überragendster sizilianischer Melodramatik, die sie dermaßen aus der Fassung bringt, dass sie entweder vor lauter Schreck das Weite sucht oder zumindest einen höchst zweifelhaften Eindruck von Castelbuono erhält. Beides dürfte dem *sindaco* ganz und gar nicht in seine Pläne passen.«

»Den Gegner mit seinen eigenen Waffen schlagen«, überlegte Mimmo laut und nickte.

»Ah.« Auf einmal nahm Ruggieros Stimme einen verschwörerischen Tonfall an. »Wenn alles klappt, könnte das sogar der beste Plan seit Scipios Feldzug gegen Hannibal werden.«

»Ich habe noch immer keine Ahnung, wovon du genau redest«, warf Paola erneut kopfschüttelnd ein.

»Ja, nun spann uns nicht länger auf die Folter«, stöhnte Mafalda.

Jetzt kicherte Ruggiero so vergnügt, wie es sonst nur Tancredi tat, wenn er wieder etwas ausgeheckt hatte. Er spreizte die Finger auf dem Tisch, als würde er die Tastatur eines Klaviers anschlagen, und sagte dann: »Ihr erinnert euch doch bestimmt noch an die alte Geschichte von Orlando, dem Rasenden, und der schönen Angelica« …

Am nächsten Morgen stand Gaetano noch früher als sonst in der Backstube des *Il Frassino.* Es mussten die üblichen Gebäckstücke für den Laden vorbereitet werden: Cornetti, Brioches, Fruchttörtchen sowie die vielen Variationen von Keksen. Nur wegen Vater hatte er dafür später keine Zeit mehr. Gegen halb zehn würde dieser die Journalistin herbringen.

Er hob den Blick zur Uhr an der Wand. Es blieben ihm noch knapp zwei Stunden.

Blinzelnd unterdrückte Gaetano ein Gähnen, während er den Wagen mit den Blechen voller Cornetti-Teiglinge in Richtung Backofen schob.

Letzte Nacht war er zwar nur zu ein paar Stunden Schlaf gekommen, und selbst die zwei Espresso am frühen Morgen hatten kaum etwas gebracht. Trotzdem war er bester Laune. So hervorragender Laune sogar, dass sein Gehilfe ihn ganz verdattert anstarrte, als Gaetano ihn mit einem lauten *»Buongiorno«* begrüßte.

Dafür hatte er zusammen mit Ruggiero, Mafalda, Paola und Mimmo alles bis ins kleinste Detail durchgesprochen und organisiert. Ruggieros Plan war schlicht genial.

Allein schon beim Gedanken daran grinste Gaetano. Alles, was er zu tun hatte, war, heute Abend gegen 20 Uhr zusammen mit der Journalistin auf der Piazza Margherita zu sein. So blieb den anderen genügend Zeit, um sich um alles Weitere zu kümmern.

Die Geschichte von Orlando, dem Rasenden, und der schönen Angelica war ein Versepos von Ludovico Ariosto aus dem 16. Jahrhundert und gehörte quasi zur Pflichtlektüre an sämtlichen Mittelschulen Italiens. Wie der Titel schon sagte, handelte sie von Orlando, einem edlen Paladin Kaiser Karls des Großen, und dessen Kampf gegen die Sarazenen. Wahrscheinlich gerade deswegen gehörte die Erzählung schon seit Jahrhunderten zum sizilianischen Kulturgut. Auf den traditionellen, farbigen Holzkarren waren Szenen daraus aufgemalt, und noch heute gehörten die Abenteuer Orlandos zum Repertoire der berühmten *Opera dei Pupi*.

Gaetano erinnerte sich noch lebhaft an eine Vorstellung dieses Marionettentheaters, die er selbst vor ein paar Jahren gesehen hatte. Allein schon die Kostüme sowie das Bühnenbild waren spektakulär gewesen und längst nicht nur für Kinder ein absoluter Genuss.

Ha, wenn Vater wüsste, auf was er sich da eingelassen hatte.

Der Duft von frischem Backwerk erfüllte die Luft. Konzentriert spritzte er die kleinen Rosetten aus Mandelteig auf ein Backblech. Alle gleich groß, gleich geformt und in perfekter Linie – eine seit Jahren ins Blut übergegangene Bewegung, die er sogar im Schlaf hätte ausführen können. Auf jede Rosette setzte er dann die Hälfte einer kandierten Kirsche oder eine geröstete Mandel. Diese Biskuits waren simpel, aber beliebt.

Ebenso wie die sogenannten *Reginelle* – die Sesamkekse aus Mürbeteig. Den hatte er bereits gestern Abend vorbereitet und über Nacht in den Kühlschrank gelegt. Jetzt rollte er ihn zu einer langen, etwa zwei Finger dicken Wurst aus und schnitt sie in etwa pflaumengroße Stücke. Vorsichtig vermengte er die Teigstückchen anschließend in einem separaten Becken mit in Wasser aufgeweichten Sesamkörnern, bis sie völlig ummantelt waren. Mit raschen, präzisen Bewegungen formte er die Klümpchen zu einem länglichen Oval, ehe sie auf die Bleche und schließlich in den Ofen kamen.

Manchen Leuten mochten diese sich immer wiederholenden Arbeitsschritte monoton erscheinen, Gaetano fand sie hingegen beruhigend. Meistens kamen ihm bei solchen Tätigkeiten sogar Ideen für neue Kreationen.

Er sah auf, als mehrere Stimmen von oben aus dem Laden zu hören waren. Eine davon war unverkennbar die seines Vaters.

Ein Blick zur Uhr. Was? So spät schon?

Tief Luft holend, straffte er die Schultern. Showtime.

Im selben Moment trat Sasà aus dem Kühlraum, wandte den Blick zu Gaetano und riss sogleich entsetzt die Augen auf. »Dein Kittel, Mann«, wisperte er ihm zu und fuchtelte mit der Hand in Richtung von Gaetanos Brust. »Das sieht aus, als hättest du ein Schwein abgestochen.«

Was schwafelte er da? Gaetano blickte an sich hinunter und erstarrte. Ihm war vorhin beim Ansetzen des Teigs für die gefüllten Zartschmelzkekse eine Flasche Alchermes-Likör aus der Hand geglitten. Eine verräterische Spur von dunkelroten Spritzern zog sich nun quer über seine ganze Brust.

Verdammt.

Hastig nestelte Gaetano an den Knöpfen des Kittels.

Schon waren Schritte auf der Treppe zu hören.

»Hier im Untergeschoss befindet sich der Produktionsbereich«, rief Vater mit vor Euphorie hallender Stimme. »Hier entstehen all die wunderbaren Kreationen.«

Nur einen Atemzug später stand er am Eingang zur Backstube bei der Knetmaschine, mit geschwellter Brust, die Arme weit ausgebreitet. »Da ist er ja.«

Neben ihm trat eine Frau näher.

Und selbst wenn er gewollt hätte, hätte Gaetano sich nicht mehr rühren können, denn die Zeit schien auf einmal stillzustehen, als die schöne Angelica vor ihm stand.

KAPITEL 6

Sizilianität

Der Duft nach warmem Teig und Hefe umfing Helene, sobald sie hinter Bürgermeister Cusimano die Backstube betrat.

»Buongiorno! Buongiorno a tutti«, rief Cusimano laut, um das Surren der Knetmaschinen zu übertönen. »Ich bringe euch reizenden Besuch aus Deutschland. Signora Helene Mechler.«

Reizend? Gute Güte, so hatte sie niemand mehr betitelt, seit sie zwanzig gewesen war. Also vor mehr als fünfzehn Jahren. Lange vor Heirat und Scheidung.

Augenblicklich hielten sämtliche Angestellten in ihrer Arbeit inne, hörten sogar mitten im Erdbeerenputzen auf und reckten neugierig die Hälse.

Helene bemühte sich um ein Lächeln, das hoffentlich nichts davon erkennen ließ, wie unwohl sie sich fühlte. Sie hatte es noch nie gemocht, im Zentrum der Aufmerksamkeit zu stehen. »Hallo. Guten Tag«, sagte sie auf Deutsch und biss sich sogleich auf die Zunge.

Verflixt, das war ihr völlig spontan herausgerutscht, es war manchmal eine Krux, zweisprachig zu sein.

Doch Cusimano schien gar nichts davon mitbekommen zu haben, als er erklärte: »Darf ich vorstellen, das ist mein Sohn. Der Besitzer des Geschäfts.« Dabei zeigte er auf den groß gewachsenen Mann mit dem roten Bandana auf dem Kopf, der dort am Arbeitstisch stand und aussah, als wäre er mitten in der Bewegung zur Salzsäule erstarrt. Seine linke

Hand steckte in einer Aluminiumschüssel, während die über und über mit Sesamkörnern verklebten Finger seiner rechten einen der runden Knöpfe seiner Jacke zu umklammern schienen.

Seine Jacke ... Die war quer über die Brust mit roten Spritzern verkleckert. Sesamkörner verzierten den Stoff dort, wo seine Hand die Knopfleiste berührte.

Definitiv nicht die Erscheinung, die Helene erwartet hatte. Noch mehr aus der Fassung brachte sie jedoch jener unverwandte Blick, mit dem er sie bedachte.

Er schien ihr Erstaunen zu bemerken. Sofort ließ er die Hand zurück in die Schüssel sinken, straffte stattdessen die Schultern und wandte rasch den Blick ab.

Wow, seine Wimpern waren so lang, dass manche Frau dafür getötet hätte.

Helene schluckte, erinnerte sich augenblicklich wieder an ihre Professionalität und trat kurz entschlossen vor. »*Buongiorno.* Mein Name ist Helene Mechler. Freut mich, Sie kennenzulernen«, sagte sie – dieses Mal ganz bewusst auf Italienisch – und hielt ihm die Hand zum Gruß hin. Wurde sich jedoch im gleichen Atemzug des Fehlers bewusst. Mist ...

»Tja ...« Ein kurzes Grinsen zuckte an seinem Mundwinkel, als er endlich den Blick auf seine eigenen Hände senkte. »Entschuldigung.« Damit streckte er ihr den Ellenbogen entgegen. »Gaetano. Freut mich ebenso. Ich bin allerdings nicht der alleinige Besitzer.« Er hob den Blick zu dem Mann mit dem grünen Bandana, der leise und unauffällig rechts neben sie getreten war. »Das ist mein Teilhaber und Cousin, Rosario Macaluso.«

»Damit wäre dann wohl ich gemeint«, sagte der Angesprochene, wischte die nasse Hand an seiner Schürze ab und steckte sie ihr mit einem fröhlichen Augenzwinkern entgegen. »Sehr erfreut. Aber hier nennen mich alle nur Sasà.« Sein Händedruck war warm und überraschend kräftig, obwohl er etwas schmächtiger von Statur schien als Gaetano.

Man sah ihnen jedoch die Verwandtschaft eindeutig an: Beide hatten die gleichen Augen von der Farbe gerösteter Kastanien sowie die gleichen hohen Wangenknochen. Sasàs Gesicht war allerdings etwas länger, und Schalk funkelte in seinem Blick. Dagegen wirkten Gaetanos Züge geradezu so unnahbar wie die einer antiken Bronzestatue.

Sindaco Cusimano schien zufrieden. »Wunderbar, dann ist ja alles geklärt. Gaetano wird sich während Ihres Aufenthalts hier in Castelbuono um Sie kümmern. Bei ihm sind Sie in den allerbesten Händen. Auch wenn er sich …«, er hielt inne und warf seinem Sohn einen vorwurfsvollen Blick zu, »… besser erst umziehen sollte.«

»Machen Sie sich bitte meinetwegen keine Umstände«, warf Helene ein. »Ich will Ihnen keine Zeit rauben, sondern nur ein paar Fragen stellen. Wenn ich Ihnen sonst bei der Arbeit über die Schulter schauen könnte, wäre das großartig. Ich stehe Ihnen auch bestimmt nicht im Weg, versprochen.«

Einmal mehr erstaunte der *pasticciere* sie jedoch, als er plötzlich lächelte. »Ganz im Gegenteil, ich freue mich, Ihnen bei Ihrer Recherche behilflich zu sein«, sagte er, während er sich seelenruhig die gröbsten Sesamsamen von den Händen rieb. »Aber mein Vater hat recht. Wenn Sie mich bitte kurz entschuldigen, während ich mich umziehe. Sasà wird Ihnen inzwischen alles zeigen.« Dann ging er um den Arbeitstisch herum und legte dem Bürgermeister noch immer lächelnd die Hand auf die Schulter. »Mach dir keine Sorgen, Papà. Wir haben hier alles unter Kontrolle.«

Ohne ein weiteres Wort wandte er sich um. Als hätte er den von Sesamkörnern verzierten Abdruck nicht bemerkt, den seine Hand auf dem Hemd seines Vaters hinterlassen hatte.

Sah das denn sonst keiner?

Schon öffnete Helene den Mund und holte Atem, um etwas zu sagen. Doch dann erkannte sie Sasà, der hinter dem Bürgermeister in ihr Blickfeld trat und heftig den Kopf schüttelte, während seine Lippen ein lautloses »Nein« formten.

Wie? Aber …

»Wenn somit alles geklärt ist, verabschiede ich mich jetzt«, verkündete der Bürgermeister und wandte sich an Helene. »Sollten Sie irgendetwas brauchen, melden Sie sich ungeniert, ja?«

»Ähm, natürlich …« Helene bemühte sich eisern darum, nicht auf den hellbraunen Fleck auf der Schulter des Älteren zu starren. »Vielen Dank.«

Der *sindaco* machte eine selbstgefällige Miene. »Ich bitte Sie. Es ist Castelbuono eine Ehre, Sie hier zu haben, und Gastfreundschaft wird bei uns großgeschrieben.« Mit dem Zeigefinger der einen Hand tat er, als kritzelte er etwas in die Luft. »Erwähnen Sie das ruhig in Ihrem Artikel. *Arrivederci* und bis bald.«

Schließlich wandte er sich auf dem Absatz um, beugte sich im Vorbeigehen zu Sasà, küsste ihn auf die eine Wange, tätschelte ihm die andere, ehe er lässigen Schrittes die Treppe hochstieg und so den Blicken aller entschwand.

»Grundgütiger«, murmelte Helene zu sich selbst und atmete heimlich auf. Sie war selten zuvor einem so anstrengenden Menschen begegnet. Schon gestern bei ihrer Ankunft hatte Bürgermeister Cusimano sie so überschwänglich empfangen, dass nur noch eine Blaskapelle gefehlt hätte, um das Ereignis gebührend zu würdigen. Während all seiner Ansprachen hatte er keine Möglichkeit ausgelassen, um ihr Castelbuono in allen Formen und Farben anzupreisen.

Das war natürlich alles nur gut gemeint, das wusste Helene. Sie hatte Cusimano schließlich angeschrieben und um Unterstützung gebeten, und er wäre ein schlechter Bürgermeister, würde er nicht alle Register ziehen, um seine Stadt im strahlendsten Licht darzustellen.

Trotzdem … Als Resultat davon war sie seit ihrer Ankunft kaum zur Ruhe und gerade mal zu vier Stunden Schlaf gekommen. Gestern Abend hatte man für sie zudem noch ein Empfangsdiner auf dem Schlosshof organisiert. Dabei waren sogar zwei Vertreter des Lokalblatts sowie der *parroco* – einer der örtlichen Geistlichen – anwesend gewesen.

»Ja, unser *Signor sindaco* kann manchmal ziemlich nervtötend sein«, hörte sie auf einmal die leise amüsierte Stimme neben sich und sah auf. Sasà stand mit vor der Brust verschränkten Armen neben ihr und blickte noch immer zur Treppe.

»Das eben war auch nicht gerade die feine englische Art«, raunte sie Sasà zu und gab sich alle Mühe, möglichst neutral zu klingen. Was auch immer da zwischen Vater und Sohn schwelte, ging sie schließlich nichts an. Allerdings fühlte es sich an, als hätte sie sich mit ihrem Schweigen automatisch zur Komplizin gemacht. Das war nicht nur falsch, sondern noch dazu unprofessionell und völlig entgegen ihrer moralischen Werte.

»Stimmt, das war es nicht«, pflichtete ihr Sasà mit auf den ersten Blick zerknirschter Miene bei. Bis auf einmal wieder dieses vergnügte Schmunzeln auf seinem Gesicht erschien und er sagte: »Aber bei uns heißt es nicht umsonst, dass die besten Streitigkeiten diejenigen mit der Familie sind.«

Doch ehe sie irgendetwas darauf erwidern konnte, fasste er sacht an ihren Ellenbogen und zog sie auch schon mit sich zum Eingang des Produktionsbereichs. Dort reichte er ihr ein in Plastikfolie gewickeltes Päckchen und ein Paar schwarze Crocs. »Oberste Regel im Produktionsbereich: Wir arbeiten hier mit Lebensmitteln, somit muss absolute Sauberkeit herrschen.«

Wenig später stand sie in einem Kittel aus weißem Vlies, mit einer Haarhaube auf dem Kopf sowie den viel zu großen Crocs an den Füßen am Waschbecken und schrubbte sich die Hände.

So weit, so gut, redete sich Helene in Gedanken zu. Sizilianer waren offenbar ein besonderes Völkchen. Mit einer eigenen Sprache, einer eigenen Mentalität und einem ganz eigenen Humor. So viel hatte sie in den wenigen Stunden auf der Insel immerhin begriffen.

Als sie den Blick hob, sah sie Gaetano bereits warten. Seine Hände waren nun sauber. Statt des fleckigen Kittels trug er jetzt eine neue, blütenweiße Konditorenjacke, deren Ärmel er sich bis zu den Ellenbogen hochgekrempelt hatte. Dadurch war der Teil einer Tätowierung auf seinem rechten Unterarm zu sehen.

Ein Lebensbaum? Nein. Viel eher eine Art Busch. Helene konnte es aus der Distanz nicht recht erkennen.

Sie ließ sich Zeit beim Händewaschen. Das gab ihr die Gelegenheit, den Sizilianer ganz unauffällig zu beobachten: Wie bei vielen Südländern hatte auch seine Haut einen olivfarbenen Ton. Seine Gesichtszüge waren ebenmäßig, aber mit strengen Kanten, was auch an dem Ansatz eines Dreitagebarts und den dichten Augenbrauen liegen mochte. Zwar war sein Haar von dem Bandana bedeckt, doch an seinen Schläfen und am Kinn waren bereits einzelne silberne Fäden zu erkennen. Helene schätzte ihn auf ungefähr Mitte dreißig, vielleicht ein, zwei Jahre älter als sie selbst.

»Fertig, bereit und zur Stelle«, sagte sie, nachdem sie sich die Hände ebenso gründlich abgetrocknet hatte, und trat in gespielter Habachtstellung vor ihn hin.

Gaetano sah sie an, ein kurzes, winziges Lächeln kräuselte seine Lippen. *»Un caffè?«* Mit der Hand deutete er auf zwei kleine Pappbecher, die neben Zuckertütchen und zwei kleinen Löffeln auf einem Teller bereitstanden.

Helene hatte zwar bereits im Hotel gefrühstückt, doch das Anbieten eines Kaffees gehörte zum Kennenlernzeremoniell. Außerdem roch der Espresso viel zu verführerisch, als dass sie hätte widerstehen können.

Während er an seinem Ristretto nippte, zog Gaetano ein gefaltetes Blatt Papier aus seiner Jackentasche. »Bevor wir anfangen ... Ist es Ihnen recht, wenn wir uns duzen? Wir werden schließlich die nächsten paar Tage miteinander zu tun haben.« Dabei faltete er das Blatt auseinander.

In Gedanken atmete Helene auf. Gott sei Dank, eine Förmlichkeit weniger. »Gerne. Wie gesagt, ich bin Helene.«

»Elena«, wiederholte er und nickte. Einen winzigen Moment lang blieb sein Blick erneut an ihrem hängen.

Himmel, diese Wimpern ... Und warum klang ihr Name so anders, wenn Gaetano ihn auf Italienisch aussprach?

Doch dann wandte er sich sogleich wieder ab und konzentrierte sich auf das Papier in seiner Hand. »Mein Vater hat mir den Ablauf deines Aufenthalts hier in Castelbuono aufgeschrieben.« Seine Stirn legte sich in Falten. »Da hast du dir aber ganz schön viel vorgenommen.«

Helene bückte sich nach dem Tablet in ihrer Tasche und rief das Programm ebenfalls auf. »Na ja, es ist vielleicht etwas sportlich, aber mein Ziel ist es, so viele Informationen wie möglich zu sammeln und bestenfalls noch neue Quellen zu entdecken.« Und dafür brauchte sie ein möglichst breites Informationsspektrum, was wiederum einen ebenso weiten Suchradius verlangte.

Rasch erklärte sie ihm, was es genau war, wonach sie suchte. Und je länger sie davon sprach, umso flammender wurde ihr Enthusiasmus. »Es geht nicht nur um die kulinarische Spezialität selbst, sondern um die Geschichte dahinter. Erst die macht das Ganze zu etwas Besonderem. Zu einem Unikat, dessen Ursprung hundert, fünfhundert oder sogar über tausend Jahre zurückliegt. Das kultur-kulinarische Erbe, das sich bis in die heutige Zeit behauptet hat. So wie das Manna.«

Sogleich rief sie die dazugehörigen gespeicherten Notizen in ihrem Tablet auf. »Die erste Dokumentation einer groß angelegten Kultivierung von Manna-Eschen hier in Castelbuono reicht in das 15. Jahrhundert zurück. Trotzdem sollen es byzantinische Mönche gewesen sein, die die Tradition des Manna aus dem Nahen Osten nach Sizilien gebracht haben. Und zwar bereits viel früher, zwischen dem 7. und 9. Jahrhundert nach Christus.«

Gaetano schnaubte belustigt. »Wie ich sehe, hast du deine Hausaufgaben gemacht.«

»Das will ich doch hoffen. Meine Kollegen und ich haben uns nicht umsonst schon seit Monaten mit der Recherche beschäftigt«, antwortete Helene. Hatte er etwa erwartet, dass sie völlig unvorbereitet hier ankam?

Von wegen. Sie hatte die nächsten zwei Wochen hier in Castelbuono bis auf die Minute genau durchgeplant: Für den heutigen Tag und morgen bis 12:30 Uhr war der Einblick in die Produktion hier im *Il Frassino* vorgesehen. Um 13 Uhr hatte man sie zum Mittagessen bei einer Familie im Ort eingeladen. Dort würde man sie am Nachmittag in die traditionelle Herstellung eines lokalen Käses aus Ziegenmilch einführen, dessen Ursprung angeblich von den Römern auf die Insel gebracht wurde.

Die folgenden Tage würde es ähnlich weitergehen. Castelbuono war der ideale Ausgangspunkt, um Ortschaften in der Umgebung zu inspizieren, in denen ebenso vielversprechende lokale Spezialitäten zu finden waren. Zwei davon gingen offenbar sogar bis auf die Epoche der Bourbonen zurück.

Danach stand die Weiterfahrt in die Region Messina und schließlich eine Reise entlang der Ostküste bis nach Catania auf dem Programm. Es ging nichts über eine effiziente Planung und ein durchdachtes Zeitmanagement. Zeit war Geld, und je schneller sie alle Artikelthemen gefunden hatten, umso eher konnten sie wieder zurück nach Berlin. Zurück zu ihrem geordneten, deutschen Leben. Perfekt.

»Aha«, erwiderte Gaetano jedoch offenbar völlig unbeeindruckt. Einzig seine rechte Augenbraue fuhr in die Höhe, als er den Blick zurück auf die Liste richtete und erneut Punkt um Punkt darauf überflog.

Dann machte er jenes Geräusch, das offenbar zum hiesigen Dialekt gehörte. Seit ihrer Ankunft auf der Insel hatte Helene es schon so oft gehört: Es klang wie ein Zungenschnalzen, nur viel lauter. Fast wie ein stark betontes *»Ntz«*. *»Non va bene così.«*

»Wie?« Helene stutzte. Was meinte er mit »Das ist nicht gut so«?

Doch zur Antwort hob er nur beschwichtigend die Hand. »Gib mir eine Minute.« Ohne ihre Antwort abzuwarten, drehte er sich um und ließ sie einfach dort im Gang stehen.

Fassungslos starrte sie auf den hin und her schwankenden Vorhang, hinter dem Gaetano eben verschwunden war. Was war denn nun schon wieder in ihn gefahren?

Von der anderen Seite des Vorhangs konnte sie seine Stimme hören, während er offenbar telefonierte. *»Ò cucì, tutt' a posto?«*

Cucì? Das musste die Kurzform von *cugino* sein, und das hieß Cousin. Aber wozu, in aller Welt, rief er denn jetzt seinen Verwandten an?

Es folgte ein Schwall von Wörtern in Dialekt, die Helene trotz aller Mühe nicht verstand. Sie lauschte sogar so konzentriert, dass sie einen Schritt zurückschreckte, als der Vorhang plötzlich wieder zur Seite geschoben wurde und Gaetano mit einem zufriedenen Grinsen im Gesicht heraustrat.

»Zieh das aus, wir gehen«, sagte er, an ihrer Schutzkleidung zupfend.

Was? »Aber ...« Sie blieb reglos stehen und starrte den Sizilianer an. Er hatte inzwischen seine Arbeitskleidung abgelegt und trug nun Jeans und ein Poloshirt. »Gehen? Wohin denn?«, fragte sie entgeistert. Das entsprach keineswegs dem Programm.

Doch Gaetano winkte bereits Sasà näher, redete kurz auf diesen ein, worauf der nickte, sich zu Helene umdrehte und ihr augenzwinkernd ein »Daumen hoch!« gab.

Verständnislos schüttelte sie den Kopf. Herrgott, was war nur mit diesen Sizilianern los?

Endlich schien ihr Zögern offensichtlich genug zu sein, damit sich auch Gaetano an sie wandte und erklärte: »Du willst doch mehr über Manna wissen, oder? Was du hier siehst, ist jedoch nur das Endprodukt. Um die Geschichte dahinter zu verstehen, musst du ganz an den Anfang zurück, darum fahren wir jetzt zu einem Eschenhain. Du hast Glück, die Manna-Ernte hat gerade angefangen.«

»Oh.« Mit einem Schlag kam Helene in Bewegung. Atemlos griff sie nach ihrer Tasche und streifte sich Haarnetz und

Schutzmantel ab, während sie Gaetano die Treppe hinauf folgte. »Wow, das ist großartig.« Das war es wirklich. Peinlich nur, dass sie nicht selbst darauf gekommen war.

»Der Eschenhain liegt etwas außerhalb von Castelbuono. Wir nehmen den Lieferwagen. Der steht nicht weit von hier«, sagte Gaetano, während sie nach draußen in den grellen Sonnenschein traten.

Helene blinzelte. Ein paar Touristen saßen Schatten suchend an den Tischen auf der Piazza. Kein Wunder, es war noch nicht einmal halb elf morgens, doch die Hitze machte sich bereits bemerkbar.

Gaetano ging voraus. Vorbei an einer Gruppe von älteren Männern, die dort auf Plastikstühlen vor einem angrenzenden Lokal saßen. An der Wand neben dem Eingang hing ein Holzschild mit der Aufschrift *Circolo Amici della Musica* – Club der Musikfreunde. Das klang nett.

»Das hier ist einer der ältesten Stadtteile Castelbuonos, und die Straßen sind zu eng für Autos. Zum Beladen und Zuliefern zum *Il Frassino* fahren wir darum meistens von der Südseite heran und parken den Lieferwagen da, wo's gerade geht«, erklärte er, während er nach rechts in ein Seitengässchen abbog, das so schmal war, dass nur jeweils eine Person nach der anderen hindurchpasste.

Auch hier ging Gaetano voraus. Helene war das aber nur recht, denn das gab ihr Zeit, die Umgebung zu betrachten.

Fasziniert hob sie den Blick die Fassaden links und rechts entlang in die Höhe. Die Häuser waren zwar gepflegt und in gutem Zustand, hier und da hatte man jedoch die Granitblöcke der alten Grundmauern unverputzt gelassen. In Kombination mit den aus groben Steinquadern gepflasterten Straßen und Gehwegen war es, als wandelte man durch die Vergangenheit.

Weiter oben schienen sich die schmalen Balkone zum Teil fast zu berühren. Lange, weiß-blau gestreifte Vorhänge waren zum Schutz gegen die Sonne bis über die Balkongeländer gelegt und wallten sanft im Wind.

Beidseits des Gässchens verliefen weitere breitere und noch schmalere Gehwege zwischen den Häusern. Zum Teil sogar als Treppen. Andere wiederum verschwanden unter Durchgängen aus Mauerbögen.

Schon nach kurzer Zeit hatte Helene völlig die Orientierung verloren. Wie fand man sich in diesem Gewirr aus verwinkelten Sträßchen und Wegen nur zurecht?

Sie trat beiseite, als ihnen ein Mann entgegenkam. An einem Strick führte er einen gemütlich trottenden Esel hinter sich her. Auf dessen Rücken hing links und rechts je eine offene Sperrholzkiste mit der Aufschrift »Castelbuono«.

»Eine witzige Idee, Esel als Werbeträger zu benutzen«, sagte Helene an Gaetano gewandt.

Dieser drehte den Kopf zu ihr und sah sie mit gerunzelter Stirn an. »Wieso Werbeträger? Die Esel sind unsere Müllabfuhr.«

Sie stutzte. »Ihr benutzt Esel für das Einsammeln von Müll?«

»Keine Angst, die Tiere werden gut gehalten«, warf Gaetano sogleich ein. »Vor ein paar Jahren hat man sie als Teil eines Pilotprojekts zur Wiederbeschäftigung und Reintegration Benachteiligter eingeführt. Eine sehr nachhaltige Lösung, und die Esel kommen problemlos durch so enge Gassen, wo ein gewöhnlicher Müllwagen nie hindurchpassen würde.« Er schmunzelte. »Inzwischen sind sie schon fast eine Art Maskottchen geworden.«

Sie waren einfallsreich, diese Castelbuonesi, überlegte Helene. Das musste man ihnen lassen.

Nach einer Abzweigung wurde die Straße wieder so breit, dass entlang der rechten Häuserseite sogar Autos parken konnten.

»Da sind wir«, rief Gaetano ihr über die Schulter zu und drückte den Autoschlüssel in seiner Hand.

Sogleich ertönte das leise Klicken einer Autoverriegelung, und die Rückleuchten des dort stehenden weißen Lieferwagens blinkten zweimal auf.

Helene blieb augenblicklich stehen, sobald sie den Wagen erkannte. Einen kleinen Citroën-Van. An dessen Heck war die Zeichnung eines Firmenlogos zu erkennen: eine stilisierte Baumkrone. Dieselbe Zeichnung, die er als Tätowierung auf dem Arm trug. Und jetzt konnte sie auch den Schriftzug deutlich lesen – *Il Frassino.*

»Du warst das?«, rief sie und stemmte vor Empörung die Fäuste in die Seiten. »Du hast mich gestern beinahe umgefahren?«

Gaetano war bereits beim Wagen angelangt, drehte sich nun aber mit der Hand an der Tür um und sah sie an. Verständnislosigkeit war in seiner Miene zu lesen. »Was meinst du?«

»Gestern«, wiederholte Helene schnaubend. »Ich hatte am Straßenrand angehalten, um Fotos zu schießen, als du an mir vorbeigebraust bist und mich dabei um ein Haar gestreift hast.«

Er schüttelte den Kopf.

Typisch Mann. Natürlich konnte er sich nicht an solche Kleinigkeiten erinnern.

»Ein roter Cinquecento?«, versuchte sie es erneut. »Kurz nach Mittag? Nur ein paar Kilometer vor Castelbuono? Du hast mich sogar angehupt.«

Jetzt hellte sich sein Gesicht endlich auf. »Ach ja, der rote Cinquecento. Richtig.« Und sogleich wurde sein Tonfall ernst. »*Ntz.* Das war sehr unvorsichtig. Du solltest dich besser vorsehen, hier wird anders gefahren als in Deutschland.« Er nickte, um seine Worte zu unterstreichen, und stieg ins Auto.

War das etwa alles?

Resigniert stieß Helene den Atem aus und trottete zum Lieferwagen. Sie waren einfach unglaublich, diese Sizilianer.

Der Weg zum Eschenhain führte sie aus dem Städtchen hinaus, zur Hauptstraße in Richtung Küste. Kurve um Kurve vorbei an Feldern und Olivenbäumen, so weit das Auge reichte.

Kein Zweifel, Gaetano hatte einen anderen, weit flotteren Fahrstil als sie selbst. Doch er fuhr sicher. Außerdem kannte er die Gegend wie seine Westentasche, wusste bereits im Voraus, wo die besonders engen Kurven lagen und wo er den Wagen hingegen ausrollen lassen konnte.

Zu ihrem eigenen Erstaunen entspannte sich Helene und empfand schon nach kurzer Zeit nicht mehr das Bedürfnis, sich am Türgriff festzuklammern.

Wenn nur wenigstens das Radio laufen würde, die Stille war erdrückend.

»Ich wusste gar nicht, dass dein Cousin einen Eschenhain besitzt«, sagte sie, um das Schweigen mit einer Konversation zu füllen, und sei sie noch so banal.

Er wandte nur ganz kurz den Blick von der Straße ab und sah sie verwundert an. »Mein Cousin?«

»Na ja, ich habe dich vorhin telefonieren hören. Und du hast jemanden *cucì* genannt. Also dachte ich …« Sie brach mitten im Satz ab, als Gaetano laut auflachte.

Ja, er lachte sogar so heftig, dass ihm Tränen in die Augen traten. Dabei hatte sie doch gar nichts Witziges gesagt.

»Ah«, seufzte er, sobald er endlich wieder zu Atem kam. Noch immer glucksend erklärte er dann: »Im Sizilianischen nennen wir auch gute Bekannte oder Freunde so. Quasi als Zeichen, dass sie für uns auch zur erweiterten Familie gehören. Was jedoch nicht heißt, dass sie wirklich Blutsverwandte sind. Darum benutzen wir das Wort auch keinesfalls leichtfertig.«

Er legte die Fingerspitzen von Daumen, Zeige- und Mittelfinger aneinander, als würde er eine Prise Salz verstreuen. »Auf Betonung und Situation – darauf kommt es an. Je nachdem, wen man in welcher Situation so anspricht, kann das sogar zu richtig Ärger führen.«

»Oh.« Du lieber Himmel, das war ja ein wahres Minenfeld.

»Mario, der Besitzer des Eschenhains, zu dem wir jetzt fahren, ist schon seit Jahren unser Lieferant und ein echter *mannaluòru*. So nennt man die Manna-Bauern«, erklärte Gaetano weiter. »Ich kenne ihn seit einer Ewigkeit. Er ist zuverlässig, und sein Produkt ist von ausgezeichneter Qualität.« Er zeigte erneut sein kleines Lächeln. »Deshalb *cucì*.«

»Verstehe.« Trotzdem blieb Helene für den Rest der Fahrt in Gedanken versunken. So nuancenreich hätte sie diesen Dialekt gar nicht eingeschätzt. Ihr Germanistik-Professor an der Uni hatte jedoch immer behauptet, dass erst die Sprache der Mentalität eines Menschen wirklich Ausdruck verlieh und sie so zu einer klar definierten Eigenschaft machte.

Helene seufzte stumm auf. Wenn das stimmte, dann war diese Sizilianität noch viel schwerer zu deuten, als es bisher schon den Anschein gehabt hatte.

KAPITEL 6

Manna vom Baum

Während er rechts auf den Schotterweg abbog, fragte sich Gaetano schon zum dreiundvierzigsten Mal, was er hier eigentlich tat.

Alles, was er sich vorgenommen hatte … All seine guten Vorsätze von Coolness und freundlicher Zuvorkommenheit mit dem unmissverständlichen Touch von Unnahbarkeit – alles weg. Mit einem Schlag in Luft aufgelöst. Futsch. Stattdessen saß er hier neben einer Frau, der er nie zuvor begegnet war, und musste sich mit aller Kraft dazu zwingen, auf die Straße zu achten, ohne dass sein Blick ständig wie von selbst in ihre Richtung wanderte.

Elena. Ihm gefiel der Klang des Namens.

Der Luftschwall der Klimaanlage trug den Geruch ihres Deos zu ihm herüber: frisch, natürlich und nicht zu süß. Der Duft passte gut zu ihr.

Gaetano lenkte den Wagen vorsichtig über den holprigen Weg, bremste hier und da, um besonders großen Schlaglöchern auszuweichen, bis sie eine Natursteinmauer erreichten. Ein offenes Eisentor führte auf einen größeren Parkplatz, wo bereits ein Auto und ein Moped im Schatten eines Olivenbaums standen.

Er brachte das Auto daneben zum Stehen. »Da wären wir.«

Auf den sanften Hügelwellen vor ihnen erstreckten sich Reihe um Reihe von Bäumen mit zierlichen Stämmen und lichten Laubkronen.

Schon von Weitem sah Gaetano seinen Bekannten Mario näher kommen. Mit seinem von der Arbeit im Freien und von Sonne und Wind verbrannten Gesicht, das ihn viel älter wirken ließ. Dabei war er sogar einige Jahre jünger als Gaetano. Staub und trockene Erdkrumen bedeckten seine Arbeitsschuhe und die Hosen, am Ausschnitt seines T-Shirts hatten sich bereits dunkle Schweißränder gebildet.

Ungeachtet dessen zog sich Mario den Basthut vom Kopf, umarmte Gaetano zur Begrüßung und reichte Elena die Hand. »Willkommen in meinem kleinen Reich.«

»Danke, dass du dir so kurzfristig Zeit genommen hast«, sagte Gaetano.

»Ja, das ist unglaublich nett von Ihnen. Ich bin schon ganz gespannt«, ergänzte Elena. »Wie ich höre, hat die Manna-Ernte begonnen?« Vor lauter Erwartung strahlten ihre Augen. Im Sonnenlicht hatten sie die Farbe von hellem Olivgrün, stellte Gaetano erstaunt fest. Er hätte vorhin schwören können, sie wären braun.

Der Manna-Bauer winkte ab. »Nicht der Rede wert, wir sind ohnehin schon seit heute früh hier. Es sind zwar noch nicht alle Bäume so weit – es hat im vergangenen Monat zu viel geregnet –, aber ein paar können wir bereits schneiden.« Während er sich umdrehte, winkte er Elena, ihm zu folgen. »Kommen Sie, ich zeige es Ihnen.«

Dieses Mal ließ Gaetano Elena vorausgehen. So konnte er sie beobachten, ohne dass es auffiel.

Sie war groß – fast so groß wie er selbst – und hatte die Ausstrahlung einer Frau, die ganz genau wusste, was sie wollte. Das mochte auch mit ihrem Alter zu tun haben. Sie war keines dieser jungen, unentschlossenen Dinger mehr. Ihm gefiel ihre unverfälschte Natürlichkeit. Vor allem, wenn sich ihre Wangen vor Begeisterung röteten und sie, so wie jetzt, mit großen Augen Marios Ausführungen lauschte.

Am Morgen hatte sie ihr schulterlanges welliges Haar noch offen getragen, es inzwischen jedoch zu einem Knoten am Hinterkopf hochgesteckt. Ein paar widerspenstige, nussbraune Locken fielen ihr jedoch immer wieder ins Gesicht und betonten ihre Züge noch mehr: die feine Nase, die vollen Lippen. Den Hauch von bronzefarbener Tönung ihrer Haut. Eigentlich sah sie überhaupt nicht so aus, wie er sich eine typische deutsche Frau vorstellte.

»Der Baum gibt nur Manna, wenn er über längere Zeit trocken steht. Man erkennt es an der Färbung der Laubblätter«, erklärte der *mannaluòru* und zog den Ast der nächststehenden Manna-Esche herunter. »Hier. Die Ränder werden gelblich braun. Das heißt, der Baum ist reif und kann geschnitten werden.«

Gaetano schmunzelte, während er zusah, wie Elena sogleich nach ihrem Handy griff, ein Foto der Laubblätter machte und dann etwas in ihren Notizblock kritzelte. Ihr Tablet hatte sie in der Pasticceria gelassen. Dabei presste sie die Lippen so konzentriert zusammen, dass sich auf ihren Wangen Grübchen bildeten.

»Das heißt also, dass kein Manna geerntet werden kann, wenn der Sommer zu nass ist?«, fragte sie.

Mario nickte. »Die Bäume bilden dann kein Harz. Auch nicht, wenn es zu heiß ist. Das ist auch der Grund, weshalb die Manna-Produktion nie im industriellen Stil betrieben werden konnte, obwohl die Nachfrage jahrhundertelang oft sogar beträchtlich war. In guten Jahren können wir bis weit in den Oktober hinein ernten, sind aber sehr abhängig vom Wetter, und die Arbeit ist noch dazu ein Knochenjob.«

Er zwinkerte und deutete mit dem Kinn auf den jungen Burschen, der eine Baumreihe weiter vorn mit einer Hacke die Erde rund um die Stämme auflockerte und Unkraut ausriss.

»Kaum einer der Jungen lässt sich heutzutage noch auf so was ein. Und wenn, dann nur für einen Wucherlohn.« Den letzten Satz fügte er bewusst laut hinzu, worauf der Bursche den Kopf hob und breit grinste.

Mit der Spitze seines großen sichelförmigen Messers machte Mario einen ungefähr fingerlangen Schnitt in eine der überhängenden Astgabeln. »Das Harz rinnt langsam aus den Ritzen heraus ...«, erklärte er, während er vorsichtig einen kleinen Aluminiumtrichter direkt unterhalb des Schnitts platzierte und einen Nylonfaden daran festband. »... Und tropft dann den Faden entlang zu Boden.«

Tatsächlich war bereits ein erster winziger Tropfen an der Schnittstelle zu sehen.

»Beim Austreten ist das Harz noch bitter. Sobald es aber mit Sauerstoff in Kontakt kommt, verhärtet es sich und nimmt die typisch weißliche Farbe sowie einen süßlichen Geschmack an. So wie hier zum Beispiel.« Mario zeigte auf den fast bis zum Boden reichenden weißen Stalaktiten an einem der gegenüberliegenden Bäume.

»Wow«, flüsterte Elena, kniete sich auf den Boden, zog das Handy hervor und knipste ein Foto nach dem anderen. Zwischendurch griff sie sich jedoch immer wieder in den Nacken.

»Das ist unglaublich. Schau nur, wie lang dieses Röhrchen ist.« Lachend und mit vor Begeisterung leuchtenden Augen drehte sie sich zu Gaetano um. »Und um auch wirklich keinen Tropfen zu vergeuden, wird das Blatt einer Feigenkaktee unter den Faden gelegt. Das ist so simpel und doch so genial.« Mit dem Finger zeigte sie auf das tellerförmige Kakteenblatt am Boden direkt unter dem Stalaktiten, in dem sich bereits ein paar Tropfen Manna angesammelt hatten. Sogleich fuhr sie sich mit der Hand erneut über den Nacken.

»Das Manna an den Fäden nennt man *cannòli*«, sagte Gaetano, froh, wenigstens etwas beitragen zu können.

»Ganz genau«, bestätigte Mario und winkte dem Burschen, der sogleich mit einem Gemüsekasten aus Plastik herbeigeeilt kam. Darin lagen, sorgfältig über Kreuz gestapelt, bereits mehrere *cannòli*.

»Das ist die begehrteste Produktform, da sie kaum Verunreinigungen aufweist«, fuhr der Manna-Bauer fort, kniete neben Elena nieder und begann, Stück um Stück des Stalaktiten von unten her abzubrechen und zu den anderen in den Kasten zu legen.

Während Elena ihm dabei zusah, schien sie vor Spannung fast zu vergessen zu atmen. »Darf ich auch mal? Ich möchte zu gerne wissen, wie sich das anfühlt.«

»Bitte.« Mario lachte und rutschte beiseite. »Ich wollte, ich hätte mehr so arbeitsbegierige Helfer.«

Es war heiß geworden, und hier auf dem offenen Feld brannte die Sonne unerbittlich. Gaetano fühlte, wie ihm unter dem Poloshirt ein weiterer Schweißtropfen über den Rücken rann. Doch auch wenn er sich den Grund dafür nicht erklären konnte, hätte er diesen Anblick um nichts in der Welt verpassen wollen.

Vor lauter Konzentration biss sich Elena auf die Unterlippe, während sie vorsichtig – ganz vorsichtig – Marios Beispiel folgte und einen weiteren *cannòlo* vom Faden löste und zu den anderen legte.

»Das fühlt sich seltsam mehlig an. Und viel zerbrechlicher, als ich gedacht hätte«, flüsterte sie, fast, als redete sie mit sich selbst, und betrachtete den hellen Schmierfleck, den das Manna auf ihren Fingerspitzen hinterlassen hatte.

Sie löste ein weiteres Stück. Und noch einmal eines. Bis nur noch der bloße Nylonfaden übrig geblieben war.

»Wollen Sie das Manna kosten?«, fragte Mario lächelnd.

»Darf ich wirklich?« Elena zögerte. Dann brach sie ein winziges Stückchen von einem der *cannòli* ab und steckte es sich in den Mund.

Gaetano konnte nicht anders, als zu schmunzeln, während er ihr Gesicht beobachtete. Zuerst war da dieser konzentrierte, leicht misstrauische Ausdruck. Dann legte sie den Kopf schief, und ihre Züge entspannten sich. Bis ihre Augen erneut groß wurden vor Staunen.

»So etwas habe ich noch nie gekostet«, rief sie dann noch immer fassungslos und stand auf. »Den Geschmack kann man gar nicht beschreiben.« Sie hob die Hände vor den Mund und spreizte die Finger, als könnte sie so die passenden Worte finden. »Es schmeckt irgendwie nussig. Und zugleich süß. Aber nicht klebrig süß, sondern trocken, sodass man keinen Durst bekommt.«

Verwundert über ihre eigenen Worte sah sie Gaetano an. »Kann ein Geschmack trocken und zugleich erfrischend sein?«

Er grinste zufrieden. Genau das hatte er erreichen wollen. Es war eine Sache, Manna zum ersten Mal zu kosten, der Geschmack erstaunte die meisten Leute. Es war jedoch eine noch viel intensivere Erfahrung, wenn man sich dessen bewusst wurde, woher das Harz kam und wie es schon seit Jahrhunderten gewonnen wurde.

Erneut strich sich Elena über den Nacken.

»Hat sich da etwas in deinem Haar verfangen?«, fragte Gaetano und trat näher, um nachzusehen. Dabei streifte seine Hand ihre Schulter, und sie sah auf.

Jener Moment, in dem ihr Blick seinen traf und ihn mit einem Schlag erstarren ließ. Er sah, wie sich ihre Augen weiteten. Sie waren tatsächlich braun, doch mit unzähligen grünen Sprenkeln versehen.

Ihr Atem streifte sein Gesicht.

Ihr Geruch – so nahe nahm er ihn noch stärker wahr. Nach Limetten und Grüntee. An ihrer Unterlippe hing noch immer eine klitzekleine Schliere von Manna-Puder.

Doch dann schüttelte sie den Kopf, trat zurück. »Alles in Ordnung. Es ist nur ein Kribbeln im Nacken.«

Nur ein Kribbeln. Ihre Stimme hatte eben jedoch eine Spur zu atemlos geklungen, das war Gaetano nicht entgangen. Aber der Moment verflog so schnell, wie er gekommen war.

Wie Mario ihnen erklärte, wurden nicht nur die *cannòli* gesammelt und an der Sonne getrocknet, ehe man sie für den Verkauf konfektionierte oder weiterverarbeitete. Auch die Harzreste direkt auf der Rinde wurden mithilfe eines Spachtels, der *rrasùla,* und eines Auffangbeckens vom Baum geschabt. Das war das sogenannte *manna in rottame. Manna in sorte* – so nannte man hingegen das im Kakteenblatt am Boden gesammelte Harz. Beide Erzeugnisse mussten erst von den Verunreinigungen befreit werden und waren deshalb zwar etwas weniger begehrt, aber nicht minder köstlich.

Gaetano sah, wie Elena Seite um Seite an Notizen füllte, während der *mannaluòru* von seiner Arbeit erzählte. Von dieser Liebe zu dem Landstrich, den er und seine Familie seit Generationen bewirtschafteten. So lange schon, dass zwischen ihnen und ihren Bäumen fast eine Art Symbiose entstanden war.

Die Stellen, wo die Stämme und Äste eingeschnitten wurden, nannte Mario »Nacken«, »Hals« oder »Brust«. Es durfte auch nicht mehr als ein Einschnitt am Tag gemacht werden. »Weil sich der Baum sonst überanstrengt. So, als wäre er betrunken und würde ohnmächtig«, sagte Mario ernst.

»Das war einfach unglaublich«, schwärmte Elena später auf der Rückfahrt, während sie ihre Notizen durchblätterte.

»Freut mich.« Ja, Gaetano war zufrieden. Mit seiner Idee, mit deren Ausgang und auch ein bisschen mit sich selbst.

Er warf einen Blick auf die Uhr. »Es ist schon nach Mittag. Was hältst du davon, einen Happen essen zu gehen? Gleich in der Nähe gibt es einen Landhof – einen Agriturismo, und die Besitzerin kocht traumhaft. Die Zutaten stammen alle aus Eigenproduktion.« Zugegeben, der Vorschlag kam nicht ganz ohne Hintergedanken. Agatas Küche war zwar tatsächlich legendär und weithin bekannt, aber das gemeinsame Essen würde ihm vielleicht die Möglichkeit geben, mehr über Elena herauszufinden. Die heutige Zeit mit ihr hatte seine Neugier geweckt.

Doch sie schüttelte den Kopf, während sie sich nun eine Lesebrille auf die Nase schob und mit zerfurchter Stirn den Terminplan in ihrem Handy kontrollierte. »Lieber nicht. Der Ausflug war zwar toll, hat die Planung aber ziemlich durcheinandergebracht.«

»Va bene«, erwiderte Gaetano und zuckte gekonnt cool die Schulter. Mehr gab es dazu nicht zu sagen.

Er schaltete den Gang zurück, steuerte um die Kurve und gab erneut Gas.

Na schön, dann eben zurück auf Anfang. Umso besser. So bekam er wenigstens wieder einen einigermaßen klaren Kopf, denn seit sie heute Morgen in seine Backstube spaziert war, verstand er sich selbst nicht mehr.

KAPITEL 7

Gelato im Brötchen

Es war kurz nach 1 Uhr mittags, als sie wieder im *Il Frassino* ankamen. Um diese Zeit war dort in der Regel wenig los, die Morgenproduktion war längst abgeschlossen, und die Nachmittagsschicht hatte noch nicht begonnen.

Sasà und die anderen saßen oder standen um einen der Arbeitstische herum und gönnten sich einen kleinen Mittagssnack: ein getoastetes Brötchen, eine *Pizzetta* oder eine *Focaccia*. Zu mehr blieb selten Zeit.

»Ah, da seid ihr ja wieder«, rief Sasà, schluckte den Bissen von seinem Brötchen hinunter, wischte sich Mund und Hände mit einer Serviette ab und stand auf. »Und? Wie war's bei Mario?«

»Wahnsinnig spannend.« Wie zum Beweis hob Elena ihr Notizbuch in die Höhe. »Heute Abend habe ich einiges zu tun. Ich glaube, ich habe schon eine Idee für einen Artikel. Aber erst bin ich umso mehr auf die Weiterverarbeitung des Manna gespannt.«

»Dann schlage ich vor, wir fangen am besten bei der Produktion der *gelati* an«, sagte Gaetano und warf Sasà einen bedeutungsvollen Blick zu.

Den dieser zum Glück sofort verstand, noch den letzten Schluck Wasser aus seinem Becher leerte, sich das Bandana auf dem Kopf zurechtrückte, Elena dann galant den Arm reichte und verkündete: »Zu Ihren Diensten, Gnädigste. Erleben Sie nun die weltweit besten Eis-Kreationen.«

Sehr gut. Das gab ihm, Gaetano, die Möglichkeit, wenigstens die dringendsten Arbeiten nachzuholen. Und nicht zuletzt konnte er Distanz wahren. Distanz war gut. Distanz erlaubte ihm wieder den nötigen Fokus.

Sasà gab indes sein Bestes, um Elena all ihre Fragen zu beantworten. Selbst über das laute Surren der Rührmaschinen hinweg konnte Gaetano die beiden reden hören.

Inzwischen trug sie wieder die Schutzkleidung, hatte ihr Tablet zur Hand genommen, kritzelte Notizen nieder, beobachtete und nickte abwechselnd, während Sasà erklärte. Sie war sogar so sehr in ihre Arbeit vertieft, dass sie die gefüllten Teigtaschen kaum beachtete, die Gaetano ihr hinstellte, damit sie wenigstens etwas aß.

Die Eiscreme-Produktion war im Grunde simpel, man brauchte meistens die gleichen Zutaten für die Basis. Die große Kunst lag hingegen darin, das Verhältnis der Aromen so zu mischen, dass daraus ein harmonischer Geschmack entstand. Ebenso wichtig waren die Dauer und Geschwindigkeit des Rührens in der Eismaschine: Rührte man zu kurz, wurde die Eismasse schwer und klumpig, war die Dauer zu lang, wurde zu viel Luft unter die Masse gemengt, und das Eis verlor an Geschmack.

Als Grundrezept für die Eiscreme aus Manna mischte Sasà Eigelb und Ricotta mit etwas Brandy als Geschmackskontrast. Dazu kam eine Handvoll in Vollmilch aufgelöster Manna-*cannòli* für die Süße.

»Wie bist du auf das Rezept gekommen?«, hörte Gaetano Elena fragen. Aha, sie waren also auch schon beim Du angelangt. Das ging ja schnell.

»Das ursprüngliche Rezept stammt von unserem Großvater. Die Zutaten waren im Großen und Ganzen dieselben, nur hat er erst Marsala-Wein benutzt.« Sasàs Stimme klang amüsiert, als er die Geschichte erzählte, die sie schon in ihrer Kindheit unzählige Male von Nonno gehört hatten. Nach dieser war ihm eines Morgens beim Ansetzen der üblichen Mischung die Flasche mit dem Marsala aus der Hand gerutscht und am Boden in tausend Scherben zersplittert.

»Er fluchte, raufte sich das Haar, denn es war die letzte Flasche gewesen. Nach dem Krieg war Marsala-Wein zu einem wahren Luxusgut geworden und kaum noch zu einem erschwinglichen Preis zu bekommen. Doch dann durchfuhr es Nonno wie ein Blitzschlag: Er erinnerte sich wieder an den amerikanischen Major.« Sasà machte eine gekonnt dramatische Pause.

Gaetano grinste, während er von seiner Arbeitsstation aus zuhörte und zugleich Mehl in die Teigmaschine schaufelte. Ja, der amerikanische Major. Das war mit Abstand Nonnos Lieblingsgeschichte gewesen. Sie hatten nie herausgefunden, wie viel Wahrheit wirklich dahintersteckte oder ob nicht doch ein Großteil davon seiner Vorliebe für Pathos geschuldet war.

»Es war in den Fünfzigerjahren, als die Amerikaner in der Nähe von Catania ihren Flughafenstützpunkt namens Sigonella bauten«, fuhr Sasà schließlich fort. »Zwar gab es das *Il Frassino* damals natürlich noch nicht, aber Nonno war schon als junger Bursche geschäftstüchtig und vor allem zielstrebig.«

Das stimmte. Allen Risiken zum Trotz investierte er sein gesamtes gespartes Geld in eine Ape, einen jener unverwechselbaren, dreirädrigen Kastenroller, den er zu einem fahrbaren Eisverkaufsstand ausbaute. Damit ratterte er kreuz und quer durch die Madonien und brachte sein Limonensorbet bis in die entlegensten Dörfer.

»Eines Abends war Nonno auf dem Rückweg nach Castelbuono, als er am Straßenrand ein Auto mit einer Panne entdeckte. Wie sich herausstellte, war der Fahrer ein auf Sigonella stationierter amerikanischer Major, der mit seiner Familie die Insel hatte erkunden wollen.«

In Gedanken hörte Gaetano wieder Nonnos Stimme, der die Geschichte immer mit den gleichen Worten erzählt hatte: *»Es war ein Bild, das einem schier das Herz zusammenpresste … «*

Und er wandte sich um, als Sasà mit Nonnos identischem, leicht vibrierendem Tonfall weitererzählte: »Es war ein Bild, das einem schier das Herz zusammenpresste: zwei kleine, schluchzende Kinder, die sich an ihre Mutter drängten, während ihr Vater vergebens versuchte, den Motor des Wagens wieder zum Laufen zu bringen. Und am Himmel braute sich ein Gewitter zusammen.«

Seine Miene war so ernst, als wäre er selbst dabei gewesen. »Du musst dir vorstellen, dass die Gegend seinerzeit viel weniger stark bevölkert war. Man konnte stundenlang der Straße folgen, ohne einer Menschenseele zu begegnen.«

Gaetano knurrte kopfschüttelnd. Du lieber Himmel, das war dick aufgetragen, sogar für Sasàs Verhältnisse. Außerdem erzählte er die Geschichte zwar auf Italienisch, jedoch mit einem immer breiter werdenden sizilianischen Akzent.

Er ließ die Schaufel zurück in den Mehlsack fallen und trat um den Arbeitstisch herum. Vielleicht konnte er die Dramatik etwas zurückschrauben, damit es nicht ganz so übertrieben klang.

Aber dann hielt er auf einmal mitten in der Bewegung inne und staunte. Elena. Sie stand reglos da, hörte anscheinend völlig fasziniert zu und vergaß darüber sogar, sich Notizen zu machen. Sieh einer an.

Sasà hingegen war völlig in seinem Element. Die Eismaschine ratterte derweil im Hintergrund und tat ihr Werk, während er Elena in allen Farben den Ausgang der Geschichte erläuterte. Nämlich, dass Nonnos Ape den um einiges größeren Opel Olympia mit dem defekten Anlasser zwar nicht abschleppen, aber zumindest anschieben konnte, bis der Wagen wieder ansprang. So gelangte die amerikanische Familie gerade noch rechtzeitig vor dem Gewitter nach Castelbuono und der Wagen in Cousin Ginos Werkstatt.

»Nonno hatte den Vorfall längst schon vergessen. Bis der Postbote eines Tages eine kleine Holzkiste für ihn ablieferte. Darin war die besagte Flasche Brandy. Als Dankeschön des Majors für Nonnos Hilfe. Und genau dieser verdanken wir heute das Rezept für unser Manna-Eis«, schloss Sasà.

»Was für eine großartige Geschichte.« Elena klatschte begeistert in die Hände.

»Ja, Sasà hat Talent zum Erzähler«, musste Gaetano neidlos eingestehen, als er näher trat. Wenn er ehrlich sein wollte, hatte er die Geschichte bisher nie so spannend gefunden. Elena hingegen kritzelte schon wieder eifrig Notizen auf den Bildschirm ihres Tablets.

Ein dumpfes Surren ertönte, als die Eismaschine zum Stillstand kam. Das Eis war fertig und ließ sich nun direkt aus der Trichteröffnung der Maschine abfüllen.

Mit gekonnten Spachtelbewegungen häufte Sasà die Eismasse Schicht um Schicht ins vorgekühlte Aluminiumbecken, steckte zum Schluss noch ein paar zurechtgeschnittene Manna-*cannòli* in die Masse – und fertig: ein Becken voll von zu dekorativen, hellbeigen Wellen geformtem Manna-Eis.

»Das verlangt eine Kostprobe.« Gaetano nahm ein am Morgen erst gebackenes Brioche-Brötchen, machte einen Einschnitt, sodass sich das Gebäckstück wie eine Tasche auseinanderfalten ließ, und reichte es Sasà.

Mit seinem Spachtel füllte dieser nun die Eiscreme-Masse großzügig zwischen die Hälften, bis das Kunstwerk so groß war, dass Elena es mit beiden Händen halten musste, als er es ihr überreichte.

Sie machte riesige Augen. Das schien eine Eigenschaft von ihr zu sein. »Eis im Brötchen?«

»*Gelato con la brioche*«, sagte Sasà breit grinsend. »Typischer sizilianisch geht es kaum.«

»Okay.« Sie holte tief Atem, kostete vorsichtig. Einmal. Dann noch einmal. Und ein nächstes Mal.

Zufrieden verschränkte Gaetano die Arme vor der Brust. Es war faszinierend, ihre Gesichtszüge dabei zu beobachten. Sie war hübsch – sehr hübsch sogar –, das hatte er bereits heute Morgen bei ihrer ersten Begegnung bemerkt, welcher Mann mit Augen im Kopf hätte das nicht.

Eine Nanosekunde lang drängte sich plötzlich die Erinnerung an den kurzen Moment von heute Morgen in seine Gedanken. Dort in Marios *Frassineto.* Doch er zwang das Bild sogleich wieder fort. Was für ein Blödsinn.

Während sie jetzt jedoch die Brioche aß, entspannten sich ihre Züge, wurden weicher, und sie schloss genussvoll die Augen. Nein, sie sah wirklich nicht wie eine Deutsche aus. Zudem war ihr Italienisch perfekt. Zwar meinte Gaetano, hier und da eine eigentümliche Betonung herauszuhören, die er nicht genau einordnen konnte. Es war jedoch keinesfalls derselbe unverkennbare Akzent, wie ihn die Touristen aus Deutschland hatten.

Sie war zielstrebig und stur genug, um sich nicht von ihrem Vorhaben abbringen zu lassen, so viel hatte er ebenfalls schon festgestellt. Zugleich war da diese Begeisterung. Diese Leidenschaft, die sie so offensichtlich und ohne Vorbehalte in ihre Arbeit steckte. Auch das konnte Gaetano sehr gut nachvollziehen. Auch ihm bedeutete seine Arbeit und das *Il Frassino* alles.

Das allein war schon mehr als verwirrend. Mehr noch … Der Gedanke daran, dass er sie auf Vaters Wunsch hin auch während der nächsten Tage auf ihrer Recherchetour begleiten sollte, schien ihm auf einmal nur noch halb so schlimm.

Auch als er ihr deutlich später an jenem Tag zeigte, was der Unterschied zwischen dem sizilianischen *Torrone,* der *Cubbaita* und den *Torroncini alla Manna* war. »Anders als der *Torrone,* wie man ihn sonst kennt, besteht unsere sizilianische Variante hauptsächlich aus gerösteten Mandeln, Zucker, Honig und geriebenen Zitronenschalen. Alternativ gibt es sie auch mit Pistazien oder Nüssen. Sie werden dann zu etwa zwei Zentimeter dicken Stücken geschnitten und sind eine typische Weihnachtsdelikatesse«, erklärte er, während er vorsichtig das Eiweiß von zwei Eiern trennte und zusammen mit einer Prise Salz in eine Schüssel gab. »Unsere *Torroncini alla Manna* produzieren wir wegen der weißen Schokolade sonst eigentlich ebenfalls nur im Winter. Aber ich mache ausnahmsweise eine kleine Portion zu Demonstrationszwecken.«

Elena war emsig in ihre Notizen vertieft. Dabei bildeten sich zwei tiefe Falten zwischen ihren Augenbrauen, und sie schob immer wieder die Brille auf der Nase hoch. Das tat sie anscheinend oft, wenn sie konzentriert arbeitete.

»Die *Cubbaita* hingegen hat zwar denselben Ursprung, ist jedoch viel dünner und wird traditionell aus Sesamkörnern oder fein gehackten Pistazien- oder Mandelkernen hergestellt. Die allerbeste Rezeptur stammt aber ursprünglich aus dem Süden, aus Ragusa und Agrigento. Der dortige Sesam hat einen unverwechselbaren Geschmack.«

Elena nickte. »Das bestätigt auch unsere Recherche. Meine Kollegin plant, einem lokalen Rezept aus einer Ortschaft in der Nähe von Ragusa nachzugehen.«

Unterdessen legte Gaetano eine kleine Auflaufform mit Backpapier aus und erhitzte in einer Pfanne Honig mit Zucker und in Wasser aufgelöstem Manna. »Dank des Manna brauchen wir viel weniger Zucker für die Nougat-Zubereitung.« Er verzog die Lippen zu einem Grinsen. »Damit sind die *Torroncini* zwar noch immer eine süße Sünde, aber wenigstens ein klein wenig gesünder.«

»Ich habe gelesen, dass auch die Tradition der Nougat-Herstellung aus dem arabischen Raum stammt und von den Sarazenen hier auf Sizilien eingeführt wurde«, erwähnte Elena und tippte auf ihrem Bildschirm herum. »Da steht es: Der Name selbst kommt jedoch anscheinend aus römischer Zeit: *Nux gatum* – Kuchen mit Nüssen.« Im selben Moment strich sie sich mit dem Handrücken über die Stirn, atmete tief ein und blinzelte.

»Alles in Ordnung?« Sofort ließ er den Rührlöffel los und trat zu ihr.

Sie nickte und straffte die Schultern. »Alles bestens.« Ihr Lächeln wirkte jedoch gezwungen, als sie abwinkte. »Ist wahrscheinlich bloß die Hitze.«

Gaetano glaubte ihr kein Wort. »Seit heute Morgen hast du dich kein einziges Mal hingesetzt. Hast du außer der Brioche heute überhaupt schon etwas gegessen oder getrunken?«

»Heute Morgen im Hotel, und ich habe während der Autofahrt gesessen«, gab sie zurück und schob trotzig das Kinn vor.

War das ihr Ernst? Er schnalzte mit der Zunge. Mit einem Wink rief er einen der Gehilfen herbei. »Mach das Nougat fertig, und schneide es nach dem Auskühlen in Stücke. Um den Schokoladenguss kümmere ich mich morgen.«

Kurzerhand fasste er Elena am Ellenbogen. »Es reicht für heute. Wir gehen jetzt etwas essen.« Noch im Gehen zupfte er ihr die Kunststoffhaube vom Kopf.

»Aber ich …«

»Nichts da, keine Widerrede. Wäre ja noch schöner, wenn Vater mir einen Vorwurf machen könnte, weil ich mich nicht um dich gekümmert habe.«

»Das würde ich nie behaupten, im Gegenteil …«, versuchte Elena einzuwenden, presste jedoch gleich wieder die Lippen zusammen, als Gaetano ihr einen betont vorwurfsvollen Blick zuwarf und sie auf den Hocker vor der Umkleidekabine drückte. Sie war offenbar ebenso unvernünftig wie arbeitswütig. Eine brisante Mischung.

Trotzdem war Gaetano vor allem wütend auf sich selbst. Wie hatte er sich nur so sehr mit seinen eigenen Gedanken beschäftigen können, ohne zu merken, dass sie kurz vor dem Kollabieren stand? Bei dieser Hitze kam das häufig vor, und sie war solche Temperaturen wahrscheinlich gar nicht gewohnt.

Er brauchte nur eine Minute, um sich umzuziehen. Sasà würde den Laden später abschließen.

Als er den Vorhang wieder zurückschob, saß sie noch immer auf dem Hocker, stand aber sofort auf. »Es geht mir schon wieder besser. Wir können gerne noch weiter …«

Er fiel ihr mit gespielter Strenge ins Wort. »Wir gehen jetzt essen. *Amunìnni.*« Damit wandte er sich zum Gehen, drehte sich jedoch sogleich erneut um, als Elena sich nicht vom Fleck rührte, sondern ihn mit purer Verwirrung anstarrte.

Der Groschen fiel prompt. Natürlich. Sie verstand kein Sizilianisch.

»*Andiamo* – gehen wir«, wiederholte er stattdessen auf Italienisch und trat beiseite, um ihr den Vortritt zu lassen. Er musste sich jedoch ein Auflachen verkneifen, während er zusah, wie sie den Kopf schüttelte und leise seufzend an ihm vorbei die Treppe hochstieg.

Wie jeden Abend herrschte auch heute auf der Piazza reger Betrieb. Noch war es auch ohne Beleuchtung hell genug, und nach tagelangem Scirocco-Wind wehte endlich ein angenehm kühles Lüftchen vom Meer her.

Es gab einige hervorragende Restaurants in den Gassen Castelbuonos. Gaetanos Lieblingsrestaurant, das *Il Terrazzo,* befand sich auf der Dachterrasse eines Palazzo auf der gegenüberliegenden Seite der Piazza Margherita.

Während sie über den Platz schlenderten, nutzte er die Gelegenheit für ein paar Erklärungen. »Dort drüben beim Glockenturm ist ein Museum über Garibaldi. Das dürfte dich vielleicht interessieren. Eine kleine Anekdote: Im selben Gebäude war bis vor ein paar Jahrzehnten das ehemalige Stadtgefängnis untergebracht.«

»Warum steht hier überall Festbeleuchtung?«, fragte Elena und deutete auf die weißen, mit verschnörkelten Mustern und Lämpchen verzierten Pfähle entlang der Straßen.

»Bald ist das Fest zu Ehren der heiligen Anna – unserer Stadtheiligen«, antwortete Gaetano und wich einem Kinderwagen aus. »Das Fest dauert zehn Tage lang und gehört hier mit Abstand zu den wichtigsten Ereignissen überhaupt. Die Leute reisen von überallher an, nur um das Spektakel zu sehen.« Das Fest der Sant'Anna war tatsächlich einer der alljährlichen festlichen Höhepunkte Castelbuonos mit unzähligen Prozessionen der insgesamt achtzehn lokalen Bruderschaften.

Just im selben Moment setzte der tiefe Klang der Stundenglocke ein, hallte über den Platz und wurde von den Kirchen der Stadt aufgenommen.

»Das Fest beruht auf Traditionen aus dem 16. Jahrhundert. Komm es dir doch ansehen, wenn du Zeit hast.« Gaetano musste brüllen, um das Glockengeläut zu übertönen, bemühte sich aber gleichzeitig um einen möglichst beiläufigen Tonfall. Er vermied es sogar, in Elenas Richtung zu blicken.

»Das klingt spannend«, hörte er sie sagen. »Wenn ich dann noch in Castelb… He!«

Und plötzlich ging alles blitzschnell.

Aus dem Augenwinkel sah Gaetano eine Bewegung und fuhr instinktiv herum. Gerade noch rechtzeitig, um die kleine, rothaarige Gestalt zu erkennen, die sich flink wie ein Wiesel durch die Menschenmenge in Richtung Brunnen drängte.

»Meine Tasche! Bleib sofort stehen!«, brüllte Elena und setzte der Gestalt nach.

Im selben Moment durchfuhr es Gaetano wie ein Blitzschlag. Sein Blick ging zum Glockenturm hoch. 20 Uhr. Er hatte den Plan völlig vergessen. Scheiße.

»Scheiße, Scheiße, Scheiße«, stieß er noch hervor, ehe er Elena und Tancredi nachrannte.

KAPITEL 8

Der Paladin mit Regenschirm

»Bleib stehen!« Ihr eigenes Keuchen hallte Helene in den Ohren. Der Schmerz in der Seite raubte ihr schier den Atem. Himmel, sie war so unfit, dass ihr sogar ein kleiner Junge mühelos entwischte.

Aber die ganzen Leute. Warum tat denn keiner etwas?

Im Gedränge hatte sie den Knirps aus den Augen verloren. Atemlos hielt sie inne. Ließ den Blick suchend umherschweifen. Wo steckte er bloß?

Da. Dort drüben bei der Häuserecke direkt neben dem *Il Frassino.* Er grinste sie an und hob ihre Tasche in die Höhe. Dann drehte er sich um und rannte weiter.

Diese kleine Ratte. »Na warte, dich krieg ich.«

Helene lief weiter. Biss die Zähne zusammen, als ihr eine erneute Schmerzwelle in die Seite schoss. Von nun an Jogging. Jeden zweiten Tag. Mindestens.

Sie sah den roten Haarschopf des Bengels nur ein paar Schritte weiter vorn. Er warf immer wieder einen Blick zurück. Fast, als ob er sich vergewissern wollte, dass sie ihm auch wirklich folgte.

»Darauf kannst du Gift nehmen, Kleiner«, keuchte sie. So schnell würde er sie nicht los. Jedenfalls nicht, solange sie ihre Tasche nicht wiederhatte. Ihr Handy und ihr Tablet waren dort drin. Ihre ganze Arbeit.

Flink wie ein Frettchen bog er rechts um die Ecke.

Schneller. Sie musste schneller rennen, sonst würde sie ihn in diesem Gassengewirr endgültig verlieren.

Helene fluchte, als sie ebenfalls um die Ecke bog und um ein Haar auf den abgewetzten Pflastersteinen ausrutschte.

Dort, vor einer hohen Tür in einem Eisengitter, blieb der Bengel stehen und sah sie an, ihre Tasche unter den Arm geklemmt.

Sofort hob sie in einer beschwichtigenden Geste die Hände und krächzte atemlos: »Ganz ruhig, ich tu dir nichts, versprochen. Ich will nur meine Tasche wiederhaben, okay?« Solange er nur bitte, bitte nicht weiterrannte. Lange könnte sie nicht mehr mithalten.

Sie traute ihren Augen nicht, als er ihr kess zuzwinkerte und dann …

Im selben Moment erkannte Helene seine Absicht. »Neinneinnein, bleib steh…«

Schon war er durch das Gittertor verschwunden. »Verdammt noch mal«, entfuhr es ihr auf Deutsch, während sie ihm nachlief.

»Elena!« Hinter sich hörte sie jemanden ihren Namen rufen. Doch sie achtete nicht darauf, eilte stattdessen durch das Tor und hielt einen Atemzug lang inne, als sie sich im Erdgeschoss eines Treppenhauses wiederfand. Mit den spärlich beleuchteten Stufen, die links und rechts nach oben führten.

»*Vieni a prendermi se puoi* – komm und fang mich, wenn du kannst«, hörte sie den Jungen lachen. Die Stimme kam vom anderen Ende des Gangs. Dort, wo die Gittertür zu einem Innenhof offen stand.

»Elena!«

Gaetanos Ruf ließ sie zögern.

Sie sollte auf ihn warten, es war leichtsinnig, allein weiterzugehen.

»Wo bleibst du denn?« Als würde er auf sie warten, stand der Junge auf einmal dort jenseits des Tors im Innenhof und winkte sie näher. Er hielt noch immer ihre Tasche in der Hand.

Ganz kurz sah Helene vor ihrem geistigen Auge die Schlagzeilen in der Zeitung: *Deutsche Journalistin kaltblütig ermordet – die Neugier war ihr Ende.*

Was für ein Blödsinn.

Ein kurzer Blick zurück. Die Straße war nicht weit. Sie hätte, falls nötig, einen Fluchtweg.

»Nun komm schon.« Der Junge gluckste fröhlich.

»Gib mir bitte meine Tasche«, rief sie dem Bengel zu und streckte die Hand aus, während sie bis zur Stufe weiterging. Von hier aus konnte sie den Großteil des Innenhofs sehen. Die vielen Pflanzen. Hübsch gepflegte Kräuterbeete. Mittendrin einen langen Tisch, beleuchtet von Lichterketten. Es roch nach Thymian und Lavendel.

Der Junge schüttelte grinsend den Kopf und machte einen Schritt zurück.

»Elena, warte!«, hörte sie Gaetano vom Eingangstor her rufen.

Im Nachhinein betrachtet, wusste sie nicht mehr, was genau es gewesen war, das sie zum Weitergehen bewegt hatte. Die Sorge um ihre Habseligkeiten wahrscheinlich. Einfältigkeit. Oder auch schlicht nur ihre ewige, leidige Neugier.

Was sich ihr jedoch dort auf der kleinen pflanzenfreien Fläche des Innenhofs präsentierte, stellte mit einem Schlag alles in den Schatten, was sie bisher von Sizilien gesehen und gehört hatte: Dort stand eine aus übereinandergestapelten Europaletten improvisierte Bühne. Der Vorhang bestand aus einem roten Tuch, das über ein quer durch den Hof gespanntes Seil drapiert war. Wer auch immer diese Szenerie der Kulisse – eine Waldlichtung – auf den riesigen Karton gemalt hatte, war ein wahrer Künstler.

Als würde irgendwo im Hintergrund eine Tonaufnahme abgespielt, ertönte eine Fanfare, dann das Trommeln galoppierender Pferdehufe.

Die Falten des Vorhangs bauschten sich auf, als eine Gestalt auf die Bühne trat.

»Ich bin Orlando. Furchtloser Ritter im Dienste meines Kaisers Karl des Großen. Verteidiger des Reichs und Rächer aller Unschuldigen«, schmetterte der kleine Mann in rotem Mantel und roter Hose sowie einer Rüstung aus mit Alufolie beklebten Kartonteilen. Ebenfalls in Alufolie eingewickelt war der Motorradhelm mit hochgeklapptem Visier auf seinem Kopf. Eine flauschige rote Federboa diente als Helmbusch. In der linken Hand hielt er einen riesigen Topfdeckel als Schild, ein mit silbern glänzendem Stoff umwickelter Regenschirm in seiner rechten war das Schwert.

Helene blinzelte ungläubig.

»Bedda matri«, hörte sie auf einmal Gaetanos heiseres Flüstern neben ihr.

Sie wandte kurz den Blick zu ihm. Er hatte die Hände über dem Kopf zusammengeschlagen und starrte mit fassungsloser Miene in Richtung Bühne.

Doch ihr blieb keine Zeit, sich über seine Reaktion zu wundern, denn was dort auf der Bühne vor sich ging, nahm ihre ganze Aufmerksamkeit in Anspruch.

Stampfenden Schrittes wandte sich Ritter Orlando nun an die Gestalt, die die Bühne betrat, streckte den Arm aus und rief mit vor Pathos vibrierender Stimme: »Da bist du ja, meine Geliebte Angelica, Prinzessin von Kathai. Die Schönste aller Frauen. Du, die du mit deinem Licht meine Augen erhellst und mein Herz zum Jubilieren bringst.«

»Wow«, entfuhr es Helene, als sie die Frau mit der pechschwarzen Perücke in ihrem bodenlangen silbernen Kleid mit den weit geschnittenen Ärmeln sah. Ihre Stimme war kraftvoll und doch mit einem weichen, perfekt in Szene gesetzten Timbre, als sie sagte: »Lass ab von mir, oh, Orlando. Gib mich frei, ich bitte dich. Du weißt, mein Herz gehört einem anderen.« Gekonnt theatralisch schlug sie sich die Hand auf die Brust und wandte sich von ihrem Verehrer ab.

Helene zuckte zusammen, als auf einmal lautes, blechernes Scheppern ertönte. Und sie traute ihren Augen nicht. Der rothaarige Bengel saß neben dem Bühnenaufgang und trommelte zur akustischen Untermalung aus Leibeskräften auf eine Reihe von Blechdosen.

»Wer wagt es, dich mir abspenstig zu machen?«, polterte Ritter Orlando und zog sein Regenschirm-Schwert.

Im selben Moment trampelte eine dritte Person auf die Bühne. Offenbar ebenfalls ein Ritter, jedoch in Blau, und seine Rüstung bestand aus einer zurechtgeschnittenen, silbern bemalten Kartonbox, die er sich über den Kopf gestülpt hatte. An seinem Helm hing eine Pfauenfeder, sein Gesicht war dunkel geschminkt, und er hatte sich mit schwarzem Kajal einen dünnen, gekringelten Oberlippenbart aufgemalt. Er sah fantastisch aus.

»Ich wage es«, trompetete er mit hallender Stimme und stampfte mit dem rechten Fuß so stark auf, dass die Bühnenbretter wackelten. »Ich bin Ferraù – Sohn des Falsirone und Neffe des Sarazenenkönigs Marsilio von Spanien.« Er schlug sich die Faust auf die Brust. »Angelica ist mein und mein allein.«

»Oh, Ferraù. Mein Geliebter. Mein Held«, schmachtete Angelica.

Orlando hingegen schien keineswegs amüsiert, sondern schwenkte bedrohlich den Regenschirm – ähm, das Schwert – und rief: »Nur über meine Leiche! Zuerst wirst du mich besiegen müssen. Mich, den Paladin des Kaisers. Den Tapfersten der Tapferen.«

Aus den Augenwinkeln nahm Helene zwar am Rande wahr, wie Gaetano neben ihr mit den Armen fuchtelte, doch weder die Darsteller auf der Bühne noch Helene selbst beachteten ihn weiter. Sie konnte sich kaum an dem Spektakel sattsehen. Die Kostüme. Das Bühnenbild. Die Location in diesem von Lichterketten beleuchteten Innenhof. Der betörend schwere Duft von Kräutern.

Wenn es nur nicht so warm wäre, sie bekam kaum noch Luft.

Sie schluckte. Sie hatte viel zu wenig getrunken heute, ging es ihr durch den Kopf. Zugleich hallten die Stimmen in ihren Ohren, wurden immer lauter, bis sie dröhnten.

Ihr Körper fühlte sich auf einmal zentnerschwer an. Die Lichter begannen zu flimmern.

Und auf einmal wurde es dunkel um sie.

KAPITEL 9

Die Puppenoper – oder eine sizilianische Erfahrung

Im Palazzo an der Via Giordano 33

Aufgeregtes Schnattern holte Helene wieder ins Bewusstsein zurück. »Luft. Sie braucht frische Luft.« – »Hier. Ein nasses Tuch auf der Stirn wird helfen.« – »Das ist die Hitze. Bestimmt ist sie im Sternzeichen Schütze. Schützen vertragen keine Hitze.« – »Die Ärmste, schaut nur, wie schwach sie ist.« – »Bei mir hilft in solchen Fällen immer eine Schokomilch.« – »Nicht jetzt, Tancredi!«

Sie fühlte herrliche Kühle auf der Stirn, gefächelten Wind im Gesicht. Jemand tätschelte ihr die Hand.

»Da, ich glaube, sie kommt wieder zu sich«, flüsterte eine Frau.

Mit einem tiefen Atemzug öffnete Helene die Augen. Sie brauchte einen Moment, um die Gesichter der Leute einzuordnen, die da im Halbkreis um sie herumstanden oder neben ihr knieten.

Zuallererst erkannte sie den Ritter Orlando, der sie anlächelte, während er ihre Hand tätschelte. Über ihm stehend und einen riesigen Fächer wedelnd, die schöne Angelica, deren Perücke verrutscht war. Neben ihr stand Ferraù und schaute mit ernster Miene auf sie herunter. Die linke Hälfte seines aufgemalten Oberlippenbarts war verwischt.

Sie blinzelte verwundert, sobald sie den rothaarigen Jungen erkannte, der dort auf dem Boden hockte und ihre

Füße auf seinen Beinen hochgelagert hatte. Neben ihm kauerte eine Frau mit ebenso feuerroten Locken. Helene hatte sie bisher noch gar nicht gesehen.

»Was ist passiert?«, keuchte sie und versuchte, sich aufzurichten. Dabei fiel ihr Blick auf die Tasche, die jemand direkt neben ihr abgelegt hatte. »Meine Tasche.« Sie griff eilig danach, sackte jedoch gleich wieder zurück, weil ihr erneut schwindlig wurde.

»*Piano* – langsam.« Das war Gaetanos Stimme. Sie fühlte den sanften Druck seiner Hände, als er sie stützte. »Keine Angst, in deiner Tasche fehlt nichts.«

Sie sah ihn an. Er kniete neben ihr auf dem Boden und hielt ihr ein Glas an die Lippen. »Hier, trink!«

Zuckerwasser. Egal, Helene trank mit gierigen Schlucken.

»So ist's gut.« Gaetano nickte zufrieden. Noch immer verdunkelte Sorge seine Miene, trotzdem stahl sich nach und nach ein Grinsen darauf. »Du bist vorhin umgekippt wie ein Mehlsack.«

Prompt schüttelte die schöne Angelica den Kopf und warf Gaetano einen tadelnden Blick zu. »So etwas sagt man nicht zu einer Dame.«

»Aber es hat wirklich so ausgesehen, als sie hingefallen ist«, meinte der Junge mit einem Schulterzucken.

»Tancredi.« Die Stimme der rothaarigen Frau hatte die Schärfe einer frisch geschliffenen Rasierklinge, der Blick, den sie dem Kleinen zuwarf, schleuderte Blitze. Sie war seine Mutter, kein Zweifel.

Ein Räuspern ließ Helene den Kopf zu Ritter Orlando wenden. »Sie hatten wahrscheinlich einen kleinen Schwächeanfall«, erklärte dieser mit einem besänftigenden Schmunzeln. »Wie fühlen Sie sich jetzt?«

»Besser.« Erneut stemmte sie sich hoch. Dieses Mal gelang es.

Mit Gaetanos Hilfe kam sie auf die Beine. Er führte sie, gefolgt von den Rittern, der holden Maid und den zwei Rotschöpfen, zu einem Stuhl beim langen Esstisch und ließ sie vorsichtig niedersinken. »Alles in Ordnung?«

Helene nickte peinlich berührt, während sie registrierte, wie alle anderen dort vor ihr standen und sie freundlich, aber unverhohlen neugierig musterten. Du liebe Güte, so viel Aufmerksamkeit war sie außer von ihren Eltern nicht gewohnt. »Ich danke Ihnen allen, aber es geht mir gut. Wirklich.« Ihre Beine fühlten sich zwar immer noch an, als hätte sie Pudding in den Knien, und sie spürte ein schmerzhaftes Pochen an der Stirn, aber sonst war alles gut. »Ich habe vor lauter Informationen und neuen Eindrücken ganz vergessen, genug zu trinken und zu essen, das ist alles.«

Einen Moment lang herrschte Schweigen am Tisch. Nein, falsch, das war kein Schweigen, sondern pure Betroffenheit, die sich im nächsten Moment in einen Chor aus entrüsteten *»Ntzs«* wandelte, während sich die Blicke aller Anwesenden auf Gaetano richteten.

Die Frau mit den roten Haaren stemmte die Fäuste in die Hüften. Sie und der Junge waren als Einzige nicht verkleidet, fiel Helene erst jetzt auf. Stattdessen trug sie weite, bequeme Leinenhosen mit einem schlichten Trägertop. Ihre helle Haut schimmerte im Abendlicht fast perlmuttfarben. »Hast du die Ärmste etwa den ganzen Tag lang hungern lassen?«

»Also wirklich, Tanuzzo.« – »Gute Güte, kein Wunder, dass sie zusammengebrochen ist.« – »Du hättest dich besser um sie kümmern sollen.« – »Da hätte ich auch ein Loch im Bauch.«

Sofort hob Gaetano die Hände. »Moment mal, ich hab doch …«

»Ich kann zwar sehr gut allein für mich sorgen«, fiel Helene ihm laut ins Wort und brachte damit alle zum Schweigen, »Gaetano hat sich jedoch hervorragend um mich gekümmert. Ich bin selbst schuld.« Sie richtete sich auf dem Stuhl auf. »Wenn ich arbeite, vergesse ich manchmal alles andere. Außerdem waren wir gerade auf dem Weg zum Essen, als …« Sie sah sich zum ersten Mal richtig um. »Wo sind wir hier eigentlich, und was hat das alles zu bedeuten?«

»Ach, du meinst das vorhin?«, antwortete Gaetano und wedelte mit der Hand, als wollte er eine Mücke verscheuchen. »Das war nichts. Es hätte eine Überraschung sein sollen. Von wegen typisch sizilianische Tradition und so.« Seine Stimme klang auf einmal seltsam heiser und sogar eine Spur atemlos, als er sich räusperte. »Wie gesagt, nicht der Rede wert. Hier, du musst trinken.« Damit schien die Erklärung beendet, und er hielt ihr erneut das Wasserglas hin.

»Aber warum? Das war eine wunderbare Darbietung«, rief Helene und schob seine Hand mit dem Glas beiseite.

Gaetano hielt mitten in der Bewegung inne und sah sie an. Fassungslosigkeit spiegelte sich in seiner Miene. »Was?«

»Ja, schau dir nur die Kostüme an. Und erst die Kulisse.« Sie lehnte sich zur Seite, um die Bühne sehen zu können. »Da steckt so viel Arbeit und Mühe darin. Was genau ist denn der traditionelle Hintergrund?«

»Der traditionelle Hintergrund?«, krächzte er und schüttelte den Kopf.

Im selben Moment trat Ritter Orlando vor. »Wenn Sie erlauben, meine Liebe.« Er nahm den Helm vom Kopf, glättete sich mit der Hand das schlohweiße Haar und verbeugte sich huldvoll. »Mein Name ist Girolamo di Benedetto, aber nennen Sie mich bitte Mimmo. Und dieses feengleiche Geschöpf ist meine Frau Mafalda.« Mit einem warmen Lächeln deutete er auf die schöne Angelica.

Einen nach dem anderen stellte er auch die übrigen Anwesenden vor. »Was Sie eben gesehen haben, war eine winzige Szene aus *Orlando furioso,* einem Stück der berühmten sizilianischen *Opera dei Pupi.*«

Helene horchte auf. Die sizilianische Puppenoper? Davon hatte sie während ihrer Recherchen gelesen. Diese Art von Marionettentheater war im 18. Jahrhundert aus der Tradition der Straßensänger entstanden, die Ritterepen, Märchen und Possen vorgetragen hatten. Wenn sie sich richtig erinnerte, war die *Opera dei Pupi* sogar vor ein paar Jahren von der UNESCO als mündliches und immaterielles Meisterwerk der Menschheit anerkannt worden. Wie kam Gaetano nur dazu, so etwas als nicht der Rede wert abzutun?

Doch Mimmo erklärte weiter: »Und um auf Ihre andere Frage zurückzukommen ... Gaetano und wir alle wohnen hier in diesem Palazzo. Wir sind Nachbarn.«

Nachbarn?

Ihr Blick fuhr zu Gaetano. Der stieß nun mit einem stummen Seufzer den Atem aus und machte eine Geste, die sich in etwa mit einem lapidaren »Tja, so ist das eben« übersetzen ließ. Aber ...

Helene griff sich an die Stirn. Vor lauter Fragen schmerzte ihr der Kopf. »Es tut mir leid, aber ich habe noch immer ...«

»Hunger! *Madonna mia,* natürlich. Sie hat ja noch immer nichts gegessen«, rief die rothaarige Frau. Paola – richtig, so lautete ihr Name.

Und als hätte jemand einen unsichtbaren Schalter gedrückt, schwirrten auf einmal alle umher wie ein Schwarm flatternder Spatzen: Paola, Tancredi und Mafalda verschwanden über die Außentreppe nach oben, während Gaetano zusammen mit Mimmo und dem Sarazenenritter Ferraù, der eigentlich Ruggiero hieß, Tisch und Stühle zurechtrückte, Teller sowie Besteck holte und lange, mit Sesamkörnern bestückte Brotstangen und Weinflaschen auf dem Tisch verteilte. Gerade rechtzeitig, ehe die beiden Frauen mit Schüsseln und Tellern beladen zurückkamen.

Helene traute ihren Augen nicht: in Öl eingelegte Artischocken, Oliven, getrocknete Tomaten, in Scheiben geschnittener Käse, *Bruschette* – geröstete und mit gehackten Tomaten und Zwiebeln belegte Brotscheiben –, Salami und Parmaschinken. Ihr lief das Wasser im Mund zusammen.

»Es ist zwar nur eine Kleinigkeit, aber ich hoffe, es schmeckt dir trotzdem. Ich darf dich doch duzen, oder?« Ohne auf eine Antwort zu warten, belud Paola Helenes Teller mit allen möglichen Köstlichkeiten.

Eine Kleinigkeit? Helene nickte nur sprachlos.

Mafalda schenkte ihr indessen Wein ein und legte eine ganze Stange Sesambrot neben den Teller. »Das Brot kommt aus dem *Il Frassino*. Gaetano macht das beste Brot der ganzen Stadt.«

»Hier, Sie müssen unbedingt von Mafaldas *Caponata* kosten«, sagte Mimmo und gab einen Löffel voll gebratener Auberginenwürfel auf Helenes Teller.

Sofort stieg ihr der unverwechselbare Geruch von gehacktem Sellerie, Zwiebeln und Oliven in die Nase, und ihr Magen begann zu knurren.

Auf den ersten Blick sah das Gericht aus wie ein Ratatouille, nur war es kalt und mit geschälten Tomaten und Pinienkernen angereichert. Doch sobald sie sich die erste Gabel voll in den Mund schob, schmeckte sie die Explosion aus Essigsäure und Zuckersüße, gemischt mit der Schärfe von Knoblauch und dem salzigen Geschmack der Kapern.

Genüsslich schloss sie die Augen und ließ sich gegen die Stuhllehne sinken. Das schmeckte göttlich. Genauso wie alles andere auf dem Tisch. Und erst der Wein – so süßlich herb und süffig.

Als ob die Antipasti nicht bereits gereicht hätten, stellte Mafalda anschließend einen Steinguttopf auf den Tisch und verkündete: »*Pasta con i tenerumi*. Direkt aus dem Garten.«

»Was sind *tenerumi?*«, fragte Helene, neugierig in den Topf linsend, wo sie eine Art Gemüsebrühe mit kurzen Spaghetti, Tomatenstückchen und einem dunkelgrünen Kraut sah, das sie jedoch nicht identifizieren konnte.

»*Tenerumi* sind die Blätter und Zweige des Schlangenkürbisses«, erklärte Paola lächelnd. »Ein typisches Sommergericht und sehr gesund.«

Und dazu waren sie außerdem noch köstlich.

Es war inzwischen dunkel geworden. Mimmo hatte die Kerzen in den kleinen Glasbechern auf dem Tisch angezündet. Zusammen mit den Lichterketten tauchten sie den ganzen Innenhof in einen warmen Schein.

Wohlig satt und müde lehnte sich Helene auf dem Stuhl zurück und hörte den plaudernden Stimmen der am Tisch Sitzenden zu.

Was für ein seltsamer Abend. Was für ein seltsames Grüppchen von Leuten, die unterschiedlicher nicht hätten sein können: ein Künstlerehepaar, eine Damenschneiderin mit ihrem ganz offensichtlich viel zu naseweisen Sohn, ein Professor der Literaturwissenschaften und ein *pasticciere*. Besonders Mimmo, Mafalda, Paola und ihr Sohn Tancredi waren mitteilungsfreudiger, als Helene nach einem so langen Tag überhaupt richtig erfassen konnte. Irgendwann nach mehreren Prosits waren sie sogar alle zum Du übergegangen.

Seit dem Nachtisch aus Zitronensorbet wusste sie nun auch, dass der Name Tancredi stolzen normannischen Ursprungs war, dass es auf Sizilien sogar einen alljährlichen *Red Hair Day* gab und dass es leichter war, die Atalanta aus der *Xerxes*-Oper von Händel zu singen als die Rosina aus Rossinis *Barbier von Sevilla*.

Noch immer lagen ihr viele Fragen auf der Zunge. Aber jetzt, während sie einen Zitronenlikör schlürfte, fühlte sie sich auf einmal vor Müdigkeit wie erschlagen und war dankbar dafür, dass keiner mehr von ihr erwartete, als den Gesprächen zu lauschen. Zum Glück hatte ihr Mafalda den Fächer geliehen, für alle Fälle. Das Lüftchen war ein Genuss.

Erstaunlich, wie ungezwungen die Bewohner des Palazzo miteinander umgingen, lachten und scherzten, obwohl sie nur Nachbarn waren. Mit einer solchen Selbstverständlichkeit und Wärme, als würden sie sich schon Jahre kennen. Fast, als wären sie alle Teil einer Familie.

Sie selbst wusste nicht einmal, wie ihre eigene Nachbarin eigentlich mit Vornamen hieß, fiel Helene mit einem Mal ein. Dabei wohnte sie schon seit drei Jahren dort, im dritten Stock des Mietshauses am Hohenzollerndamm, und zwischen ihren Wohnungen lag nur ein Gang, der kaum länger als sechs Schritte war. Wann hatte sie Frau Kubitza eigentlich zum letzten Mal gesehen, geschweige denn mehr zu ihr gesagt als nur ein kurzes Hallo?

Sie sah auf, als sie ein Prickeln auf der Haut spürte, und begegnete Gaetanos Blick. Er saß am anderen Ende des Tisches. Seine Miene war nachdenklich.

Ja, ein Großteil ihrer Fragen gingen auf sein Konto. So zum Beispiel, was sein merkwürdiges Verhalten von vorhin betraf.

Unverwandt erwiderte sie seinen Blick, reckte dabei trotzig das Kinn vor und klappte den Fächer mit einem lauten Ratschen erneut auf. Eine stumme Herausforderung.

Im Schein der Lichterkette sah sie, wie sich seine rechte Augenbraue spöttisch hob. Er legte den rechten Ellenbogen lässig über den Stuhlrücken, während er den linken Arm ausstreckte und mit den Fingern ganz langsam und genüsslich auf die Tischplatte zu klopfen begann. So, als wollte er damit sagen: »Komm ruhig, ich warte.«

Ach, wollte er sie also tatsächlich herausfordern?

»Nun musst du uns aber noch erklären, weshalb du so gut Italienisch sprichst«, riss Mimmos Stimme Helene im selben Moment aus den Gedanken.

Mafalda schüttelte den Kopf. »Nun lass sie doch in Ruhe. Siehst du nicht, wie erschöpft sie ist.« An Helene gewandt fuhr sie fort: »Nimm es ihm nicht übel, er ist nun einmal so neugierig wie eine Hummel vor dem Honigtopf.«

Inzwischen hatte sie ihre Perücke abgelegt und sich stattdessen ein Seidentuch zu einem Turban um den Kopf gebunden. Die Kunstperlen ihrer Halskette klackerten, als sie sich erwartungsvoll nach vorn lehnte. »Aber in einem hat Mimmo tatsächlich recht. Dein Italienisch ist ausgezeichnet. Man würde niemals vermuten, dass du aus Deutschland kommst.«

Paola und Ruggiero nickten zustimmend. Gaetano hob sich das Gläschen mit dem Limoncello an die Lippen. Noch während er schluckte, lehnte er sich vor. So, als wollte er ihre Antwort auf keinen Fall verpassen.

Helene holte tief Atem. Sie hatte gar nicht erst versucht, einen deutschen Akzent zu imitieren, um ihre Herkunft zu vertuschen, den hätte ihr ohnehin niemand abgekauft. Dass sie allerdings so schnell damit konfrontiert würde, hätte sie trotzdem nicht erwartet.

Allerdings ... Wenn sie es sich recht überlegte, entsprach seit ihrer Ankunft auf der Insel ohnehin rein gar nichts ihren Erwartungen.

»Nun ja«, sagte sie schließlich und wechselte ganz bewusst in den Dialekt ihrer Eltern. »Das liegt wohl daran, dass ich tatsächlich Italienerin bin.«

Und wie erwartet, folgten die Reaktionen prompt. »Ah, höre ich da etwa einen abruzzischen Dialekt heraus?« – »Das erklärt natürlich alles.« – »Ich habe doch gesagt, dass sie gar nicht so aussieht, als würde sie aus Deutschland kommen.« – »Gibt es in den Abruzzen auch so viele Esel wie hier auf Sizilien?« – »Ganz bestimmt, Tancredi.«

Wenigstens darin unterschieden sich die Sizilianer nicht von ihren Landsleuten vom Festland, auch Helenes Eltern waren diesbezüglich genau gleich. Denn im global-italienischen Weltbild gab es im Grunde nur zwei Gruppierungen von Menschen: solche mit italienischen Wurzeln und den ganzen Rest von Pechvögeln. Besonders unter ausgewanderten Landsleuten war das eine Frage des Zugehörigkeitsgefühls. Erfüllte man zudem noch die Kriterien der Herkunft aus dem richtigen Landesteil – also je nachdem entweder nördlich oder südlich von Rom –, dann stieg man in der Popularitätsskala gleich noch höher.

Schade nur, dass diese Weltbilder immer nur in die eine Richtung funktionierten. Helene kannte auch die andere Seite. Jene, auf der genau dieses Anderssein eben nicht wünschenswert war. Sie wusste, wie es sich anfühlte, wenn einem die Schulkameraden »Spaghettifresser« nachriefen.

Augenblicklich drängte sie die Erinnerungen fort. Ihr blieb auch gar keine andere Wahl, denn hatten die Bewohner des Palazzo bereits vorher Kontaktfreude gezeigt, so gab es nun kein Halten mehr. Sie löcherten Helene geradezu mit Fragen. Wo ihre Eltern denn genau herkämen? Wie lange sie schon in Deutschland lebten?

»Der Mann meiner Cousine kommt ebenfalls aus den Abruzzen. Aus Chieti«, erzählte Paola aufgeregt. »Ich muss dir unbedingt seinen Kontakt geben.«

»Ähm, okay.«

»Was ist eigentlich dein Sternzeichen?«

Helene blinzelte. Die Frage war unerwartet gekommen. »Jungfrau. Warum?«

Paola machte große Augen. »Oh, dann aber bestimmt Schütze im Aszendenten.«

»Stimmt.«

Die Sizilianerin lächelte selbstgefällig. »Wusste ich's doch.«

Sogar Ruggiero, der sich bisher eher zurückgehalten hatte, meldete sich nun zu Wort. »Die Abruzzen, die Heimat Gabriele D'Annunzios, eines der größten Schriftsteller des Fin de Siècle.« Mit entrücktem Blick begann er zu zitieren: »Ich lebe in einer wilden und raffinierten Einsamkeit, elend und üppig, wo die Leidenschaften glühen, sengen und unaufhörlich brennen.«

Einzig Gaetano beteiligte sich nicht am Gespräch. Stattdessen saß er zurückgelehnt auf seinem Stuhl und nippte hier und da nachdenklich an seinem Limoncello.

Es war schon weit nach Mitternacht, als Helene endlich die Tür ihres Hotelzimmers hinter sich schloss, mit dem Rücken dagegensank und tief aufseufzte. Was für ein Tag, ihr schwirrte noch immer der Kopf. Und es war schon das zweite Mal nacheinander, dass sie so spät ins Bett kam.

Sie hörte ein Summen und fühlte zugleich ein Vibrieren in ihrer Tasche.

Himmel, ihr Handy. Das hatte sie in der ganzen Aufregung völlig vergessen. Eilig kramte sie das Gerät hervor.

Fünfzehn ungelesene WhatsApp-Nachrichten: fünf allein von Anja. Eine davon mit einem Bild, das sie mit verzückter Miene vor einer Auslage von Schokolade zeigte. Zwei von Holger, der sich über die Mücken in Trapani beklagte. Sue hatte schon die ersten fantastischen Bilder geschickt.

Weitere zwei Nachrichten waren von Mama, die ihr mitteilte, dass eine ihrer entfernten Cousinen nächstes Jahr im Mai heiraten würde und sie alle eingeladen hatte.

Du liebe Güte, schon ein Jahr im Voraus?

Und die letzte Nachricht war von Gaetano. Sie hatten heute Nachmittag die Nummern ausgetauscht, falls sich eine kurzfristige Änderung im Programmablauf ergab.

Die Nachricht bestand aus einem einzigen kurzen Satz:

Entschuldige den chaotischen Abend.

Einen Moment lang starrte Helene reglos auf das Display. Sie kannte den Mann seit nicht einmal vierundzwanzig Stunden, und schon war er ihr ein Rätsel. So wie sämtliche sizilianischen Erfahrungen des heutigen Abends.

Mit einem erschöpften Seufzer warf sie das Handy aufs Bett und taumelte ins Bad. Sie war zu müde, um weiter darüber nachzudenken.

Morgen.

In ein paar Stunden.

KAPITEL 10

Blitzschläge

Das schrille Klingeln seines Handys riss Gaetano aus dem Schlaf.

Blinzelnd hob er den Kopf. Es dauerte ein paar Sekunden, bis er den Namen auf dem Display erkannte: *Darth Vader.*

Er stöhnte laut auf und ließ sich wieder aufs Kissen zurückfallen. Typisch. Wer sonst rief um halb sechs morgens an, wenn nicht Vater.

»Pà, weißt du eigentlich, wie früh es ist?«, schnaubte er ins Telefon.

»Was heißt hier früh? Du bist doch sonst immer um diese Zeit schon wach.«

Gaetano schnalzte mit der Zunge. Ja, das stimmte zwar. Früh aufstehen musste er berufsbedingt. Doch normalerweise kam er auch nicht erst um 3 Uhr nachts ins Bett, aber das würde er Vater nicht auch noch auf die Nase binden.

»Was ist denn?«, fragte er stattdessen, setzte sich auf und versuchte vergebens, sich die Müdigkeit aus dem Gesicht zu reiben.

»Wie geht es Signora Mechler? Ist sie zufrieden? Sorgst du auch wirklich dafür, dass sie alles bekommt, was sie für ihre Recherche braucht?«

Mit einem Kopfschütteln stand Gaetano auf, trat ans Fenster, zog den Vorhang auf – *»Matri«* – und wich sogleich wieder zurück, als die hellen Strahlen der Morgensonne seine Augen trafen.

»Was soll das heißen? Ist etwas passiert? Nun sag schon.« Leise Panik schwang in Vaters Stimme mit.

»Beruhig dich. Es ist alles in Ordnung, deine Signora Mechler ist gesund und munter«, erklärte er, während er, ein Gähnen unterdrückend, in die Küche tapste.

Ein Windzug blähte den Vorhang vor der offenen Balkontür auf. Trotz der frühen Stunde war die kommende Tageshitze schon wieder in der Luft zu spüren.

Gierig trank Gaetano einen Schluck kaltes Wasser aus dem Kühlschrank. Danach fühlte er sich gleich besser. Er stellte das Mobiltelefon in den Lautsprechermodus und legte es auf die Ablagefläche neben sich.

»Ich war gestern mit ihr bei Mario im Eschenhain, damit sie die Manna-Ernte miterlebt«, fuhr er fort. Gleichzeitig schraubte er die kleine Mokkakanne auf, füllte Wasser ein und gab Kaffeepulver in den Filter. Zum Schluss noch zwei Löffel Zucker hinzugefügt, dann setzte er das Kännchen auf den Herd. Das vertraute Klicken ertönte, sobald er den Zündknopf des Gasherds drückte.

»Eine ausgezeichnete Idee«, rief Papà am anderen Ende der Leitung. »Und? Hat es ihr gefallen?«

Bei der Erinnerung an Elenas strahlendes Gesicht, als sie das Manna zum ersten Mal gekostet hatte, musste Gaetano unwillkürlich lächeln. »Ich glaube schon.«

»Gut, gut.« Vater schien erneut versöhnt. »Übrigens ... Deine Mutter erwartet dich und Signora Mechler am Sonntag zum Essen. Enzo wird auch da sein.«

Augenblicklich horchte Gaetano auf, und er starrte das Handydisplay an. »Und wenn Elena oder ich schon etwas anderes vorhaben?«, gab er in einem Anflug rebellischer Allüren zurück und kam sich im selben Moment lächerlich vor. Mutter und sein älterer Bruder, der traditionsgemäß wie Vater ebenfalls Vincenzo hieß, jedoch von allen nur Enzo genannt wurde, hatten schließlich nichts mit dem ständigen Hickhack zwischen Pà und ihm zu tun. Im Gegenteil, wahrscheinlich war die Einladung sogar ein weiterer von Mamas Schlichtungsversuchen. Zudem hatte er es weiß Gott in seinem Alter nicht mehr nötig, noch immer mit Enzo zu konkurrieren.

Ehe Vater etwas erwidern konnte, lenkte er darum ein: »Schon gut, ich werde es ihr ausrichten.«

Sogleich war im Hintergrund Mamas aufgeregte Stimme zu hören. »Frag ihn, ob es etwas gibt, was diese Journalistin nicht mag. Ich habe gehört, Leute aus dem Norden hätten manchmal spezielle Essensvorlieben.«

Gaetano kam nicht um ein Grinsen umhin. »Ich werde sie fragen. Aber eigentlich ist Elena Italienerin. Sie ist zwar in Deutschland geboren und aufgewachsen, ihre Eltern kommen jedoch aus den Abruzzen.« Es war auf eine seltsame Weise befriedigend, mehr über Elena zu wissen, als Vater es tat.

»Was sagst du da? Sie ist Italienerin? Aus den Abruzzen?«, echote Pà und wirkte dabei ehrlich verblüfft.

»Gott sei Dank, dann ist ja alles in Ordnung«, rief Mama aus dem Hintergrund. An Vaters Stelle sagte sie auf einmal direkt ins Telefon: »Dann mache ich ein gewöhnliches Antipasto als Vorspeise, *Pasta alla Norma* als ersten Gang und als zweiten *Involtini di pesce spada.* Jeder mag schließlich Schwertfisch. Bis am Sonntag also. Ich freue mich.« Damit hängte sie auf. Unnötig zu erwähnen, dass Mutter die Pragmatikerin der Familie war sowie deren unbestrittenes inoffizielles Oberhaupt.

Mit einem leisen Schnauben schüttelte Gaetano den Kopf. Sosehr er seine Familie – ja, sogar seinen Vater – im Grunde auch liebte, sie konnte manchmal anstrengender als ein Marathonlauf sein. Zwar hatten die Eltern es seinerzeit erstaunlich tragödienfrei akzeptiert, dass er sich eine eigene Wohnung nahm. Warum ein Junggeselle allein wohnen wollte, war ihnen jedoch bis heute ein Rätsel. Bei Enzo war das natürlich ganz anders gewesen, er hatte schließlich erst studiert und dann geheiratet. Wie es sich eben gehörte.

Nüchtern veranlagt, wie Mutter nun einmal war, hatte sie es sich seither aber zur Pflicht gemacht, ihren Sohn zumindest aus der Distanz auf dem rechten Weg zu bewahren und ihn mit ständigen Neuigkeiten aus der Familie zu versorgen. Ganz egal, ob er die überhaupt wissen wollte oder nicht.

Es verging praktisch kein Tag, an dem sie ihm nicht mindestens eine Nachricht, meistens begleitet von einem Foto, schickte. So wusste Gaetano alles: etwa, dass seine kleine Nichte, Enzos Jüngste, schon fast alle Milchzähne hatte. Oder dass seine Cousine, an die er sich kaum noch erinnerte, weil sie schon seit zwanzig Jahren in Padova lebte, nun nach Como umgezogen war.

Er hatte es längst aufgegeben, sich dagegen zu wehren. Anna-Rita Cusimano-Lo Giudice von ihrer Mission abbringen zu wollen, war in etwa so aussichtslos, wie die Sandkörner am Strand von Mondello zu zählen.

Das Blubbern aus dem Mokkakännchen und der verführerische Kaffeeduft rissen Gaetano aus seinen Gedanken. Ah, herrlich. Es ging nichts über einen guten Espresso am Morgen.

Er nahm das Kännchen vom Herd und rührte den Kaffee vorsichtig um, damit sich der Zucker gleichmäßig verteilte.

Mit dem Tässchen in der Hand trat er dann auf den Balkon zum Innenhof. Seine Wohnung lag im zweiten Stock auf der Westseite des Palazzo. Ruggiero wohnte im Dreizimmerappartement direkt gegenüber. In der Wohnung mit der lang gezogenen Terrasse darunter lebten Mafalda und Mimmo.

Sowohl im Winter wie auch jetzt im Sommer erreichten die Sonnenstrahlen Gaetanos Balkon aufgrund seiner Lage immer zuerst. Morgens um diese Zeit war es im Sommer darum noch angenehm hier draußen. In ein paar Stunden würde es jedoch so heiß sein, dass er Läden und Fenster schließen musste, um die Hitze draußen zu halten.

Genüsslich an seinem Kaffee nippend, schloss er die Augen, spürte das Kitzeln der Morgensonne auf dem Gesicht.

Das Kreischen zweier Mauersegler ließ ihn wieder aufblicken. Fasziniert sah er den beiden Vögeln zu, die sich mit flinken, wendigen Flugmanövern eine Verfolgungsjagd lieferten. Wie Pfeile schossen sie über die Ziegeldächer, haarscharf an Mauerkanten und Dachrinnen vorbei, ehe sie in atemberaubender Geschwindigkeit wieder hoch in die Luft stießen, als wollten sie das Blau des Sommerhimmels erreichen.

»Tanuzzo«, ertönte auf einmal eine wispernde Stimme zu ihm herauf.

In einem makellos gebügelten, weißen Hemd stand Mimmo auf seiner Terrasse und lächelte ihm zu.

Warum war der denn schon so früh auf den Beinen?

Mit einem Wink bedeutete er Gaetano, herunterzukommen. Dazu machte er mit der rechten Hand eine Bewegung, als würde er aus einem Espressotässchen trinken.

Sogleich nickte Gaetano und antwortete mit einer Geste, die »Warte, ich komme runter« signalisierte. Es war noch viel zu früh, und er wollte die anderen Palazzobewohner nicht aufwecken.

Rasch ging er wieder hinein, zog sich Shorts und ein T-Shirt über. Mit einem Teller voller Frühstückskekse stieg er dann über die Außentreppe in den Innenhof.

Mimmo stand bereits dort beim Tisch und stellte ein Mokkakännchen und zwei Espressotassen bereit. Ein sanftes

Lächeln erhellte sein Gesicht, sobald er Gaetano sah. *»Carissimo, buongiorno.«*

»Was treibt dich denn schon so früh aus dem Bett?«, fragte Gaetano, stellte den Teller mit den Keksen auf den Tisch und nahm das Tässchen, das der Ältere ihm reichte. Mimmo war Meister in der Zubereitung von Kaffee. Zwar benötigte er dafür jeweils fast eine halbe Stunde, indem er das Kaffeepulver mit fast schon zenistischer Geduld in den Filter häufte und dann vorsichtig mit dem Zeigefinger festklopfte, damit nicht einmal das kleinste Körnchen verschwendet wurde. Das Ergebnis war jedoch eine schwarze, samtig-cremige Köstlichkeit. Kein Vergleich zu dem, den Gaetano eben in seiner eigenen Küche aufgebrüht hatte.

Gemeinsam setzten sie sich hin.

Mimmo roch an seinem Tässchen, schloss genüsslich die Augen und nahm einen ersten, kleinen Schluck. »Aaah.« Dann tunkte er einen der Kekse in den Kaffee, ehe er abbiss. Noch während er sich das zarte Buttergebäck im Mund zergehen ließ, lehnte er sich auf dem Stuhl zurück und zeichnete dabei mit der rechten Hand verspielte Kreise in die Luft, so, als würde er eine Symphonie dirigieren. »Ein Triumph«, schwärmte er schließlich. »So lässt sich der Tag gut angehen.«

Gaetano schmunzelte. »Du hast mir noch immer nicht gesagt, warum du so früh auf den Beinen bist. Die vergangene Nacht war für uns alle ziemlich kurz.«

Mit einem schlichten Achselzucken tat Mimmo die Frage ab. »Ach, in meinem Alter braucht man nicht mehr so viel Schlaf, weißt du.« Er beugte sich vor und wisperte in verschwörerischem Tonfall: »Mafalda hört es zwar nicht gern, wenn ich so rede, aber dir gegenüber sage ich's trotzdem: Man will schließlich nichts von der Zeit verpassen, die einem noch bleibt.«

Auch Gaetano hörte solche Worte nicht gerne. Es erinnerte ihn immer an jenen Tag im November vor drei Jahren, als sie Mimmo wegen eines Herzinfarkts ins Krankenhaus nach Cefalù hatten bringen müssen. Noch nie zuvor in seinem ganzen Leben hatte er sich solche Sorgen gemacht.

Mimmo, Mafalda, Ruggiero, Paola und Tancredi ... Sie alle waren weit mehr als nur Nachbarn. In all den Jahren, die sie hier zusammen im Palazzo wohnten, waren sie für ihn zu einer Art Familie außerhalb der Familie geworden – schrullig und voller vieler kleiner Macken zwar, aber auf ihre eigene Weise unkompliziert. Kein Wunder, dass dieses alte Gebäude mit all seinen Mauerrissen, schiefen Böden und Flecken an den Decken so gut zu ihnen passte.

Und Mimmo und Mafalda waren sprichwörtlich der Mörtel, der die Mauern zusammenhielt, denn ihnen gehörte der Palazzo. Statt sich jedoch an hohen Mieten zu bereichern, verlangten sie von allen Wohnparteien gerade so viel, um die allernötigste Instandhaltung des Gebäudes kostendeckend zu garantieren. Was ihnen allen vielleicht an Komfort mangelte, machten die beiden durch Freundlichkeit und Güte wett.

Zwei herzensgute Menschen ... Allein der Gedanke daran, dass einer von ihnen auf einmal nicht mehr da sein könnte ...

Als hätte der alte Geiger sein Zögern bemerkt, wechselte er das Thema. Seine Augen begannen zu funkeln. »Wenn wir schon von vergangener Nacht sprechen ... Was für ein glorreicher Abend. Sieh dir das an.« Mit dem Kinn deutete er auf die improvisierte Bühne, die sie dort auf der anderen Seite des Innenhofs hatten stehen lassen. »Das Bühnenbild haben Mafalda und Tancredi gemalt. Wusstest du, dass der Junge so gut mit Pinsel und Farbe umgehen kann?«

Nein, das hatte Gaetano nicht gewusst.

»Ich habe mich seit meinem letzten Konzert nicht mehr so gut amüsiert, und das ist schon Jahrzehnte her.«

Immerhin einer, dem der gestrige Abend nicht wie ein totales Desaster erschienen war.

Im selben Atemzug wies sich Gaetano in Gedanken selbst zurecht. Es war unfair, den Abend allein von seinem eigenen Gesichtspunkt aus zu betrachten. Seine Nachbarn hatten ihm nicht nur helfen wollen, sondern sich dazu noch eine Heidenarbeit mit all den Vorbereitungen gemacht. Sie hatten schließlich nicht wissen können, dass auf einmal alles anders war.

Aber was genau hatte sich denn geändert?

»Ihr habt euch unglaublich viel Mühe gemacht. Die Kostüme und das Bühnenbild waren spektakulär«, sagte er. Daran zumindest gab es nicht den geringsten Zweifel.

Mimmos Stimme wurde sanft. »Obwohl das Resultat wohl doch nicht ganz den Erwartungen entsprochen hat.« Der Satz war zwar als Feststellung formuliert, doch es klang vielmehr wie eine Frage.

Gaetano nahm einen letzten Schluck Espresso. Auf einmal schmeckte der Kaffee irgendwie bitter.

Er wusste, worauf sich Mimmo auf seine unaufdringliche, völlig wertfreie Weise bezog: Die ganze Arbeit seiner Nachbarn Elena gegenüber als nichts abzutun, nur um sich aus der Affäre zu ziehen, war feige und alles andere als angemessen gewesen.

»Um ehrlich zu sein, bin ich mir nicht mehr sicher, was genau ich eigentlich von der Aktion erwartet habe. Ich wollte meinem Vater ein Bein stellen, ja, aber dann …« Er stieß den Atem aus und beugte sich vor, die Ellenbogen auf die Knie gelehnt. »Es tut mir leid, wie ich mich gestern Abend verhalten habe. Ich hätte alles abblasen müssen, und zwar schon viel früher. So hättet ihr euch wenigstens die Arbeit sparen können. Aber ich war dermaßen mit allem anderen beschäftigt, dass ich überhaupt nicht mehr daran gedacht habe.«

»Sie scheint eine bemerkenswerte Frau zu sein«, sagte Mimmo nur. Sein Tonfall klang dabei völlig beiläufig.

Erstaunt blickte Gaetano auf und sah das gütige Lächeln des Älteren. Warum überkam ihn bloß das Gefühl, dass dieser mehr wusste, als er sagte?

Er räusperte sich. »Na ja, sie ist nicht so, wie ich erwartet habe.«

»Sie macht einen offenen und warmherzigen Eindruck.«

»Sie ist ziemlich stur«, gab Gaetano zurück.

»Ambitioniert und entschieden«, entgegnete Mimmo.

»Übergenau.«

»Interessiert.«

»Anstrengend.«

»Sie hat nun einmal Ansprüche.«

»Und wenn sie sich in etwas verbissen hat, dann gibt sie so lange keine Ruhe, bis sie erfahren hat, was sie wissen will«, brummte Gaetano.

Mimmo gluckste vergnügt. »Das könnte man auch begeisterungsfähig nennen.«

»Ich kann sie einfach nicht fassen.« Gaetano fuhr sich mit beiden Händen übers Gesicht, ehe er fortfuhr: »Kaum meine ich, sie durchschaut zu haben, tut sie etwas Unerwartetes. Gestern während der Besichtigung von Marios Eschenhain ist sie förmlich aufgeblüht.« Er beugte sich vor. »Du hättest ihr Gesicht sehen sollen. Sie hat gestrahlt und war völlig in ihrem Element. Als ich ihr jedoch vorgeschlagen habe, etwas essen zu gehen, wollte sie lieber sofort zurück in die Backstube, um weiterzuarbeiten. Weil sonst ihr Zeitplan zu sehr durcheinandergeraten würde, hat sie gesagt.«

Er schnalzte mit der Zunge und holte erneut Atem. »Dann später im *Il Frassino* hat sie Sasàs Geschichte über Nonno wiederum so fasziniert zugehört, als wäre er Shakespeare persönlich.« Indem er die Schultern hob und die offenen Hände ausstreckte, unterstrich Gaetano seine Worte. »Du erinnerst dich, unser Plan war, sie mit eurer Vorstellung zu schockieren, sie zu verscheuchen oder zumindest, ihr ein völlig übertriebenes Bild zu vermitteln. Stattdessen war sie begeistert davon.«

Einen Moment lang spitzte Mimmo nachdenklich die Lippen, ehe er sagte: »Nun ja, sie ist Süditalienerin. Enthusiasmus liegt uns im Blut.«

Ja, die Neuigkeit, dass Elena Italienerin war, hatte Gaetano zwar nicht ganz so sehr überrascht, sondern vielmehr einiges Offensichtliches erklärt. Allerdings machte genau diese Tatsache alles noch verwirrender. »Das ist es ja gerade«, erklärte er. »Sie ist zwar Italienerin, aber sie verhält sich nicht wie eine. Es ist, als …« Er suchte angestrengt nach den richtigen Worten. »Als hätte sie ihre eigene Herkunft verlernt.«

Sobald er es ausgesprochen hatte, wurde ihm bewusst, wie unsinnig der Gedanke klang. Die eigene Herkunft war und blieb ein Leben lang ein Teil von einem. Man konnte sie zwar verleugnen, konnte sie wahrscheinlich auch zu verdrängen versuchen. Aber es war doch gewiss unmöglich, die eigene Identität zu verlernen, oder?

Und was hatte dieses wissende Lächeln auf Mimmos Gesicht schon wieder zu bedeuten?

»Beh«, sagte der alte Violinist und lehnte sich vor. Seine Augen funkelten belustigt. »Dann liegt es an dir, es ihr wieder beizubringen.«

»An mir?« Gaetano sah den Älteren stirnrunzelnd an. »Was genau willst du damit sagen?«

Dieser lachte auf und schüttelte den Kopf. »Ihr jungen Leute von heute. Ihr seid so sehr mit eurem Alltag beschäftigt, dass ihr vor lauter Hektik vergesst, auf euer Gefühl zu hören.« Seine Miene war väterlich, als er Gaetano die Hand an die Wange legte. »Seit ich dich kenne, hast du nur an dein Geschäft und deine Arbeit gedacht, Junge. Das ist gut und lobenswert, aber das Leben besteht noch aus viel mehr. Und glaub mir, es gibt ihn tatsächlich, den *colpo di fulmine.* Allein wie du über Elena sprichst, ist der Beweis dafür.«

Er tätschelte Gaetanos Wange, dann stand er auf. »Das erinnert mich daran, dass ich Mafalda noch ihren Lieblingstee bringen könnte. Du weißt ja, sie liebt frische Minze.«

Damit sammelte Mimmo Tassen und Mokkakanne ein, nahm noch die letzten zwei Butterkekse vom Teller und zwinkerte ihm dabei spitzbübisch zu, ehe er sich umdrehte und mit wallendem Hemd zurück zur Terrassentreppe ging.

Sprachlos sah Gaetano dem Alten nach, bis der hinter dem Vorhang verschwunden war. Solange er Mimmo kannte, war er schon immer etwas eigen gewesen, jetzt aber übertraf er sich selbst. Ein *colpo di fulmine …*

»So ein Unsinn.« Mit der Zunge schnalzend stand er auf und griff nach dem leeren Keksteller, ehe er zurück in seine eigene Wohnung hochging. Es war schon spät. Er beeilte sich besser, wenn er noch das eine oder andere erledigen wollte.

Doch selbst als er später wieder in Arbeitskleidung an der Teigmaschine im *Il Frassino* stand, gingen ihm Mimmos Worte nicht aus dem Kopf. *Colpo di fulmine* – das bedeutete so viel wie »der Blitzschlag«. Dieses ganz besondere Ereignis, das in all den schnulzigen Filmen zelebriert wurde und über das schon Dichter sämtlicher Epochen geschrieben hatten. Jener Moment also, der einen angeblich wie aus heiterem Himmel traf, wenn man sich verliebte.

Für Romantiker wahrscheinlich der erstrebenswerteste Moment ihres Lebens. Gaetanos Meinung nach jedoch der größte Humbug, den sich irgendwer irgendwann ausgedacht hatte.

Er war kein Romantiker. Natürlich hatte es in seinem Leben schon die eine oder andere Frau gegeben. Darunter sogar eine sehr tiefe Beziehung, damals während seiner Ausbildung an der Berufsakademie in Treviso. Sie war die Tochter eines seiner Tutoren gewesen und er der schlaksige Auszubildende aus Sizilien, der zum ersten Mal seine Heimatinsel verlassen und sich in der völlig fremden Atmosphäre Norditaliens ziemlich verloren gefühlt hatte.

Aus der anfänglichen Liebelei war rasch eine echte Zuneigung seinerseits geworden. In seiner Verliebtheit hatte Gaetano sogar darüber nachgedacht, für immer in Treviso zu bleiben, denn Debora, so ihr Name, wollte keinesfalls weg von ihrem Zuhause. Schon gar nicht in den Süden, wo eine ganz andere Mentalität herrschte und die Menschen – wie sie sagte – chaotisch, laut und rückständig waren.

Bei der Erinnerung daran stieß er zischend den Atem aus. Drei Jahre lang hatte die Beziehung gedauert. Schlussendlich gab ihm Debora jedoch den Laufpass, weil er sich, wie sie behauptete, zu sehr auf seine Ausbildung konzentrierte und sie sich von ihm vernachlässigt fühlte.

So war es in all seinen bisherigen Beziehungen gewesen. Schuld war entweder die Ausbildung, seine Arbeit oder das *Il Frassino*. Zwar hatte er immer alles versucht, um Arbeit und Privatleben unter einen Hut zu bringen. Aber wie gesagt, er war nie ein Romantiker gewesen, und seine langen Arbeitszeiten machten das Manko ebenso wenig wett.

Umso irrsinniger war daher Mimmos Behauptung, ihn hätte ein *colpo di fulmine* getroffen. Pah, ausgerechnet ihn.

»Es ist Punkt 9 Uhr. Und hier die letzten Meldungen aus dem In- und Ausland«, tönte es aus dem im Hintergrund laufenden Radio.

Gaetano wandte den Blick zur Treppe. Sie hatten verabredet, dass Elena um neun ins *Il Frassino* kam. Warum überfiel ihn auf einmal diese innere Unruhe?

Rasch wusch er sich die Hände. Ganz ruhig bleiben. Dass sie ihm auf seine Nachricht von letzter Nacht nicht geantwortet hatte, musste rein gar nichts bedeuten.

9:05 Uhr.

Er tippte ungeduldig mit den Fingern auf das Gehäuse der Espressomaschine, während er zusah, wie der Kaffee in den Plastikbecher rann. Auf dem Tischchen daneben stellte er Zuckertütchen und Holzstäbchen zum Umrühren bereit. Dazu noch einen Becher Wasser.

9:10 Uhr.

Mist. War der gestrige Abend womöglich doch zu viel gewesen und sie hatte sich dazu entschlossen, die Recherche hier in Castelbuono abzubrechen?

Im selben Moment hörte er die eiligen Schritte auf der Treppe.

»Tut mir wirklich leid, ich hatte noch einen Videocall mit meinem Chefredakteur und habe dabei völlig die Zeit vergessen. Ich komme sonst nie zu spät zu beruflichen Terminen, ehrlich«, japste Elena kurz darauf und stülpte sich die Schutzhaube auf den Kopf. Ihre Wangen waren gerötet, ihr Haar ließ sich kaum durch die Haube bändigen, und sie wirkte aufgelöst. War sie etwa die ganze Strecke von ihrem Hotel bis hierher gerannt?

Gaetano runzelte jedoch nur gekonnt die Stirn. Sich ganz cool geben, das wirkte immer. »Wieso zu spät? Es ist doch erst kurz nach neun.«

»Eben. Wir hatten doch um neun abgemacht.« Sie hielt mitten in der Bewegung inne, sah auf und schnappte nach Atem, als ihr Blick dem seinen begegnete.

Sofort spürte er wieder dieses Prickeln auf der Haut. Wie schon gestern Abend am Tisch. So, als ob auf einmal eine elektrische Spannung in der Luft liegen würde.

Rasch wandte sich Elena ab, während sie in den Schutzmantel schlüpfte. »Zuspätkommen geht nun einmal gegen meine PZZ-Regel.«

»PZZ-Regel?« Gaetano runzelte die Stirn. Davon hatte er noch nie zuvor gehört.

Als sie sich dieses Mal umdrehte, wirkte sie erneut ruhig und gefasst. »Ja, professionell, zielorientiert und zuverlässig.« Mit einer entschlossenen Geste nahm sie dann ihr Tablet auf und straffte die Schultern. »Womit fangen wir also heute an?«

KAPITEL 11

Sizilianische Mysterien mit Bohnenbrei

M*annettino* – so nannte Gaetano das Gebäck, das ähnlich wie ein Panettone aussah, jedoch das ganze Jahr über angeboten wurde.

Sofort begann Helene mit den Notizen.

Ganz anders als am Vortag ging er heute allerdings kaum näher auf das Produkt ein, sondern erklärte nur kurz die einzelnen Arbeitsabläufe: die Herstellung des Grundteigs, die Zutaten und die rund zwölfstündige Gärzeit im eigens dafür vorgesehenen Gärschrank, ehe die Teigmasse in die Papierformen gefüllt wurde und vor dem Backen erneut mehrere Stunden lang aufgehen musste. Klar, sachlich und ohne in Details abzuschweifen. Auf ihre Fragen antwortete er knapp, beinahe schon distanziert.

Umso besser, so konnte sich Helene auf ihre Notizen konzentrieren. Zu ihrer großen Erleichterung erwähnte er auch die Ereignisse des vorigen Abends mit keinem Wort. Und solange sie nicht seinem Blick mit diesen unerhört langen Wimpern begegnete, war alles in Ordnung. Dann brauchte sie auch nicht ständig daran zu denken, dass er sie mit seinem Dreitagebart und dem roten Bandana an einen verwegenen Piraten erinnerte.

»Und hier werden die *Mannettini* nach dem Backen ausgekühlt«, erklärte Gaetano mit völlig geschäftsmäßig klingender Stimme, während er vor Helene einen durch einen Vorhang aus breiten Plastikstreifen abgetrennten Raum betrat.

Der Duft von frisch gebackenem Hefeteig umfing sie wie eine Wolke aus warmer Süße. Göttlich. Wenn es ein Paradies und den Garten Eden gab, dann musste es dort so riechen.

»Damit die frischen Gebäckstücke jedoch ihre Form behalten, werden sie zum Auskühlen kopfüber aufgehängt. Das ist die übliche Vorgehensweise auch bei Panettone. Woher kommt eigentlich der deutsche Nachname, wenn du doch Italienerin bist?«

Den letzten Satz sagte er so beiläufig, dass Helene die Frage erst gar nicht recht wahrnahm. »Wie?«

»Dein Nachname«, wiederholte er. »Mechler ist doch ein deutscher Name, richtig?« Es klang eigenartig bemüht, wenn er den Namen mit seinem Akzent aussprach. »Und du hast dich gestern als Helene vorgestellt, nicht mit der italienischen Form Elena. Warum?«

Einen Moment lang war Helene zu fassungslos, um zu antworten. Den deutschen Namen zu benutzen, war für sie zu einer Gewohnheit geworden, über die sie gar nicht mehr nachdachte. Ein unverfänglicher deutscher Name, der weder Fragen aufwarf noch Probleme oder Hindernisse kreierte. Umso schockierender war es hingegen, dass Gaetano das überhaupt bemerkt hatte.

»Ich …« Sie suchte nach Worten. »Es ist der Name meines Ex-Mannes. Ich habe ihn nach der Scheidung behalten.« Sogleich biss sie sich auf die Zunge. Das war mehr, als selbst langjährige Arbeitskollegen wie Holger oder Anja von ihr wussten. Warum in aller Welt erzählte sie ihm das? Dabei kannte sie ihn kaum, und es ging ihn zudem rein gar nichts an.

Allerdings wäre das Thema damit zumindest wohl ein für alle Mal erledigt. Denn bestimmt hatte diese Enthüllung sein traditionell eingestelltes Weltbild ebenso erschüttert, wie es seinerzeit bei ihren Eltern der Fall gewesen war.

Zugegeben, deren Verhältnis zu ihrem Ex hatte von Anfang an – um es gelinde auszudrücken – unter keinem guten Stern gestanden. Dabei hatte Thomas alle Kriterien für einen idealen Schwiegersohn erfüllt: Er kam aus gutem Haus, war charmant, gebildet, finanziell abgesichert und würde bald das familieneigene Architekturbüro von seinem Vater übernehmen. Eine bessere Partie konnte man sich für die eigene Tochter kaum wünschen.

Obwohl beide, sowohl Mama als auch Papa, ihn Helene zuliebe rasch in ihre Gnaden aufgenommen hatten, blieb er dennoch allem fremd, woran sie glaubten und was ihren italienischen Traditionen entsprach. Dass er protestantisch und nicht katholisch war, spielte dabei noch die geringste Rolle. Aber er aß zum Beispiel weder Pasta noch Meeresfrüchte, weil seine Verdauung das nicht vertrug. Auch bestand er auf eine schlichte standesamtliche Trauung im kleinen Kreis statt einer großen Hochzeit mit viel Tamtam. Ein absolutes Unding für Helenes Eltern. Mama hatte deswegen unzählige schlaflose Nächte verbracht, weil sie nicht wusste, wie sie das dem Rest der Familie erklären sollte.

Dass ihre Eltern kein perfektes Deutsch sprachen und sich Thomas nach insgesamt sechs Jahren Beziehung nicht einmal um ein Wort Italienisch bemüht hatte, half ebenso wenig, um Brücken zu schlagen.

Und dann war er auf eine angebliche Geschäftsreise gefahren und hatte vergessen, den Browserverlauf im Computer zu Hause zu löschen …

Mit aller Kraft verdrängte Helene die Erinnerung an jenen Tag.

Die Zeiten hatten sich zwar inzwischen zum Glück geändert, nichtsdestotrotz war eine Scheidung im Verständnis vieler traditionell denkender Italiener noch immer ein mit Vorurteilen behafteter Makel: Die Ehe war ein Gelübde, das in guten wie in schlechten Zeiten galt. Und wenn der Ehemann eine Affäre hatte, musste das seine Gründe haben, deren Verschulden natürlich bei der Ehefrau liegen musste. Es war zum Rasendwerden. Ungeachtet des legalen Aspekts wurde das Fremdgehen eines Ehemannes in der patriarchalen, südländischen Denkweise oft noch als eine Art Kavaliersdelikt betrachtet, und Helene hasste dieses bivalente Messen aus tiefstem Herzen.

Trotzig reckte sie das Kinn vor und erwartete Gaetanos Reaktion. Sie wusste, was jetzt kam. Wie immer irgendein völlig belangloser Ratschlag oder, noch ätzender, eine dieser als besserwisserischer Kommentar getarnten Anklagen. Wie oft hatte sie sich schon vor Bekannten oder der eigenen Verwandtschaft dafür rechtfertigen müssen, dass sie es gewesen war, die die Scheidung eingereicht hatte.

Umso mehr staunte sie jedoch, als er die Augenbrauen zusammenzog und sagte: »Ich verstehe nicht. Warum sollte jemand für einen Ex den eigenen Namen aufgeben? Der gehört doch zu dir, zu deiner Identität und Herkunft.«

Irritiert starrte sie ihn an. Wie jetzt? Kein peinlich berührtes Herumdrucksen in puncto Scheidung? Kein seicht-wohlwollender Tipp, wie sie die Ehe hätte retten können, sollen, müssen? Stattdessen war für ihn einzig von Belang, weshalb sie ihren Namen nicht behalten hatte?

Er schien ihre Konsternation zu bemerken und hob sofort beschwichtigend die Hände. »Entschuldige, es geht mich natürlich überhaupt nichts an. Vergiss, was ich gesagt habe.« Im selben Moment fuhr sein Blick zur Uhr an der

Wand. »Es ist schon spät. Wir beeilen uns besser, wenn wir rechtzeitig zu deinem nächsten Termin kommen wollen.« Damit wandte er sich zum Gehen.

Doch Helene bliebt stocksteif stehen.

Gaetano drehte sich erneut zu ihr um. »Was ist?«

Langsam schüttelte sie den Kopf. »Nichts.«

Immer noch verblüfft, folgte sie ihm dann in Richtung Umkleidezimmer. Dieser Mann war ein Mysterium.

Wie vereinbart, begleitete er Helene die nächsten Tage lang zu ihren Recherchezielen kreuz und quer durch die Madonien, durch die herrliche Landschaft, die nach Gras und Kiefernnadeln roch und an der man sich kaum sattsehen konnte.

So besuchten sie zum Beispiel den winzigen Weiler Botindari, der nur aus ein paar Häusern bestand und deren Bewohner sie mit Pecorino- und Caciocavallo-Käse, Oliven sowie herrlich frischem Brot aus Eigenproduktion bewirteten. Weiter in das Städtchen San Mauro Castelverde, das sich, rund um das normannische Kastell gedrängt, hartnäckig an einen der höchsten Gipfel der Umgebung zu klammern schien.

Gaetano entpuppte sich als angenehmer und geduldiger Reisebegleiter. Sogar, als sie um ein Haar in der Ortschaft Gangi hängen blieben, nachdem der dortige Stadthistoriker ihnen voller Stolz die Ausgrabungen auf dem nahe gelegenen Monte Alburchia zeigen wollte. Diese lieferten, so meinte der Historiker, den Beweis dafür, dass es sich bei den gefundenen Ruinen um die antike Stadt Engyon handle, von der schon Diodorus Siculus berichtet habe. Die Stadt sei um 1200 vor Christus von König Minos' Gefolgsleuten aus Kreta gegründet worden und Standort eines rundum berühmten Tempels der Magna Mater gewesen. Mit den Jahrzehnten habe die Stadt an Wichtigkeit gewonnen und zahlreiche mystische Relikte in ihrem Tempel gehortet. Darunter angeblich die Lanze und den Schild des Odysseus. Eine Schande, dass jedoch der Tempel sowie die Stadt während der römischen Herrschaft zerstört und die Relikte gestohlen worden seien.

So antik wie die Ortsgeschichte war angeblich auch die lokale Spezialität, die *Pasta cu maccu*. Helene hatte schon mehrfach über *maccu* – jene dickflüssige Suppe aus frischen oder getrockneten Saubohnen – gelesen. Die Hülsenfrucht war mit den Römern auf die Insel gekommen. Schon Plinius erwähnte sie in seinen Schriften als Zutat der *puls fabata* – dem Brei aus Getreiden und Bohnen. Während das Gericht von den Römern hauptsächlich bei Trauerriten und als »Totenessen« gereicht wurde, fand es schließlich als *piatto povero* Einzug in den Speiseplan der armen Bevölkerungsschichten.

»Wenn der Ursprung die *puls fabata* war, frage ich mich, woher der Name *maccu* stammt«, sinnierte Helene während der Weiterfahrt.

Wie immer saß Gaetano am Steuer. Er hatte sie bisher nicht ein Mal fahren lassen. Weil er die Straßen besser kannte, meinte er. Und weil sich hier kaum jemand an die Verkehrsregeln hielt und man darum die nötige Intuition brauchte, um zu erahnen, wann der von rechts kommende Wagen einem den Vortritt ließ oder direkt vor die Nase fuhr.

Gekonnt bog er um die Linkskurve und sagte, ohne den Blick von der Straße zu wenden: »Ich nehme an, das Wort kommt von *ammaccare*. Auf Sizilianisch bedeutet das so viel wie zerquetschen oder zerdrücken.« Dann schwieg er wieder. Als gäbe es dazu nichts weiter zu sagen.

Helene sah ihn verwundert an. Seit sie unterwegs waren, tat sie das öfter, fiel ihr mit einem Mal auf. Wenn auch heimlich, damit er auf keinen Fall etwas davon bemerkte.

Er schien irgendwie verändert. Ganz anders als der *pasticciere,* den sie noch vor ein paar Tagen kennengelernt hatte. Natürlich war er immer noch auf seine Art sizilianisch-eigentümlich und stolz. So wie gestern, als sie auf dem Weg nach Gangi gewesen waren und etwa hundert Meter vor ihnen eine schwarze Katze über die Straße rannte.

Sofort stieß Gaetano ein entrüstetes *»Ntz«* aus, fuhr rechts heran und hielt den Wagen an.

»Was ist?«, fragte Helene verständnislos.

»Wir warten, bis das nächste Auto kommt«, antwortete er.

»Warum denn?«

Er schaute sie erstaunt an. »Wegen der Katze. Die war schwarz, und es bringt Unglück, den Weg einer schwarzen Katze zu kreuzen«, gab er dann mit einer Selbstverständlichkeit zurück, als wäre es das Normalste auf der Welt.

Im selben Moment ertönte ein tief dröhnendes Hupen hinter ihnen, und ein Baulaster donnerte vorbei.

»Perfetto.« Damit lenkte er den Wagen wieder zurück auf die Straße und fuhr weiter, als wäre nichts gewesen.

Helene kannte Aberglauben auch von ihren Eltern. Aber das hier war ein ganz anderes Level.

Dann wiederum war Gaetano zurückhaltend, aber dennoch stets präsent. Ohne zu klagen, war er mit ihr trotz der Hitze auf Hügel gekraxelt, über Felder und Schafweiden gewandert und hatte mit stoischer Würde neben ihr in einem Freigehege gestanden, während eine Horde neugieriger schwarzer Nebrodi-Schweine um ihre Beine wuselte.

Dank ihm wusste sie inzwischen auch, was es mit diesen eigenartigen Turmruinen entlang der Küste auf sich hatte.

»Das sind Wachtürme aus normannischer Zeit«, erklärte Gaetano. »Man findet sie auf der ganzen Insel, aber vor allem hier im nördlichen Teil. Sie dienten sozusagen als mittelalterliches Frühwarnsystem, sobald feindliche Schiffe gesichtet wurden.«

Er redete nicht viel, doch wenn, dann waren seine Aussagen pointiert, durchdacht und ohne leere Phrasen. Und wenn er lachte, dann tat er das laut schallend und voller Inbrunst.

Mit der Zeit hatte sich zwischen ihnen eine Art Routine entwickelt: Jeden Morgen trafen sie sich im *Il Frassino*, abends setzte er Helene wieder im Hotel ab. Einzig was regelmäßige Essenspausen anging, kannte Gaetano trotz Helenes Einwänden kein Pardon.

»Kommt gar nicht infrage. Wir halten hier und essen. *Basta*«, sagte er dann meistens und parkte den Wagen vor einem Restaurant oder einer *tavola calda* – einer Art Bar, die warme Speisen wie gegrillte Brötchen, knusprig frittierte *Arancine* oder frische *Pasta al forno* anbot.

Während all der Fahrten verlor er jedoch weder auch nur ein Wort über jenen Abend im Palazzo an der Via Giordano 33 noch erwähnte er das Thema ihres deutschen Nachnamens.

Im Nachhinein betrachtet, nahm sie ihm seinen Einwand, was den Namen anging, nicht einmal übel. Wie sollte er ihre Gründe auch verstehen? Was das anbelangte, so konnten auch ihre Eltern diese Entscheidung bis heute kaum nachvollziehen. Keiner von ihnen wusste, was es hieß, im ständigen Clinch zwischen zwei völlig gegensätzlichen Kulturen aufzuwachsen. Woher sollten sie somit wissen, dass sie Thomas' Familiennamen nicht aufgrund irgendwelcher nostalgischen Gefühle weiterführte, sondern aus purem Eigennutz. Weil sie es schlicht leid gewesen war, gegen die Mauer aus Vorurteilen anzukämpfen, gegen die man mit einem fremd klingenden Namen unwillkürlich prallte.

KAPITEL 12

Imkergeist, das Schokoladenkeks-Rennen und eine Arie

Es war Samstag. Der erste Ruhetag, den Helene sich seit ihrer Ankunft auf Sizilien gönnte. Nicht nur, weil sie die Zeit nutzen wollte, um ihre Notizen zu ordnen und sich einen Überblick zu verschaffen. Sie hatte Gaetano gegenüber schon lange ein schlechtes Gewissen, weil er ihretwegen seine Arbeit vernachlässigen musste. Um 10 Uhr stand außerdem ein erster Videocall mit Holger, Anja und Sue an. Eine Art Bestandsaufnahme nach der ersten Woche. Vielleicht könnte sie nach dem Meeting auch schon mit dem Schreiben des einen oder anderen Artikels anfangen, solange die Eindrücke noch frisch waren.

So machte sie es sich auf der Terrasse ihres Zimmers gemütlich. Es war noch nicht zu heiß, und von hier aus eröffnete sich einem ein herrlicher Blick über die Dächer von Castelbuono und die umliegende Hügellandschaft.

Die Notizen waren rasch sortiert, sie hatte ein altbewährtes System dafür, das aus verschiedenen Unterordnern bestand.

»Dann wollen wir doch mal sehen, was da schon zusammengekommen ist«, murmelte Helene, während sie als Nächstes die Planungsliste aufrief. Holger und Anja hatten sie bisher fast täglich über alle möglichen Neuigkeiten und Themenfunde auf dem Laufenden gehalten und die gemeinsame Onlineplanungsliste regelmäßig upgedatet. Zeit, sich diese genauer anzusehen.

- Schwarze Nebrodi-Schweine – *Karthager, ab 6.–5. Jh. v. Chr., Mistretta*
- Maccu – *Römer, ab 3. Jh. v. Chr., Raffadali bei Agrigento*
- Cuccidatu (Buccellato/Buccellatus) – *Römer, ab 3. Jh. v. Chr., Collesano*
- Manna – *Byzantiner, 7.–10. Jh. n. Chr., Castelbuono*
- Scursunera – *Araber, 8. Jh. n. Chr., Trapani*
- Testa di Turco – *Normannen, 11. Jh. n. Chr., Scicli*
- Schokolade – *Aragoner, 15. Jh. n. Chr., Modica*

Helene lehnte sich zurück und sah nachdenklich auf den Bildschirm.

Auf den ersten Blick schien die Sammlung gar nicht so schlecht, obwohl sie ehrlich gesagt mehr erwartet hätte. Wenn sie sich ihre eigenen sowie auch Anjas und Holgers Stichworte zu den einzelnen Themen ansah, hatten ein paar davon durchaus Potenzial für eine Sonderedition. Das traf bei einem zweiten Hinsehen jedoch längst nicht auf alle zu.

Sie klickte die Vorschläge einen nach dem anderen an und las die dazugehörigen Kurznotizen. Ihr gefiel zum Beispiel die Geschichte, die Anja zu der Nachspeise *Testa di Turco* ausgegraben hatte. Dabei ging es um die entscheidende Schlacht zwischen Normannen und den einfallenden Sarazenen, die angeblich im Jahr 1091 in der Nähe der Ortschaft Scicli stattgefunden haben sollte. Die Normannen unter ihrem Anführer Ruggero D'Altavilla gingen siegreich aus der Schlacht hervor. Aber nur, weil an ihrer Seite – so die Sage – die Madonna persönlich, mit Schwert bewaffnet und auf einem Schimmel reitend, in die Schlacht gezogen sei.

Helene schmunzelte. Das war so typisch süditalienisch. Natürlich durfte bei solchen Geschichten ein religiöser Bezug nicht fehlen. Die Nachspeise jedoch – ein luftiges, mit

Ricotta gefülltes Bignè – sah zumindest auf den Bildern, die Anja hinterlegt hatte, absolut köstlich aus und hatte tatsächlich die Form eines Turbans.

Auch Holger hatte mit dem Eissorbet namens *Scursunera* ein spannendes Thema gefunden. Denn die ursprüngliche Hauptzutat, die Schwarzwurzel oder *scorzonera,* wie sie auf Italienisch hieß, war offenbar bereits in der Antike als wirksames Mittel gegen Schlangenbisse bekannt gewesen. Angeblich sollte daher auch der sizilianische Name *scursuni* für eine der lokalen Vipernarten stammen. Um den leicht bitteren Geschmack der Schwarzwurzel zu verfeinern und das Heilmittel damit bekömmlicher zu machen, mischten findige arabische Ärzte Jasminblüten, Honig und Zimt bei. Das Ganze wurde schließlich mit Eis aus der Etna-Region verfeinert.

Heutzutage wird das Sorbet zwar ohne Schwarzwurzel hergestellt, lecker ist es trotzdem, hatte Holger dazu noch vermerkt. Helene zweifelte keinen Moment lang daran. Das hörte sich zudem sehr erlesen an.

Damit wären immerhin zwei Themen schon mal gesetzt. Drei mit dem Manna aus Castelbuono, vier mit Anjas zweitem Vorschlag zu der Schokoladenfabrikation in Modica.

Gedankenverloren lauschte Helene dem Klackern, während sie den Knopf ihres Kulis niederdrückte und wieder hochschnappen ließ. Nach einer Woche Recherche erst vier Themen mit echtem Potenzial. Das reichte noch bei Weitem nicht, um die hundertsechzehn Magazinseiten zu füllen.

Doch schon ertönte das laute Pling, und die Erinnerung an das Onlinemeeting poppte auf dem Bildschirm auf.

»Du meine Güte, was ist denn mit dir passiert?«, rief Sue nur einen Moment später und beugte sich näher an den Bildschirm heran. »Du siehst aus, als hättest du seit Tagen kaum geschlafen.«

In Gedanken aufseufzend winkte Helene ab. »Alles bestens. Nachts ist es nur immer so unglaublich heiß hier im Zimmer«, log sie.

Es stimmte, seit ihrer Ankunft auf Sizilien waren ihre Nächte ziemlich kurz gewesen, aber nicht wegen der Hitze. Sobald sie die Augen schloss, ließen die unzähligen, in ihrem Kopf umherschwirrenden Gedanken sie kaum zur Ruhe kommen. Und wenn sie dann doch endlich eindöste, überkamen sie die wirrsten Träume. Etwa von Karl dem Großen mit einer roten Federboa am Helm oder von einer Backstube, in der Hefeteig aus dem Ofen quoll. Oder von einem *pasticciere* mit unverschämt langen Wimpern.

Sofort verscheuchte sie den Gedanken und fragte stattdessen in die virtuelle Runde auf dem Bildschirm vor ihr: »Und? Wie sieht es bei euch aus?«

»Wir haben gestern die Salinen der Isole dello Stagnone besucht. Die stammen aus phönizischer Epoche«, meldete sich Holger zu Wort und schob sich die dunkle Sonnenbrille auf der sonnenverbrannten Nase hoch.

Er und Sue saßen beim Frühstück auf der Terrasse des Hotels. Im Hintergrund war ein Streifen Meer zu sehen, dessen türkise Farbe sich im strahlenden Azurblau des Himmels verlor. »Ich hatte keine Ahnung, dass es so viele verschiedene Sorten von Salz gibt.« Er schüttelte den Kopf.

»Und die Landschaft dort ist atemberaubend«, schwärmte Sue. »Bei Sonnenuntergang spiegelt sich der leuchtende Himmel in den Salinenfeldern. Gestern allein habe ich schon über zweihundert Fotos geschossen.«

Holger spülte den Bissen von seinem Toast mit einem Schluck Orangensaft herunter, ehe er erklärte: »Heute sehen wir uns weiter hier in der Gegend um und fahren hinauf nach Erice. Dort soll es ein typisches Gebäck geben, dessen Ursprung angeblich aufs Spätmittelalter zurückgeht. Mal sehen.«

»Zumindest bietet dieses Erice schöne Fotomotive.« Sue streckte grinsend den Daumen hoch.

Im Sonnenlicht leuchtete das gefärbte Haar der Fotografin fast im gleichen Blauton wie der Himmel, fiel Helene auf.

»Lass mich wissen, wie's damit aussieht, Holger. Ich glaube nämlich, die Schokoladenproduktion von Modica hat durchaus das Zeug zu einem guten Artikel. Zusammen mit deinem Gebäck wären wir jedoch in derselben Epoche«, meldete sich nun auch Anja zu Wort.

»Schokolade gegen Kekse – das nenn ich doch mal einen Wettkampf.« Holger lachte, nahm die Brille ab, beugte sich näher zur Kamera seines Laptops und fügte augenzwinkernd bei: »Aber weil du's bist, lasse ich dir natürlich den Vortritt.«

Zwar zeigte er sein übliches unbekümmertes Holger-Grinsen, aber hatte da eben nicht ein gereizter Unterton in seiner Stimme mitgeschwungen?

Eigenartig, das war sonst so gar nicht seine Art.

»Denkt daran, wir suchen Vielfalt und Ursprünglichkeit, um den Titel der Sonderedition zu reflektieren. Ich nehme die Kekse aber trotzdem vorerst mit auf die Liste«, sagte Helene schlichtend. »Hattest du mir nicht von diesem Brot aus Castelvetrano erzählt, das aus einer angeblich antiken Getreidesorte hergestellt wird, Holger? Das klang ebenfalls sehr interessant.«

»Da fahre ich in ein paar Tagen hin. Erst will ich noch einigen anderen Quellen nachgehen. Darunter findet sich vielleicht etwas Interessantes.«

»Prima. Je mehr Diversität wir unter den Epochen und Spezialitäten haben, umso besser.« Helene nickte.

Holger setzte die Sonnenbrille wieder auf und lehnte sich mit einem Schulterzucken zurück. »Null Problemo.«

Das Thema schien damit für ihn erledigt. Wahrscheinlich hatte sie sich das vorhin auch bloß eingebildet.

»Anja, wolltest du noch etwas hinzufügen?«, fragte Helene stattdessen.

»Nur, dass ich wahrscheinlich morgen oder übermorgen die Location wechsle und in Richtung Pantalica fahre«, antwortete die Kollegin, setzte die Kaffeetasse ab und tippte mit dem Zeigefinger auf den Cursor des Notebooks. »Der Honig aus der Gegend war offenbar bereits in griechischer Zeit ein Verkaufsschlager. Die Römer haben ihn sogar nach Britannien exportiert. Und auch Ovid und Virgil erwähnen diesen *miele ibleo*. Ich warte nur noch auf die Bestätigung, ob ich eine lokale Imkerei besuchen kann. Die Bienenstöcke sollen nach uralter Tradition aus Gertenstöcken geflochten sein.« Die Bewegung ihrer Augen ließ erkennen, dass sie zugleich die Notizen auf einer anderen Bildschirmsession kontrollierte. »Ebenfalls in der Nähe wird hingegen angeblich schon seit zweitausend Jahren ein Likör aus Honig und Bienenwachswasser hergestellt. Moment, wie heißt der noch gleich?«

Sie beugte sich näher zum Bildschirm. »Ah ja, *spiritu ré fascitrari*. Das soll so viel bedeuten wie ›der Geist der Imker‹, hat man mir erklärt. Wobei *fascitrari* nicht wirklich ›Imker‹ heißt, sondern sich auf die speziellen Bienenstöcke bezieht, die sogenannten *fascitri*, die aus Gertenstöcken geflochten werden. Was für ein cooler Name, findet ihr nicht auch?« Sie grinste breit.

»Antiker Honiglikör – ist notiert«, rief Sue. »Schick mir die Koordinaten. Wenn das so vielversprechend ist, wie es klingt, will ich da unbedingt vorbeifahren, um ein paar Bilder zu schießen.«

»Wird gemacht«, antwortete Anja.

Helene nickte zufrieden. Auf Sue war wie immer Verlass. Zugleich trug sie die neuen Informationen in die Planungsliste ein. »Wir beide müssen uns ranhalten, Holger. Sonst füllt Anja die Ausgabe ganz allein mit ihren Artikeln«, sagte sie zum Scherz.

Holger grinste so selbstsicher wie eh und je, legte zwei Finger zum Salut an die Stirn. »Keine Angst, Boss. Das Beste kommt noch, versprochen.«

Es folgte noch etwas Small Talk sowie die Verabredung für das nächste Meeting in einer Woche. Außerdem würde sich Sue am Montag auf den Weg in Richtung Castelbuono machen. Dann klickte Helene die Zoomverbindung weg.

Immerhin war während des Meetings ein weiteres Thema mit Potenzial aufgekommen. Anja befand sich wirklich auf einem Höhenflug.

Zwar hatte Helene vorhin gescherzt, es jedoch gleichwohl ernst gemeint: Sie und Holger mussten sich wirklich ranhalten, wenn sie mit der Kollegin mithalten wollten.

Hatten Holger und sie selbst noch nicht tief genug geforscht, oder gaben die ihnen zugeteilten Regionen wirklich nicht so viel her wie die von Anja?

Zumindest, was ihre eigene Themenrecherche anging, so hatte Helene inzwischen schon fast alle vorab gesammelten Adressen und Hinweise im Umkreis abgeklappert. Diese hatten bisher in mehr Einbahnstraßen als auf wirklich brauchbare Spuren geführt.

Sie atmete tief aus und ließ den Blick über das Panorama Castelbuonos schweifen.

Zwar war vor ihrer nächsten Etappe noch eine weitere Woche hier geplant, aber vielleicht sollte sie schon früher in Richtung Messina reisen. Hier in der Gegend war offenbar nichts Brauchbares mehr zu finden.

Stimmengewirr drang von der Straße unter ihrem Zimmer bis zu Helene hoch. Von etwas weiter weg war das Hupen von Autos und das Aufheulen eines Mofamotors zu hören. Ein paar Straßen entfernt pries ein fahrender Früchtehändler lauthals seine Ware an.

Unwillkürlich musste sie lächeln. Wie vertraut ihr die Geräusche in so kurzer Zeit schon geworden waren.

Doch sogleich richtete sich ihr Blick erneut auf den Bildschirm vor ihr. Richtig, Konzentration. Ablenkung konnte sie sich nicht leisten.

Sie setzte sich mit kerzengeradem Rücken auf und lockerte die Schultern. Mit einem Klick öffnete sie die Notizkarteien sowie eine neue, leere Textvorlage und legte die Finger auf die Tastatur. Bereit, um mit dem Schreiben eines ersten Artikels zu beginnen. Wenigstens das, wenn sie mit der Recherche schon nicht weiterkam.

Und plötzlich herrschte in Helenes Kopf eine gähnende Wortleere. Ein einziges, riesiges, schwarzes Loch. Völlige Ödnis.

Mit einem ungeduldigen Aufschnauben kniff sie die Augen zusammen.

Konzentrieren – sie musste sich konzentrieren. Herrgott noch mal, das war doch nicht so schwer. Sie hatte alle Informationen, die sie brauchte, und eine Fülle an Material über Manna und allem, was damit zusammenhing.

Trotzdem brachte sie nicht einmal einen anständigen Titel zustande. Unzählige Male fing sie an, tippte ein paar Worte und löschte sie sogleich wieder, weil sie keinen Sinn ergaben.

»Kaugummi!« Gute Idee. Das half sonst auch immer, um fokussierter zu arbeiten.

Hastig griff sie nach ihrer Tasche und begann zu wühlen. Normalerweise hatte sie immer welchen dabei. Doch statt des Kaugummipäckchens zog sie auf einmal einen zusammengeklappten Fächer hervor.

Helene stutzte. Nanu, der gehörte doch Mafalda. Hatte sie den an jenem Abend im Palazzo etwa einfach eingesteckt?

Einen Moment lang hielt sie reglos inne, bevor sie mit einem Ruck aufstand und Tablet sowie Notebook vom Tisch räumte.

Ihr Hotel lag im äußeren Teil der Altstadt. Während der vergangenen Tage hatte sie es immerhin geschafft, sich in dem Gewirr von Straßen, Gässchen und Treppen einigermaßen zurechtzufinden. Den Weg zum *Il Frassino* kannte sie inzwischen blind, und wie sie sich erinnerte, lag die Via Giordano mit dem Palazzo mit der Hausnummer 33 nicht weit davon entfernt.

Es war später Vormittag, die Läden und Geschäfte waren noch alle geöffnet, und das Städtchen Castelbuono summte und brummte wie ein Bienenstock vor Geschäftigkeit.

Helene erkannte den Palazzo schon von Weitem an der Reihe von Rundfenstern im oberen Zwischenstockwerk. An die erinnerte sie sich noch ganz genau. Das Gebäude stand direkt an der Ecke zur geschäftigen Via Umberto I, einer der Hauptstraßen, die das Castello, die Via Sant'Anna und die Piazza Margherita mit der Piazza Matteotti verband.

Das Eisentor kreischte beim Öffnen. Sobald sie den Torbogen betrat, war es, als würden sämtliche von draußen kommenden Geräusche und Stimmen abgedämpft, bis sie im Schatten der dicken Steinmauern verhallten.

Das Treppenhaus war kühl und menschenleer. Jenseits des Gangs erstrahlte der Durchgang zum Innenhof im grellen Sonnenlicht.

Einen Moment lang zögerte Helene. Sie hätte vielleicht bis heute Abend warten sollen, wahrscheinlich war gar niemand zu Hause.

Doch dann hörte sie eine singende Frauenstimme. Da war auch der sanfte Klang einer Violine. Die Musik kam aus dem Innenhof.

Neugierig trat sie näher, spähte durch die Gitterstäbe. Und hielt vor lauter Ehrfurcht den Atem an, sobald sie Mafalda erkannte, die dort am anderen Ende des Hofs die trockenen Blätter des Frangipani-Baums zusammensammelte und zugleich den Innenhof mit ihrem Gesang erfüllte. Völlig in Musik und Arbeit versunken.

Was für eine unglaubliche Stimme sie hatte – hell und zart, klar und dennoch kraftvoll. Sie verlieh den Tönen eine solche Anmut und zugleich eine ergreifende Tiefe. Die Violine hingegen begleitete Mafaldas Stimme nicht nur, sie ergänzte sie, untermalte sie an den zu betonenden Stellen, ohne sie zu übertönen. Ein perfekt aufeinander abgestimmtes Zusammenspiel.

Helene war wie verzaubert. Sie war zwar nicht unbedingt eine Opernliebhaberin, aber dieses Stück kannte sie: die Arie *Ombra mai fu* aus der Oper *Largo* von Händel.

Zu ihrem größten Erstaunen sah sie nun auch Tancredi. Leise und vorsichtig, um den Gesang nicht zu unterbrechen, trug er eine Gießkanne vom Brunnen herbei und ließ das Wasser auf Mafaldas Wink hin in die Erde des Pflanzenbottichs rinnen.

Kaum zu glauben, ausgerechnet der kleine Wirbelwind. Eine solche Ruhe hätte sie dem Jungen gar nicht zugetraut.

Was für ein idyllisches Bild die beiden abgaben, unterstrichen von den Geigenklängen und Mafaldas Stimme.

Beinahe enttäuscht seufzte Helene, als das Stück endete und die Violine nach einer letzten nachhallenden Note verstummte.

»Bravo!« Sie applaudierte begeistert.

Sogleich wandten sich Tancredi und Mafalda um. Ein fröhliches Grinsen erhellte das Gesicht des Jungen.

Mafalda breitete die Arme aus. Die weiten Ärmel ihres hellgelben Seidenkimonos wirkten wie die Flügel eines Schmetterlings. Ihre violette Lockenperücke unterstrich die Erscheinung noch. »Elena, wie schön, dich zu sehen. Komm herein, komm herein.«

Helene blinzelte, als sie in den sonnendurchfluteten Hof trat, und sie hob die Hand an die Stirn, um die Augen zu schützen. »Ich hoffe, ich störe nicht.«

»*Ntz*, wie kommst du denn auf eine solche Idee.« Wie um diese Worte zu untermauern, erdrückte die Ältere sie schier in einer nach Veilchen riechenden Umarmung. »Im Gegenteil. Wir haben uns schon Sorgen gemacht, wo du so lange bleibst.«

Wo sie so lange blieb? »Na ja, ich …« Atemlos versuchte Helene zu erklären.

Doch schon hallte Mafaldas perlende Stimme durch den Hof: »Kommt alle her! Elena ist da!«

KAPITEL 13

Wie Currywurst und Ravioli

Am selben Abend

Es war bereits nach 22 Uhr, als Gaetano die Tür des *Il Frassino* hinter sich schloss.

»Geschafft für heute.« Sasà neben ihm dehnte sich den Rücken und verzog das Gesicht dabei zu einer schmerzhaften Grimasse. »Was für ein Tag.«

Da hatte er recht. Doch nicht, um sich zu beklagen, denn die Geschäfte liefen gut. Juli und September waren beliebte Hochzeitsmonate, und sie hatten so viele Tortenbestellungen wie noch nie zuvor.

Umso elender fühlte sich Gaetano, weil er den Betrieb ausgerechnet jetzt im Stich ließ. Zwar konnte er sich zu hundert Prozent auf Sasà und die Mitarbeiter verlassen, das wusste er. Trotzdem hatte er in den vergangenen Tagen jeden Abend noch bis spät in die Nacht hinein gearbeitet, um sämtlichen Aufträgen gerecht zu werden.

»Morgen ist also der große Tag?«, witzelte Sasà, während sie nebeneinander über die Piazza Margherita schlenderten. »Bist du bereit und gewappnet?«

Gaetano machte ein paar Schritte zur Seite, um einer Familie mit Kinderwagen auszuweichen, hob die Hand und grüßte im Vorbeigehen das Grüppchen alter Männer, das dort auf Schemeln vor dem *Circolo Amici della Musica* saß.

»Signori, buona sera.«

An Sasà gewandt, sagte er schließlich: »Noch immer ganz schön viel los hier um diese Uhrzeit. Vielleicht sollten wir die Öffnungszeiten des *Il Frassino* erweitern, was meinst du?«

»Du lenkst ab.« Der amüsierte Unterton in Sasàs Stimme war nicht zu überhören.

Als Gaetano sich zu seinem Cousin umdrehte, sah er ganz genau, wie sehr sich dieser bemühte, nicht lauthals aufzulachen.

»Du hast gut reden. Dich hat man ja auch nicht zum Antreten befohlen«, brummte er. Dabei hatte er den Gedanken an das morgige Mittagessen mit der Familie und Elena vor lauter Arbeit wunderbar verdrängen können.

»Ach, komm schon. So schlimm wird's bestimmt nicht werden.« Kumpelhaft schlang ihm Sasà den Arm um die Schultern. »Außerdem ... Solange Elena dabei ist, bist du sicher. Sie werden um sie herumflattern wie Schmetterlinge um einen Blumentopf und dich kaum noch beachten.«

Bei dem Gedanken kam selbst Gaetano nicht um ein Grinsen umhin. Er hätte Elena vielleicht besser vorwarnen sollen, was sie erwartete. Eine Einladung zum Essen im Hause Cusimano war meist eine hochbrisante Angelegenheit – vor allem für Familienangehörige. Niemand sonst liebte sich zum Antipasto so abgöttisch und stritt sich spätestens nach dem Dessert so inbrünstig, wie es eine sizilianische Familie tat.

»Warum kommst du nicht einfach auch? Mama fragt ständig nach dir. So könntest du endlich einmal deiner Pflicht als Neffe nachkommen«, schlug er vor und ergötzte sich mit sardonischer Freude an Sasàs erschrockenem Gesichtsausdruck.

Sofort winkte dieser ab. »Es braucht frischen Wind in der Kirche, aber nicht so viel, dass die Kerzen ausgehen!«

Gaetano lachte schallend auf. Das war ein altes Sprichwort. Die sizilianische Art, auszudrücken, wie fehl am Platz eine Übertreibung war. »Alter Feigling«, witzelte er und boxte seinen Freund gegen den Oberarm.

Damit umarmten sie sich ein letztes Mal. Sasà küsste ihn zum Abschied auf die eine Wange und tätschelte ihm die andere. Seine Stimme war auf einmal eindringlich, als er sagte: »Im Ernst, ehe du deine Familie meuchelst, ruf mich an, ja?« Er winkte ihm zu, bevor er um die Ecke abbog.

Gaetano sah seinem Cousin nach. Diese gegenseitigen Neckereien hatten schon immer zwischen ihnen beiden stattgefunden. Wenn es aber wirklich hart auf hart kam, konnte er sich keinen besseren Sparringspartner als Sasà vorstellen.

Er drehte sich um. Die Via Giordano lag in der entgegengesetzten Richtung, und das Einzige, wonach er sich jetzt sehnte, war sein Bett.

Die vergangene Woche war erschöpfend gewesen, nicht allein nur wegen der vielen Arbeit im *Il Frassino*. Das Herumreisen mit Elena hatte sowohl an seinen Kräften gezehrt als auch seine Selbstbeherrschung mehr als einmal arg auf die Probe gestellt. Das allein war schon eigenartig genug, denn normalerweise ließ er sich nicht von irgendwelchen Gefühlsduseleien aus der Fassung bringen. Na ja, außer wenn es um Vaters Allüren ging.

Je länger er jedoch mit Elena unterwegs war, umso stärker wirkte ihre Gegenwart auf ihn, und das verwirrte ihn vollends. Es war eine Sache, Mimmos Vorstellung von einem *colpo di fulmine* als Unsinn abzutun. Es war hingegen etwas völlig anderes, sich selbst auf einmal nicht mehr trauen zu können, weil man Gefahr lief, sich wie der größte Tölpel zu benehmen, nur, um einen möglichst guten Eindruck auf eine Frau zu machen. Denn genau darum ging es, und diese Einsicht war zugleich ernüchternd und erschreckend.

Gaetano hatte es deshalb vorgezogen, so wenig wie möglich zu sagen, Distanz zu wahren, so gut es unter diesen Umständen eben ging.

Der heutige Tag war schließlich wie der rettende Strohhalm gewesen. Sie nun mehr als vierundzwanzig Stunden lang nicht zu sehen, ihre Stimme nicht zu hören. Nicht immer in ihrer Nähe zu sein ... Es hatte ihm den nötigen Abstand verschafft, um wieder einen einigermaßen klaren Kopf zu bekommen. Denn, verdammt, es war anstrengend, sich dazu zu zwingen, nicht ständig an sie zu denken.

Als er das Gittertor am Eingang des Palazzo aufstieß, hörte er zuerst lautes Gelächter aus dem Innenhof.

Nanu? Heute waren die Nachbarn anscheinend besonders guter Laune.

Er war schon halb die erste Treppe hochgestiegen, als er die Frauenstimme hörte und mitten in der Bewegung erstarrte.

»Scopa!« Sie lachte vergnügt.

Applaus ertönte. Und mittendrin Ruggieros fassungslose Stimme: »Die beiden haben schon wieder gewonnen.«

Was zum ...? Gaetano drehte sich auf der Treppe um und lauschte angestrengt.

Unmöglich. Seine Müdigkeit spielte ihm einen Streich. Das war keinesfalls Elenas Stimme gewesen. Was sollte sie auch ausgerechnet hier zu suchen haben? Und noch dazu bei einem Scopa-Spiel.

»Wie wär's mit einer Revanche?«, hörte er die Frauenstimme erneut. Jetzt ganz deutlich.

Er schüttelte den Kopf, zweifelte noch immer. Trotzdem stieg er die Treppe wieder hinunter und ging zu dem Gittertor zum Innenhof.

Und Gaetano traute seinen Augen nicht, als er Elena tatsächlich dort in der Runde zusammen mit Mimmo, Mafalda und Ruggiero am Tisch sitzen sah. In völliger Eintracht. Umgeben von Lichterketten und Kerzen in Einmachgläsern.

Fassungslos stieß er den Atem aus. Auf dem Tisch stand vor jedem von ihnen ein Glas mit einer bernsteinfarbenen Flüssigkeit darin.

Das schlug dem Fass den Boden aus. Gaetano erkannte das Etikett der Flasche. Mimmos Zibibbo-Wein, den er sonst wie seinen Augapfel hütete und nur zu ganz besonderen Anlässen aus dem Keller holte. Also wenn ein neuer Papst gewählt wurde oder Italien die Fußballweltmeisterschaft gewann.

»Gaetano! Wo warst du denn so lange?« Tancredis kleine, rothaarige Gestalt kam so geschwind neben den Ästen des Frangipani-Strauchs dahergerannt, dass die Blätter nur so raschelten.

Sogleich sah auch das Grüppchen am Tisch auf und drehte sich in Richtung Eingang.

»Tanuzzo! Schau, wer uns besuchen gekommen ist.« – »Oh, *qual buon vento!*« – »War die Arbeit sehr hart, *caro?*«

Auch Elena hob den Blick – ganz kurz nur – und winkte ihm zu.

»Ciao«, entgegnete Gaetano. Mehr brachte er vor lauter Verwunderung nicht heraus. Wie immer begrüßte er dann die beiden Männer und küsste Mafalda auf die Wange.

»Du hast ein paar glorreiche Spiele verpasst«, schwärmte die Opernsängerin an Gaetano gewandt und warf Elena zugleich eine Kusshand zu. »Begnadet – sie ist einfach begnadet.«

Ruggiero schnalzte mit der Zunge, doch er schmunzelte. »Das sagst du auch nur, weil ihr beiden zusammen als Paar spielt.«

»Selbstverständlich.« Die Sängerin ließ ihr perlendes Lachen ertönen und griff quer über den Tisch nach Elenas Hand. »Wir beide sind schließlich ein unschlagbares Team, nicht wahr? Aber was stehst du denn da herum, Gaetano. Nimm dir einen Stuhl, und setz dich. Neben Elena ist noch Platz.«

»Komm, ich zeige dir meinen neusten Transformer«, rief Tancredi ungeduldig dazwischen und zerrte an Gaetanos Arm.

Er ließ sich bereitwillig mitziehen. Elena spielte Scopa und war offenbar sehr gut darin. Eine Überraschung mehr. Aber das erklärte noch immer nicht, warum sie überhaupt hier war und seine innere Ruhe mit einem Schlag zum Verpuffen brachte.

»Die spielen schon seit Stunden. Wie langweilig«, beschwerte sich der Kleine derweil in einem zutiefst entrüsteten Tonfall, während er Gaetano in Richtung der Sonnenschaukel zog. Dort am Boden, in Sichtweite des Tisches, hatte er seine gesamte Sammlung von Transformers-Spielfiguren bereits in Schlachtstellung platziert.

Nun setzte er sich im Schneidersitz zu Boden, verschränkte die Hände im Schoß und fragte im leicht gestelzten Tonfall eines Nachrichtensprechers: »Und wie war dein Tag denn sonst so? Ich hab Mafalda den ganzen Morgen lang beim Pflanzengießen geholfen. Zur Belohnung hat sie mir zum Mittag mein Lieblingsessen gekocht. Die *Parmigiana* war sehr lecker. Elena hat sie auch geschmeckt. Sie ist schon seit dem Vormittag da.«

Ja, manchmal konnte man leicht vergessen, dass Tancredi erst sieben Jahre alt war. Er tat nicht nur so neunmalklug, er war es auch. Ein Umstand, der ihm bisher nicht wenige Probleme eingehandelt hatte, denn die meisten Klassenkameraden hielten ihn für einen Streber.

Trotzdem ließ sich Tancredi nicht davon beeindrucken. Stattdessen verschlang er weiterhin seine Bücher über Raumfahrttechnik, baute Schleudern und kleine Katapulte, mit denen er seine Transformers-Figuren – sehr zu Mafaldas Missfallen – durch den ganzen Innenhof schießen konnte, und genoss die Aufmerksamkeit, die alle im Palazzo ihm gewährten.

Doch was hatte er eben gesagt? Elena war schon seit dem Vormittag da?

»Wirklich?« Zu Gaetanos Erleichterung war ihm ein völlig neutraler Tonfall gelungen.

»Ja, sie hat Mafaldas Fächer zurückgebracht.«

Immerhin eine plausible Erklärung, fand Gaetano. Aber warum in aller Welt empfand er dann zugleich so etwas wie Enttäuschung, weil sie nur wegen des Fächers gekommen war?

Schwachsinn. Sofort wechselte er das Thema. »Wo ist denn deine Mutter?« Tatsächlich konnte er Paola nirgends sehen.

Der Junge seufzte. »Muss arbeiten. Irgendwelche Anpassungen an einem Brautkleid, hat sie gesagt. Darum haben Mimmo und Mafalda heute auf mich aufgepasst«, erklärte er.

»Verstehe. Und was hat Elena den ganzen Tag lang hier gemacht?« Sobald er das letzte Wort ausgesprochen hatte, biss sich Gaetano auf die Zunge. Verdammt, was für eine bescheuerte Frage? Es ging ihn nicht die Bohne an, was Elena tat.

So unauffällig wie möglich sah er zu dem Grüppchen dort am Tisch hinüber, wo Mafalda gerade die Karten für ein neues Spiel verteilte.

Einen Moment lang stockte ihm der Atem, als sein Blick Elenas begegnete. Im Kerzenschein strahlte ihr Gesicht unter einem Lächeln. Gaetano konnte die Augen nicht mehr davon losreißen.

»Sie hat mir ein neues Spiel beigebracht«, hörte er Tancredi weiterplappern. »Sie nennt es Stadt, Land, Fluss. Kennst du das?«

»Äh …«

»Da muss man die Namen von Städten, Ländern und Flüssen mit einem bestimmten Anfangsbuchstaben aufschreiben. Flüsse waren zu schwer für mich, also haben wir Tiere genommen.«

»Verstehe.«

»Wer schneller ist, hat gewonnen, und Elena war natürlich immer schneller. Aber das macht nichts, ich hab dabei neue Wörter gelernt. Hast du gewusst, dass es ein Tier namens Okapi gibt?«

»Hm.«

»Du hörst mir gar nicht zu.«

»Wie?« Gaetano zuckte zusammen, als Tancredi am Saum seines T-Shirts zupfte, sah hinunter und erkannte das fragende Gesicht des Jungen.

»Natürlich höre ich dir zu«, beeilte er sich zu sagen und setzte sich neben ihm auf den Boden.

Wieder zufrieden nickte der Kleine und raunte: »Ich finde, Elena ist ziemlich nett. Und ich glaube, sie mag dich.«

Sofort horchte Gaetano auf. Und auf einmal war da dieses Prickeln, das sich von seinem Bauch aus bis in die Brust ausbreitete.

Jetzt cool bleiben. Sich so unbeteiligt wie möglich geben.

Er wollte den Arm lässig auf den Schaukelsitz hinter sich lehnen. Doch der gab prompt nach. Um ein Haar wäre Gaetano mit dem Oberkörper rückwärts zu Boden geplumpst.

Gerade noch rechtzeitig stützte er sich stattdessen mit der Hand auf dem Boden ab und erwiderte: »Ach ja? Wie kommst du denn darauf?«

Mit nur ein paar geübten Griffen klappte Tancredi einen seiner Spielzeugroboter zu einem kleinen Rennwagen zusammen und ließ ihn über den Boden flitzen. »Sie hat nach dir gefragt. Als Mimmo ihr gesagt hat, dass du heute arbeitest, schien sie ziemlich enttäuscht. Dasselbe hat Mafalda übrigens auch gemeint«, erklärte er mit vielsagender Miene.

»Mafalda?«, echote Gaetano. Herrgott, das wurde ja immer schöner. Er liebte Mafalda und Mimmo abgöttisch, aber sie hatten beide eine Eigenart an sich, die die blutigsten Fehden auslösen und ganze Königreiche stürzen könnte: Sie mischten sich immer und überall ein. Und sie plapperten für ihr Leben gerne. Eine verdammt gefährliche Mischung, auch wenn ihr Handeln noch so gut gemeint war.

Doch Tancredi nickte nur, als wäre es die selbstverständlichste Sache der Welt. Dann legte er den Kopf schief und sah ihn an. »Und? Magst du sie auch?«

Hektisch warf Gaetano einen Blick über die Schulter in Richtung Tisch. Zum Glück waren die anderen alle ins Kartenspiel vertieft.

Schon öffnete er den Mund, wollte dem Jungen erklären, dass das alles absolut albern sei, jenseits jeglicher Realität. Weil Elena und er sich schließlich erst seit gerade einmal vier Tagen kannten, sie beide in völlig unterschiedlichen Welten lebten – sie in Deutschland, er hier auf Sizilien – und sowieso rein charakterlich so wenig zueinander passten wie Currywurst zu Ravioli, *basta.*

Doch er klappte den Mund wieder zu, schnappte nach Atem, um erneut zum Reden anzusetzen, und brachte trotzdem kein Wort heraus.

»*Mamma!*«, rief Tancredi plötzlich und sprang auf, als er seine Mutter Paola in den Hof kommen sah.

In Gedanken atmete Gaetano auf. Heiliger Himmel, das war Rettung in allerletzter Sekunde gewesen.

Zugleich war auch die letzte Runde im Kartenspiel zu Ende. Elena und Mafalda hatten erneut gewonnen. Und ehe Gaetano sichs versah, saß er am Tisch – Mimmo rechts, Paola links und Elena gegenüber von ihm – und fragte sich, wann genau sich sein Vorhaben, ins Bett zu fallen und zu schlafen, in Luft aufgelöst hatte. Erst recht, als Mafalda eine erfrischende Zitronen-Granita auftischte. Gut, dass Mutter sie morgen erst gegen Mittag erwartete.

Es war eine laue Nacht, Zikaden zirpten in den Sträuchern rundum. Ein sanftes Lüftchen brachte den Duft von Jasmin, Lavendel und Sommer mit sich.

Fröhliches Geplapper und Gelächter herrschte am Tisch. Auch Elena lachte mit. Kaum zu glauben, mit einem Mal wirkte sie viel ungezwungener, viel entspannter, und es lag wohl an Mimmos Zibibbo, dass sie sich sogar hier und da an einem Ausdruck auf Sizilianisch versuchte. Sieh einer an …

Irgendwoher war das prasselnde Donnern von Feuerwerk zu hören. Wohl eine Hochzeitsfeier in einem der umliegenden Dörfer.

Mit einem Aufseufzen streckte Gaetano die Beine unter dem Tisch aus. Das Zitronensorbet hatte ein angenehmes Kribbeln auf seiner Zunge hinterlassen, doch allmählich kroch die Müdigkeit in ihm hoch.

Er blinzelte. Er hätte definitiv keinen Zibibbo mehr trinken sollen. Der süßlich schwere Muskatwein machte ihn schläfrig, und nach einer Weile nahm er die Gespräche nur noch wie durch einen Schleier hindurch wahr.

»Wie läuft es denn eigentlich mit deinen Recherchen, *cara?* Gaetano hat uns erzählt, dass ihr schon einige Ortschaften besucht habt. Hast du spannende Themen für deine Artikel gefunden?«, hörte er Mafalda fragen.

»Wir haben viel gesehen, das stimmt. Ich fürchte, ich habe Gaetanos Geduld arg strapaziert in den letzten Tagen«, entgegnete Elena und sandte ein kurzes Lächeln in seine Richtung.

Er winkte großzügig ab. »Nicht der Rede wert.« Er wäre mit ihr bis an den Südpol gefahren, wenn sie ihn darum gebeten hätte, aber das brauchte sie nicht zu wissen.

Dann stieß sie einen tiefen Stoßseufzer aus. »Doch wenn ich ehrlich sein soll, bin ich etwas ratlos. Der Titel der Sonderausgabe lautet *Das kultur-kulinarische Erbe der Vergangenheit.* Von all den Themen, die ich schon vorab recherchiert hatte, hat aber außer dem Manna kaum eines das Zeug zu einem Artikel hierzu. Es fehlt einfach das gewisse Etwas, das Besondere, die Geschichte dahinter.« Sie schüttelte den Kopf. »Auch sämtliche Hinweise und Tipps, die sich nachträglich hier vor Ort ergeben haben, führen zu nichts. Deshalb überlege ich, die Planung zu ändern und schon nächste Woche in Richtung Messina weiterzureisen.«

Und als hätte ihn eine Tarantel gestochen, war Gaetano mit einem Schlag wieder hellwach.

KAPITEL 14

Die Seelenräuber

Deshalb überlege ich, die Planung zu ändern und schon nächste Woche in Richtung Messina weiterzureisen.« Sobald sie diese Worte ausgesprochen hatte, wurde Helene sich der Entscheidung überhaupt erst wirklich bewusst.

Aber ja, es war das einzig Richtige. Zwar hatte sie für Montag und Dienstag noch ein paar Recherchetermine geplant, doch das waren ohnehin nur sekundäre Themen, von denen sie sich nicht viel versprach. Es wäre nicht tragisch, wenn sie diese absagte. Sie würde am Montag noch Sues Ankunft abwarten und dann spätestens am Dienstag abreisen. Morgen könnte sie somit auch gleich die Gelegenheit nutzen, Bürgermeister Cusimano für seine Unterstützung zu danken, und sich verabschieden. Kurz und schmerzlos.

Sogar ohne aufzusehen, wusste sie, dass Gaetano sie ansah. Sie spürte seinen Blick auf sich. Dieses Prickeln auf der Haut. Ein viel zu angenehmes Gefühl, das sie während der vergangenen Tage schon viel zu oft verbissen hatte ignorieren müssen. Zugegeben, er war attraktiv – sehr sogar –, und mit dieser Mischung aus distanzierter Unnahbarkeit und simpler Hilfsbereitschaft machte er sie neugieriger, als ihr lieb war.

Nein, sie war weder verklemmt noch prüde, und sie hatte auch keine Enthaltsamkeit geschworen. Aber sie hatte ihre Lektion mit Männern zur Genüge gelernt. Die paar Dates, auf die sie sich seit der Scheidung eingelassen hatte, waren zwar nett gewesen, viel mehr jedoch nicht. Sie war inzwischen in einem Alter, in dem sie gewisse Ansprüche stellte. Sie brauchte keinen Partner, der sich mit einem Doktortitel brüstete, sich jedoch für zu fein hielt, um auch mal über alltägliche Dinge zu lachen. Ebenso wenig konnte sie diese selbstgefälligen Typen ausstehen, die einen schon nach dem ersten Treffen »Baby« nannten und sich für so unentbehrlich hielten, als könnte keine Frau jemals mehr ohne sie leben. Wer war überhaupt auf diese bekloppte Idee gekommen, eine Frau »Baby« zu nennen?

Gaetano hingegen war anders, und das irritierte sie. Außerdem hatte sie sich viel zu schnell und schon viel zu sehr an seine Anwesenheit gewöhnt. Statt sich auf ihre Arbeit zu konzentrieren, schlingerte sie mit ihren Gedanken immer wieder in seine Richtung, ohne dass sie etwas dagegen tun konnte. Das brachte sie sogar von ihrer PZZ-Regel ab. Ja, frühzeitig abzureisen, war die allerbeste Idee überhaupt.

»Wie schade«, rief Mafalda und legte sich in einer dramatischen Geste die Hand aufs Herz. »Willst du nicht doch noch ein paar Tage länger bleiben? Du könntest dir Castelbuono in Ruhe ansehen. Oder einen Ausflug ans Meer machen.« Begeistert von ihrer eigenen Idee breitete sie die Arme aus. »Nach Cefalù zum Beispiel. Das ist ein ganz bezauberndes Städtchen und so malerisch.«

»Welche Themen beinhaltet denn deine bisherige Recherche?« Die Frage kam von Ruggiero, der wie immer am äußeren Ende des Tisches saß.

Kurz zählte Helene sämtliche Orte und lokalen Spezialitäten auf, die sie während der vergangenen Tage erkundet hatte. »Uns stehen über hundert Seiten zur Verfügung, und als Verantwortliche muss ich auch über den Inhalt entscheiden. Mein Ziel ist es daher, so viel Diversität wie nur möglich in die Themen einzubringen. Sowohl, was die Epochen und

Herkunft, als auch, was die Art der Spezialität angeht. Aber mit dem Material, das meine Kollegen und ich bis jetzt gesammelt haben, sind wir noch weit davon entfernt«, erklärte sie.

»Du könntest über Mafaldas frittierte Milchwürfel schreiben«, schlug Tancredi vor. »Die sind lecker.«

»Warum nicht?«, warf Paola ein und sah die Operndiva an. »Du sagtest doch, das Rezept sei uralt.«

Mit einem lauten Ratschen schlug Mafalda ihren Fächer auf. »Nun, es stammt von meiner Großmutter, und die war über neunzig Jahre alt. Aber ich fürchte, das zählt nicht.« Sie seufzte. »Ein Jammer, dass wir nicht mehr tun können.«

Ein Jammer, wirklich. So fühlte es sich auch überraschenderweise an, als sich Helene kurz darauf von den Bewohnern des Palazzo verabschiedete.

»Komm uns unbedingt besuchen, wenn du wieder einmal in der Gegend bist«, sagte Paola und drückte sie fest an sich.

»Vergiss nicht, du bist hier immer willkommen.« Auch Mimmo umarmte sie und wischte sich dann verstohlen mit seinem Seidenschal über die Augen.

Helene hätte nie gedacht, dass ihr der Abschied so schwerfallen würde. Dabei kannte sie dieses kleine Grüppchen von Menschen kaum.

Als sie am Mittag des folgenden Tages zusammen mit Gaetano die hübsche, einstöckige Villa in der Contrada Mandrazze, etwas außerhalb von Castelbuono, erreichte, wartete Bürgermeister Cusimano schon in der Einfahrt. Neben ihm eine lächelnde, perfekt frisierte Frau um die sechzig in einem türkisfarbenen Maxikleid und ein etwas jüngerer Mann, der ein kleines Mädchen auf dem Arm hielt und wie die vornehme Version von Gaetano aussah. Gute Güte, sogar seine Mokassins waren von Dolce & Gabbana.

»Wunderbar, das Empfangskomitee steht schon bereit«, brummte Gaetano und stellte den Motor ab. Mit einem übertrieben dramatischen Unterton raunte er ihr dann zu: »Was auch immer passiert, schau ihnen nicht in die Augen, sonst rauben sie dir die Seele.«

Zugegeben, auch diese Theatralik würde sie vermissen. Wer hätte das gedacht. »Wusste ich doch, dass wir etwas vergessen haben. Wir hätten Weihwasser mitbringen sollen«, wisperte sie zurück.

Einen Moment lang hielt Gaetano inne und schaute sie mit gerunzelter Stirn an. Mit einem Mal verzogen sich seine Lippen zu einem schiefen Grinsen. »Manchmal bist du süditalienischer, als du denkst, weißt du das?«

Helene stutzte. »Was?« Wie hatte er das gemeint?

Doch er war bereits ausgestiegen, und die laute Stimme seines Vaters hallte bis in den Wagen hinein: »Willkommen – herzlich willkommen, in der Villa Cusimano!«

Der *sindaco* strahlte aus sämtlichen Poren, während er näher trat.

Doch seine Frau drängte sich entschlossen vor und begrüßte ihren Sohn mit einem lauten »*Sangu mìu,* da bist du ja endlich. Du lässt dich hier gar nicht mehr blicken.« Sie küsste und umarmte ihn, als hätte sie ihn wahrhaftig seit Jahren nicht mehr gesehen.

Ehe ihr Ehemann reagieren konnte, kam sie ihm erneut zuvor und wandte sich lächelnd an Helene. »Mein Name ist Anna-Rita, es freut mich wirklich sehr, Sie kennenzulernen. Mein Mann hat mir schon so viel von Ihnen erzählt.« Völlig ungezwungen küsste sie sie auf beide Wangen und hakte sich dann bei ihr unter. »Er übertreibt zwar oft und gerne, aber ich muss sagen, dieses Mal stimmt es tatsächlich: Sie sind wirklich so hübsch, wie er gesagt hat. Kommen Sie, ich stelle Ihnen den Rest der Familie vor.«

Dieser bestand aus Gaetanos Bruder Enzo, dessen hochschwangerer Ehefrau Giuseppina, genannt Giusi, dem sechsjährigen Rabauken Enzuccio und der knapp zweijährigen Giada sowie einer Cockerspaniel-Dame namens Priscilla.

Entgegen der Erwartungen entpuppte sich die Familie Cusimano jedoch als alles andere als seelenfressende Monster. Sie waren sogar erfrischend normal.

Je länger Helene das Zusammenspiel der Familienmitglieder untereinander beobachtete, umso mehr wunderte sie sich. Nach dem, was Gaetano vorhin gesagt hatte, war sie auf ein sehr lautes, sehr überschwängliches Begrüßungsritual gefasst gewesen. Stattdessen war sowohl zwischen dem Vater und den beiden Söhnen als auch zwischen den Brüdern und erst recht seitens Gaetanos Mutter die tiefe Zuneigung deutlich spürbar. Die Art und Weise, wie sie sich begrüßten, sich umarmten, sich gegenseitig neckten … So, wie man es nur mit Menschen tat, die einem sehr am Herzen lagen. Und Gaetanos kleine Nichte quietschte vor Freude, als ihr Onkel ihr zur Begrüßung einen prustenden Kuss auf den Hals verabreichte.

Und auch sie, Helene, war mit offenen Armen empfangen worden. Völlig zwanglos und ohne jegliche Berührungsängste. Als gehörte sie einfach dazu. Genauso war es gestern auch mit Gaetanos Nachbarn gewesen.

Einen winzigen Moment lang fühlte sie einen schmerzhaften Stich in der Brust. Zwar hatte auch zwischen ihr und ihren Eltern schon immer eine enge Beziehung bestanden, und natürlich liebte sie die beiden über alle Maßen. Eine solch unkomplizierte Gastfreundschaft hatte es bei ihnen zu

Hause jedoch nie gegeben. Geschweige denn, dass es Helene jemals in den Sinn gekommen wäre, eine Schulfreundin, Kollegen oder Bekannte einzuladen.

Das nicht etwa, weil Mama etwas dagegen gehabt hätte, ganz und gar nicht. Sie hatte allerdings nie Freundinnen gehabt, die überhaupt zu ihr nach Hause gekommen wären.

Aller Integration zum Trotz war ihre Familie in den Augen anderer immer Italiener geblieben. Die Außenseiter. Gastarbeiter. Ausländer. Fremde eben. Ihre Eltern hatten ihre Traditionen, Sprache und Kultur beibehalten. Selbst nach all den Jahren. Wie oft hatte Helene sich vor allem als Kind insgeheim für dieses Anderssein geschämt?

Um das Dilemma auf die Spitze zu treiben, und aus purem Trotz, hatte sie sich gerade deshalb hauptsächlich Freundinnen deutscher Herkunft gesucht. Es war ihre Möglichkeit gewesen, um sich zumindest nach außen hin irgendwie anzupassen. Normal zu erscheinen.

Energisch drängte Helene die Erinnerung fort, konzentrierte sich stattdessen auf das Hier und Jetzt. Denn zu ihrem größten Erstaunen fühlte sie sich wirklich wohl inmitten der Familie Cusimano.

Kein Wunder, die Villa war ein absoluter Traum. Ein aus Naturstein erhaltener Bau aus dem späten 19. Jahrhundert, wie Anna-Rita ihr erklärte. Ursprünglich als Gutshaus erbaut, bot das Haus eine Vielzahl von Schlafzimmern, einen Salon mit Kamin und sowohl eine Innenküche, die im Winter benutzt wurde, als auch eine voll ausgerüstete Außenküche mit einem großzügigen Essbereich.

Helene hätte es zuvor nicht für möglich gehalten, doch selbst Gaetanos Vater zeigte sich im Kreis seiner Familie als weit weniger anstrengend, als er es in amtlicher Stellung tat.

Zwar sprühte er noch immer vor Überschwänglichkeit, und seine Ansprache vor dem Essen kam einer Laudatio gleich.

»Es ist uns allen eine Freude und Ehre, Signora Mechler, Sie hier in unserem bescheidenen Heim willkommen zu heißen«, begann er.

Er hörte erst auf, als seine Frau mitten in seiner Rede aufstand und rief: »Das Essen wird kalt. Greift alle kräftig zu.«

»Finalmente«, stöhnte Enzo. »Ganz ehrlich, Pà. Wenn deine nächste Wahlrede so langatmig wird, wählen sie dich nur aus purer Verzweiflung, damit du endlich Ruhe gibst.« Er gab einen Löffel voll Penne auf den Teller seiner Tochter und zerkleinerte die Teigwaren fürsorglich mit der Gabel in kindermundgerechte Stückchen.

»Wenn sie nicht schon vorher eingeschlafen sind«, fügte Gaetano hinzu.

»Pah.« Der *sindaco* schnaubte in gespielter Entrüstung, während er den übrig gebliebenen Tomatensugo auf seinem Teller mit einem Stück Brot zusammenklaubte. »Macht euch ruhig lustig, ihr beiden. Was wisst ihr schon. Berühmte Oratoren wie Cicero zum Beispiel – ja, der hätte meine Rede sicher mehr geschätzt als ihr.« Sein Blick fiel auf seinen Enkel, der am anderen Tischende neben seiner Mutter saß und sich mit Hingabe die Pasta in den Mund löffelte.

Sofort erhellten sich Cusimanos Züge, und sogar seine Stimme wurde weicher, als er an den Kleinen gerichtet sagte: »Hab ich nicht recht, *sanguzzu?* Dein Vater und dein Onkel haben keinen Schimmer.«

Zur Antwort fing der Junge an zu giggeln und zeigte dabei voller Stolz seine Zahnlücke. »Keinen Sssimmer«, lispelte er und nickte bekräftigend.

Ohne zu zögern, stimmte Helene in das allgemeine Gelächter mit ein. Das alles war viel harmonischer, als sie erwartet hatte. Oder hatte sie sich womöglich in der kurzen Zeit schon so sehr an die typisch sizilianische Überschwänglichkeit gewöhnt, dass es ihr nicht mehr auffiel?

Sie erinnerte sich daran, was Gaetano bei ihrer Ankunft vorhin gesagt hatte: *Manchmal bist du süditalienischer, als du denkst.* Hatte er etwa das damit gemeint?

»Und wie gefällt dir Sizilien bis jetzt?«, wandte sich Enzo während des zweiten Gangs an Helene.

Sie schluckte den Bissen von einem dieser köstlichen Schwertfisch-Röllchen hinunter. »Die Insel hat wirklich unglaublich viel zu bieten, und Gaetano ist ein ausgezeichneter Touristenführer. Ohne ihn hätte ich in den letzten Tagen unmöglich so viel gesehen.«

»Schau an.« Enzo grinste seinen Bruder breit an und klopfte ihm in den Nacken. »Dann bist du in Wahrheit also gar nicht so bärbeißig, wie du gerne vorgibst?«

»Es kommt nur darauf an, ob mir jemand ständig auf die Nerven geht oder nicht. So einfach ist das«, brummte Gaetano zurück. Das Zucken an seinem Mundwinkel strafte seine Worte jedoch Lügen.

»Unsinn.« Bürgermeister Cusimano wischte sich mit der Serviette über den Mund. »Ich habe immer gesagt, dass du dein Licht mit der falschen Berufswahl völlig unter den Scheffel gestellt hast. Da haben wir einmal mehr den Beweis.« Um seine Worte zu unterstreichen, deutete er auf Helene.

Sogleich verdunkelte sich Gaetanos Miene. »Reden wir ein anderes Mal darüber, okay?«

»Ich meine es ja nur gut. Du hättest so viel mehr erreichen können.« Seufzend schüttelte Cusimano den Kopf.

»Nicht schon wieder die alte Leier, Papà«, sagte Enzo ruhig.

Indes ließ Gaetano die Gabel mit einem lauten Scheppern auf den Teller fallen und schob diesen auf dem Tisch zurück.

Augenblicklich fühlte Helene, wie die Stimmung kippte. Sogar die beiden Kinder saßen auf einmal ganz still da.

Bis Gaetanos Mutter mit einem Ruck aufstand und rief: »Wer möchte einen Nachtisch? Giusi hat eine ganze Schüssel Tiramisu vorbereitet.«

Damit schien die Situation zwar erst einmal entschärft, und keiner verlor mehr ein Wort darüber, die vorherige Heiterkeit war jedoch verflogen.

Helene machte sich Vorwürfe, selbst als sie nach dem Essen zusammen mit Anna-Rita im Schatten der Veranda saß. Warum hatte sie Gaetano auch erwähnen und ihn in die Diskussion hineinziehen müssen?

Es war ruhig geworden im Haus. Bürgermeister Cusimano hatte sich entschuldigt und in sein Arbeitszimmer zurückgezogen. Enzo döste dort drüben in der Hängematte, und Giusi hatte sich zusammen mit den Kindern hingelegt.

Die Cockerhündin Priscilla lag derweil auf Helenes Schoß und ließ sich genüsslich hinter dem Ohr kraulen.

»Alles in Ordnung?« Gaetano war leise näher getreten.

Sie blickte zu ihm hoch, sah ihn lächeln. »Alles bestens.« Sie schluckte. »Tut mir leid wegen vorhin«, sagte sie in dem seichten Versuch, das warme Flattern im Bauch zu ignorieren. Auch das war ein Grund mehr, weshalb sie dringend abreisen sollte. Herrgott, was war denn auf einmal in sie gefahren? Dasselbe Flattern hatte sie seinerzeit bei der Begegnung mit Thomas verspürt, und was hatte es ihr außer einem gebrochenen Herzen gebracht?

Anna-Rita winkte nur seufzend ab. »Nicht doch. Du bist die Letzte, die sich für die sturköpfigen Männer in unserer

Familie zu entschuldigen braucht.« Gleichzeitig streckte sie die Hand nach ihrem Sohn aus. »*Ciatu miu*, komm, setz dich zu uns.« Sacht zog sie ihn neben sich auf das Rattansofa.

»*Ciatu?* Was bedeutet das eigentlich?«, fragte Helene. Sie hatte schon mehrmals gehört, wie Gaetanos Mutter dies zu ihren beiden Söhnen sagte. Es musste ein Kosewort sein, so viel hatte sie zumindest verstanden.

Anna-Rita schmunzelte. »*U ciatu* … auf Italienisch heißt es *il fiato* – der Atem. So nennen wir all diejenigen, die wir so sehr lieben und die uns zugleich so wütend machen können, dass uns der Atem wegbleibt. Wir Sizilianer mögen es nun einmal gerne etwas melodramatisch.« An ihren Sohn gewandt, fuhr sie fort: »Dir hingegen sollte ich eigentlich die Ohren lang ziehen. Du hast mir ganz verschwiegen, wie reizend Elena ist.«

Helene traute ihren Augen nicht. Sah sie Gaetano da tatsächlich erröten, während er sich räusperte? *»Mamma.«*

»Was denn? Das hättest du mir ruhig sagen können.« Dann richtete sie sich an Helene. »Verzeih ihm bitte. Mein Sohn ist zwar ein intelligenter und gebildeter Mann. Sobald es aber um Dinge außerhalb seiner Kernkompetenz geht, ist er manchmal ebenso hilflos wie ein blindes Schaf beim Traktorfahren. Sein Bruder ist genauso.«

»*Mà*, falls du es nicht gemerkt hast, ich sitze direkt neben dir«, protestierte Gaetano.

»Ich habe es auch gehört. Von wegen … Gaetano war schon immer ein tausendmal blinderes Schaf als ich«, rief Enzo von der Hängematte her und ließ das Bein über deren Rand baumeln.

»Sagt ausgerechnet die getrocknete Sardelle«, rief Gaetano feixend zurück.

Ein kurzes Surren ertönte.

Sofort fischte er das Handy aus der Tasche seiner Shorts.

Mit einem amüsierten Schnauben drehte Enzo den Kopf und grinste seinen Bruder an. »Lieber eine getrocknete Sardelle als ein so sturer Esel wie du, *fratuzzo.*«

Gaetano fuhr auf die Beine. »Wir müssen gehen. Sofort.« Sein Gesicht war auf einmal wie versteinert.

»Warum?« – »Was ist denn?«, fragten Helene und Anna-Rita gleichzeitig.

Sofort erhob sich auch Enzo von der Hängematte und trat zu ihnen.

Helene stand auf und griff nach Gaetanos Arm. »Was ist passiert?«

»Im Palazzo.« Mehr brachte er nicht heraus, schüttelte nur fassungslos den Kopf und hielt ihr das Handy hin.

Eine kurze Nachricht war dort auf dem Display zu sehen.

Tanuzzo, wir brauchen Hilfe! Komm zum Palazzo! Bring Elena mit! Es geht um alles!
Mimmo

KAPITEL 15

Munniddu

Mit kreischenden Bremsen brachte Gaetano den Wagen direkt vor dem Eingangstor des Palazzo an der Via Giordano zum Stehen. Kümmerte sich dabei offenbar weder um das Schild mit dem Parkverbot noch darum, dass die Durchfahrt hier untersagt war.

»Schnell«, rief er Helene zu, schlug die Tür hinter sich zu und riss das Gittertor auf.

Sie folgte ihm, so schnell sie konnte. Der Puls rauschte in ihren Ohren. Sie fühlte das Trommeln in der Brust. In ihren Gedanken ein stummes Flehen: *Bitte, lass es allen gut gehen. Bitte, bitte …*

»Mimmo! Mafalda!« Gaetanos Rufe hallten durch das Treppenhaus.

Nie zuvor hatte Helene ihn so angespannt erlebt. Die Sorge war ihm ins Gesicht gemeißelt, sie konnte seine harschen Atemzüge hören.

Sie waren die Treppe rechter Hand schon zur Hälfte hochgeeilt, als sie Paolas Stimme von oben hörten: »Wir sind in Ruggieros Wohnung. Beeilt euch!«

»Maledizione«, presste Gaetano durch die Zähne und hetzte voraus. Zwei Stufen auf einmal nehmend.

Helene bemühte sich, mit ihm Schritt zu halten. Zum Glück waren es nur zwei Stockwerke.

Je weiter sie nach oben gelangten, umso heller wurde es im Treppenhaus. Sonnenlicht drang durch die farbigen Rundfenster und malte gelbe und rote Flecken an die getünchten Wände, an denen der Verputz an einigen Stellen bröckelte.

Oben angekommen, führte ein Gang die Breitseite des Innenhofs entlang zu einer Tür. Diese stand offen.

»Was ist passiert?«, rief Gaetano, noch ehe er hineineilte.

Helene folgte ihm. Und sobald sie den Fuß über die Schwelle setzte, war es, als würde sie eine andere Welt betreten. Eine Art Narnia. In einer anderen, längst vergangenen Zeit mit hohen, kunstvoll bemalten Decken, von denen schwere Kristallleuchter hingen. Wo Stuckbordüren und Seidentapeten mit rot-goldenen, an manchen Stellen schon vergilbten Blumenmustern die Wände schmückten und die verschnörkelten Muster der Bodenfliesen das Gesamtbild ergänzten und auf eigenartige Weise sogar dazu passten. Alte Schwarz-Weiß-Fotografien ernst dreinschauender Menschen hingen neben Ölgemälden an den wenigen freien Stellen zwischen den deckenhohen Büchergestellen.

Und da waren Bücher – Berge davon. Wohin Helene auch blickte. Im Gang, im kleinen Salon, der wohl zugleich als Wohnzimmer diente. Überall. Sie stapelten sich sogar auf dem Esstisch in der Küche.

»Wir sind hier im Arbeitszimmer«, hörte sie Mafaldas Stimme und fühlte sogleich einen Schwall der Erleichterung.

Die Bodenkacheln knirschten, als sie neben Gaetano den Raum am Ende des Gangs betrat.

»Was ist pass…?«, keuchte Gaetano. Und beide blieben sie wie angewurzelt stehen.

Helene hörte, wie Gaetano zischend den Atem ausstieß. Sie selbst starrte fassungslos auf das Grüppchen von Leuten, die entweder dort bei dem großen Arbeitstisch aus Mahagoniholz standen oder auf einem der drei Louis-seize-Armsessel mit den abgewetzten Polstern saßen und strahlten, als hätten sie in der Lotterie gewonnen. Mimmo, Mafalda, Ruggiero, Paola und sogar Tancredi.

Was in aller Welt …?

»Da seid ihr ja«, rief Mimmo und kam mit offenen Armen auf sie zu. »Wir haben ausgezeichnete Neuigkeiten.«

»Wie bitte?«, krächzte Gaetano verständnislos. »Aber …« Er klappte den Mund wieder zu, blickte kurz Rat suchend zu Helene, holte dann erneut Atem. Seine Stimme klang bemüht ruhig, als er sagte: »Du hast doch geschrieben, es sei etwas passiert und dass ihr Hilfe braucht.«

»Da siehst du's«, sagte Mafalda an ihren Ehemann gewandt. »Ich habe dir doch gesagt, dass die Nachricht viel zu dramatisch klingt.«

Mimmo hob nur kurz die Schultern. »Sonst wären sie doch nie so rasch gekommen.«

»Moment …« Jetzt war es Helene, die verwirrt den Kopf schüttelte. »Dann ist also gar nichts geschehen?«

»Aber nein.« Paola lachte. »Es ist alles in Ordnung.«

»In allerbester Ordnung sogar«, fügte Tancredi hinzu.

»*Bedda matri,* ist euch eigentlich bewusst, was für Sorgen wir uns gemacht haben?«, blaffte Gaetano, fuhr sich mit beiden Händen durchs Haar, ließ sich mit dem Rücken gegen den Türrahmen fallen und schloss, um Beherrschung ringend, die Augen. »Macht das nie wieder, hört ihr?«

»Verzeih, *caro.*« Mafaldas Kaftan raschelte, während sie auf ihn zueilte. Ihre hoch aufgetürmte, rote Perücke wippte dabei im Takt ihrer Schritte mit.

Sie legte ihm sanft die Hand auf den Arm. »Wir wollten doch nur, dass ihr beide so schnell wie möglich herkommt.« Dann schaute sie stolz lächelnd Helene an. »Wie Mimmo schon sagte, haben wir nämlich die Lösung für dein Problem gefunden.«

Für ihr Problem? Helene stutzte.

»Eigentlich sind es sogar mehrere Lösungen.« Mimmo nickte höchst zufrieden.

Sie runzelte skeptisch die Stirn. Was, in Herrgotts Namen, ging hier vor?

»Nun spannt sie doch nicht länger auf die Folter. Das ist ja nicht zum Aushalten«, rief Paola von einem der Armsessel her.

Im selben Moment blähte ein Windstoß die Vorhänge beim Fenster auf. Ein leises Papierrascheln ertönte.

Erst jetzt fielen Helene die vielen aufgeschlagenen Bücher und Ordner sowie die einzelnen Notizblätter auf, die auf Ruggieros Arbeitstisch und überall im Raum auf dem Boden verteilt lagen.

»Was sind das denn für Unterlagen?«, fragte sie.

Mit einem Räuspern erhob sich Ruggiero von seinem Arbeitstisch. Vor ihm lag eine ausgebreitete Karte Siziliens. »Nun, wir haben uns überlegt, dass wir dir vielleicht helfen könnten, und haben nach möglichen Recherchethemen für deine Artikel gesucht«, fing er an.

Doch Mimmo fuhr an seiner statt grinsend fort: »Wir haben einige spannende Dinge gefunden.«

Mafalda nickte eifrig. »Oh ja, das haben wir.«

»Hier ist alles aufgelistet«, rief Tancredi, der bisher im Schneidersitz auf dem Boden vor dem Arbeitstisch gesessen hatte. Nun sprang er auf und reichte Helene ein vollgekritzeltes Blatt Papier. »So kannst du nämlich noch weiter hier in Castelbuono bleiben.« Dann stellte er sich neben Gaetano, zwinkerte diesem zu und verschränkte breit grinsend die dünnen Arme vor der Brust.

»Ich …« Völlig perplex schaute Helene auf das Blatt in ihrer Hand. Dann hob sie den Blick zu Mimmo, Paola, Mafalda, Ruggiero und Tancredi, die sie alle mit freudestrahlenden Mienen anlachten. Schließlich drehte sie sich zu Gaetano um. Der wiederum zuckte nur ratlos die Schultern.

»Das ist wirklich …«, versuchte sie es noch einmal und schaute erneut auf die Liste, »… furchtbar nett von euch allen, aber …« Wie sollte sie es nur ausdrücken, ohne überheblich oder sogar abwertend zu klingen. Sie bemühte sich um ein Lächeln. »Ich bin mir nicht sicher, ob diese Themen wirklich das sind, was ich suche.«

Oh, Gott, hoffentlich fassten sie das jetzt nicht als Beleidigung auf. Helene war überzeugt, sie hatten es nur gut gemeint. Ja, sie war sogar richtig gerührt, dass sich irgendjemand überhaupt die Mühe machte, ihr helfen zu wollen. Aber woher sollten Gaetanos Nachbarn wissen, wonach genau sie suchte?

»Aus diesem Grund haben wir mehrere Möglichkeiten aufgelistet.« Mimmo ließ sich offenbar keineswegs von ihrem Einwand beeindrucken. Er trat zu Helene und fasste sie am Arm. »Setz dich erst einmal hin, und schau dir alles in Ruhe an.« Keinen Widerstand duldend, führte er sie zu dem Armsessel vor dem Arbeitstisch.

Helene gehorchte. Na schön, sie konnte sich die Vorschläge zumindest ansehen, so viel war sie Mimmo und den anderen immerhin schuldig.

Die Liste bestand aus vier, acht, zwölf … fünfzehn in kritzeliger Handschrift verfassten Punkten.

»Wir haben sämtliche Themenvorschläge nach Region geordnet«, erklärte Mafalda.

Mimmo nickte. »Richtig. Der erste Vorschlag liegt darum auch ganz in der Nähe von Castelbuono und ist zugleich einer meiner persönlichen Favoriten.« Mit dem Zeigefinger tippte er auf den ersten Punkt auf der Liste, und sein Gesicht glühte erwartungsvoll, als er verkündete: »Darf ich vorstellen: Munniddu.«

KAPITEL 16

Die Pfefferkörner im Mehlsack

Helene blickte ratlos in die Runde, ehe sie zu fragen wagte: »Was ist ein *munniddu?*«

Mimmo kicherte. »Nicht was, sondern wer. Munniddu ist der sizilianische Rufname für Raimondo«, erklärte er weiter. »Die Rede ist hier von Raimondo La Barbera, genannt Munniddu *u nivaloru*. Er war einer der letzten Schneehändler und lebt, wie wir herausgefunden haben, noch immer in Polizzi Generosa.«

Mit einem Ruck hob sie den Kopf. Was hatte er da gerade gesagt? »Schneehändler?«

»Die hat es in sämtlichen Bergregionen der Insel gegeben«, fuhr nun Ruggiero fort. »Es ist ein sehr alter Beruf, der sich seit der arabischen Zeit bis in die Fünfzigerjahre des 20. Jahrhunderts gehalten hat. Die *nivalora* haben den Schnee während der Wintermonate gesammelt und in Felsspalten oder Höhlen gelagert, um ihn im Sommer an die Städter zu verkaufen. Mit Pferden wurde der Schnee schließlich von den Bergen hinunter an die Küste gebracht und dann mit dem Schiff von Termini Imerese aus nach Palermo verfrachtet.«

Mimmo nickte. »Ich glaube, Raimondo könnte dir einige spannende Anekdoten erzählen.«

Mit einem Schlag war Helenes Aufmerksamkeit geweckt. Im selben Moment spürte sie das Kribbeln im Nacken.

Hastig griff sie nach ihrer Tasche. Mist, sie hatte das Tablet natürlich nicht mitgenommen. Das Handy musste reichen.

»Mein Kollege Holger hat zwar bereits eine typische Granita aus der Region Trapani als Thema, aber das ließe sich vielleicht ergänzen«, murmelte sie zu sich selbst, während sie eilig auf der Handytastatur herumtippte.

Mehr Informationen – wenn sie nur noch ein paar Informationen mehr finden könnte. »Ha, am dritten Wochenende im Juli wird in Polizzi sogar das Schneefestival gefeiert. Das ist nächste Woche«, rief sie und drehte den Bildschirm ihres Mobiltelefons herum, damit alle die Anzeige sehen konnten.

»Nicht nur das.« Ruggiero zog eine fingerdicke, mintgrüne Aktenhülle aus dem Dokumentenstapel auf seinem Arbeitstisch hervor. »Ich habe meine Unterlagen durchforscht. Das sind alle Artikel aus historischen Fachzeitschriften, die ich über die *nivalora* finden konnte.« Damit überreichte er Helene die Hülle.

»Ich hab mitgeholfen und die Artikel alle nach Erscheinungsdatum sortiert«, erklärte Tancredi stolz.

»Aber auf der Liste steht noch mehr.« Mit vor Aufregung zwitschernder Stimme deutete Mafalda auf das Blatt Papier.

Paola nickte. »Wir haben ganz besonders auf Vielfalt geachtet.«

Die Vorschläge waren sogar mehr als das. Helene konnte kaum fassen, was sie da las. Und zu jedem Thema reichte ihr Ruggiero einen Ordner mit allen möglichen Unterlagen, Dokumentkopien und literarischen Quellenangaben. Was für eine unglaubliche Arbeit.

Da war zum Beispiel die sogenannte *Frascatula* aus der Ortschaft Sperlinga, ein typisches Bauerngericht. Ein Brei aus Hartweizengrieß mit wildem Fenchel, Mangold und Brokkoli. Dessen Ursprung war zwar bereits bei den Römern zu suchen, die wichtigste Erwähnung war jedoch während der Sizilianischen Vesper im Jahr 1282 zu finden – der Revolte der Sizilianer gegen die französische Herrschaft des Hauses Anjou. Wobei die lokalen Frauen ihren kämpfenden Männern zur Stärkung ebenjene *Frascatula* brachten. Der Name selbst war angeblich von dem französischen Adjektiv *flasque* abgeleitet, das so viel wie »schlaff« bedeutete und sich auf die Konsistenz des Gemüsebreis bezog.

Ein anderer Vorschlag war ein Gebäck namens *Bersagliere*. Eine Art Kekse mit Schokoladenguss, die zu den Spezialitäten des Orts Centuripe gehörten. Diese seien hingegen erst nach der Befreiung Siziliens im Zweiten Weltkrieg entstanden. Eine findige Frau aus dem Dorf habe dabei eine Tafel Schokolade von einem Trupp alliierter Soldaten ergattert und diese dann als Guss für ihre Schmalzkekse verwendet. Der Name *Bersagliere*, auf Deutsch »Scharfschütze«, rührte höchstwahrscheinlich auch daher.

»Die Normannen haben auf Sizilien vor allem Fleischspezialitäten am Spieß und Trockenfisch wie *Baccalà* eingeführt«, erklärte Ruggiero beim Punkt Nummer zwölf auf der Liste, der mit *Baccalà alla basiliana* bezeichnet war.

Seine Stimme nahm auf einmal einen typischen Dozententon an, während er weitersprach: »Ein Hinweis auf den nordischen Ursprung ist die Tatsache, dass *Baccalà* aus Kabeljau hergestellt wird. Einer Fischart, die wohl im Nordatlantik zu finden ist, aber kaum im Mittelmeer. Umso mehr fragt man sich, wie es sein kann, dass ausgerechnet *Baccalà* zu einer der lokalen Spezialitäten einer kleinen Ortschaft an den Ausläufern des Nebrodi-Gebirges gehört. Noch spannender wird es, wenn sich dieser Ort auf einem der alten Pilgerwege der *Via Francigena* befindet.«

Er machte eine bedeutungsvolle Pause, bückte sich und hievte ein Buch vom Boden auf den Tisch. Allerdings … Das war kein Buch, sondern ein Wälzer im Folio-Format. Sogar mit einem Einband aus Leder und Seiten aus handgeschöpftem Büttenpapier.

Helene hielt vor Ehrfurcht den Atem an. Der Foliant musste ein Vermögen wert sein, auch wenn es sich dabei gewiss um ein Faksimile handelte. Jemand, der Bücher so offensichtlich liebte wie Ruggiero, würde einen echten, alten Folianten niemals einfach auf den Boden legen. Und erst recht würde er keinen profanen Post-it-Zettel benutzen wie den, der ungefähr aus der Mitte der Seiten herausragte.

Mit einem Ruck wuchtete Ruggiero den Folianten auf. Auf der Doppelseite war eine alte Karte Siziliens eingezeichnet.

Die *Via Francigena,* oder zu Deutsch der Frankenweg, war eine seit dem 8. Jahrhundert bestehende Pilgerroute, die vom englischen Canterbury durch Frankreich bis nach Rom führte. Vor längerer Zeit hatte Helene darüber gelesen, nachdem beim *Globo*-Magazin ein Artikel zum Thema angedacht gewesen war. Der Artikel war jedoch nie zustande gekommen, und sie hatte sich seither nicht weiter dafür interessiert.

»Ich wusste gar nicht, dass es auch eine Südroute der *Via Francigena* gibt«, sagte sie und stand auf, um die Karte besser sehen zu können.

»Oh, es gibt sogar vier verschiedene Routen hier auf der Insel. Für uns interessant ist jedoch der sogenannte Bergweg, der von Palermo über die Madonien, das Nebrodi- und Peloritanigebirge bis nach Messina führt. Man nennt ihn auch *Via dei normanni* – den Normannenweg.« Mit dem Zeigefinger zeichnete der Literaturprofessor die Strecke auf der Karte nach. »Teile davon wurden bereits in römischer Zeit angelegt. Jahrhunderte später haben die Normannen unter Ruggero I. sie jedoch für den sicheren und schnellen

Transport von Küste zu Küste verwendet. Und genau auf diesem Weg befindet sich auch die Ortschaft Troina.« Er deutete auf einen winzigen Punkt am südlichen Rand des Nebrodi-Gebirges.

»Ruggero war es auch, der den Ort vorübergehend zu seiner Hauptstadt gemacht hat. Natürlich nicht ganz ohne Hintergedanken, denn das Gebirge war der ideale Hauptstützpunkt, um die Insel systematisch von den Sarazenen zu befreien.« Er schnaubte kurz auf, was bei ihm wohl als Auflachen zu deuten war. »Ich kann es zwar nicht allein meinem Namensvetter ohne I zuschreiben, aber er war wohl nicht ganz unbeteiligt daran, dass sich in den Chroniken des Basilianer-Ordens von Troina aus dem 12. Jahrhundert ausgerechnet ein Rezept für ebenjenen *Baccalà* findet.«

Helene starrte den Professor an. Dann die anderen, die sich während Ruggieros Erklärung still und fast schon andächtig um den Arbeitstisch geschart hatten. »Ich weiß gar nicht, was ich sagen soll. Das hier ist einfach fantastisch. Und ihr habt das alles in so kurzer Zeit zusammengetragen?« Sie schüttelte den Kopf. »Das ist so viel Arbeit. Wie kommt ihr dazu, so etwas zu tun?« In Gedanken führte sie den Satz fort: *Für jemanden, den ihr kaum kennt.*

»Kannst du denn etwas damit anfangen?«, fragte Paola.

»Ich will zwar erst alles noch einmal in Ruhe durchsehen, aber …« Überwältigt stieß Helene den Atem aus, ließ sich gegen die Rückenlehne zurücksinken und richtete den Blick erneut auf den Stapel von Unterlagen auf dem Tisch vor ihr.

Es würde zwar Tage dauern, das alles ganz genau durchzuarbeiten, doch sie fuhr sich mit der Hand über den Nacken. Das Kribbeln wollte einfach nicht nachlassen. Und sie nickte. »Aber ja. Ich glaube, damit kann ich einiges anfangen.«

»Dann haben wir erreicht, was wir wollten«, rief Mafalda und klatschte in die Hände.

»Ah.« Mimmo breitete die Arme aus. *»Magnifico!«*

Ruggiero klopfte Beifall spendend mit den Fingerknöcheln seiner linken Hand auf den Tisch. Paola drückte Tancredi lachend an sich und küsste ihn laut schmatzend auf die Stirn, was dieser wiederum mit einer gequälten Grimasse quittierte.

Gaetano hingegen stand an der schmalen Tischseite, Helene direkt gegenüber. Wortlos und mit vor der Brust verschränkten Armen sah er sie an. Seine Miene war undurchsichtig. Einmal mehr stockte Helene bei seinem Anblick der Atem.

Langsam wandte er den Blick danach zu Mafalda, Mimmo und Paola und kniff die Augen dabei zu schmalen Schlitzen zusammen.

Herrgott, warum fiel es ihr nur immer schwerer, sich in seiner Gegenwart zu konzentrieren? Es war, als würde ihr Bewusstsein den ganzen Raum mitsamt den anderen Anwesenden ausblenden und sich einzig auf ihn fokussieren. Zwar hörte sie die Stimmen um sich herum, nahm jedoch die Worte kaum noch wahr. Stattdessen war da diese flatternde Wärme in ihrem Bauch. Die hatte sie seit Jahren nicht mehr gespürt. Seit …

Mit aller Kraft riss sich Helene zusammen. Sie blinzelte und reckte die Schultern. »Ich werde euch den Aufwand natürlich bezahlen«, sagte sie und ärgerte sich zugleich darüber, dass ihre Stimme wie ein heiseres Krächzen klang.

»*Ci mancherebbe* – so weit kommt's noch.« Mit einem Wink fegte Mimmo den Einwand beiseite.

»Aber …«, wollte Elena erneut einwerfen.

Doch der alte Violinist kam ihr lachend zuvor. »Wir haben das für dich getan, weil wir dich mögen und du schon so gut wie zu uns gehörst.« In einer allumfassenden Geste zeichnete er mit den Armen einen Kreis in die Luft. »Dafür wollen wir keine Bezahlung.«

»So ist es«, pflichtete Mafalda ihm bei, während die anderen nickten. »Es ist außerdem höchste Zeit, dass du Castelbuono und Sizilien richtig kennenlernst. Gaetano und wir werden dir dabei helfen, nicht wahr?« Dabei strahlte sie Gaetano an.

Mit einem Ruck drehte sich dieser jedoch um und ging. Ohne ein weiteres Wort.

Nanu? Was war denn auf einmal in ihn gefahren?

»Gaetano, warte doch«, rief Helene ihm nach.

Er drehte sich hingegen nicht einmal mehr um. Selbst als sie ihm stumm zurück durch den Gang bis auf die gegenüberliegende Seite des Innenhofs folgte. Unterwegs sah sie seine angespannte Haltung, sein finsteres Gesicht, die zuckenden Kiefermuskeln, und sie war ganz sicher, dass sie ihn mindestens viermal *ntzen* hörte.

Vor der Wohnungstür angekommen, drehte er den Schlüssel fünfmal bis zum Anschlag. Die Scharniere knirschten, als er die Tür aufstieß.

Helene folgte ihm hinein. Die Wohnung war vom Grundriss her ähnlich aufgeteilt wie die von Ruggiero, nur war die Seidentapete hier grün-golden längs gestreift, und es fehlten die ganzen Bücherregale. An deren Stelle bildeten moderne, dunkle Holzmöbel einen Kontrast zu den Fresken und den Stuckverzierungen an den Decken.

Er ging voraus in die Küche, öffnete wortlos den Kühlschrank, holte eine Wasserflasche hervor, schenkte zwei Gläser ein und stieß eines davon vor sie hin, ehe er sein Glas in einem Zug hinunterstürzte.

Mit einem tiefen Aufschnauben stemmte er dann die Hände auf dem Küchentisch ab.

»Die Wohnungen sind wirklich toll«, sagte Helene, um die unbequeme Stille zu durchbrechen.

Gaetano wandte den Kopf zu ihr, sein Blick war stechend vor unterdrücktem Ärger. Doch dann kniff er die Augen zusammen und holte tief Atem, ehe er mit mühsam gemäßigtem Tonfall antwortete: »Entschuldige, du kannst nichts dafür, dass sich meine Nachbarn liebend gerne in die Angelegenheiten anderer Leute einmischen. Und was die Wohnungen angeht …« Er zuckte die Schultern. »Sie sind alt, die Böden schief, und das Wasser aus dem unterirdischen Brunnenschacht ist auch im Sommer so eisig kalt, dass einem beim Zähneputzen fast die Lippen zusammenfrieren. Außerdem sind die Leitungen so schlecht verlegt, dass man in jeder Wohnung gleichzeitig nur aus einem Hahn heißes Wasser laufen lassen kann. Aber es ist unser Zuhause.«

Er goss sich noch mehr Wasser ein, leerte auch das in einem Zug und fuhr sich dann mit der Hand übers Gesicht. Auf einmal wirkte er erschöpft.

»Hör zu, falls ich tatsächlich länger in Castelbuono bleibe, brauchst du mich nicht zu begleiten«, versuchte Helene, Klarheit zu schaffen. »Ehrlich, ich komme auch prima allein zurecht. Du hingegen musst dich um das *Il Frassino* kümmern.«

Wieder *ntzte* Gaetano. Dieses Mal klang es sogar noch schärfer als gewöhnlich. Er sah sie mit fast schon beleidigter Miene an. »Meinst du ernsthaft, ich hätte mich deswegen aufgeregt?«

»Na ja, ich dachte …«

Doch er unterbrach sie mit einem zynischen Auflachen und fuhr sich mit den Händen durchs Haar. »Du hast keine Ahnung, was das eben zu bedeuten hatte, nicht wahr?«

Helene schüttelte den Kopf. Was meinte er damit?

Er warf die Arme in die Luft, während er ziellos vom Küchentisch zum Fenster und wieder zurückwanderte. »Ich hätte es eigentlich schon längst begreifen sollen, es ist mein Fehler«, sagte er.

»Ich verstehe nicht.« Nein, Helene verstand kein Wort.

»Es ist nicht so, dass sie es böse meinen. Aber sie sind durchtrieben, ja, das sind sie. Und genau dieses subtile Sich-überall-Einmischen ist es, das einem den letzten Nerv rauben kann.« Er spitzte die Finger seiner Rechten, als würde er eine Prise Salz verstreuen. »Sie sind wie Pfefferkörner in einem Mehlsack. Sie verteilen sich überall, und man bekommt den Geschmack nie mehr raus.«

Wieder beim Tisch angelangt, lehnte er sich vor, hob besänftigend die Hände und sagte mit einer bemüht ruhigen Stimme, als würde er mit einem verängstigten Rehkitz sprechen: »Mafalda und die anderen wollten dir helfen, das ist richtig. Allerdings mit dem simplen Hintergedanken, dich und mich miteinander zu verkuppeln.«

Während des ersten Schockmoments starrte Helene ihn nur ungläubig an. Sie musste sich verhört haben, ganz bestimmt. Verkupplungsversuche – so etwas gab es doch nur in schlechten Weihnachtsfilmen.

Doch dann spürte sie das verräterische Glucksen in ihrer Brust. Es wuchs. Wurde immer heftiger. Bis sie sich nicht mehr zurückhalten konnte und in schallendes Gelächter ausbrach. Oh, Gott, sie lachte so laut, dass sie davon Seitenstechen bekam und ihr die Tränen über die Wangen rannen. Und jedes Mal, wenn sie Gaetanos Gesicht sah, mit diesem verständnislosen, fast schon pikierten Ausdruck, prustete sie von Neuem los.

»Ich verstehe wirklich nicht, was daran so witzig sein soll«, brummte er irritiert.

Atemlos setzte Helene sich schließlich auf einen Hocker, versuchte, sich zu beruhigen und eine möglichst ernste Miene zu bewahren. »Entschuldige. Du hast natürlich völlig recht.«

Mit einem lauten *Ntz* drehte Gaetano sich zur Seite, sodass sie sein Gesicht nur noch im Profil sehen konnte. Das reichte jedoch, um seine Anspannung zu erkennen: die plötzlich so harte Kante an seinem Kinn, das Flattern seiner Nasenflügel.

Du liebe Zeit, allein der Gedanke, dass jemand ihn ausgerechnet mit ihr verkuppeln wollte, schien ihm zuwider. Zu Helenes Überraschung schmerzte diese Erkenntnis viel mehr als erwartet.

Sie griff nach ihrer Tasche. »Wie gesagt, du brauchst mich von nun an nicht mehr zu begleiten. Ich werde nur noch kurz die ganzen Unterlagen aus Ruggieros Wohnung holen und dann …«

»Natürlich werde ich dich begleiten, wann immer ich kann«, unterbrach er sie.

»Kommt gar nicht infrage.«

Jetzt fuhr er zu ihr herum, sodass sein strenger Blick sie traf. »Du kennst die Gegend nicht. Das hier ist Sizilien, nicht Berlin. Du fährst auf keinen Fall allein.«

Jetzt war es an Helene, empört mit der Zunge zu schnalzen. »Ach ja?« Sie verschränkte herausfordernd die Arme vor der Brust. »Erstens hast du mir rein gar nichts zu befehlen …«

»Das war kein Befehl, sondern ein Rat«, gab er zurück. Dieses Mal etwas lauter.

Doch Helene war noch nicht fertig. »Und zweitens ist das hier Sizilien und nicht der Wilde Westen.«

»Ha, du hast ja keine Ahnung.«

»Und drittens hast du mir mit deiner Reaktion eben ganz deutlich zu verstehen gegeben, wie sehr dir der Gedanke, mich noch länger um dich zu haben, zuwider ist. Ich tu dir also sogar einen Gefallen.« Sie spuckte ihm die Worte entgegen.

»Was sagst du da? Wie kannst du so etwas behaupten?«, brüllte Gaetano. Die Wut stand ihm inzwischen deutlich ins Gesicht geschrieben. An seiner Stirn trat eine Ader hervor, sein Atem ging in Stößen. »Ich habe mit keinem Wort gesagt, dass ich dich nicht um mich haben will. Ich … *maledizione!*« Damit drehte er ihr mit einem Ruck den Rücken zu, verschränkte die Finger beider Hände im Nacken und blieb vor der Tür zum Balkon stehen.

Helene hatte dem Ausbruch sprachlos zugehört. Weder wusste sie, was sie davon halten sollte, noch konnte sie den Grund erfassen. Doch eines wurde ihr sogleich bewusst. »So kommen wir nicht weiter«, sagte sie in betont professionellem Tonfall. »Ich gehe jetzt. Morgen sehen wir beide vielleicht klarer.«

Erst jetzt drehte er sich wieder zu ihr um. Sein Gesicht erneut eine Maske aus eiserner Unnahbarkeit. »Gut.«

Es war warm in der Wohnung, selbst der Durchzug durch die geöffneten Fenster brachte kaum Kühlung. Trotzdem war die Atmosphäre auf einmal so eisig, dass Helene fröstelte.

Während Gaetano sie zur Tür begleitete, fiel ihr mit einem Mal ein: »Übrigens. Morgen kommt meine Teamkollegin, die Fotografin, nach Castelbuono. Ist es okay, wenn sie im *Il Frassino* ein paar Fotos für den Artikel schießt? Es wird auch bestimmt nicht lange dauern.«

»Kein Problem«, antwortete Gaetano kühl.

»Gut. Danke.«

Er öffnete ihr die Tür.

»Bis morgen.« Sie sah sich ein letztes Mal zu ihm um, ehe sie sich zum Gehen wandte.

Doch sie hatte kaum drei Schritte in den Hausflur getan, als Gaetano sie am Arm zurückzog.

Und das Nächste, woran Helene sich erinnerte, war die Wärme seiner Lippen, als er sie küsste.

Seine Hände umfassten ihr Gesicht. Sie spürte seinen Atem auf der Wange. Die Bartstoppeln, die sie kitzelten. Seine Nähe. Er roch nach Waschmittel und Deo – nach Sommerbrise und Moschus.

Sie seufzte leise gegen seinen Mund. Er war der starrsinnigste, unverständlichste und undurchschaubarste Mensch, der ihr je begegnet war, aber er küsste verdammt gut.

Ihre Lippen prickelten, sobald er sie freigab. Sie schlug die Augen auf, sah sein Gesicht noch immer ganz nah. Etwas darin war auf einmal anders.

»Nur, damit eines klar ist«, raunte er dann. »Mir ist von Anfang an nichts lieber gewesen, als dich um mich zu haben. *Ci vediamo domani.*« Damit drehte er sich um, schloss die Tür hinter sich und ließ sie dort im Hausflur stehen.

Helene brauchte mehrere Atemzüge lang, ehe sie sich zu einer Regung überwinden konnte. Fassungslos starrte sie auf die geschlossene Tür, hinter der er verschwunden war.

Hier stand sie nun, mit noch immer leicht schwindeligem Kopf.

Ci vediamo domani. Die Erinnerung an seine Stimme brachte etwas in ihr zum Vibrieren. Aber während der unvernünftige Teil ihres Verstands sich darum bemühte, das aufgeregte Trommeln in der Brust unter Kontrolle zu bringen, war der andere, nüchterne Teil hingegen empört. Dieser Schuft hatte sie hinterhältig überrumpelt, war ungefragt in ihren geschützten Bereich eingedrungen. Sie hatte sich doch geschworen, das niemals mehr zuzulassen.

Ehe sie weiter nachdenken konnte, trat Helene erneut vor Gaetanos Tür. Sie würde ihm deutsch und deutlich klarmachen, dass er seine Grenzen überschritten hatte, jawohl.

Schon hob sie die Hand, um gegen die Tür zu poltern, als das Rauschen einer Dusche ertönte.

Da. Man konnte es ganz deutlich von jenseits der Wand hören.

Einen Moment lang hielt Helene inne. Dann griff sie an den Türknauf. Eigentlich nur halbherzig, denn sie wusste, dass die meisten Haus- und Wohnungstüren in Italien von außen nur mit einem Schlüssel zu öffnen waren.

Umso mehr stutzte sie, als sich die Tür problemlos aufstoßen ließ.

Leise trat sie ein, hielt den Atem an, während sie lauschte. Sie konnte Gaetano im Badezimmer hantieren hören, der Wasserhahn quietschte erbärmlich, und es rumorte in den Leitungen.

Sie zögerte kurz. Was tat sie hier eigentlich? Sie sollte gehen. Jetzt. Sofort. Das wäre das einzig Kluge gewesen.

Im Nachhinein betrachtet, hätte Helene nicht sagen können, welcher hinterlistige Teufel es gewesen war, der sie dazu brachte, sich in die Küche zu schleichen. Dort vor dem Spülbecken blieb sie stehen. Der Wasserhahn war noch mit diesen alten Kreuzgriffen für Heiß- und Warmwasser versehen.

Sie hörte das Planschen aus dem Badezimmer, biss sich auf die Unterlippe und zählte langsam in Gedanken bis drei. Dann drehte sie den Warmwasserhahn ganz auf. Hastete so schnell wie möglich zurück zur Tür.

Und sie konnte sich das triumphierende Grinsen beim besten Willen nicht verkneifen, als sie Gaetanos Brüllen aus dem Badezimmer hörte.

KAPITEL 17

Die sizilianische Kausalitätstheorie

Am folgenden Morgen

Ungeduldig trommelte Gaetano mit den Fingern auf die Theke des Blumenladens. Es war noch weit vor der offiziellen Ladenöffnungszeit, doch er hatte Dekorationsmaterial für seine Torten bestellt.

Sofort zog er das Handy aus der Tasche, als das Summen ertönte.

Die Nachricht war von seiner Mutter.

Ist alles in Ordnung? Ihr seid gestern so Hals über Kopf aufgebrochen, und du hast dich nicht mehr gemeldet.
Bacio
PS: Elena ist übrigens wirklich reizend. Wann kommt ihr das nächste Mal vorbei?

Er konnte den sanft-vorwurfsvollen Tonfall ihrer Worte geradezu laut hören. Zudem war ihm nicht entgangen, dass Mama »Wann kommt ihr …?« statt »Wann kommst du …?« geschrieben hatte.

Rasch tippte er eine Antwort.

Alles bestens. Habe viel zu tun. Melde mich, sobald ich kann.

»Ich hätte dir das Ganze auch ins *Il Frassino* bringen lassen«, sagte Giselda, die Besitzerin des Ladens, während sie den Bund Gardenien vorsichtig in Seidenpapier einschlug.

Gaetano schüttelte den Kopf. »Ich war ohnehin in der Nähe. Gib mir auch noch ein paar Stiefmütterchen.«

Giselda war seit Langem seine vertraute Lieferantin für lebensmittelechte Speiseblumen. Die meisten davon zog sie selbst in einem winterfesten Gewächshaus, natürlich ohne jegliche Pestizide.

Zwei Schachteln voller Veilchen, Gardenien, Stiefmütterchen und Fuchsien auf den Armen balancierend, kam er wenig später in der Backstube des *Il Frassino* an. Es gab keine Zeit zu verlieren. Nicht nur, weil einige Tortenbestellungen anstanden. Nein, heute war der Tag der Tage.

Rasch schlüpfte er in seine Arbeitskleidung, krempelte die Ärmel seiner Jacke bis über die Ellenbogen hoch und band sich das Bandana um. Alles wie immer, und doch war nichts mehr wie zuvor. Er hatte Elena geküsst.

Er stieß den Atem aus. Das war nicht geplant gewesen. Jedenfalls nicht so schnell und auf diese zugegeben etwas unelegante Art und Weise. Allerdings hatte er auch nicht mit Mimmo, Mafalda und Co. gerechnet. Ein unentschuldbarer Fehler.

Zwar hatten sie bisher noch nie zuvor versucht, ihn mit irgendeiner Frau zu verkuppeln, aber Mimmos Spitzfindigkeit war unübertrefflich, und wenn sich Mafalda etwas in den Kopf gesetzt hatte, brachte nicht einmal die heilige Anna mitsamt allen seligen Märtyrern sie davon ab. Und spätestens nachdem Paola ihm gestern Morgen aus heiterem Himmel erklärt hatte, dass sein Sternzeichen Steinbock wunderbar zu dem der Jungfrau passte, hätte er hellhörig werden müssen.

Mit aller Kraft wuchtete Gaetano einen Mehlsack vom Stapel und warf ihn sich über die Schulter.

Es war nicht einmal die Tatsache gewesen, dass seine Nachbarn ihn mit Elena zu verkuppeln versuchten, die ihn so verärgerte. Sondern vielmehr, wenn er ehrlich war, dass er es nicht schon längst selbst in die Hand genommen hatte.

Er ließ den Sack vor dem Teigmischer zu Boden fallen und riss das obere Ende mit geübtem Griff auf.

Ja, er hatte viel zu lange gezögert und Gleichgültigkeit vorgetäuscht, statt zu handeln. Richtig bewusst geworden war ihm das jedoch erst, als Elena ihnen den Plan ihrer vorzeitigen Abreise offenbarte.

Bei dem Gedanken an vergangenen Samstagabend entfuhr Gaetano ein Knurren. Die Nachricht hatte ihn wie ein Hammerschlag getroffen und die Entscheidung als simple Gleichung dargelegt: entweder ins Ungewisse springen und eine Abfuhr riskieren oder den Stolz wahren und so tun, als wären die vergangenen Tage nicht gewesen.

Verdammt, früher, in seinen Zwanzigern, war das alles viel leichter, viel unbeschwerter gewesen. Wann genau war er so übervorsichtig und … ja, langweilig geworden?

Und zu allem Übel hatte Mutter offenbar genauso Gefallen an Elena gefunden wie schon seine Nachbarn. Nun war Mama jedoch nicht wirklich unvoreingenommen. Denn es gehörte anscheinend zur Krönung der Existenz jeder sizilianischen Mutter, ihre Sprösslinge unter die Haube zu bringen. Somit war auch von dieser Seite keine neutrale Meinung zu erwarten gewesen.

Gaetano drückte den Knopf, sah zu, wie sich der Arm der Rührmaschine in Bewegung setzte und die Zutaten nach und nach miteinander vermengte.

Wenn er es sich recht überlegte, war sein Schicksal bereits damit besiegelt gewesen, dass seine Nachbarn an seiner Stelle die Initiative ergriffen hatten. Die Frage über das Ob war damit mit einem Schlag hinfällig geworden. Blieb nur noch die Entscheidung über das Wann und Wie.

Aber natürlich hatte er sich auch das in einem letzten Anflug von panischem Trotz zuerst nicht eingestehen wollen. Kein Wunder, dass Elena daraufhin seine Reaktion völlig falsch gedeutet hatte.

Und genau das war der endgültig entscheidende Moment gewesen. Der Punkt, von dem es kein Zurück mehr gab. Die perfekt erläuterte sizilianische Kausalitätstheorie. Denn Gaetano hätte Elena niemals in dem Glauben gehen lassen, dass sie ihm egal war.

So stand er nun da, und plötzlich fühlte sich alles anders an als noch gestern Morgen.

Während die Tortenböden im Ofen garten, bereitete er die Dekoration vor, schnitt die Blumen zurecht, suchte die Stiefmütterchen mit den schönsten Farben aus.

Der Kuss hatte die Parameter zwischen ihnen beiden neu gesetzt. Dessen war er sich bei seiner Entscheidung voll und ganz bewusst gewesen, und genau deswegen hatte er wohl auch so lange gezögert. Es mochte an seiner Erfahrung mit Debora liegen, dass er nicht leichtfertig mit solchen Dingen umging.

Doch nun hatte er den ersten Schritt getan und die Richtung vorgegeben. Und Elenas Erwiderung war prompt, aber nicht überraschend gekommen.

Gaetanos Lippen verzogen sich zu einem Grinsen. Er wusste, dass sie es gewesen war, die den Warmwasserhahn in der Küche aufgedreht hatte. Wer sonst? Sie war keine Frau, die klein beigab, und natürlich hatte sie auch hier, auf ihre eigene Weise, das letzte Wort haben müssen.

Umso besser, das machte die Sache gleich noch viel interessanter.

»Es ist früher Montagmorgen, und du lachst? *Matri,* was ist passiert? Hat uns jemand eine Million geschenkt, und ich habe nichts davon mitbekommen?«, hörte er Sasàs Stimme und sah auf.

Sein Cousin stand vor ihm und betrachtete ihn mit skeptischem Blick.

Gaetano zuckte die Schultern. »Was soll sein?« Vorsichtig goss er etwas Milch und Sahne in ein Pfännchen und stellte dieses zum Erwärmen auf die Herdplatte. Daneben lag schon das Manna bereit. Daraus würde er eine köstliche Creme herstellen. Die eignete sich perfekt zum Füllen der kleinen Torte, die er gerade aus dem Ofen geholt hatte.

»Und? Wie war's gestern?«, fragte Sasà.

»Ganz in Ordnung«, gab Gaetano leichthin zurück, ohne den Blick von der Milch zu nehmen. Aus den Augenwinkeln bemerkte er jedoch, dass sich Sasà keinen Zentimeter vom Fleck rührte.

»Ganz in Ordnung?« Die Stimme seines Cousins klang etwas ratlos. »Was heißt das? Soll das ein Die-können-mich-alle-mal-in-Ordnung sein oder doch ein In-Ordnung-in-Ordnung?«

Gaetano tat, als müsste er kurz nachdenken, ehe er schließlich sagte: »Alles in allem würde ich es sogar ein Ziemlich-unerwartetes-ganz-in-Ordnung nennen. Das Essen war dagegen fast schon unspektakulär. Übrigens, ehe ich's vergesse: Elena kommt heute mit einer Fotografin vorbei. Wegen Bildern für den Artikel.« Als wäre damit alles gesagt, ließ er das Manna in der Milch zergehen und gab das Ganze dann vorsichtig in eine Schüssel mit Zucker und ein klein wenig Maisstärke.

Dabei kostete es ihn alle Selbstbeherrschung, die er aufbringen konnte, um sich gelassen zu geben. Erst recht, als er kurz aufsah und Sasàs perplexe Miene erkannte. Ah, er konnte dessen Gedanken geradezu rattern hören.

»Moment, ich habe den Faden verloren. Wovon reden wir hier?« Sasà runzelte die Stirn. »Du warst doch mit Elena bei deinen Eltern zum Essen eingeladen.«

»Ja. Enzo war ebenfalls da. Er lässt dich übrigens grüßen.«

Vollends verständnislos hob Sasà die Augenbrauen. »Und was war daran denn nun der ziemlich unerwartete Teil? Mann, jetzt lass dir doch nicht alles aus der Nase ziehen«, empörte er sich. »Außerdem ... Was machst du da überhaupt?«

»Ein Törtchen mit Manna-Creme-Füllung. Für die Fotos.« Ungerührt schlug Gaetano die Creme schaumig. Und zwar so energisch, dass das Geräusch des Schwingbesens Sasàs Worte verschluckte.

Erst als die Creme luftig-weiße Gipfel bildete, war er mit dem Ergebnis zufrieden und setzte das Becken ab.

»Hörst du mir überhaupt zu?«, blaffte Sasà.

»Hast du etwas gesagt?«, gab Gaetano mit gespielt ahnungslosem Tonfall zurück. Zugleich biss er die Zähne zusammen, um nicht laut aufzulachen, als sein Cousin mit der Zunge schnalzte und mit einem gebrummten »Dann lass es eben, du Knallkopf!« kehrtmachte.

»Vergiss nicht, heute kommt die Fotografin«, rief Gaetano ihm noch nach.

Nicht, dass er Sasà nicht vertraute. Ganz im Gegenteil, er hatte sogar einen Moment lang mit dem Gedanken gespielt, ihm alles zu erzählen, sich schlussendlich aber dagegen entschieden. Es gab Dinge, die erzählte man nicht einmal dem besten Freund. Zumindest jetzt noch nicht, dafür war es noch zu früh.

Erst musste er Elena vollends erobern. Keine leichte Aufgabe für jemanden, der, wie schon gesagt, so unromantisch war wie er.

Mit geübten Handgriffen schnitt er den kleinen runden Tortenboden in drei gleich dicke Scheiben, bevor er sie mit einem Gemisch aus verdünntem Orangensaft und einem Schuss Cointreau beträufelte und die Manna-Creme darauf verteilte. Die Stiefmütterchen würden den perfekten farblichen Kontrast dazu geben. Er war vielleicht kein Romantiker, aber er war ein ganz passabler *pasticciere.*

Es wurde jedoch Nachmittag, bis Elena endlich im *Il Frassino* erschien und mit ihrer Begleitung für ziemliches Aufsehen sorgte. In Castelbuono sah man selten Besucher mit schlumpfblauem Haar und knallrotem Lippenstift.

»Das ist unsere Fotografin Sue Hendricks«, stellte Elena ihre Kollegin Sasà und Gaetano vor.

»Es freut mich sehr, euch beide kennenzulernen«, sagte Sue und streckte die Hand zum Gruß aus. Ihr Italienisch war gut, wenn auch mit eindeutigem Akzent. »Du musst Gaetano sein.« Ihr Händedruck war erstaunlich kräftig. »Und du Sasà. Ich habe schon viel von euch gehört.« Sie stieß ein glucksendes Lachen aus und fügte dann zwinkernd hinzu: »Nur Gutes, versteht sich.«

»Das wollen wir doch hoffen«, erwiderte Sasà mit seinem besten Kavalierslächeln. Typisch Sasà. Er hatte sich sogar extra seine schwarze Arbeitsjacke angezogen, bemerkte Gaetano. Die benutzte er sonst nur bei wichtigen Anlässen oder wenn er während der *Sagra dei Funghi* am Eisstand servierte.

Doch Gaetano verdrängte den Gedanken sogleich wieder. Er war viel zu sehr damit beschäftigt, sich auf Elena zu konzentrieren und den Mann anzustarren, der im selben Moment neben sie trat. Ein blonder Hüne. Ein Wikinger mit modisch hochgeföhntem Haar, Anchor-Bart und einer von der Sonne geröteten Nase, auf der sich die Haut pellte.

»Und das ist mein Journalistenkollege Holger Petersen.

Er kümmert sich eigentlich um die Recherche im Westteil der Insel«, hörte er Elena sagen und bemerkte das unterdrückte Missfallen in ihrer Stimme sofort.

Der Mann legte Elena kumpelhaft den Arm um die Schulter. »Ich war nun mal neugierig, was ihr hier im Osten so treibt. Also habe ich mir gedacht, ich statte der Chefin vom Dienst einen Besuch ab.« Er tat, als nähme er Elena in den Schwitzkasten, und feixte dazu: »Die Überraschung ist mir doch gelungen, oder?« Dann reichte er Gaetano mit gönnerhafter Miene die Hand. *»Ciao, come va?«*

Um Beherrschung bemüht, entgegnete Gaetano den Gruß mit einem simplen *»bene«*. Er konnte den Kerl auf den ersten Blick nicht leiden. Weder dessen Möchtegern-Coolness noch die plumpvertrauliche Art und Weise, wie er sich Elena gegenüber verhielt.

Vor allem Letzteres passte ihm nicht. Allerdings brauchte man kein Hellseher zu sein, um zu erkennen, wie unwohl sich auch Elena dabei fühlte. Zwar lächelte sie über Holgers Scherz, doch ihre Haltung war angespannt, und Gaetano hatte ganz genau gesehen, wie sie seinem Blick auswich.

Er presste die Zähne zusammen. Das hingegen musste nicht zwangsläufig mit der unerwarteten Anwesenheit ihres Kollegen zu tun haben, sondern konnte auch etwas ganz anderes bedeuten. Begann sein Vorhaben etwa schon zu bröckeln, ehe er es überhaupt richtig in Angriff genommen hatte?

Er dachte jedoch nicht daran, jetzt die Flinte ins Korn zu werfen. Stattdessen hielt er sich geduldig zurück, beobachtete Elena, während sie sich mit Sue über die besten Möglichkeiten für die Aufnahmen beriet. Abwarten, Umfeld und Gelände beurteilen sowie Chancen und Risiken abwägen – die erste Regel eines jeden Strategen.

Die zweite Regel war das Beseitigen unliebsamer Fremdeinflüsse. So stellte sich Gaetano mit einem beliebigen Vorwand dazwischen, sobald Holger in Elenas Nähe kam. Zum Beispiel, indem er ausgerechnet das unterste Blech aus dem Stapel holte, die Eier in die Rührmaschine gab und sich dabei alle Zeit der Welt ließ oder unbedingt die Hefe für den neu anzusetzenden Teig abwiegen musste. Ihm war jedes Mittel recht.

Wenn er doch nur kurz mit Elena unter vier Augen sprechen könnte.

Die Gelegenheit ergab sich endlich, als Sue Sasà mit seiner Manna-Eiskreation fotografierte und Holger den Faltreflektor halten musste. Elena hingegen stand etwas abseits gegen die Wand gelehnt, die Arme vor der Brust verschränkt.

»Ich dachte, du könntest einen Kaffee gebrauchen«, sagte Gaetano leise und hielt ihr einen Pappbecher mit frisch gebrühtem Espresso hin.

Sie hob den Blick und lächelte. »Danke.«

Schweigend nebeneinanderstehend beobachteten sie eine Weile lang, wie Sue den beiden Männern dort beim Tisch Anweisungen gab. »Die Schultern nicht so verkrampft. Lächeln, nicht grinsen. Etwas weiter nach rechts mit dem Reflektor.«

Sie war gut, fand Gaetano. Sasà und Holger gehorchten beide aufs Wort.

»Dein Kollege«, flüsterte er dann, ohne Elena anzusehen. »Ihr scheint euch gut zu kennen.«

»Schon solange ich bei *Globo* arbeite«, hörte er sie sagen. »Holger mag manchmal seine Macken haben, aber er ist ein ausgezeichneter Journalist. Warum fragst du?«

Er zuckte nur kurz mit dem Kinn. »Nur so.« Mehr brauchte Gaetano nicht zu wissen. Elenas Antwort war zu kühl gewesen. Wäre da etwas zwischen Holger und ihr, hätte sie bestimmt andere, ausdrucksvollere Worte gefunden. Und allein schon, dass sie es unaufgefordert für nötig hielt, das Verhalten ihres Kollegen zu rechtfertigen, zeigte, dass sie sich dessen sehr wohl bewusst war. Immerhin.

»Und sonst ist alles in Ordnung?«, tastete er sich weiter voran.

»Ja, alles bestens.«

Wie? Mehr hatte sie nicht zu sagen? Oder wollte sie etwa, dass er den Anfang machte? Na schön, das konnte sie gerne haben.

»Danke übrigens für die Abkühlung gestern«, sagte er ganz beiläufig und pustete in den Espresso in seinem Becher, ehe er davon nippte.

Und prompt war da dieses leise Glucksen neben ihm zu hören. »Gern geschehen.«

Sacht stieß Gaetano mit dem Ellenbogen gegen Elenas Arm und fühlte das Zucken an seinen Mundwinkeln, als sie nicht zurückwich, sondern den Schubs ihrerseits erwiderte. Ein gutes Zeichen.

»Wirst du also in Castelbuono bleiben?« Eigentlich hatte er sich vorgenommen, die Frage ganz anders und viel diplomatischer zu stellen. Aber wozu um den heißen Brei herumreden? Instinktiv presste er die Lippen zusammen.

Umso perplexer war er, als Elena sagte: »Kommt darauf an.«

Er drehte sich zu ihr um. »Auf was denn?«

Sie antwortete nicht sofort. Stattdessen wandte sie den Kopf, und ihr Blick traf den seinen. *Bedda matri,* einen Moment lang verschlug es ihm schier den Atem.

Elenas Gesicht. Es strahlte ein so warmes Leuchten aus, das ihn bis tief in sein Innerstes traf. Eine Strähne hatte sich aus ihrem hochgesteckten Haarknoten gelöst und berührte die Rundung ihrer Wange, wo die Sommersonne in den wenigen Tagen bereits eine goldene Tönung auf die Haut gezaubert hatte.

Gaetano wünschte, sie wären allein. Dann hätte er die Hand ausgestreckt, nur, um sie genau dort zu berühren.

Doch stattdessen ertönte auf einmal Sues Stimme: »Okay, jetzt bist du an der Reihe, Gaetano.«

Und die Chance verstrich ungenutzt. *Che diamine!* Gaetano stieß zischend die Luft aus. Was für ein beschissenes Timing. »Ich komme gleich«, rief er, beugte sich näher zu Elena und flüsterte eilig: »Also?«

Sie reckte jedoch bloß herausfordernd das Kinn. »Du wirst es früh genug erfahren«, wisperte sie ihm dann mit einem perfiden Schmunzeln zu und stieß sich von der Wand ab. »Ach ja, fast hätte ich's vergessen … Der Kuss war übrigens ganz in Ordnung.« Damit ließ sie ihn stehen und ging zu Sue, um die Bilder zu begutachten.

Völlig baff blieb Gaetano zurück. Wie bitte? Ganz in Ordnung? War das etwa alles?

KAPITEL 18

Bauchgefühle

Am selben Abend lud Elena sie alle zum Essen ein. Als Dank für Gaetanos und Sasàs Unterstützung und um ihre beiden Kollegen in Castelbuono willkommen zu heißen.

Zwar entschuldigte sich Sasà, Gaetano hätte jedoch nicht einmal der Teufel in Person davon abgehalten. So kam es, dass er ein paar Stunden später zusammen mit Elena, Sue und diesem Holger an einem Tisch im Ristorante *Il Terrazzo* saß.

Ein leises Lüftchen wehte über die Dachterrasse. Dort hinter den Hügeln im Westen färbte sich der Abendhimmel im feurigen Rot des Sonnenuntergangs.

Kurz: Es war ein herrlicher Sommerabend. Das Essen schmeckte köstlich, und trotz aller Bedenken fühlte sich Gaetano in der Gesellschaft wohl. Vor allem Sue und natürlich Elena versuchten, ihn ins Gespräch mit einzubeziehen, und übersetzten so viel wie möglich, obwohl er längst nicht alles verstand, wenn sie über Satzspiegel, Kopfstege und Mock-ups redeten.

Doch das machte Gaetano nichts aus. Es war umso spannender, Elena dabei zu beobachten, wenn sie über ein ihr vertrautes Thema diskutierte. Das Funkeln in ihren Augen. Ihre konzentrierte Miene, während sie eifrig eine Skizze auf eine der Papierservietten kritzelte. Ja, sie war völlig in ihrem Element.

Holger hingegen schien ihn die meiste Zeit über völlig zu ignorieren. Auch das war Gaetano eigentlich nur recht, es bestärkte seine Meinung über ihn. Zugegeben, er kannte Elenas Kollegen gerade mal seit ein paar Stunden, trotzdem konnte Gaetano ihn nicht leiden. Er hätte nicht einmal mit

Sicherheit sagen können, was diese Abneigung auslöste. Genau genommen war es eher ein Bauchgefühl. So, als ob man zu viele frittierte Garnelen gegessen hätte und nicht einmal mehr Natronpulver gegen das Sodbrennen half.

Allerdings schien Holger trotz allem kompetent zu sein – zumindest was seine Arbeit betraf. Elena hätte ihn sonst wohl kaum in ihr Team aufgenommen.

Nun gut, dann begnügte Gaetano sich eben zähneknirschend damit, ihn im Auge zu behalten. Mit etwas Glück würde er ohnehin nicht lange in Castelbuono bleiben, und die Sache wäre wieder vom Tisch.

»Was kannst du denn als Nachspeise empfehlen?«, wandte sich Sue mit der Dessertkarte in den Händen an Gaetano. »Du als *pasticciere* hast bestimmt den ultimativen Insidertipp.«

Er warf einen kurzen Blick auf die Karte. Mehr brauchte er nicht, um sich zu entscheiden. »Der Safran-Zitronen-Flan mit Erdbeeren klingt zwar lecker, an eurer Stelle würde ich jedoch die hiesige Spezialität kosten: Das Dessert *Testa di Turco* ist weithin bekannt.«

»Testa di Turco?«, rief Sue und sah Elena an. »Hat Anja nicht auch schon davon gesprochen?«

Elena nickte. »Stimmt. Ich dachte, das wäre eine typische Spezialität aus Scicli.«

Gaetano schüttelte schmunzelnd den Kopf. »Der Name ist zwar derselbe, die Zubereitung jedoch eine ganz andere. Hier in Castelbuono besteht das Gericht aus mehreren Schichten Milchpudding mit hauchdünnen, frittierten Teigschichten dazwischen.«

Sogleich lehnte sich Elena vor. Neugier blitzte in ihren Augen auf. »Aha. Aber worauf bezieht sich hier denn der Name?«

»Pass bloß auf.« Sue grinste. »Sie wittert schon wieder ein neues Artikelthema.«

»Ursprünglich wurde die oberste Teigschicht mit warmer Milch übergossen«, erklärte Gaetano. »Dadurch haben sich kleine Dellen auf der Oberfläche gebildet, die angeblich wie die Fontanellen an den Köpfchen Neugeborener aussehen. Es heißt, der Name soll ursprünglich daher kommen, weil Neugeborene noch nicht getauft sind. So wie die Ungläubigen – also die Sarazenen. Und die hat man damals im Volksmund ganz pauschal als Türken betitelt.«

»Ich staune immer wieder, dass ihr Sizilianer bis heute mit der Nummer durchkommt.« Holger lachte laut, ehe er sein Weinglas in einem Zug leerte. Wenn Gaetano richtig mitgezählt hatte, war das bereits sein viertes Glas gewesen, und er trank nicht einmal Wasser dazu.

»Womit denn?«, fragte Elena.

Holger schenkte sich ein weiteres Glas ein und prostete Gaetano zu. »Na, mit diesen ganzen subtilen Andeutungen, die ihr in euren Geschichten verpackt. Von wegen Türkenkopf und so … Ein Schelm, wer Böses dabei denkt.« Er endete mit einem Zwinkern in Gaetanos Richtung. »Anderswo würde allein der Name für einen Aufschrei der Empörung sorgen. Aber hier scheint kein Hahn danach zu krähen. Kompliment.«

»Das sind uralte Erzählungen, nichts weiter. Außerdem …«, erwiderte Gaetano ruhig. Er hatte sehr wohl verstanden, worauf Holger da anspielte. Die Diskussionen darüber, ob die Verwendung von Namen wie *Testa di Turco* oder auch die Bezeichnung für die bekannten Keramikfiguren, die sogenannten Maurenköpfe, heutzutage noch angebracht war, kamen immer wieder auf. Einige Politiker störten sich deshalb auch an der Flagge Sardiniens, die vier Mauren zeigte.

Es hatte jedoch seine Gründe, weshalb solche Petitionen hier auf Sizilien auf wenig fruchtbaren Boden fielen.

Er reckte die Schultern, bevor er fortfuhr: »Ein großer Teil der Bevölkerung Siziliens stammt von den Sarazenen ab, und geografisch gehört die Insel zu Nordafrika. Wenn wir solche Namen und Symbole verwenden, tun wir das nicht aus Spott, sondern weil wir stolz auf unsere Herkunft und Geschichte sind. Vielleicht ist das der Unterschied zu anderswo.«

»Wir sind zudem nicht hier, um die hiesigen Bräuche zu hinterfragen«, wandte Elena ein. Dabei schleuderte sie Holger mit ihrem Blick so gleißende Blitze zu, dass selbst die Medusa beeindruckt gewesen wäre. Dann hob sie die Hand und winkte nach dem Kellner. »Für mich einmal *Testa di Turco,* bitte.«

Mit Nachdruck klappte Sue die Karte zu. »Für mich dasselbe.«

Punkt für Sizilien, konstatierte Gaetano zufrieden. Er legte es zwar nicht auf einen Streit an, doch dem arroganten Kerl Paroli zu bieten, wurde immer mehr zu einer Ehrensache. Gaetano konnte ihn mit jeder Minute weniger ausstehen.

Der Rest des Abends verlief hingegen erneut ruhig. Sue konnte es kaum erwarten, morgen Marios Eschenhain zu besuchen. Holger würde seine Recherche in Palermo fortsetzen, und Elena …

»Ich habe dieser Tage einen Videocall mit Jürgen«, wich sie der ungestellten Frage geschickt aus und erklärte an Gaetano gewandt: »Jürgen ist der Chefredakteur unseres Magazins.«

»Der Big Boss also«, ergänzte Sue und machte dazu eine bedeutungsschwangere Miene.

Was auch immer das heißen sollte. Wenn er doch nur endlich Gelegenheit hätte, unter vier Augen mit Elena zu sprechen.

»Du hättest uns wirklich nicht zum Hotel begleiten müssen«, sagte sie viel später, als sie an der Rezeption ihres Hotels standen.

Das lag für ihn zwar völlig in der entgegengesetzten Richtung, aber Gaetano wischte den Einwand mit einem Wink beiseite. »Kein Problem. Ein Verdauungsspaziergang schadet nicht.«

Gähnend trat Sue heran. »Ich bin völlig erledigt. Wir sehen uns morgen.«

»Wie? Du willst jetzt schon ins Bett? Es ist doch noch nicht mal Mitternacht«, rief Holger. »Gehen wir noch etwas an der Bar trinken.«

»Lass gut sein für heute.« Kurzerhand fasste die Fotografin nach seinem Arm und zog ihn mit sich. »Nun komm schon. Du hast morgen einen anstrengenden Tag vor dir.«

Täuschte sich Gaetano, oder hatte Sue ihm da eben im Vorbeigehen zugezwinkert?

Und auf einmal waren nur noch Elena und er übrig. So, wie er es sich den ganzen Tag über gewünscht hatte. Doch verdammt, ausgerechnet jetzt wollte ihm kein vernünftiges Wort mehr einfallen.

Stumm standen sie sich gegenüber. Leise Pianomusik klimperte im Hintergrund. Ein Touristenpärchen saß turtelnd an der Bar auf der gegenüberliegenden Seite der Empfangshalle, während der Angestellte an der Rezeption laut in gestelztem Englisch telefonierte.

»Tut mir leid, wegen der Szene mit …« – »Das war ein ziemlich spannender A…«, fingen sie gleichzeitig an und stockten sogleich.

»Ich werde übrigens morgen …« – »Dann wirst du also blei…?«, versuchten sie es erneut. Vergebens.

Gaetano stieß den Atem aus. So schwierig hatte er sich das nicht vorgestellt. Er räusperte sich. »Fang du an.«

Elena senkte den Blick. Ganz kurz nur, und wenn ihn nicht alles täuschte, versteckte sie damit ein Lächeln.

Da. Jetzt hatte er es genau gesehen. Hieß das etwa …?

Doch als sie erneut aufsah, war ihre Miene auf einmal ernst. »Ich muss mich zuallererst für Holger entschuldigen«, fing sie dann an und schüttelte den Kopf. »Seine Anspielung war völlig fehl am Platz.«

»Schon vergessen.« Er machte eine wegwerfende Geste. Was interessierte ihn dieser Holger. Er wollte endlich wissen, ob sich Elena entschieden hatte, in Castelbuono zu bleiben. Alles andere war völlig nebensächlich.

»Nein, wirklich.« Zugleich fing sie an zu gestikulieren, dass ihre Hände nur so herumwirbelten, und die Worte sprudelten von ihren Lippen wie ein Wasserfall. »Ich weiß nicht, was in ihn gefahren ist. Es war auch gar nicht geplant, dass er zusammen mit Sue herkommt. Im Gegenteil, er hätte eigentlich erst nach Agrigento fahren sollen.« Fast schien sie dabei vergessen zu atmen.

Das hingegen war neu. Ein solches Verhalten hatte Gaetano noch nie zuvor an ihr bemerkt. »Ich sagte doch, es ist alles in Ordnung«, sagte er in besänftigendem Tonfall.

»Ist es eben nicht.« Energisch wischte sich Elena eine Haarsträhne hinters Ohr und fuhr mit einem Ruck herum. »Es ist absolut nicht okay, die Traditionen und Bräuche von anderen infrage zu stellen, wenn man die Hintergründe nicht kennt.«

Sofort trat er zu ihr und griff sacht nach ihrem Arm. »Es ist nichts weiter passiert.« Was war denn bloß auf einmal in sie gefahren? Einen solchen Ausbruch hatte er nie im Leben kommen sehen.

Doch sie stemmte die Hände in die Hüften und holte ein paarmal tief Atem, wie wenn sie auf diese Weise ihre Fassung wiederfinden könnte. »Genau so entstehen Vorurteile und Intoleranz, und ich weiß aus eigener Erfahrung, wie verletzend das ist. Ich habe es als Kind oft genug erlebt«, stieß sie dann hervor.

In jenem letzten Satz hatte eine so tiefe Verbitterung mitgeschwungen, dass Gaetano erschrak. Was meinte sie damit?

»Was Holger da gesagt hat …« Sie verzog das Gesicht zu einer angeekelten Miene. »Es hat sich angefühlt wie früher, als die Nachbarn in dem Mietshaus, in dem wir damals lebten, sich ständig über den Knoblauch- und Zwiebelgeruch im Treppenhaus beklagt haben, wenn Mama Tomatensugo gekocht hat.«

Als ob sie die Erinnerung damit aus dem Gedächtnis fegen könnte, fuhr sie mit der Hand durch die Luft. »Weißt du, wie es ist, wenn deine Klassenkameraden dich meiden wie der Teufel das Weihwasser, nur weil dein Nachname für sie zu fremdartig klingt? Und wie sehr du die mitleidigen Mienen der Lehrer verabscheust, weil deine Eltern ihrer Meinung nach nicht gut genug Deutsch sprechen und du bei den Elterngesprächen für sie übersetzen musst?«

Sie gönnte sich nur eine Pause, um Luft zu holen. »Mein gebürtiger Name ist Elena Buccitelli. Der Name, den mir meine italienischen Eltern gegeben haben und auf den ich so gerne stolz wäre.«

Dann stieß sie ein freudloses Lachen aus. »Wenn ich nicht schon mein ganzes Leben lang Anspielungen wie die von Holger gehört hätte. Und hätte mein Ex-Mann mich nicht mit seiner Geschäftspartnerin betrogen und mir als Ausrede vor die Füße geschleudert, meine südländische Art sei ihm zu anstrengend.« Als hätte sie viel zu viel preisgegeben, presste sie nun die Lippen zusammen, reckte störrisch das Kinn und wandte das Gesicht ab.

Gaetano hatte dem Wortschwall nur stumm zugehört. Allmählich begann er zu verstehen. Er hatte sich nie zuvor überlegt, was für ein Balanceakt es sein musste, zwischen zwei Kulturen aufzuwachsen. Welche bezeichnete man in solchen Fällen eigentlich als die eigene? Die, in der man lebte, oder diejenige, deren DNA man von den Eltern geerbt hatte, ob man es wollte oder nicht?

In einem Punkt gab es jedoch keinen Zweifel: Elenas Ex war ein verdammter Idiot, sich eine Frau wie sie durch die Lappen gehen zu lassen.

Im selben Moment sah er, wie sie sich mit einer resoluten Geste mit der Hand über die Wange wischte. Weinte sie etwa?

»Hey«, flüsterte er. Vorsichtig, um sie nicht zu erschrecken, nahm er sie in den Arm. »Was ist denn?«

Sie zitterte vor Anspannung, antwortete jedoch nicht. Fast, als würde es ihr der Stolz verbieten.

Behutsam hob er ihr Gesicht an, zwang sie, ihn anzusehen. Tatsächlich. In ihren Augen lagen noch immer die Spuren von Tränen.

»Nun, Signora Buccitelli, wenn das so ist, weiß ich genau das Richtige, um dich auf andere Gedanken zu bringen. Vertraust du mir?« Er strich mit dem Daumen die Linie ihres Kinns entlang.

Ihre Augen. Er könnte sich darin verlieren. Diese Erkenntnis hatte etwas Beunruhigendes und dennoch auch eine Spur Ironie an sich. Unweigerlich dachte er an seine Mutter. Oh ja, sie hätte ihre helle Freude an seinem Dilemma. Genauso wie Mimmo, Mafalda und die anderen.

Einen Atemzug lang sah sie ihn nur fragend an. Dann nickte sie.

»Gut.« Lächelnd nahm er ihre Hand und zog sie mit sich.

KAPITEL 19

Eine Tarantella und Würfel, die fallen

Draußen auf der Straße herrschte selbst um diese Uhrzeit noch reger Betrieb. Die Festlichkeiten zu Ehren der heiligen Anna würden zwar erst in einer Woche offiziell beginnen, doch schon jetzt konnte man die freudige Erwartung der Einwohner Castelbuonos in allen Winkeln und Gassen spüren.

»Wo gehen wir denn hin?«, fragte Elena atemlos.

»Wart's ab«, antwortete Gaetano über die Schulter, ließ dabei jedoch ihre Hand nicht los.

Von überallher waren Stimmen, Gelächter und Musik zu hören. Manchmal waren es Straßenmusikanten, öfter jedoch Folkloregruppen, die ihre Stücke auf den öffentlichen Plätzen und Hinterhöfen zum Besten gaben.

Gaetano führte sie durch Sträßchen und Gassen. Hier, in diesem tiefer gelegenen Teil der Stadt, verliefen die Straßen in rechtwinkligen Rastern und führten allesamt in einer nicht zu verachtenden Steigung bis zur nächsten größeren Querstraße, der Via Belvedere. Von dort aus war es zwar nicht mehr weit bis zur Piazza San Francesco, wer die steilen Straßen mit Kopfsteinpflaster aber nicht gewohnt war, konnte sehr schnell ins Schwitzen geraten.

Der Klang von Gitarre, Mandoline und Akkordeon war schon von Weitem zu hören.

»Kommt die Musik etwa aus der Kirche?« Verwundert hob Elena den Blick zu dem großen Rundportal und der vom

Alter ergrauten Fassade mit der Marienstatue aus blütenweißem Gips unter dem Giebel.

»Das ist ein ehemaliges Franziskaner-Konvent aus dem 14. Jahrhundert. Heutzutage befindet sich hier nebst dem Mausoleum der Ventimiglia unter anderem ein naturhistorisches Museum«, erklärte Gaetano, während er den Portaleingang betrat.

Trommeln und lautes Klatschen ertönten.

»Und eine Bühne für Theater- und Musikdarbietungen.« Er musste jetzt schon lauter sprechen, um den einsetzenden Gesang zu übertönen.

Als sie den Kreuzgang betraten und sich vor ihnen der fast quadratische Innenhof mit der Bühne und den tanzenden Leuten eröffnete, blieb Elena mit vor Fassungslosigkeit weit aufgerissenen Augen stehen.

Oben auf der Bühne standen fünf Musiker – vier Männer mit Geige, Mandoline, Gitarre und Kontrabass sowie eine Frau mit einem Tamburin. Der rasante Rhythmus und der Gesang hallten von den Klostermauern wider. Es war ein im Dialekt gesungenes Folklore-Lied, jedoch in moderner Abwandlung. So bestand auch der Großteil des Publikums aus Zuschauern in Gaetanos und Elenas Alter oder noch jünger.

Das Konzert war kostenlos und deshalb gut besucht. Zum Glück fand Gaetano einen freien Platz unter dem Bogengang. Mit Sicht auf die Bühne und doch nicht zu nah am Geschehen, damit sie sich unterhalten konnten, ohne sich anbrüllen zu müssen.

»Gefällt es dir?« Eigentlich hätte er sich die Frage sparen können, denn Elenas Gesichtsausdruck sprach Bände. Zwar schien sie noch immer etwas verwirrt – zugegeben, ein Kloster war keine alltägliche Location für ein so lebhaftes Musikkonzert, doch gerade das machte die Atmosphäre zu etwas Besonderem.

»Das ist … Wow!«

Sie sah sich um, schien die Musik, die Leute sowie deren Begeisterung und pure Lebensfreude in sich aufsaugen zu wollen. Ganz allmählich verschwand der Ernst aus ihren Zügen. Sie begann sogar, die Schultern zu schwenken, und tappte mit dem Fuß im Takt auf den Boden. Zwar zuerst noch etwas verhalten, nach einer Weile klatschte sie jedoch eifrig mit.

»Komm, tanz mit mir.« Gaetano hielt ihr die Hand hin.

Sie schüttelte erschrocken den Kopf. »Ich-ich kann nicht tanzen.«

Er lachte. »Ich auch nicht, aber was soll's. Zusammen kriegen wir das schon irgendwie hin.«

Bevor sie etwas darauf erwidern konnte, nahm er ihre Hand, zog sie hoch und legte den Arm um ihre Taille.

Anfangs klammerte sie sich fast schon Hilfe suchend an ihm fest, blickte über ihre Schulter in Richtung der Leute, die bereits dort entlang des Bogengangs tanzten, und schaute dann skeptisch auf ihre Füße. »Ich denke wirklich nicht, dass das etwas wird.«

»Lass das Denken, tu's einfach.« Damit wirbelte Gaetano sie so schnell herum, dass sie überrascht aufquiekte. »Sieh dir die Leute an. Mach es wie sie. Ja, genau so. Keine Angst, ich halte dich fest.« Er legte Elenas Arme um seine Schultern und fasste sie an den Hüften.

Nach den ersten steifen Schritten wurden ihre Bewegungen mit jedem Takt lockerer, geschmeidiger. Sie wagte sogar die eine oder andere Drehung. Erst zögerlich, dann immer selbstbewusster. Bis sie lachend das Haar zurückwarf und Gaetanos Hüpfschritten folgte, als die Musiker eine rasante

Tarantella anspielten. Ein überschwängliches Funkeln glitzerte auf einmal in ihren Augen.

Und sie tanzten und tanzten – immer weiter, von einem Lied zum nächsten. Lachten und sangen die Refrains aus voller Brust im Chor mit den Bewohnern Castelbuonos.

Elenas Wangen glühten noch immer, als sie viel später zum Hotel zurückschlenderten. Irgendwann unterwegs griff Gaetano nach ihrer Hand. Er dachte sich nichts dabei – ganz ehrlich. Nach einem Abend wie diesem fühlte es sich einfach richtig an. Und sie ließ es zu, also konnte es nicht falsch sein.

»Danke für den Abend.« Elenas Augen leuchteten im gedimmten Licht der Hotelrezeption. Obwohl die Überschwänglichkeit von eben verflogen war, hatte sich ihre Miene verändert, fiel Gaetano auf. Auch wenn er es nicht genau benennen konnte. Sie wirkte irgendwie ruhiger, nachdenklicher.

»Jederzeit gerne«, antwortete er und strich mit seinem Daumen über ihr Handgelenk. Am liebsten hätte er ihr Gesicht erneut zwischen seine Hände genommen und sie zum Abschied geküsst. Doch er hielt sich zurück. Das hier war weder der rechte Ort noch der richtige Zeitpunkt.

Ein spitzbübisches Lächeln erhellte nun aber auf einmal ihr Gesicht, und sie legte den Kopf schief. »Gut, denn ich hoffe, es macht dir nichts aus, wenn ich in nächster Zeit ab und zu im Palazzo vorbeikomme. Ruggiero hat mir erlaubt, in seiner Bibliothek herumzustöbern.«

Sofort fühlte Gaetano den kleinen freudigen Hüpfer in der Brust. »Ich werde versuchen, mich daran zu gewöhnen«, witzelte er, konnte aber ein schiefes Grinsen nicht unterdrücken. »Das heißt also, du bleibst in Castelbuono?«

»Bestimmt noch eine weitere Woche. Vielleicht auch länger, mal sehen.« Sie drückte seine Hand. »Ich dachte, ich könnte mir etwas mehr Zeit nehmen und bei der Gelegenheit auch gleich die Gegend entlang der Küste erkunden. Mafalda hat von Cefalù geschwärmt.«

Er runzelte die Stirn und meinte in großmütigem Tonfall: »Es ist zwar nicht Castelbuono, aber ganz nett. Wenn du willst, kann ich dich begleiten.«

Jetzt sah sie ihn unverwandt an. »Ich will auf gar keinen Fall, dass du das *Il Frassino* meinetwegen noch mehr vernachlässigen musst. Ich weiß, wie viel dir deine Arbeit bedeutet, und ich kann die Besichtigungen auch allein machen. Wirklich.«

Gaetano war perplex. Was das möglich? Eine Frau, der seine Arbeit kein Dorn im Auge war?

Doch das brachte seinen Stolz zum Aufbegehren. Koste es, was es wolle, aber kein Sizilianer mit einem Zipfel Ehrgefühl in der Brust zog sich sang- und klanglos aus der Affäre. Schon gar nicht, wenn er auf dem allerbesten Weg war, sich in die Frau zu verlieben, um die es dabei ging.

Ecco, die Würfel waren gefallen. Er staunte nur, dass ihm der Gedanke immer besser gefiel.

Er presste die Zähne zusammen. Wenn bloß der Zeitpunkt nicht so denkbar schlecht wäre. Das Fest der heiligen Anna stand kurz bevor, nebst Weihnachten gehörten die kommenden Wochen zu den geschäftigsten des Jahres. »Wenn ich es irgendwie einrichten kann, werde ich dich natürlich begleiten.«

Elena lächelte. »Dann gute Nacht. Wir sehen uns also morgen? Ich bin den ganzen Tag bei Ruggiero, um die Unterlagen durchzusehen.«

Matri. Gaetano musste das letzte Quäntchen Selbstbeherrschung zusammenklauben, um ihre Hand loszulassen. »Bis morgen. *Buona notte.*«

Damit ging sie. Nach ein paar Schritten drehte sie sich noch ein letztes Mal um und winkte ihm zum Abschied.

Er sah ihr nach, wartete so lange, bis sie hinter der Ecke der Rezeption verschwand. Dann erst drehte er sich um.

Die Glocke der Kirche von Sant'Antonino Martire schlug zweimal. Schon wieder so spät. In drei Stunden klingelte sein Wecker.

Trotzdem lächelte Gaetano zufrieden, während er den Weg in Richtung Via Giordano einschlug.

Noch ein Punkt für Sizilien.

KAPITEL 20

Die Bungee-Jumping-Versuchung

Ein paar Tage später in Castelbuono

»Alles klar, ich melde mich nächste Woche mit einem Update«, sagte Helene und winkte ihrem Chef auf dem Notebook-Bildschirm zum Abschied zu.

Die neben ihr sitzende Sue beugte sich näher. »Die bisherigen Bilder sind klasse geworden. Kein Wunder bei solchen Motiven.«

Jürgen hob den Daumen hoch. »Gut. Ich verlasse mich auf euch, Mädels. Bis dann.« Im nächsten Moment war sein Bild verschwunden.

»Ihr könnt euch jetzt ruhig wieder bewegen.« Helene schmunzelte, als sie den Blick zu dem Grüppchen, bestehend aus Mimmo, Mafalda, Paola und Tancredi, wandte, die, wie zu Salzsäulen erstarrt, dort in der Ecke von Ruggieros Arbeitszimmer standen und sich während des gesamten Videocalls nicht zu rühren gewagt hatten. Nicht einmal Tancredi, und das wollte etwas heißen.

Als ließe man ihnen die Luft ab, stießen sie allesamt den Atem aus.

»Das war also euer Chef?« Interessiert trat Mimmo näher.

»Das war Jürgen, richtig.« Helene nickte.

Mit einer eleganten Geste glättete sich Mafalda das Haar. »Und was hat er gesagt?« Heute trug sie eine fuchsiafarbene Perücke, mit der sie aussah wie Mireille Mathieu als Pop-Version und optisch perfekt zu Sue mit ihrem blauen Kurzhaarbob passte.

»Nun ja, wir haben ihm die Gründe für die Programmänderung erklärt und ihm die ersten neuen Themen vorgestellt«, erläuterte Helene.

»Haben sie ihm auch wirklich gefallen?« Die Frage kam von Paola.

Sue nickte breit grinsend. »Er war begeistert davon.«

Ja, vor allem von der *Frascatula,* jener Spezialität aus Hartweizengrieß, war Jürgen hin und weg gewesen.

Helenes Blick fiel auf das Foto auf ihrem Bildschirm. Es zeigte die Ruinen der Trutzburg hoch auf dem Felsen über dem Dorf Sperlinga. Damit hatten sie Jürgen vorhin die neuen Vorschläge gepitcht und schmackhaft gemacht. Sue hatte die Fotos vor zwei Tagen bei ihrem Besuch dort geschossen.

Allein schon beim Betrachten der Bilder war es, als würde man direkt in die Vergangenheit zurückversetzt. Die Festung selbst war, so hatte ihnen zumindest der ansässige Sachverständige erklärt, gegen Ende des 11. Jahrhunderts nach Christus von den Normannen errichtet worden. Die Sikeler, eines der drei Urvölker Siziliens, hatten die darunter in den Felsen gehauenen Grotten jedoch angeblich schon tausend Jahre früher als Nekropole benutzt. Wie ein Häufchen kleiner, steinerner Würfel schienen die Häuser Sperlingas an dem Granitfelsen festzukleben und der Zeit zu trotzen.

»Ist es nicht einfach wunderbar, wie sich alles zusammenfügt?«, schwärmte Mafalda und legte sich die Hände auf die Brust, wurde jedoch sogleich wieder ernst. »Aber nun sollten wir die beiden fleißigen Bienchen in Ruhe arbeiten lassen.«

»Aber ich wollte noch die Fotos der alten Schwerter und Rüstungen sehen, die Sue gemacht hat«, protestierte Tancredi.

Seine Mutter schob ihn aber unerbittlich vorwärts. »Die kannst du bestimmt später auch noch sehen. Mafalda hat ganz recht.«

»Husch, husch, gehen wir.« Die Ärmel von Mafaldas Kleid blähten sich wie Segel auf, während sie die anderen Nachbarn aus dem Zimmer bugsierte. An der Tür drehte sie sich noch einmal um. »Meldet euch, wenn ihr etwas braucht, ja?« Damit schwebte auch sie hinaus. Zurück blieb eine Wolke aus Veilchen- und Patschuliduft.

»Wow.« Sue schaute noch immer fasziniert zu der Tür, durch die die Palazzobewohner eben verschwunden waren. »Deine Bekannten sind wirklich cool«, sagte sie dann wieder auf Deutsch. »Etwas schräg, aber cool. Habe ich das richtig verstanden und hat sie uns eben tatsächlich fleißige Bienchen genannt?«

Helene lachte glucksend. »Ja, das hat sie.«

Die Faszination zwischen Sue und Gaetanos Nachbarn beruhte auf absoluter Gegenseitigkeit, schon seit Helene sie vor ein paar Tagen miteinander bekannt gemacht hatte. Vor allem Tancredi war geradezu hingerissen von den Piercings an ihren Augenbrauen, von ihrer lockeren Art und nicht zuletzt von ihrer Fotoausrüstung mit all den Stativen, Objektiven und Blitzlichtern, die ihm mächtig imponierte. So schien der Kleine förmlich an Sue festzukleben. Erst recht, seit Ruggiero ihnen erlaubt hatte, sein Arbeitszimmer vorübergehend als Büro zu nutzen. Das hatte sich als viel praktischer erwiesen als ihre kleinen Hotelzimmer. Er selbst war zu einer Konferenz nach Mailand gereist.

Ein echter Glücksfall, dachte Helene. Allein schon wegen Ruggieros Bibliothek ... Darin befanden sich nicht nur unzählige nützliche Studientexte, sie war auch sonst ein wahrer Garten Eden.

Ah, wenn sie doch nur mehr Zeit hätte. Sie würde sich hier in Ruggieros Wohnung so lange einnisten, bis sie jedes einzelne Buch inspiziert und gelesen hatte.

Homer, Virgil, Platon, Ovid, Dante, Boccaccio, Petrarca, aber auch Shakespeare, Molière und Voltaire – sie alle waren vorhanden. Sie fand sogar eine Übersetzung der *Ars poetica* von Horaz sowie Nietzsches *Geburt der Tragödie.* Nicht zu vergessen die Werke sizilianischer Schriftsteller wie Giuseppe Tomasi di Lampedusa oder Luigi Natoli. Von di Lampedusa hatte Helene während ihres Studiums das Buch *Der Leopard* gelesen. Darin ging es um die Geschichte einer Adelsfamilie während des *Risorgimento* und der Befreiung Siziliens von der bourbonischen Herrschaft durch Garibaldi.

»Und sie haben wirklich diese ganzen neuen Themen für dich herausgetüftelt und zusammengestellt?« Sue schüttelte noch immer ungläubig den Kopf, während sie sich nun über ihren eigenen Computer beugte.

Helene musste schmunzeln. »Toll, nicht wahr?«

»Toll? Ha, was für eine Untertreibung. Das ist megatoll.« Doch dann kniff sie die Augen zu schmalen, forschenden Schlitzen zusammen, stützte den Ellenbogen auf dem Tisch ab und lehnte das Kinn auf die Hand. Ein sardonisches Lächeln zuckte auf einmal an ihren Mundwinkeln. »Ich frage mich bloß, was der Grund für diese Freundlichkeit ist. Hat vielleicht ein gewisser *pasticciere* etwas damit zu tun, der nicht nur zufälligerweise ihr Nachbar ist, sondern dazu auch noch verwegen-anziehend aussieht?«

Sofort fühlte Helene, wie ihr die Röte ins Gesicht schoss. Jetzt auf gar keinen Fall den Blick heben. Sich ganz gelassen geben und so tun, als ob überhaupt nichts wäre. »Unsinn. Sie sind so hilfsbereit, weil Gastfreundschaft hier eben noch einen besonderen Status hat. Ich wüsste nicht, was das mit Gaetano zu tun haben sollte«, gab Helene zurück und war insgeheim stolz auf den völlig neutralen Tonfall, der ihr da gelungen war. Ausgezeichnet. Dass Gaetano wegen der anstehenden Festlichkeiten zu Ehren der heiligen Anna zu beschäftigt gewesen war und sie ihn deshalb schon seit vorgestern nicht mehr gesehen hatte, half zweifellos mit.

So hatten sie Sues Anwesenheit voll und ganz ausgenutzt und waren zusammen erst die näher gelegenen Ortschaften wie Centuripe und Sperlinga abgefahren und gestern schließlich die ganze Strecke bis ins Hinterland von Messina und wieder zurück. Es waren zwei lange, anstrengende Tage gewesen mit stundenlangen Autofahrten über enge, kurvige Bergstraßen. Doch die Mühe hatte sich gelohnt. Helene war mehr als zufrieden.

Auf einer Landkarte an der Wand waren mit kleinen roten Fähnchen nun sowohl Ortschaften als auch die dazugehörigen Themen eingezeichnet, die sie aus den ganzen Vorschlägen in die engere Wahl gezogen hatte. Insgesamt waren es noch neun. Sieben davon hatten sie innerhalb von zwei Tagen erledigt, und die Bilanz ihrer Themen auf der Planungsliste war mit einem Schlag auf acht Finalisten und zwei Alternativoptionen angewachsen.

Wobei ihr die Auswahl weiß der Himmel nicht leichtgefallen war. Sämtliche Themen hatten ihren Reiz, und die Lokalitäten waren oft eine wahre Augenweide. Schlussendlich hatte sie die Finalisten vor allem nach den Kriterien der Vielfältigkeit und der ganz besonderen Eigenheit gewählt, durch die die jeweilige Ortschaft oder die Geschichte dahinter bestach.

Das Städtchen Centuripe zum Beispiel war aus dem historischen Zentrum auf nach außen hin verlaufenden Hügelgraten erbaut, was ihm aus der Vogelperspektive die menschenähnliche Form eines Riesen verlieh. Und die auf der Via Francigena gelegene Stadt Montalbano Elicona mit ihrem wunderbar erhaltenen Aragoner-Schloss aus dem 14. Jahrhundert schien direkt aus einem Märchenbuch entsprungen.

Und dann war da noch die Ortschaft Novara di Sicilia, zu deren Karnevalsbräuchen seit mindestens dreihundert Jahren das sogenannte *gioco del Maiorchino*, oder auf Deutsch das »Spiel des *Maiorchino*«, gehörte. *Maiorchino* war der Name eines typischen, in der Gegend produzierten Pecorino-Käses.

Das Spiel bestand darin, dass mehrere Mannschaften einen der ungefähr zehn Kilo schweren Käselaibe durch die Gassen der Stadt rollen mussten. Gewinner war die Mannschaft, die die Strecke von rund einem Kilometer als Erste und mit den wenigsten Würfen hinter sich brachte.

Zufrieden sah sich Helene die Planungsliste an. Insgesamt hatten sie über zwanzig Themen nach knapp zweieinhalb Wochen gesammelt. Das konnte sich sehen lassen. Anja lieferte weiterhin einen Vorschlag nach dem anderen. Zudem hatte sie Helene schon einen ersten Artikelentwurf über die Schokoladenproduktion von Modica geschickt. Ein weiterer war, wie sie gestern Abend geschrieben hatte, bereits in Arbeit.

Holger hatte zwar wegen einer Terminkollision nicht am letzten Videocall teilgenommen, jedoch gemeldet, dass er inzwischen von Palermo weiter in Richtung Südküste gereist sei. Dazu hatte er ebenfalls ein paar neue Themen vorgebracht. Tatsächlich war sein Output bisher im Vergleich jedoch noch immer erstaunlich gering.

Das würde sich bestimmt noch ändern, Helene war diesbezüglich absolut zuversichtlich. Eine kleine Anfangsblockade hatte jeder mal, und sie kannte Holger. Er besaß genug Erfahrung, um das in den Griff zu bekommen.

Sie war noch immer so sehr in die Liste vertieft, dass sie zusammenzuckte, als Sue ganz genüsslich sagte: »Soso, jetzt spielt sie also die Unwissende.« Sie runzelte grinsend die Stirn. »Du kannst meinetwegen behaupten, was du willst, aber ich habe Augen im Kopf. Und so, wie Gaetano dich ansieht, sieht kein Mann eine Frau aus reiner Hilfsbereitschaft an.«

Mit einer wegwerfenden Geste wischte Helene Sues Einwand beiseite, schnalzte mit der Zunge und erschrak zugleich. Himmel, hatte sie da eben *gentzt?*

»Das bildest du dir ein. Und selbst wenn es so wäre ... Ich bin zum Arbeiten hier und habe weder Zeit noch Interesse«, antwortete sie. Dieses Mal jedoch eine Spur zu schnell. Zu hektisch.

Und natürlich hatte Sue es prompt bemerkt. Ihr Lächeln sagte alles.

Helene presste die Zähne zusammen. Denn wenn sie ehrlich zu sich selbst sein wollte, war das Level von simplem Interesse zwischen ihr und Gaetano längst schon überschritten. Aber natürlich würde sie das Sue gegenüber niemals zugeben.

Sie wusste ja selbst nicht, was sie von diesem ... Zustand halten, geschweige denn wie sie damit umgehen sollte. Es war eindeutig keine Schwärmerei, dafür fühlte sie sich zu alt, und für eine blinde Verliebtheit war sie viel zu abgeklärt.

Umso mehr erstaunte es Helene, wie sicher sie sich in Gaetanos Gegenwart fühlte. Nicht, dass sie jemanden gebraucht hätte, der sie beschützte. Dafür war sie viel zu vorsichtig, sie hatte ihre Lehren aus der Erfahrung mit Thomas gezogen. Außerdem war sie zu unabhängig, zu ambitioniert, stand mit beiden Beinen fest im Leben und hatte ihre Ziele stets klar vor Augen. Professionell, zielorientiert und zuverlässig. Davon war sie bisher felsenfest überzeugt gewesen.

Dass sie ihre eigenen Überzeugungen, seit sie hier auf Sizilien war, aber immer öfter infrage stellte, brachte sie völlig aus dem Gleichgewicht. Es gab Momente, in denen sie deswegen lauthals hätte jauchzen können, nur um im nächsten Atemzug in totale Panik zu geraten, weil da auf einmal so viele Zweifel auftauchten, auf die sie schlicht keine Antwort fand.

Andererseits war Gaetanos Anwesenheit auf überraschende Weise beruhigend. Wie die Gewissheit, dass jemand hinter einem stand, wenn man Halt brauchte. Einfach da war. Ohne Vorbehalte und ohne zu werten. Thomas hatte ihr nie ein solches Gefühl gegeben. Noch hatte er sie jemals dazu gebracht, so übermütig zu tanzen.

Von alledem brauchte Sue jedoch nichts zu wissen.

Währenddessen versuchte Helene mit aller Kraft, das Kribbeln in ihrem Nacken zu ignorieren. »Konzentrieren wir uns besser auf das Bildmaterial, bevor du morgen abreist. Wie sieht es aus? Haben wir den Großteil der Themen in dieser Region abgedeckt?«, wich sie gekonnt aus und atmete heimlich auf, als sich Sue endlich wieder dem Bildschirm ihres Notebooks widmete.

»Ich glaube, das sieht nicht schlecht aus.« Mit kritischem Blick scrollte sich die Fotografin durch die Aufnahmen der vergangenen Tage. Vergrößerte hier und da den Bildausschnitt, kontrollierte Auflösung und Farbqualität.

»Vielleicht solltest du es aber trotzdem mal mit Bungee-Jumping versuchen«, sagte sie dann ganz gelassen und aus heiterem Himmel.

Im ersten Moment glaubte Helene, sie hätte sich verhört. »Wie bitte?«

Sue zuckte nur die Schultern. »Na, du weißt schon: wie James Bond in *GoldenEye*. Sich einfach fallen zu lassen, kann manchmal sehr befreiend sein.«

Doch ehe Helene etwas erwidern konnte, ertönte ein Klopfen aus Richtung Tür. Sie hob den Blick und schnappte nach Luft, als sie Gaetano dort stehen sah. Frisch geduscht, mit noch feuchten Locken, die Hände lässig in die Taschen seiner Shorts gesteckt.

Verdammt, wie konnte jemand mit nassem Haar nur so gut aussehen?

Eilig strich sich Helene eine Haarsträhne hinters Ohr.

Warum zum Geier hatte sie heute Morgen ausgerechnet dieses T-Shirt angezogen, das zwar bei der Hitze luftig-bequem, aber verwaschen und längst aus der Mode war?

»*Buongiorno*. Ich hoffe, ich störe nicht.« Lächelnd lehnte sich Gaetano gegen den Türrahmen.

»Äh, nein ... Nein, natürlich nicht.« Wunderbar, jetzt fing sie auch noch an zu stottern. Sie räusperte sich, zwang sich zu einer neutralen Miene. »Wie läuft es im *Il Frassino*? Kommt ihr mit der Arbeit voran?«

»Ja, es läuft wirklich gut«, antwortete er. »Wir haben in den letzten Tagen rund um die Uhr in Schichten gearbeitet. Tut mir leid, dass ich mich deswegen kaum habe blicken lassen.«

»Ach ...« Helene winkte gönnerhaft ab. »Arbeit ist Arbeit. Sue und ich waren inzwischen unterwegs und haben einiges gefunden, das sich hervorragend für unsere Sonderausgabe eignet.«

»Yep, da sind ein paar richtige Leckerbissen dabei«, trällerte Sue.

Gaetano nickte, sein Lächeln wurde wärmer. »Toll.« Einen atemlosen Moment lang blieb sein Blick an Helene hängen, ehe er sich vom Türrahmen abstieß. »Ich muss leider weiter, Ruggieros Flug kommt um 16 Uhr an, und ich hole ihn am Flughafen ab. Aber Mafalda lässt fragen, ob ihr beide heute Abend zum Essen bleibt. Wir feuern den Grill an. Ein paar Würste und *Stigghiola.*« Er zuckte die Schultern. »Nichts Großes.«

»Ich habe zwar keine Ahnung, was *Stigghiola* sind, aber ich bin dabei. Das klingt nach einem leckeren Abschiedsessen, bevor ich morgen weiterreise«, rief Sue strahlend.

Helene schmunzelte. »Tja, du hast es gehört. Wir kommen gerne.«

»Gut. Dann also bis später.« Gaetano nickte zum Abschied und wandte sich zum Gehen. Mitten in der Bewegung hielt er jedoch inne und drehte sich noch einmal um. »Übrigens ... Morgen übernimmt Sasà meine Schicht, und ich hätte Zeit. Was hältst du von einem Ausflug an die Küste? Wir könnten endlich nach Cefalù fahren. Oder auch nach Tindari, was dir besser gefällt.«

Sofort schüttelte Helene den Kopf. »Ich fürchte, mit den neuen Themen habe ich zu viel ... Autsch.«

Nicht genug damit, dass Sues Fuß sie unter dem Tisch direkt am Schienbein getroffen hatte, drehte diese sich nun mit einem zuckersüßen Lächeln zu Gaetano um und sagte: »Damit meint sie natürlich, dass sie nach der vielen Arbeit mit den neuen Themen unbedingt eine Auszeit braucht.«

Er sah Helene fragend an. »Das ist also ein Ja?«

Sie zögerte nur kurz und nickte gerade noch rechtzeitig, bevor Sue ihr erneut die Ferse ins Bein rammen konnte.

»Ja.« Das Lächeln fiel ihr erstaunlich leicht. »Ich freue mich schon darauf.«

Und prompt zuckte es an Gaetanos Lippen. *»Favoloso«*, sagte er dann. Damit drehte er sich endgültig um.

Helene wartete gerade lange genug, bis sie die Wohnungstür ins Schloss fallen hörte. »Was sollte das eben?«, zischte sie Sue an.

Doch die Fotografin lächelte nur zufrieden und widmete sich erneut ihrer Bildbearbeitung. »Bungee-Jumping, Helenchen, Bungee-Jumping.«

Helene holte bereits Atem, um ihr zu antworten, dass sie sich gefälligst nicht in ihre Privatangelegenheiten zu mischen hätte. Doch sie klappte den Mund sofort wieder zu, als das Kribbeln in ihrem Nacken plötzlich erneut da war. So stark, dass es ihr Gänsehaut auf beiden Armen bescherte.

Sich fallen lassen, hatte Sue gesagt.

Konnte sie das überhaupt? Oder anders gefragt: Wollte sie das wirklich riskieren?

KAPITEL 21

Sizilianisch, sizilianischer, am sizilianischsten

An jenem Abend lernte Helene nicht nur, dass es sich bei den besagten *Stigghiola* um eine typische palermische Spezialität aus gefüllten, gegrillten und – allen Bedenken zum Trotz – absolut köstlichen Lammdärmen handelte.

»Wenn ihr über Sizilien schreiben wollt, dann reicht es nicht, nur die Geschichte zu kennen«, erklärte Mimmo während des Essens. »Ihr müsst unsere Seele erfassen, unser Credo. Jene Lebensphilosophie, die die sizilianische Mentalität wie keine andere verdeutlicht.« Er legte die Fingerkuppen seiner rechten Hand nach oben gerichtet zusammen, sodass sie mit etwas Fantasie der Knospe einer Blume ähnelten. Dann hob er die Hand und öffnete zugleich die Finger, als wäre die Knospe nun erblüht.

»Futtitinni«, sagte er schließlich und ließ das Wort gekonnt in der Luft verhallen.

Ruggiero, eben von seinem Kongress zurückgekehrt, nickte in stummem Ernst. Gaetano grinste.

Es war eine jener Nächte, in denen die Hitze des vergangenen Tages kaum weichen wollte und trotzig in den Gassen und Innenhöfen Castelbuonos hängen blieb. Nicht einmal das kleinste Lüftchen sorgte für Abkühlung, und selbst der Nachthimmel war von schwerem Dunst verhangen.

Helene fächelte sich mit einer Serviette Kühle zu. Der Stoff des T-Shirts klebte auf ihrer Haut, und sie fühlte die Schweißtropfen, die ihr die Wirbelsäule entlang über den Rücken rannen.

Aber sie liebte es, Mimmo zuzuhören. Sie mochte das Pathos und das Gefühl, das er mit Gesten und seiner Mimik in jedes seiner Worte legte.

»*Futtitinni* – das heißt übersetzt so viel wie ›Lass gut sein, kümmere dich nicht darum‹. Das bedeutet, dass man das Leben leben soll, wie es kommt, und sich besser nur auf die wichtigen Dinge konzentriert, statt sich über Bagatellen aufzuregen«, führte Mimmo aus. »Auch darüber müsst ihr schreiben. Sonst wird man uns Sizilianer nie richtig verstehen.«

»So ist es«, pflichtete Mafalda bei. »Wer hat noch Hunger?«

Ja, das Leben leben, wie es kam … Im Grunde war es ganz einfach, überlegte Helene noch lange an jenem Abend.

Hätte man ihr aber noch vor nicht einmal zwei Wochen davon erzählt, wäre sie vermutlich zutiefst empört über eine solche Ansicht gewesen. Es war ein Leichtes, sie als Egoismus abzutun, für den andere die Rechnung zahlen mussten. Sie selbst wäre höchstwahrscheinlich ebenso voreilig in ihrem Urteil gewesen. Zu sehr voreingenommen aufgrund ihrer eigenen Erfahrungen, obwohl sie es eigentlich hätte besser wissen müssen.

Das Städtchen Cefalù lag direkt an der Nordküste, am Fuß des mächtigen Kalkfelsmassivs, der sogenannten Rocca, und gehörte zu jenen Ortschaften, die es einem leicht machten, sich auf den ersten Blick in sie zu verlieben.

Während Castelbuono im Vergleich dazu geradezu ein Dornröschendasein führte, herrschte hier geschäftiges Treiben. Zwar war es ein gewöhnlicher Wochentag und gerade erst halb zehn morgens, trotzdem strömten bereits unzählige Touristengruppen über den Corso Ruggero, vorbei an einladenden Boutiquen, Bars, Souvenirläden und dem zweitürmigen Dom auf der Piazza. Zum Glück war die historische Altstadt für den Verkehr gesperrt, mit all den Leuten wäre sonst kein Durchkommen gewesen.

Zwar herrschte auch hier mehrheitlich der typisch südländische Baustil vor, wenn auch die Gassen Cefalùs deutlich breiter waren als diejenigen in Castelbuono, stellte Helene fest. Außerdem wirkten die Fassaden hier heller, waren meist in gelblichen Sandstein- oder Ockertönen gehalten. Fast, als hätte man sie der Farbe der Tuffsteinquader des Doms anpassen wollen.

Vor allem entlang der meistfrequentierten Altstadtstraßen zierten Blumenkästen oder farbige Keramikelemente die Häuser. Dennoch war auch hier der Hauch der Vergangenheit zu spüren. Man brauchte nur genauer hinzusehen, den Blick die Fassaden entlang nach oben zu richten. Das hatte Helene während ihrer Reisen gelernt.

»Schau, da ist das *Osterio Magno*. Wie es heißt, soll das Gebäude einst Residenz des Normannenkönigs Ruggero II. gewesen sein«, rief Helene und zeigte in die Höhe. »Da, siehst du die Drillingsfenster mit den herrlichen Verzierungen?«

Rasch zückte sie ihre Fotokamera, knipste mehrere Bilder. Dann zog sie Gaetano am Arm in die nächste Querstraße. »Und gleich hier um die Ecke müsste demnach ... Ha, da ist der Bicromo-Palast.« Triumphierend deutete sie auf die obere Hälfte des Gebäudes, deren Fassade und Fensterbogen mit einem Muster aus schwarzen Lavasteinen und hellem Tuff dekoriert waren.

Gaetano schüttelte nur verwundert den Kopf. »Woher weißt du das alles? Warst du schon einmal hier?«

»Nein.« Helene lachte auf. »Ich habe darüber gelesen. Du weißt doch, dass ich nie unvorbereitet irgendwohin gehe.«

Die Kathedrale befand sich nur wenige Schritte entfernt.

»Wow, das ist ja noch imposanter, als ich gedacht hatte.« Zwar war das Bauwerk natürlich nicht mit den gewaltigen Kathedralen wie zum Beispiel Notre-Dame de Paris oder dem Kölner Dom zu vergleichen. Es war viel kleiner, und der arabisch-normannische Baustil ein ganz anderer. Dennoch strahlte es gerade in seiner Schlichtheit eine machtvolle Würde aus.

»Ich habe gelesen, dass die Zinnen der Türme die Balance zwischen kirchlicher und weltlicher Macht symbolisieren sollen.« Ehrfürchtig sah sie hinauf zu den gleich großen Zwillingstürmen, die sich links und rechts des Hauptschiffs erhoben. Auf den ersten Blick wirkten beide Türme identisch. Nur beim genauen Hinsehen erkannte man deren unterschiedliche Form: Die Zinne des linken Turms hatte die Form von Bischofshüten, die rechte hingegen zeigte kleine Kronen.

Eine Treppe führte von der Piazza zum Dom hinauf. Der Legende nach sollten es genau dreiunddreißig Stufen von der Piazza bis hinauf zum Altar im Inneren der Kathedrale sein, was Jesus' Alter bei der Kreuzigung entsprechen sollte.

Natürlich zählte Helene flüsternd jede Einzelne von ihnen, während sie zusammen mit Gaetano den Dom betrat. Sie kam zwar nur auf siebenundzwanzig Stufen insgesamt, doch beim Anblick der herrlichen Goldmosaike im Presbyterium vergaß sie dieses unwichtige Detail auf der Stelle. Einfach atemberaubend. Für deren Gestaltung hatte Ruggero II. angeblich eigens Kunsthandwerker aus dem byzantinischen Konstantinopel beauftragt.

Wenn es stimmte, was man sich über den Normannenkönig erzählte, war er ohnehin einer der ersten Regenten Siziliens, die sich ernsthaft um die Gleichstellung der Religionen und den Frieden im Reich bemühten. So waren die Schriftzüge des Mosaiks in lateinischen und griechischen Buchstaben verfasst, und hoch oben an den hölzernen Deckenbalken des Mittelschiffs waren noch immer goldene Inschriften auf Arabisch zu erkennen.

Darunter als Kontrast die schnörkellose Schlichtheit des typisch normannischen Baustils des 12. Jahrhunderts neben den barocken Stuckelementen und den antik anmutenden Säulen aus rosarotem Granit.

»Das war einfach wunderbar«, schwärmte Helene, als sie wenig später wieder die Treppenstufen in Richtung Corso hinunterstiegen.

Gaetano hob die Augenbrauen in großmütiger Manier. »Ja, gar nicht mal so übel.«

»Nun tu nicht so. Ihr mit eurer ständigen Rivalität zwischen Castelbuono und Cefalù.« Kichernd gab sie ihm einen Klaps auf die Schulter, während er vor ihr die nächste Stufe betrat. »Woher kommt das überhau-ahh …?« Ihr Fuß trat ins Leere. Sie verlor das Gleichgewicht, fühlte zugleich, wie sie fiel.

»Vorsicht!«

Sie prallte gegen Gaetanos Körper. Doch er griff gerade noch rechtzeitig nach ihrem Arm, zog sie an sich.

Es dauerte einen Moment, bis sich das Rasen in Helenes Brust einigermaßen beruhigte. Im selben Moment wurde sie sich Gaetanos Nähe bewusst. Ihre Finger hatten sich in den Stoff seines Leinenhemds gekrallt, sie roch den Duft seines Aftershaves.

Er hielt sie noch immer fest. »Hast du dir wehgetan?« Seine Stimme klang heiser.

Helene sah auf. Echte Sorge war in die Furchen zwischen seinen Augen gemeißelt.

»Nein«, sagte sie atemlos.

Sein Blick. Diese ungehörig langen Wimpern. Einen Atemzug lang erwartete sie, dass er sie küssen würde. Doch er sah sie nur reglos an. Einzig der Adamsapfel an seinem Hals bewegte sich, als er schluckte.

Unter ihrer Hand konnte sie das Pochen in seiner Brust spüren – so regelmäßig und beständig. Er war einmal mehr da gewesen, um sie aufzufangen.

Sues Worte kamen ihr wieder in den Sinn: sich fallen lassen ... In genau diesem Moment fühlte es sich so einfach an. Einmal nicht an die Zukunft zu denken – an die Arbeit, an das Leben in Deutschland. An die Eltern. An all ihre hochgesteckten Ziele.

Erst als eine Taube über ihre Köpfe hinwegflatterte, wurde Helene mit einem Schlag wieder bewusst, wo sie sich befanden. »Wir sollten besser gehen, die Leute gucken schon«, flüsterte sie.

Gaetano reagierte erst gar nicht. Doch dann stieß er den Atem aus und *ntzte* so laut, dass sich der belgische Tourist neben ihnen verwundert umdrehte.

Zwar ließ er ihre Arme los, griff aber nach ihrer Hand und hielt sie fest, bis sie heil unten an der Treppe angekommen waren. »Hast du dich auch wirklich nicht verletzt?«

Sanft, aber bestimmt löste Helene ihre Hand aus seiner. »Ehrenwort. Ich bin ausgerutscht. Die Sohlen der Sandalen sind zu glatt.« Zur Verdeutlichung hob sie den Fuß.

Zwar schien er damit zufrieden, doch er wich von nun an keinen Meter mehr von ihrer Seite. Selbst als sie den mittelalterlichen Waschplatz besuchten, der, fast unscheinbar zwischen den Häusern versteckt, im untersten Teil der Stadt direkt am Meer lag.

Hier fließt der Cefalino,
sauberer als jeder andere Fluss,
reiner als Silber, kälter als Schnee.

So stand es auf einem Schild am Eingang, ehe man die steinernen Waschbecken über eine nach unten führende Treppe erreichte. Und die Behauptung war nicht übertrieben. Das Wasser, das aus den zweiundzwanzig gusseisernen Mündern in die Waschbecken rann, war so eisig, dass Helene bereits nach kurzer Zeit jedes Gefühl in den Beinen verlor. Aber die kühle Stille hier unten war herrlich, und der Ort verströmte eine ganz besondere Aura.

Nach dem ausgedehnten Stadtrundgang mieteten sie sich zwei Liegestühle und einen Sonnenschirm am öffentlichen Strand, an dem sich wochentags hauptsächlich Touristen aus den umliegenden Hotels tummelten.

Ein angenehmes, vom Meer her wehendes Lüftchen machte die Hitze gleich viel erträglicher. Ah, wie göttlich, sich einfach im Wasser treiben zu lassen. Helene hatte ganz vergessen, wie sich das anfühlte.

Vor ihr funkelte das Meer in unzähligen Blautönen, verlief sich am Horizont im Azur des Himmels, mit den Segelbooten als kleine farbige Kontrastpunkte. Ein Motiv wie auf diesen Postkarten, die sie sonst immer so kitschig fand. Unfassbar, wie schön Kitsch hingegen sein konnte, wenn man es nur zuließ.

In einem hübschen Restaurant in der Altstadt mit einer Terrasse mit Blick aufs Meer aßen sie schließlich eine Kleinigkeit oder – wie Gaetano es nannte – *un boccone.*

Wobei der Begriff *boccone* auf Sizilien offenbar sehr dehnbar war. Eigentlich wäre Helene schon nach dem Antipasto, bestehend aus Käse, Oliven und Rohschinken, satt gewesen. Nach einer Portion *Spaghetti alle vongole* und dem zweiten Gang aus köstlichem, gegrilltem Schwertfisch sank sie seufzend auf dem Stuhl zurück. »Ich platze gleich.«

Währenddessen tunkte Gaetano seelenruhig den Fischsud mit einem Brotstück auf und steckte es sich in den Mund. Auf dem Tischtuch rund um seinen Teller hatten sich bereits ganze Häufchen von Krümeln angesammelt.

»Wie könnt ihr Sizilianer nur so viel Brot essen?«, fragte Helene kopfschüttelnd. Gaetano stand mit seiner Vorliebe längst nicht allein da. Helene hatte auch schon Paola und Mimmo dabei beobachtet, wie sie sich den übrig gebliebenen Tomatensugo der Pasta mit Brot vom Teller wischten und aßen, als wäre es das ultimative Tüpfelchen auf dem i.

Genüsslich wischte sich Gaetano mit der Serviette den Mund sauber. »Brot ist für uns Sizilianer heilig«, fing er dann zwischen zwei Schlucken Wasser zu erklären an. »Das kommt daher, dass Brot früher, vor allem bei armen Familien, häufig das einzige Nahrungsmittel gewesen ist, das sie sich leisten oder bestenfalls selbst herstellen konnten. Es hat uns hier auf Sizilien oft an vielem gemangelt, jedoch nie an Getreide.«

So gab es auf der Insel unzählige verschiedene traditionelle und rituelle Brotsorten – von den runden, weichen *Muffulette* über das Schwarzbrot von Castelvetrano bis hin zu den *Cavaduzzi,* wie sie in der Stadt Salemi gebacken wurden. Letztere waren kleine, hefelose Zierbrote, die am Fest zu Ehren des heiligen Biagio gebacken wurden, der die Stadt angeblich im 16. Jahrhundert von einer Heuschreckenplage erlöst hatte.

»Aus Not und mit Einfallsreichtum hat man das Brot mit allem belegt, was auf den Feldern zu finden gewesen ist – Tomaten, Zwiebeln, Oliven. Mit etwas Glück hat man sich auch ein paar Sardellen gönnen können«, fuhr Gaetano fort. »So ist unter anderem das *pane cunzato* entstanden. Das heißt so viel wie ›gewürztes Brot‹. Ein altes, aber typisches

Armeleuteessen, das noch heute zu unserem Speiseplan gehört.«

Interessant. Sofort machte sich Helene in Gedanken eine Notiz, dass sie diesem *pane cunzato* unbedingt weiter nachgehen musste. Vielleicht verbarg sich da eine spannende Story.

»Wo gehen wir hin?«, fragte sie, als Gaetano sie nach dem Nachmittag am Strand wieder durch die Gassen der Altstadt führte.

Er sah sie an, ein unerwartetes Lausbubengrinsen auf dem Gesicht. Nach einem Tag am Meer hatte er ordentlich Farbe abbekommen, die Haut an seinen Wangen war gerötet. »Wart's ab. Es ist eine Überraschung.«

Eine Überraschung?

Es war kurz vor 18 Uhr, und das allabendliche Flanieren auf dem Corso hatte begonnen. Um diese Zeit waren es noch hauptsächlich die Touristen, die auf der Suche nach einem Restaurant fürs Abendessen durch die Straßen und Gassen Cefalùs strömten oder sich auf der Piazza Duomo einen Aperitif gönnten. Für die Einheimischen war es dafür noch viel zu früh.

Kurz vor dem Domplatz bog Gaetano rechter Hand in ein ruhiges Gässchen ein. Ein paar Boutiquen und hübsche, kleine Restaurants säumten den Weg links und rechts.

Vor dem Eingang zu einem unscheinbaren Palazzo machte er halt. Auf einem Schild links neben dem Eingang stand der Name *Museo Mandralisca.* »Da sind wir.«

»Ein Museum?«, rief Helene freudig. Das hatte sie nun wirklich nicht erwartet.

Doch Gaetanos Grinsen wurde noch breiter. »Es ist zwar ein Museum, das stimmt. Zu sehen gibt es hier aber noch etwas anderes.«

Spätestens jetzt war Helenes Neugier endgültig geweckt. »Was ist es denn? Sag schon!«

Ohne eine weitere Erklärung führte er sie durch die Eingangshalle, wo er die Tickets kaufte, bis zu einer offenen Tür. Dahinter lag ein kleiner Raum mit fünf Reihen von Holzbänken, auf denen, außer in der dritten Reihe, schon fast alle Plätze besetzt waren. Meistens von Erwachsenen allen Alters, ein paar Kinder drängten sich aufgeregt tuschelnd auf der Bank ganz vorn.

Ein bodenlanger roter Vorhang umrahmte eine von prächtig bemalten Paneelen eingefasste Bühne. An der Wand rechts hing ein Plakat mit der Aufschrift *Opera dei Pupi – Die Geschichte der Paladine des Frankenreichs.*

»Oh mein Gott, die Puppenoper?« Vor lauter Aufregung schlug sich Helene die Hand vor den Mund.

»Erinnerst du dich noch an Orlando, den Furiosen, und die schöne Angelica?«, flüsterte Gaetano ihr zu, während er sie zu den freien Plätzen zog. »Ich habe in der Zeitung gelesen, dass hier jetzt im Sommer Vorführungen stattfinden, und dachte mir, das könnte dir vielleicht gefallen.«

Ihr gefallen? Sie war absolut begeistert.

Plötzlich wurde es dunkel im Raum. Einzig die kleine Bühne war beleuchtet und zeigte als Kulisse einen imposanten Thronsaal. Als eine heroisch klingende Fanfare einsetzte und die ersten Figuren auf der Bühne erschienen, verstummten sogar die Kinder in der ersten Reihe.

Helene hielt den Atem an. Die Marionetten waren herrlich gearbeitet, ihre Kostüme mit aufwendigen Details ausgestattet: vier Ritter in glänzenden Rüstungen, mit Schwertern und mit Schnörkeln verzierten Schilden.

Unweigerlich trat ihr in Gedanken das Bild von Mimmo und Ruggiero in ihren mit Alufolie beklebten Verkleidungen vor Augen. Sogar die farbigen Federboas, die sie auf den Helmen getragen hatten, ergaben auf einmal Sinn. Die Figuren dort auf der Bühne trugen ganz ähnliche.

Die fünfte Figur war in einen langen roten Mantel gekleidet, auf dem Kopf thronte eine Krone. Das musste Kaiser Karl der Große sein.

Das Publikum applaudierte.

Und im nächsten Moment begann der Kaiser zu sprechen. Mit bebendem Pathos in der Stimme begrüßte er seine Paladine. »Ihr Herren Grafen und Ritter, Edlen des Frankenreichs. Ich heiße euch an meinem Hof so freudig willkommen wie die Sonne, die nach dem dunklen Winter über den Bergen aufgeht.«

Mit klappernden Sohlen drehte er sich zu dem Ritter direkt neben ihm um. »Ich grüße dich, Orlando, meinen ersten Paladin.«

Helene biss sich auf die Unterlippe, damit man ihr Glucksen nicht hörte.

Dann wandte sich der Kaiser an die nächste Figur. »Auch dich, Bradamante, Prinzessin von Dordona.«

Oh, einer der Ritter war eine Frau? Wie fortschrittlich. Das erklärte auch deren langes blondes Haar.

»Rinaldo, Prinz von Montalbano, und natürlich dich, meinen geschätzten Schwager, Graf Gano von Maganza.«

Gebannt verfolgte Helene die Vorstellung: die Ansprache des Kaisers, in der er seinen Paladinen von der sich anbahnenden Gefahr durch die Mauren berichtete und ihnen den Auftrag erteilte, das Reich zu verteidigen. Die darauffolgenden Abenteuer der Ritter, die sich nicht nur gegen die Ungläubigen behaupten mussten, sondern im Laufe der Geschichte mit Verrat und allerlei Übel zu kämpfen hatten.

Und natürlich war da auch die schöne Angelica, die orientalische Prinzessin, die vom Hofe Karls geflohen war, sich jedoch als alles andere als engelsgleich herausstellte.

Sie lachte mit, wenn der Erzähler einer der Figuren einen Witz in den Mund legte, hielt während der Schlachtszenen den Atem an und applaudierte laut, als die Paladine siegreich gegen die wilden Horden des Mamlukenkönigs Rodomonte hervorgingen. Jeder Moment der Darbietung war ein Genuss und ließ einmal mehr den Stolz erkennen, mit dem die Sizilianer ihre Traditionen zelebrierten.

Zu Helenes Bedauern war die Vorstellung jedoch viel zu schnell vorbei. Sie hätte noch stundenlang hier sitzen und sich von dem Schauspiel begeistern lassen können.

KAPITEL 22

Chin-chin

Das war ein absolut fantastischer Tag«, schwärmte Elena, als sie am selben Abend auf dem Rückweg nach Castelbuono waren.

Gaetano schmunzelte. Sein Rücken war zwar feuerrot, und er hatte das Gefühl, dass überall an seinem Körper noch immer Sand klebte, doch er hatte den Tag ebenfalls genossen. Es war eine ganz neue Erfahrung gewesen, Elena zu erleben, wenn sie zur Abwechslung nicht arbeitete, sich nicht ständig über ihre Notizen beugte. Er hatte sie nie zuvor so oft und so unbeschwert lachen hören.

»Ich muss unbedingt mehr über diese Geschichten der Puppenoper herausfinden. Vielleicht weiß Ruggiero etwas darüber«, sagte sie.

Er nickte. »Ziemlich sicher hat er sogar das ganze Versepos von *Orlando furioso* in seiner Sammlung. Er wird es dir bestimmt ausleihen.«

»Das wäre wunderbar.«

Gaetano hörte, wie sie einen Moment lang den Atem anhielt. Dann spürte er Elenas Hand auf seinem Arm. »Danke für den Tag heute, obwohl du so viel zu tun hast.«

»Mafalda sagte doch, dass du Sizilien unbedingt richtig kennenlernen sollst. Ich habe also nur meine Pflicht getan.« Er wandte kurz den Kopf und zwinkerte ihr zu.

»So?« Sie schnalzte mit der Zunge.

Er horchte auf. Das hatte er sie bisher noch nie tun hören.

Ihre Stimme klang betont unbeteiligt, als sie sagte: »Gut zu wissen. Dann brauche ich ja kein schlechtes Gewissen zu haben, wenn ich morgen abreise.«

Wie bitte?

Für einen kurzen Moment rutschte sein Fuß vom Gaspedal, und er spürte, wie sich sein Griff um das Lenkrad verkrampfte. Es kostete ihn eine gewaltige Portion Selbstbeherrschung, so neutral wie möglich zu klingen. »Du reist ab?«

Und zwar morgen schon. Leise Panik überkam ihn, und sein Magen zog sich zusammen.

Sie würde mindestens eine Woche lang bleiben, hatte sie gesagt. Fieberhaft rechnete er im Kopf die Tage nach. Das war vor mehr als einer Woche gewesen. Verflucht, wie hatte er das nur verdrängen können?

Er schluckte. »Und wohin fährst du?« Solange es nicht zu weit weg in Trapani, Agrigento oder Siracusa wäre, würde er einen Weg finden, sie wenigstens ab und an noch zu sehen. Irgendwie. Und wenn er die ganze Nacht lang durchfahren müsste.

»Zuerst nach Messina und dann weiter die Ostküste entlang nach Acireale«, antwortete sie.

Ausgezeichnet, bis Acireale waren es nur ungefähr drei Stunden pro Weg. Wenn er die Schicht um 3 Uhr morgens übernähme, könnte er gegen 17 Uhr dort sein. Er müsste sich nur mit Sasà absprechen.

»Aber in drei Tagen komme ich wieder zurück nach Castelbuono.«

Er korrigierte das Steuer gerade noch rechtzeitig, ehe der Wagen über die Grasnarbe am Straßenrand rutschen konnte. Verflucht.

»In drei Tagen?«, echote er und schimpfte sich zugleich

in Gedanken einen Trottel. Sie musste ihn für schwer von Begriff halten.

Trotzdem wandte er sicherheitshalber den Blick zu ihr, sah sie schmunzeln. Ihre Augen funkelten schelmisch.

Er stieß den Atem aus. Hatte sie sich tatsächlich einen Scherz mit ihm erlaubt? Er hasste es, wenn sie das tat und er nicht darauf gefasst war.

Doch nun runzelte sie die Stirn. »Das heißt, sofern ich überhaupt noch irgendwo ein Zimmer bekomme. Wegen des Fests sind sämtliche Hotels und B&Bs ausgebucht.«

»Kein Problem, Paola hat ein Gästezimmer«, sagte Gaetano unverzüglich. Damit sie nicht etwa daran dachte, auf andere Ideen zu kommen.

»Was für eine Frage. Natürlich kannst du das Gästezimmer haben. Solange du willst«, sagte Paola und klatschte in die Hände, bevor sie Elena überschwänglich umarmte. »Tancredi wird begeistert sein. Und ich bin's natürlich ebenso.«

»Eine Wohngemeinschaft – was für eine wundervolle Idee!« Auch Mafalda strahlte und wedelte vor lauter Freude so schnell mit ihrem Fächer, dass der Wind die Locken ihrer Perücke zum Hüpfen zu bringen schien. »So kannst du mit Ruggiero das Arbeitszimmer teilen, er hat bestimmt nichts dagegen. Oder du kannst hier im Garten schreiben, wenn es nicht zu heiß ist. Oder bei uns im Salon, wir haben genug Platz.« Mit einem vieldeutigen Blick drehte sie sich dann zu Gaetano um und tätschelte ihm die Wange.

Und damit war es beschlossene Sache: In drei Tagen würde Elena in den Palazzo an der Via Giordano 33 einziehen.

»Jedes Mal, wenn ich denke, ihr könntet mich nicht noch mehr überraschen, tut ihr's trotzdem wieder«, sagte sie kurz darauf kopfschüttelnd, während sie gegen den Tisch gelehnt in Gaetanos Küche stand.

Der Vorhang aus Bambusperlen vor der offenen Balkontür klackerte leise im Wind. Die Sonne war erst vor Kurzem untergegangen. Noch färbte goldenes Abendlicht den Himmel.

»Tja, so sind wir eben.« Gaetano versuchte, sich das Hochgefühl nicht zu sehr anmerken zu lassen, doch es wollte ihm nicht recht gelingen.

Wenn ihm heute Morgen jemand prophezeit hätte, dass der Tag so ausgehen würde, hätte er ihm kein Wort geglaubt. Nicht zuletzt war er verdammt froh, denn so konnte er sich die drei Stunden Fahrt bis an die Ostküste sparen.

Auf einem Holzbrett schnitt er eine Orangenhälfte in Scheiben und gab je zwei davon in die beiden mit Aperol Spritz gefüllten Gläser. Die Eiswürfel klackerten, als er Elena ihr Glas reichte. »Chin-chin. Auf eine gute Nachbarschaft.« Das hingegen hatte er sich schlicht nicht verkneifen können, und er grinste, als Elena ihn mit einem Stirnrunzeln bedachte.

Dann wandte er sich dem bereits auf dem eingeölten Blech ausgebreiteten Teig zu. Den hatte er gestern Abend schon angesetzt und nun vierundzwanzig Stunden lang im Kühlschrank ruhen lassen. So ersparte man sich das Kneten, und die Weiterverarbeitung nahm nicht ganz so viel Zeit in Anspruch.

»Machst du Pizza?« Neugierig trat Elena näher.

Er schüttelte den Kopf. *»Focaccia.«*

Mit dem Glas in der Hand stellte sie sich neben ihn. Sie hatten inzwischen beide geduscht, sich vom Salz und Sand befreit – Gaetano in seiner eigenen Wohnung, Elena bei Mafalda. Das Haar fiel ihr in feuchten, sich kringelnden Locken auf die Schultern. Sie trug nun ein luftiges safranfarbenes Trägerkleid, das ihren bronzenen Hautton gleich noch mehr zur Geltung brachte.

»Darf ich zusehen?«, fragte sie.

Er blickte sie an. »Wenn du willst.«

»Ich mag es, dir dabei zuzuschauen, wie du mit Teig arbeitest. Man merkt dabei, wie sehr du liebst, was du tust.«

Gaetano goss sich etwas Olivenöl auf die Hände. Auf der Oberfläche des feuchten Teigs hatten sich inzwischen vereinzelte Blasen gebildet. Sehr gut. »Es ist keine große Kunst. Man braucht dazu nur das nötige Verständnis. Im Grunde ist jeder Teig sehr einfach zufriedenzustellen, wenn man ihm die Zutaten gibt, die er braucht. Meistens ist dann auch gar nicht mehr viel Zugabe nötig.«

Sachte drückte er nun die Finger in den Teig. Langsam. Vorsichtig. Arbeitete so noch mehr Luft in die Struktur, damit sich die Blasen gleichmäßig verteilten. »Willst du's auch versuchen?«

Elenas Gesicht erhellte sich. »Ja, gerne.«

Rasch wusch sie sich die Hände, ölte die Finger ein.

»Es reicht schon, wenn du die Finger ganz kurz in die Teigmasse drückst«, erklärte er und legte seine Hände über ihre. »Als würdest du die Tasten eines Klaviers spielen.«

Sie standen so nahe beieinander, dass er hören konnte, wie sie kurz den Atem anhielt, sobald er sie berührte.

Die Haut ihrer Arme war weich, die feinen Härchen schimmerten. Gaetano konnte den zarten, frischen Duft von Felce-Azzurra-Körperpuder an ihr riechen.

»So?« Sie wandte kurz den Blick zu ihm. Lächelte.

Er schluckte. »Genau so.«

Matri. Ihre Nähe. Ihr Geruch. Sogleich fühlte er ein warmes Rieseln in seinem Körper.

Es war ein Glück, dass der *Focaccia*-Teig nicht mehr großer Aufmerksamkeit bedurfte und sich bald schon weitere Blasen auf der Oberfläche bildeten. Viel länger hätte Gaetano sich nicht mehr zurückhalten können.

Dabei hatte er ihr eigentlich Zeit geben wollen. Die Möglichkeit, ganz ohne sich bedrängt zu fühlen, zu entscheiden, was sie tun und wie weit sie gehen wollte. Um ein Haar hätte er eben jedoch sämtliche hehren, nichtsdestotrotz völlig unnützen Vorsätze über den Haufen geworfen und sie hier und jetzt geküsst. Ungeachtet der Konsequenzen. Ob sie überhaupt eine Ahnung hatte, welche Wirkung sie auf ihn ausübte?

Rasch träufelte er Olivenöl über den Teig, schnitt eine rote Zwiebel in dünne Scheiben und verteilte sie zusammen mit zwei Handvoll frittierten Auberginenwürfeln sowie etwas Pecorino-Käse darauf, ehe er das Ganze mit Salz, Pfeffer und frischem Thymian würzte und das Blech in den Ofen schob. Bald schon strömte ein herrlich würziger Duft durch die Küche.

Elena schnupperte und schloss genüsslich die Augen, als Gaetano die gebackene *Focaccia* auf ein Holzbrett legte. Mit einem Rollmesser schnitt er handliche Stücke zurecht.

Schon hörte er Mafalda von unten im Hof rufen: »Der Duft ist herrlich, *caro!* Paola hat den Salat auch schon vorbereitet. Das wird ein Götteressen.«

»Ja, uns läuft schon das Wasser im Mund zusammen!«, fügte Mimmo hinzu.

Grinsend und mit dem Brett voller *Focaccia*-Stücke in den Händen zwinkerte Gaetano Elena zu. »Besser, wir beeilen uns.« Schon trat er zur Tür auf den Balkon, wollte mit dem Ellenbogen den Bambusvorhang aus dem Weg schieben.

»Warte«, hörte er Elena sagen.

Sofort hielt er inne, sah auf.

Und beinahe hätte er vor lauter Verwunderung das Brett fallen lassen, als sie direkt vor ihn trat, ihm die Hand in den Nacken legte und ihn küsste. So lange und echt, dass er noch immer den Aperol Spritz auf ihren Lippen schmecken konnte.

Leicht außer Atem trat sie dann zurück und schmunzelte kess. »Morgen geht es früh los, und ich muss noch packen. Wir sehen uns in ein paar Tagen. Umarm die anderen von mir, ja?« Mit flinken Fingern stibitzte sie ein Stück *Focaccia* vom Brett, ehe sie sich umdrehte und im Gang verschwand.

Einen Moment lang blieb Gaetano noch reglos dort stehen. Doch dann zuckte ein Grinsen an seinen Lippen.

In ein paar Tagen. Er konnte es kaum erwarten.

KAPITEL 23

Unkompliziert kompliziert

Eine Woche später in Castelbuono

Mit einem Mal nahm Helene die Finger von der Tastatur des Notebooks und holte tief Atem.

Die Strahlen der Morgensonne fielen durch das offene Fenster von Ruggieros Arbeitszimmer, tauchten den Raum in ein warmes, goldenes Licht. Wellenförmige Schatten tanzten an der Wand.

Der Geruch nach frisch aufgebrühtem Kaffee hing in der Luft. Vor ihr auf dem Tisch stand das Espressotässchen, das Mimmo ihr vorhin gebracht hatte. Daneben lag ein Korb mit Früchten – Aprikosen, Äpfeln, Trauben und herrlich appetitlichen Nektarinen. Die hatte Paola hingestellt. Als Stärkung für zwischendurch, und weil es angeblich in ihrem heutigen Horoskop stand, dass sie mehr Vitamine und Ballaststoffe brauchte.

Eine Biene summte außen am Vorhang. Von unten im Hof war Mafaldas Gesang zu hören. Dieses Mal war die Melodie schneller, mit rasanten Koloraturen, die wie ein Wasserlauf in scheinbarer Leichtigkeit dahinplätscherten.

Sie sog den Anblick in sich auf. Was für eine friedvolle Szene, fast eine Art reales Stillleben. Seit sie hier im Palazzo wohnte, passierte es Helene immer öfter, dass sie zwischendurch einfach innehalten musste, um den Moment in seiner Schlichtheit zu genießen.

Als es neben ihr raschelte, wandte sie den Kopf.

Tancredi hatte es sich im Schneidersitz auf dem Boden nur ein paar Schritte vom Arbeitstisch entfernt gemütlich gemacht. Auf seinen Knien lag ein Papierblock, auf dem er mit einem Bleistift Skizzen kritzelte. Täuschte Helene sich, oder sahen die Striche und Pfeile von Weitem aus wie Startrampen für Raketen?

Links und rechts von ihm stand je eine seiner Roboter-Spielzeugfiguren. Sie hießen Optimus Prime und Bumblebee und seien die klügsten und allerbesten Autobots, hatte er ihr eben mit einem so ernsten Nachdruck in der Stimme erklärt, als offenbarte er ihr ein jahrhundertelang gehütetes Geheimnis.

Wie Paola vorhergesagt hatte, war der Kleine begeistert gewesen, dass Helene nun in ihrem Gästezimmer wohnte. »Prima, endlich jemand, mit dem ich meine Schlachtpläne besprechen kann«, hatte er mit vor Aufregung leuchtenden Augen verkündet.

Beim Anblick des Rotschopfs musste Helene unweigerlich schmunzeln. Sie erinnerte sich noch zu gut an ihre erste, ziemlich turbulente Begegnung. Unglaublich, wie viel sich seither verändert hatte. Dabei war das doch erst knapp drei Wochen her.

Inzwischen hatte sie alle ihre Recherchen abgeschlossen, sämtliche Ortschaften ihrer Liste besucht und inspiziert. Die Fahrt nach Messina und an die Ostküste hatte weitere drei Artikelthemen hervorgebracht, womit die Bilanz aus ihrer Region allein schon auf elf Finalisten angewachsen war. Insgesamt vier Themenoptionen waren noch, falls nötig, als zusätzliche Alternativen in der Pipeline.

Zählte man die Vorschläge, die Anja und Holger in die Planungsliste eingetragen hatten, hinzu, kamen sie insgesamt auf stolze achtundzwanzig Artikelthemen. Die roten

Fähnchen auf der Landkarte an der Wand breiteten sich inzwischen großzügig über die ganze Insel aus.

Helene war zufrieden. Mehr als zufrieden sogar, sie war stolz. Die Sonderedition würde sich sehen lassen können.

Nun konnte sie sich in aller Ruhe mit der endgültigen Themenauswahl auseinandersetzen, diese mit Sue absprechen, damit sie für das passende Bildmaterial sorgte, den Seitenspiegel gemäß dem definierten Layout planen und weiter an den ersten Artikeln schreiben, solange die Eindrücke noch frisch waren. Die perfekten Voraussetzungen. Ah, Helene liebte ihre Arbeit.

Auf einmal ertönte ein Rumpeln aus dem Gang. Gefolgt von einem sehr lauten, sehr pittoresk klingenden Fluch Ruggieros auf Sizilianisch.

Tancredi gluckste.

»Alles in Ordnung?«, rief sie und wollte bereits aufstehen, um nachzusehen.

»Tutto a posto« – alles in Ordnung, kam die Antwort zurück. Im nächsten Moment erschien Ruggieros Gestalt an der Tür, einen Stapel Bücher auf den Armen balancierend. *»Tutto a posto«*, wiederholte er außer Atem, nickte kurz, wie um sich selbst davon zu überzeugen. Dann drehte er sich um und verschwand erneut.

Ohne ein Wort sandte Helene Tancredi einen amüsierten Blick zu, den dieser mit einem Grinsen quittierte. Wann genau sich diese stumme vertrauliche Verständigung zwischen ihnen eingebürgert hatte, konnte sie im Nachhinein nicht einmal mehr mit Sicherheit sagen. Sie war plötzlich da gewesen. Sowie auch jenes Gefühl von tiefer Zufriedenheit, das sie jedes Mal ergriff, wenn sie mit den anderen Palazzobewohnern unten im Hof saß und über Gott und die Welt plauderte.

Es war ein Genuss, Mimmo zuzuhören, wenn er manchmal abends ein kleines Geigenkonzert zum Besten gab. Doch er war nicht nur ein virtuoser Musiker, sondern auch – genau wie Ruggiero – ein begnadeter Geschichtenerzähler. Beide zusammen verfügten sie über ein schier unerschöpfliches Repertoire an Anekdoten und Erzählungen.

Erst recht Ruggiero. Er mochte vielleicht nicht der geselligste der Palazzobewohner sein, doch wenn er einmal zu erzählen anfing, dann entpuppte er sich als wahrer Cicero. Und es schien kein Thema über Sizilien zu geben, über das er nicht Bescheid wusste oder zumindest prompt eine weiterführende These zur Hand hatte.

So wie gestern Abend, als Mimmo ihr den Ablauf des Fests der heiligen Anna erklärte, das vor zwei Tagen mit der sogenannten *Novena* begonnen hatte. »Eine Woche lang findet nun jeweils die Morgenmesse statt. Zum einen in der Schlosskapelle, wo die Reliquie der Heiligen aufbewahrt wird, und zum anderen in der Kirche der *Santissima Trinità,* wo Annas Statue steht. Abends wird die Statue schließlich in Prozessionen durch die Straßen und Gassen der Innenstadt getragen.«

Das eigentliche, von allen freudig erwartete Fest begann jedoch erst am siebten Tag mit dem Festzug zum Schloss und der Öffnung des Reliquiars.

»Es gibt kaum eine andere Region Italiens, in der Heiliges und Heidnisches so nahe beieinanderliegen wie hier auf Sizilien«, fügte Ruggiero hinzu. »Das eine geht Hand in Hand mit dem anderen. Sei es beim Anbeten eines Heiligenbilds oder bei einer Beschwörung gegen Migräne, Augenentzündungen oder gegen das Böse im Allgemeinen. Dabei geht es um tief verwurzelte Überzeugungen, die von Generation zu Generation weitergegeben werden.« Der Professor stieß sein übliches schnaubendes Lachen aus. »Und selbst wenn viele Sizilianer heutzutage behaupten, nicht daran zu glauben, so tun sie es trotzdem irgendwie, denn man kann ja nie wissen.«

So war es offenbar auch heute noch üblich, als erste Mahlzeit in einem neuen Haus oder einer neuen Wohnung frittierten Fisch zu kochen, um die *patrunedda ri casa* – den Hausgeist – gnädig zu stimmen. Ebenso hütete man sich tunlichst davor, Petersilie direkt in die Erde vor dem Haus zu pflanzen statt nur in einen Topf, denn das brachte Unglück. Tatsächlich war auch in den Kräuterbeeten unten im Innenhof nirgendwo Petersilie angepflanzt, fiel Helene auf.

Was diese Gepflogenheiten anging, so kannte sie zwar ganz ähnliche aus der Heimat ihrer Eltern, den Abruzzen. Doch hier auf Sizilien schien der Übergang von religiösem zu uraltem Brauchtum noch viel fließender und dazu noch erstaunlich unkompliziert. Wie etwa das Fest *U Muzzuni,* das jeweils Ende Juni in dem Bergdörfchen Alcara li Fusi gefeiert wurde.

»Ein tief profanes Fest hellenischen Ursprungs zu Ehren antiker Götter wie Demeter, Aphrodite und Dionysos, bei dem überall im Ort hübsch dekorierte Altäre für die Dankesgaben aufgebaut werden«, erläuterte Ruggiero.

Auf diesen Altären wurden dann die *muzzuni* dargeboten, mit Gold und Seide dekorierte Krüge, in die die unverheirateten Mädchen des Ortes Getreidezweige, Blumen und Kräuter steckten. Dazu wurde getanzt und gesungen. Damit das Fest trotz allem auch unter dem kirchlichen Segen stand, fand es am Tag des heiligen Johannes statt. Wie gesagt, einfach und unkompliziert.

Helene hätte diesen Erzählungen stundenlang zuhören können. Und sie ertappte sich immer öfter dabei, wie sie diese Sizilianer insgeheim sogar ein klein wenig beneidete.

Es war eine Sache, stolz auf die eigene Kultur und Tradition zu sein. Allein schon das war ihr bisher nahezu fremd gewesen. Dass man diesen Stolz noch dazu so ungezwungen auslebte und erhobenen Hauptes demonstrierte, hätte sie bis vor drei Wochen jedoch noch als ziemlich ... nun ja, fragwürdig abgetan.

Doch was genau war es, was ihre Ansicht verändert hatte?

Wenn sie nur daran dachte, wie sie ihren Aufenthalt auf Sizilien geplant hatte: konzentriert, zweckbestimmt und vor allem so kurz wie möglich. Je schneller der Auftrag erledigt wäre und sie wieder nach Deutschland zurückfliegen konnte, desto besser.

Stattdessen saß sie nun hier. In einem dringend renovierungsbedürftigen Palazzo in Castelbuono, umgeben von dessen Bewohnern, die man durchaus als exzentrisch bezeichnen könnte, und fühlte sich dabei so gut wie schon lange nicht mehr.

Wie hatte Gaetano kürzlich gesagt? *Manchmal bist du süditalienischer, als du denkst.*

War sie diesem *Futtitinni* vielleicht doch schon näher als geahnt? So, als hätte ihre PZZ-Regel auf dieser Insel, in diesem Städtchen, in diesem Palazzo und umgeben von dessen Bewohnern die Wirkung verloren.

Allerdings war da noch ihr Realitätssinn, der ihr sogleich mit hartnäckiger Gewissheit in Erinnerung rief, dass das alles hier bald ein Ende hatte. In fünf Tagen flog sie zurück nach Deutschland. Zurück in ihr richtiges Leben.

Eilige Schritte im Gang und das inzwischen schon vertraut gewordene Knarren der Bodenfliesen rissen Helene jäh aus ihren Gedanken, und sie wandte den Kopf.

»Ich habe da etwas zu unserer Frage, woher der Name *Maiorchino* eigentlich stammt, gefunden.« Mit einem aufgeschlagenen Buch in der einen, der Brille in der anderen Hand und den Blick gebannt auf die Buchseiten gesenkt, eilte Ruggiero ins Arbeitszimmer.

»Was?« Im allerersten Moment wusste sie gar nicht, was er damit meinte. Erst dann fiel ihr die Debatte von vor einer Woche wieder ein. Richtig. Es ging um die Ortschaft Novara di Sicilia und den *Maiorchino*-Käse.

Tatsächlich war es genau wegen dieses Namens gewesen, dass sie die Ortschaft überhaupt in die engere Auswahl genommen hatte. Das Wort *Maiorchino* hieß nämlich übersetzt so viel wie »mallorquinisch« oder »Mallorquiner«. In ihrer Fantasie hatte sie bereits die abenteuerlichsten Vorstellungen davon gehabt, wie der Namensbezug zwischen einer spanischen Baleareninsel und der kleinen Ortschaft inmitten der sizilianischen Berge zustande gekommen war.

Hatte es vielleicht etwas mit den damals häufig vorkommenden Einfällen spanischer Piraten zu tun? Oder war die Verbreitung des Namens etwa den ligurischen Händlerfamilien zuzuschreiben, die sich ab dem 13. Jahrhundert an der Nordküste der Insel angesiedelt hatten? Diese hatten schließlich eifrigen Handel mit den spanischen Aragoniern getrieben.

Zugegeben, die Ideen waren alle ziemlich weit hergeholt. Andererseits hatte Sizilien mehrere Jahrhunderte lang sowohl unter der Regentschaft Aragóns als auch unter der spanischen Linie der Habsburger gestanden, was wiederum weitere Möglichkeiten mit sich brachte.

Nach stundenlanger Recherche in Büchern und unzähligen Artikeln hatte Helene jedoch die Fahnen strecken müssen. Denn die traditionell gängige Erklärung für den Namen entpuppte sich als denkbar unspektakulär und bezog sich offenbar auf den Futterzusatz, der den Tieren gereicht wurde, um den idealen Milchfettgehalt für die Käseproduktion zu gewährleisten: ein Getreide namens Maiorca.

Deshalb hatte sie dieses Thema mittlerweile auch nur noch als mögliche Alternativlösung in Betracht gezogen. Die alte Karnevalstradition versprühte zwar eine Extraportion Lokalkolorit, ohne eine spannende Hintergrundstory fehlte dem Thema jedoch einfach das gewisse Etwas.

Aber warum war Ruggiero auf einmal so aufgeregt? Das war völlig untypisch für ihn.

»Schau dir das an.« Er legte das Buch vor ihr auf den Tisch und tippte mit dem Zeigefinger auf die zu beachtende Stelle. »Ein Kollege aus dem Fachbereich Geschichte hat mir von dieser Theorie erzählt. Ein äußerst interessanter Denkansatz.«

»Hast du etwas Spannendes gefunden?«, rief Tancredi, sprang sogleich auf und hüpfte mit erwartungsvoller Miene näher. »Was ist es denn?«

Helene hob das Buch kurz an, um den Titel zu sehen. *»Die Schlacht um Francavilla – Das Viererbündnis und der Streit um Sizilien?«* Fragend sah sie zu Ruggiero auf.

Auf dessen Gesicht breitete sich ein begeistertes Grinsen aus. »Es geht hier um eine der Entscheidungsschlachten um das Königreich Sizilien, die am 20. Juni 1719 zwischen den Spaniern auf der einen und der Viererallianz, bestehend aus dem kaiserlichen Österreich, Holland, England und Frankreich, auf der anderen Seite stattgefunden hat.«

»Okay«, antwortete Helene vorsichtig. Sie hätte sich eindeutig viel mehr mit der Geschichte Italiens und Siziliens beschäftigen sollen. »Und das hat inwiefern mit dem Wort *Maiorchino* zu tun?«

Erneut tippte Ruggiero mit dem Finger auf die Textstelle. »Hier steht es. Unter den spanischen Truppen, die sich bei

Francavilla verschanzt haben, befanden sich mehrere Milizeinheiten aus den verschiedenen spanischen Hoheitsgebieten.« Er machte eine dramatische Pause. »Unter anderem auch von den Baleareninseln.«

»Was sind die Baleareninseln?« Die Frage kam von Tancredi, der in der Hoffnung auf etwas Spannung auf die geöffneten Buchseiten linste.

»Das ist eine spanische Inselgruppe im nordwestlichen Mittelmeer«, antwortete Helene, während sie sich auf den Text zu konzentrieren versuchte. Richtig, da stand es: Einheiten aus Menorca, Eivissa – das war der katalanische Name für Ibiza – und Mallorca. Und obwohl die Spanier siegreich aus der Schlacht hervorgingen, desertierten offenbar viele der balearischen Insulaner und versteckten sich unter der Lokalbevölkerung.

Sie sah erneut auf. »Bedeutet das etwa …?«

»Dass möglicherweise doch mehr dahintersteckt, als wir zuerst vermutet haben.« Ruggieros Lächeln wurde immer breiter. »Es ist natürlich nur eine These, kein Beweis. Fakt jedoch ist, dass auf den Balearen während dieser Epoche vor allem Landwirtschaft betrieben wurde. Darunter auch Milchwirtschaft. Außerdem …«

Er eilte zur Karte an der Wand. »Francavilla liegt hier.« Mit dem Finger zeigte er auf einen Punkt am östlichen Zipfel der Insel, unweit von der Küste bei Taormina entfernt. »Nur etwas mehr als zwanzig Kilometer südlich von Novara. Es ist also durchaus möglich, dass sich ein paar der balearischen Deserteure endgültig in der Gegend niedergelassen und ihr Wissen über Käseproduktion weitergegeben haben.«

Er trat einen Schritt zurück und streckte beide Arme in Richtung der Karte aus, als präsentierte er die Erkenntnis des Jahrhunderts. »Damit hätten wir den *Maiorchino.*«

Das klang plausibel. Sehr plausibel sogar. Doch etwas überzeugte Helene noch nicht ganz. »Hier steht, dass die Schlacht im Jahr 1719 stattgefunden hat. Wenn ich mich recht erinnere, ist das Käserennen aber schon seit Mitte des vorherigen Jahrhunderts bekannt.« Das wären einige Jahrzehnte früher.

»Ah, jetzt wird es spannend«, rief Ruggiero und breitete die Arme aus.

Damit schien er Tancredis Neugier noch mehr anzuspornen. Flink kletterte er auf Helenes Schoß, von wo aus er den Professor gespannt ansah.

»In den Quellen des 16. Jahrhunderts ist lediglich von besagtem Wettrennen die Rede. Solche … nennen wir sie Spiele, bei denen Holz- oder Käsescheiben über Pfade und Berghänge hinuntergerollt werden, finden sich jedoch überall in Europa und sind oftmals sogar schon in der Antike entstanden. Dabei handelt es sich meist um apotropäische Bräuche, also um Riten, mit denen Dämonen oder böse Geister vertrieben werden sollen.« Seine Augen begannen zu funkeln. »Wie mein Kollege mir jedoch bestätigt hat, findet sich die erste namentliche Erwähnung des *Maiorchino* erst im Jahr 1759.«

Mit nur wenigen Mausklicks rief Helene die Planungsliste auf und fügte unter den Favoriten eine neue Zeile für Novara di Sicilia und den *Maiorchino* ein.

»Nach genau solchen Geschichten suche ich«, rief sie und sah Ruggiero an. »Ich …« Einmal mehr war sie sprachlos. Wie konnte sie sich nur jemals für all das revanchieren, was Ruggiero, Mimmo und die anderen für sie getan hatten?

Die Stimme des Professors war sanft, als er sagte: »Wenn die Leute an Sizilien denken, denken sie zuallererst an Mafia und Cosa Nostra.« Er nickte ihr zu. »Du hingegen schreibst über eine andere Seite unserer Heimat, die kaum jemand wirklich kennt. Das ist es, was zählt.«

Dann streckte er die Hand nach Tancredi aus. »Nun komm, Junge. Lassen wir Elena in Ruhe arbeiten.«

»Aber jetzt wär's doch erst richtig spannend geworden«, protestierte der Kleine, rutschte jedoch, wenn auch widerwillig und mit einem oscarverdächtigen Aufseufzen, zu Boden, sammelte seine Spielzeugfiguren und den Zeichenblock auf und folgte dem Älteren hinaus.

Helene gluckste belustigt, als sie die Stimmen der beiden draußen im Gang hörte. »Ich wette, Mafalda hat schon einen Imbiss für dich vorbereitet.«

»Meinst du wirklich?«

»Ganz bestimmt.«

»Eine Waffel. Mit Käse, das wäre toll. Ja, ich hab jetzt richtig Lust auf Käse bekommen.«

»Übertreib es nicht, Tancredi.«

Sie biss sich auf die Lippen. Himmel, es rührte sie noch immer, mitzuerleben, wie sich die Palazzobewohner umeinander kümmerten. Und das taten sie mit so viel Herz und einer solchen Selbstverständlichkeit, wie man ihr sonst nur innerhalb der eigenen Familie begegnete – wenn überhaupt.

Aber nun genug der Sentimentalitäten. Sie rückte sich gerade hin und begann zu tippen. Sie hatte noch viel zu tun und keine Zeit zu verplempern. Heute Abend war sie mit Gaetano verabredet. Er wollte ihr die Prozession zeigen.

Und sosehr es sie noch immer verblüffte, blieb Helene inzwischen nichts anderes mehr übrig, als zuzugeben, dass Gaetano den Hauptgrund für die Veränderungen darstellte. Genau das machte alles jedoch noch viel verwirrender. Denn sie mochte es, wenn er in ihrer Nähe war. Es fühlte sich gut an, wenn er sie ansah, sie verspürte jedes Mal einen freudigen Schauer, wenn er lachte, und die Zweifel schwanden. Zumindest einen Moment lang.

Selbst nach ihrem Einzug in den Palazzo war es zwischen ihnen im Beisein der anderen Palazzobewohner jedoch nur bei einem verstohlenen Streifen der Hände im Vorbeigehen geblieben. Bei einer flüchtigen Berührung der Finger, wenn er ihr das Brot reichte. Bei einem Blick hier, einem Lächeln oder einem spitzbübischen Augenzwinkern da. Wegen des Heiligenfests war Gaetano im *Il Frassino* dermaßen eingespannt, dass sie ihn ohnehin kaum zu sehen bekam. Meistens ging er schon frühmorgens zur Arbeit und kam erst spätabends wieder zurück.

Obwohl sich Helene insgeheim dafür schämte, war ihr dieser Umstand im Grunde sehr gelegen gekommen. So hatte sie in Ruhe die Gedanken und vor allem das Wirrwarr ihrer Gefühle sortieren können. Zwar freute sie sich, Gaetano heute Abend wiederzusehen. Trotzdem machte sie sich nichts vor: Die vergangenen Wochen waren nichts weiter als ein schöner Traum gewesen, der nicht sein konnte. Gaetano und sie – ihre beiden Welten waren schlicht zu verschieden, die Distanzen zu groß. Er lebte für seine Arbeit, sie für ihre. Sie hatte außerdem zu lange darum gekämpft, um sich wiederzufinden und ihr Selbstwertgefühl und den Glauben an sich selbst nach Thomas' Betrug wieder aufzupäppeln. Sie konnte das alles doch nicht für einen Mann riskieren, den sie gerade mal ein paar Wochen lang kannte.

Schon seit Tagen legte sie sich darum in Gedanken die Worte zurecht, verwarf sie und suchte nach neuen. Es würde nicht einfach sein, aber genau das würde sie Gaetano heute Abend so schmerzlos wie möglich zu erklären versuchen.

Mit einem leisen Seufzer senkte sie den Blick wieder auf den Bildschirm vor sich. Sie arbeitete gerade am Entwurf des Artikels über die jahrtausendealten, in den Felsen gehauenen Weinkelterwannen in der Ortschaft Tripi.

Doch Helene hatte gerade erst zwei weitere Zeilen getippt, als eine Pop-up-Meldung unten rechts auf ihrem Bildschirm den Eingang einer E-Mail ankündigte.

Die Nachricht kam von Jürgen. Eine Besprechungsanfrage für einen Videocall, der in fünf Minuten stattfinden sollte. Dazu nur die kryptische Nachricht:

Sorry für die Kurzfristigkeit, aber es ist dringend!

Nanu? War etwas passiert?

Helene bestätigte die Anfrage und klickte auf den Zoomlink.

Es dauerte keine Minute, bis Jürgens Gesicht auf dem Bildschirm erschien. Allein schon seine ernste Miene verriet ihr, dass etwas ganz und gar nicht stimmte.

»Danke, dass du dir so unangekündigt Zeit nimmst«, sagte er ohne Begrüßungsfloskeln. Ebenfalls kein gutes Zeichen.

»Kein Problem. Was ist denn los?« Instinktiv griff sie nach dem Kugelschreiber auf dem Tisch und hielt ihn fest mit den Fingern umklammert.

Er räusperte sich. »Was ich dir jetzt sagen muss, fällt mir nicht leicht, Helene, glaub mir. Aber es hat sich eine unerwartete Komplikation ergeben …«

Am selben Abend

Es war kurz vor 20 Uhr, als Gaetano das Gittertor des Palazzo aufstieß und durch die Eingangshalle zur Treppe eilte. Er war spät dran, bestimmt wartete Elena schon.

Aber er würde es wiedergutmachen, versprochen. Für heute Abend hatte er eine Überraschung für sie geplant.

Nach der Prozession. Auf dem Aussichtspunkt hinter dem Castello.

Der Prosecco stand im Kühlschrank bereit, er musste nur noch an die Gläser denken.

Auf der Treppe nahm er zwei Stufen auf einmal. Er hatte schon fast den Absatz erreicht, als er die Stimme von unten hörte. »Tanuzzo.«

Gaetano hielt mitten in der Bewegung inne, drehte sich um und sah Mimmo dort beim Eingang zum Innenhof stehen.

Verflixt. Ausgerechnet jetzt, wo er wirklich keine Zeit hatte. »Tut mir leid, aber ich hab's ziemlich eilig«, rief er seinem Nachbarn zu. »Ich ...« Er erstarrte augenblicklich, sobald er Mafalda, Paola mit Tancredi und Ruggiero erkannte, die hinter Mimmo traten.

Ihre Gesichter. Mafalda zerknüllte ein weißes Taschentuch in ihrer Hand.

»Elena«, sagte Mimmo und schluckte. Tiefes Bedauern und Sorge lagen in seinem Blick. »Sie ist abgereist.«

»Es hat mit ihrer Arbeit zu tun«, ergänzte Ruggiero.

Paola nickte. »Sie musste sofort nach Deutschland zurück.«

»Es ist alles so unerwartet und plötzlich geschehen«, fügte Mafalda hinzu und drückte sich die Hand auf die Brust. »Es tut mir so leid, *caro.*«

Reglos starrte Gaetano seine Nachbarn an. Er hörte, was sie sagten, aber das ergab alles überhaupt keinen Sinn.

Elena ... Sie konnte doch nicht einfach weg sein? Fort. Abgereist. Ohne ihm irgendetwas zu sagen.

Doch dann löste sich Tancredi aus der Gruppe, rannte die Treppe hoch auf ihn zu. In der Hand hielt er einen beigen Briefumschlag.

»Den hat Elena mir für dich gegeben. Aber bevor du ihn liest, sollst du mir dein Ehrenwort geben, dass du auch wirklich tust, was da drinsteht, hat sie gesagt«, erklärte er mit einem ernst-erwachsenen Brustton.

Einen Moment lang war Gaetano zu fassungslos, um überhaupt irgendetwas sagen zu können. Er starrte auf den Brief in seiner Hand. Auf der Vorderseite stand in gleichmäßiger, schnörkelloser Schrift sein Name geschrieben.

»Gibst du dein Ehrenwort?«, hakte Tancredi mit vorgerecktem Kinn nach.

Ohne ein Wort drehte sich Gaetano um und rannte die Treppe hoch.

»Elena hat gesagt, dass du das tun würdest. Keine Antwort gilt auch als Ja«, hörte er den Jungen rufen. Doch er reagierte nicht darauf. Er wollte nur noch seine Ruhe haben. Allein sein. Niemanden mehr sehen.

In seiner Wohnung angekommen, warf er die Tür so heftig hinter sich zu, dass der alte Kronleuchter beim Eingang klirrte. Egal.

Mit langen Schritten stampfte Gaetano in die Küche, warf den Brief auf den Arbeitstisch, blieb mit auf die Tischplatte gestemmten Fäusten stehen und stieß mit einem Schnauben den Atem aus. Mit aller Kraft versuchte er, das Durcheinander an Empfindungen zu kontrollieren, das in ihm brodelte. Enttäuschung, Bestürzung und Wut waren da, prompt gefolgt von dem gemeinen Gefühl, versagt zu haben – nicht genug getan zu haben.

Dabei hätte heute ein besonderer Abend werden sollen, er hatte alles minutiös geplant und vorbereitet. In Gedanken schon jedes einzelne Wort zurechtgelegt, da er Elena endlich gestehen wollte, was er für sie fühlte. Stattdessen stand er allein hier in seiner Küche, und alles, was von den vergangenen Wochen übrig blieb, war ein Brief.

Im Nachhinein hätte er nicht mehr sagen können, wie lange er den Umschlag nur reglos anstarrte, ehe er endlich danach griff und ihn der Länge nach aufriss.

Mit zusammengepressten Lippen begann er zu lesen.

Gaetano,
es tut mir unglaublich leid, so war unser gemeinsamer Abend nicht geplant gewesen. Wenn du diese Zeilen liest, bin ich jedoch wahrscheinlich bereits wieder in Berlin, wo ich eine wichtige Angelegenheit regeln muss.
Sei nicht wütend, weil ich dich nicht angerufen habe. Ich wusste, dass du sofort alles stehen und liegen gelassen hättest, und genau das wollte ich nicht. Du musst an das Il Frassino denken, das ist im Moment viel wichtiger.
Es gibt so vieles, was ich dir noch hätte sagen wollen, doch mein Flug geht bald, und die Zeit drängt. Darum nur das: Ich danke dir. Dafür, dass du mir deine Heimat aus einem ganz neuen Blickwinkel gezeigt hast. Für deine Geduld, deine Überzeugungen und deine Ehrlichkeit. Dafür, dass du die Tarantella mit mir getanzt und mir die Opera dei Pupi gezeigt hast. Dafür, dass ich deinetwegen Manna kosten und Castelbuono, den Palazzo an der Via Giordano und deine Nachbarn kennenlernen durfte.
Vor allem aber danke ich dir für die Zeit, die wir zusammen verbracht haben. Ich werde die vergangenen Wochen nie vergessen. Wir wussten jedoch beide, dass der Tag kommen würde, an dem ich zurück nach Deutschland fliegen muss. Zwar habe ich mir unseren Abschied anders vorgestellt, aber vielleicht ist es sogar besser so.

Ich wünsche dir von Herzen einen bahnbrechenden Erfolg mit dem Il Frassino und dass all deine Wünsche in Erfüllung gehen. Du hast eine so unglaubliche Leidenschaft und so viel Talent, Gaetano. Lass dir niemals von irgendjemandem etwas anderes einreden. Was du und Sasà mit dem Il Frassino auf die Beine gestellt habt, ist bewundernswert. Macht weiter, und glaubt an euch. Ihr werdet es schaffen, ich weiß es.

Grüß bitte deine Familie von mir, und umarme Mimmo, Mafalda, Paola, Tancredi und Ruggiero.

Ciao

H.

PS: Tu auch wirklich, was hier steht. Du hast Tancredi dein Wort gegeben, denk dran.

Fassungslos starrte Gaetano auf den Brief. Er verstand zwar die Worte, aber sie ergaben keinen Sinn für ihn.

»*Maledizione.*« Hastig griff er nach seinem Handy, wählte Elenas Nummer, doch sie meldete sich nicht. Es klingelte so lange, bis die Mailbox ansprang.

»Elena. Wo bist du? Ist alles in Ordnung, und geht es dir gut? Ich verstehe nicht, was ist denn passiert? Ruf mich an, ja?«

Zwei Stunden lang wartete er auf eine Antwort, ehe er noch einmal anrief. Erneut vergebens. Sicherheitshalber schickte er nun auch noch eine Sprachnachricht auf WhatsApp. Falls Elena die Mailbox nicht abhören konnte, würde sie zumindest diese Mitteilung erhalten.

»Ha!«, triumphierte er, als die zwei blauen Haken der Lesebestätigung unter der Nachricht erschienen. Minutenlang starrte Gaetano auf den Handybildschirm.

Es kam jedoch keine Antwort.

KAPITEL 24

Wahrheiten, Erkenntnisse und eine Entscheidung

Am nächsten Morgen
in der Redaktion von Globo *in Berlin*

Helene saß in Jürgens Büro und erlebte ein völlig neues Level an Fassungslosigkeit, während sie Seite um Seite der nahezu vollständigen Artikel auf seinem Tablet durchscrollte.

»Das sind die Entwürfe, die er direkt an die Verlagsleitung geschickt hat«, sagte Jürgen. Er hielt inne, so, als müsste er nach den richtigen Worten suchen. Sein Gesicht wirkte viel ernster als sonst. »Eigentlich dürfte ich dir das alles gar nicht zeigen, und dass ich dich überhaupt informiert habe, ist mehr als unorthodox, ich weiß. Schließlich hat jeder mit Qualifikation das Recht, sich für den Posten des Chefredakteurs zu bewerben. Auch Holger. Da er aber offensichtlich die Regeln neu definiert hat, ist es nur gerecht, wenn alle Kandidaten dieselbe Chance bekommen.«

Es mussten bestimmt sieben oder acht Artikel sein, die Helene hier sah, und es waren verdammt gute noch dazu. Holgers Schreibstil war prägnant und trotzdem bildgewaltig, doch mit jener wohldosierten Prise Humor, die den Texten die nötige Leichtigkeit verlieh, ohne sie satirisch wirken zu lassen. Dafür hatte Helene ihn immer bewundert.

Die Themen waren außerdem fantastisch gewählt. Doch nicht eines davon hatte jemals auf der Planungsliste der

Sonderedition gestanden, dessen war sie sich absolut sicher, sie kannte die Liste auswendig.

Kein Wunder, dass Holger nur so wenige Vorschläge eingebracht hatte, wenn er seine Zeit stattdessen in seine eigenen Ziele investierte.

Helene straffte den Rücken und reichte ihrem Chef das Tablet zurück. »Wie du sagst, er hat jedes Recht, sich auf den Posten zu bewerben. Und ganz offensichtlich weiß er, wie man es richtig macht.«

Seit Jürgens Information während des Videocalls gestern war ihr mit einem Schlag so vieles klar geworden: Holgers Verhalten, seine manchmal fast schon provokanten Attitüden. Es war also doch nicht nur ihre Einbildung gewesen.

Er musste genau gewusst haben, was für sie auf dem Spiel stand – natürlich, denn er war schließlich lange genug im Journalismus-Business. Und er hatte Ehrgeiz.

Ebenso hatte auch Helene nie ein Geheimnis um ihre Ambitionen gemacht, ihre PZZ-Regel war zu einem regelrechten Running Gag unter den Kollegen geworden.

Es hatte somit nicht viel Fantasie benötigt, um eins und eins zusammenzuzählen und sich auszurechnen, was es bedeutete, wenn der Chefredakteur seinen Abtritt bekannt gab und fast zeitgleich ausgerechnet ihr, Helene, die Verantwortung für eine von der EU subventionierte Sonderedition übertrug. Ein wahrer Leckerbissen und zugleich ein Sprungbrett für die Karriereleiter.

In den Monaten der Vorbereitung hatte Holger ganz in Ruhe planen können. Während der Wochen auf Sizilien waren die geografischen Distanzen zwischen ihm, Anja und Helene ebenfalls zu seinem Vorteil gewesen. Erst recht von dem Moment an, als Sue die anderen Lokalitäten besuchte und ihm niemand mehr über die Schulter blicken konnte.

Statt in Palermo zu recherchieren, hatte er jedoch die Nähe zum Flughafen genutzt und war in Wahrheit für einen Tag nach Berlin zurückgeflogen. Um sich, wie Helene von Jürgen erfahren hatte, mit einem Vorstandsmitglied des Verlags zu treffen.

Nur weil er selbst im Vorstand saß, hatte Jürgen davon Wind bekommen. Und einzig weil er ihren Namen vorgeschlagen und sie gestern gerade noch rechtzeitig über die kurzfristig anberaumte Gesprächsrunde mit den Kandidaten informiert hatte, saß sie nun überhaupt hier.

Sie versuchte, die Falten auf ihrer Leinenhose mit der Hand zu glätten und das Flattern ihrer Nerven unter Kontrolle zu bringen. In einer halben Stunde war sie an der Reihe.

Ihr Blick fuhr zum Fenster, als das Donnern ertönte. Dicke Gewitterwolken verdunkelten den Himmel über Berlin.

In den drei Wochen auf Sizilien hatte sie nicht einmal ein verirrtes Schleierwölkchen gesehen, fiel ihr ein.

Auf der blank polierten Glastischplatte vor sich erkannte sie ihr eigenes Spiegelbild. Das Haar in wild zerzausten, von der Sonne gebleichten Locken. Sie hatte nicht einmal Zeit für einen Friseurbesuch gehabt. Geschweige denn, um sich ein paar neue, der Situation angepasste Kleider zu kaufen. Die Hose war uralt, den Saum unten am linken Hosenbein hatte sie vorhin mit einer Heftklammer tackern müssen. Die weiße Bluse war völlig zerknittert. Ihre Mutter würde sich vor Schreck bekreuzigen, wenn sie sie so sähe.

»Keine Sorge, noch ist nichts verloren. Du hast noch immer eine Chance«, hörte sie Jürgen sagen und sah auf.

»Sei einfach du selbst. Deine bisherige Leistung spricht für sich.« Er lächelte aufmunternd.

Wie konnte er nur so zuversichtlich sein? Nach allem, was sie eben erfahren hatte, hätte sie sich den ganzen Aufwand, die überstürzte Rückreise und die Hetzerei ohnehin sparen können. Holger hatte sie nach allen Regeln der Kunst ausgebootet. Sie sprichwörtlich eiskalt überrumpelt und im Regen stehen lassen.

Herrgott, sie war all die Monate lang voll und ganz auf die Organisation der Sonderedition fokussiert gewesen. Und während er ein eindrückliches Artikelportfolio vorlegte, konnte sie gerade mal drei einigermaßen lesbare Texte anbieten, um die Verlagsleitung von ihren Qualitäten zu überzeugen. Das war nicht nur bescheiden, das war im Vergleich geradezu erbärmlich. Was machte sie eigentlich hier?

Jürgens Blick fiel auf die Digitaluhr neben seinem Computer. »Es wird Zeit.«

Wie auf Kommando stand Helene auf, klemmte sich die eilig zusammengestellte Mappe mit ihren Unterlagen unter den Arm und holte ein letztes Mal tief Atem.

»Toi, toi, toi.«

Sie sah noch, wie ihr Chef den Daumen hob, ehe sie sich umdrehte.

Das Sitzungszimmer befand sich im obersten Stock des Verlagsgebäudes. Im Gegensatz zu den unteren Redaktionsetagen herrschte hier absolute Stille. Statt Pinnwänden mit Tausenden von Notizzetteln hingen hier Kunstdrucke von Klimt und Miró an den Wänden. Die Gänge waren menschenleer und schier endlos.

Vor dem Raum mit der Nummer 206 setzte sie sich in einen der roten Ledersessel.

Noch zehn Minuten.

Mit aller Mühe ignorierte Helene das Summen ihres Handys in der Tasche. Sie brauchte gar nicht erst nachzusehen, um zu wissen, dass es wieder eine Nachricht von Gaetano war. Die dreizehnte seit gestern Abend.

Nicht jetzt. Nein, sie konnte ihm jetzt nicht antworten. Jetzt musste sie sich auf anderes konzentrieren.

Auf dem Tischchen neben ihrem Sessel stand eine glasierte Tonschale mit einem kunstvoll inszenierten Ikebana-Arrangement.

Doch während sie sich über den seltsam geformten Ahornzweig wunderte, hörte sie die Stimmen. Ein Gespräch zwischen mehreren Leuten.

Verwundert schaute sie sich um, sah jedoch weit und breit niemanden. Aber woher …?

Dann fiel ihr Blick auf die Tür des Sitzungsraums. Tatsächlich, sie war nur angelehnt, und man konnte fast jedes Wort aus dem Raum hören.

Einen Moment lang war Helene unschlüssig. Was sollte sie tun? Die Tür vorsichtig schließen? Weggehen, weil es sich nicht gehörte zu lauschen?

Doch dann hörte sie Holgers Stimme. Und mit einem Schlag waren alle Skrupel in der Luft verpufft. »Vielfalt und Ursprünglichkeit – darum geht es mir in meinen Artikeln. Was könnte den Titel der Sonderedition besser reflektieren?«

Helene presste die Lippen zusammen, um nicht sogleich vor Empörung aufzuschreien. Das waren ihre Worte, die er da als seine eigenen verkaufte.

Aber jetzt war da eine andere Stimme. War das eine Frau oder ein Mann? Sie konnte es nicht sagen, das Genuschel war zu leise, um es zu verstehen.

»Das war tatsächlich nicht immer leicht«, antwortete Holger. »Wissen Sie, ich habe schon unzählige Orte bereist, aber an kaum einem anderen werden einem so viele Steine in den Weg gelegt wie auf Sizilien. Dabei geht es nicht einmal allein nur um die unglaublich umständliche Bürokratic.« Er lachte auf. »Davon können wir hier in Deutschland auch ein Liedchen singen, nicht wahr?«

In ihrer Vorstellung sah Helene, wie Holger feixend zwinkerte.

»Die Sizilianer geben sich nach außen zwar gerne modern und offen, sind jedoch, wie viele ihrer italienischen Landsleute übrigens auch, leider ziemlich rückständig.«

Wie bitte?

»Das fängt schon damit an, dass kaum jemand eine Fremdsprache spricht. Und dann wird es oft und gerne ausgenutzt, wenn Touristen nicht sattelfest in Italienisch sind. Da kommt es dann durchaus vor, dass plötzlich doppelt so hohe Preise verlangt werden oder dass es noch länger dauert, bis etwas erledigt wird.«

So ein Unsinn. Das passierte doch überall auf der Welt, nicht nur in Italien.

»Das Schwierigste auf Sizilien ist aber die Mentalität.«

»Was genau meinen Sie denn damit?«, fragte eine Männerstimme, die Helene nicht kannte.

»Nun, sagen wir es so: Es gibt gastfreundliche Italiener, und dann gibt es die Sizilianer. Sie mögen keine Fremden. Wahrscheinlich liegt es daran, dass viele von ihnen selbst in der Misere leben. Ich habe selten so viel Chaos, Müll und halb zerfallene Häuser gesehen wie in Palermo. Doch das scheint den Bewohnern egal zu sein. Hauptsache, sie tragen ihre Goldketten und feiern jeden Abend bis in die Puppen.«

Mit einem Ruck stand Helene auf, trat von der Tür weg. Sie wollte kein Wort mehr hören. Solche Aussagen kannte sie schon ihr ganzes Leben lang. Rückständig, faul, gleichgültig und eitel – die klassischen Klischees. Nicht nur über die Sizilianer im Besonderen, sondern über alle Italiener.

Wie oft hatte sie sie schon gehört. All die Jahre lang. Und sie kamen immer von Leuten, die sich für etwas Besseres hielten. Von Leuten wie Thomas und Holger, die sich zu schade waren, um einen Blick hinter die Fassaden zu werfen, um zu sehen, wie viel Arbeit und wie viele Entbehrungen und Tränen der Enttäuschung sich tatsächlich hinter den Goldkettchen, dem glänzend polierten Silberbesteck und den blank geschrubbten Marmorfliesen verbargen. Wie oft hatte Mama in ihrem Schlafzimmer vor Heimweh geweint. Wie oft war Papa abends nach der Arbeit vor Erschöpfung noch während des Essens am Tisch eingenickt.

Der Puls rauschte dröhnend in Helenes Ohren. Sie klammerte sich verbissen an ihre Dokumentenmappe. Am liebsten hätte sie vor Wut laut aufgebrüllt. Nicht allein wegen dieser ganzen beschissenen Situation oder weil ihr mit großer Wahrscheinlichkeit eine einmalige Karrieremöglichkeit durch die Finger rann.

Nein. Sondern weil sie das alles so unsäglich satthatte. Und weil sie sich für die eigene Feigheit schämte.

All die Jahre lang hatte sie sich selbst etwas vorgemacht, was sie gar nicht war. Und wozu? Damit sie ihre Herkunft verleugnen und sich dabei besser fühlen konnte? Oder doch nur, um indirekt Leuten wie Thomas und Holger in die Hände zu spielen und sie in ihrer Meinung sogar noch zu bestärken?

Sie hob den Kopf, als die Tür des Sitzungszimmers plötzlich aufging.

»Vielen Dank, Herr Petersen. Wir werden uns beraten und Ihnen unsere Entscheidung so schnell wie möglich mitteilen.«

Holger trat in den Gang, drehte sich um und lächelte sein einnehmendstes Strahlemann-Lächeln. »Gerne. Lassen Sie mich wissen, falls Sie noch irgendwelche Fragen haben.«

Dieser Mistkerl. Helene reckte die Schultern und trat auf die Tür zu.

Er wollte sich gerade zum Gehen wenden, als er sie erkannte.

Sie sah, wie er die Augen aufriss und zugleich erbleichte. Sehr gut.

»Helene?« Mit einem Mal klang seine Stimme rau wie Schmirgelpapier. Sein Adamsapfel zuckte.

Lächelnd schritt sie an ihm vorbei und warf dabei nur ein knappes »Oh, *ciao.* So ein Zufall …« über die Schulter. Ohne ihn weiter zu beachten, betrat sie dann das Sitzungszimmer.

Das Gespräch dauerte nicht lange. Zu den Anwesenden gehörten der Verlagsleiter selbst – den hatte Helene bisher nur ein paarmal bei besonders wichtigen Anlässen gesehen –, dessen Assistentin, zwei Vorstandsmitglieder sowie die Leiterin der Human Resources.

Sie stellten ihr die erwarteten Fragen: Wie sie sich in der Position einer Redaktionsleiterin sehen würde, was ihre Erwartungen an den Job seien und ob sie sich irgendwelche Änderungen gegenüber der bisherigen Leitung vorstellen könnte und wenn ja, welche? Und Helene gab die vorbereiteten Antworten.

Eine knappe Stunde später trat sie wieder hinaus.

Schon von Weitem sah sie Holger dort beim Ausgang in Richtung des Lifts gegen die Wand gelehnt warten.

Als er sie sah, richtete er sich sofort auf und kam auf sie zu. »Helene, hör zu, ich wollte …«

Doch sie unterbrach ihn mit einem ungeduldigen Kopfschütteln. »Mein Name ist Elena, und du hingegen bist ein Arschloch.«

Es war Jahre her, seit sie ihren italienischen Namen zuletzt ausgesprochen hatte. Sie staunte, wie leicht er ihr über die Lippen kam. Wie gut es sich anfühlte.

Damit ließ sie Holger stehen und nahm die Treppe nach unten. Ganz bestimmt würde sie ihm nicht die Genugtuung geben und hier in der Chefetage eine Szene veranstalten.

Stattdessen ging sie direkt in Jürgens Büro. Eine Frage lag ihr noch besonders am Herzen. »Was geschieht nun mit der Sonderedition?« Insgeheim war sie stolz auf den geschäftsmäßigen Tonfall, der ihr trotz allem gelang. Professionell, zielorientiert und zuverlässig – wenigstens daran konnte sie sich noch festhalten.

Beschwichtigend hob Jürgen die Hände. »Solange ich hier noch etwas zu sagen habe, ändert sich daran nichts. Du bist dafür verantwortlich, und dabei bleibt es.«

Gut.

Kurz darauf verabschiedete sie sich mit der Begründung, völlig erschöpft von der überstürzten Rückreise zu sein. Das war nicht einmal gelogen.

In ihrer Wohnung stand der große Reisekoffer noch immer unangetastet dort neben der Tür, wo sie ihn gestern Abend abgestellt hatte. Im Kühlschrank herrschte gähnende Leere. Und erst diese Stille. Die war ihr nie zuvor aufgefallen.

Doch sie war nur rasch hergekommen, um sich umzuziehen.

Ein kurzer Blick auf die Uhr. Kurz nach 12 Uhr mittags.

Um diese Zeit war Gaetano bestimmt noch bei der Arbeit. Im Palazzo wäre bald Essenszeit, wahrscheinlich waren Mafalda und Paola schon mit Kochen beschäftigt. Etwas Leichtes, wie meistens während der Woche. Vielleicht machten sie Pasta. Oder auch nur einen Salat. Mimmo würde die Zwiebeln und die Tomaten schneiden, wie er es immer tat.

Ruggiero hatte sich derweil in seinem Arbeitszimmer verschanzt, das nun wieder ihm allein gehörte. Vielleicht leistete ihm Tancredi Gesellschaft, oder Paola hatte den Jungen für ein paar Besorgungen in den kleinen Supermarkt gleich um die Ecke an der Via Roma geschickt.

Der Gedanke allein reichte schon, um erneut dieses bittere Gefühl von Wehmut in ihr wachzurufen. Doch Elena schob die Erinnerung vehement beiseite. Sobald sie nachgab, würde sie die Fassade aus eiserner Coolness nicht mehr aufrechterhalten können. Stattdessen musste sie sich jetzt auf die Arbeit konzentrieren. Diese Sonderausgabe würde das Beste sein, was sie jemals geschrieben hatte. Ihre Kür, jawohl, das schwor sie sich. Anja und Sue hatte sie gestern Abend noch kurz angerufen und über ihren Abflug informiert. In ein paar Tagen traten auch sie die Heimreise an, und sie würden sich bald wieder in Berlin sehen.

Eilig schlüpfte sie in bequeme Jeans und ein Sweatshirt, draußen war es zwar nicht kalt, doch das Gewitter hatte eine klebrig-feuchte Kühle hinterlassen.

Bis nach Wilmersdorf und zur Wohnung ihrer Eltern war es nicht weit.

»Elena! *Amore.*« Mama strahlte, als sie die Tür öffnete, ihre Tochter umarmte und küsste. »Ich dachte, du kommst erst in ein paar Tagen. Wie gut du aussiehst.« Sachte strich sie ihr eine Strähne aus der Stirn. »Komm, erzähl. Wie war es auf Sizilien?«

Und während Elena sich von ihrer Mutter in die Küche ziehen ließ, begannen die Tränen zu fließen.

KAPITEL 25

Die Operation Fedora

In Berlin

Als wäre ein Damm gebrochen, sprudelten jetzt zugleich auch die Worte in einem schier unaufhörlichen Schwall von Elenas Lippen. Sie erzählte von ihren Erlebnissen auf Sizilien, von all ihren Eindrücken, von Castelbuono, von Gaetano und den Bewohnern des Palazzo an der Via Giordano. Von den vielen Artikelthemen, die sie gesammelt hatten. Von ihrer Chance, Chefredakteurin bei *Globo* zu werden, davon, wie stolz sie auf das Erreichte gewesen war. Und sie erzählte auch von Holgers hinterhältigem Verhalten und dem Gespräch mit der Verlagsleitung, dem Grund für ihre verfrühte Rückreise.

Mama hörte erst nur schweigend zu, nickte ab und zu. Doch dann nahm sie ihre Tochter tröstend in die Arme und murmelte: »*Su, su,* ganz ruhig. Es wird alles gut.«

Sanft tupfte sie Elena mit einem Taschentuch die Tränen von den Wangen, küsste ihre Stirn und lächelte. »Siehst du? So ist's doch gleich viel besser.« Schließlich erhob sie sich, holte tief Atem und verkündete mit der unbeirrbaren Überzeugung, wie sie nur einer Mutter eigen ist: »Wenn die Verlagsleitung deine Qualitäten nicht erkennt und sich von Holger um den Finger wickeln lässt, dann haben sie dich gar nicht verdient.« Mit einer Handbewegung schob sie das Thema beiseite. Mama war schon immer sehr bestimmt in ihren Ansichten gewesen.

Ohne ein weiteres Wort ging sie zum Herd, wo sie das Mokkakännchen auf die Kochplatte setzte. Auch im Hause Buccitelli gehörte Kaffee zu jedem guten Gespräch dazu. Aus diesem Grund stand stets eine kleine, mit Wasser, Kaffeepulver und Zucker gefüllte *caffettiera* zum Gebrauch bereit.

Es dauerte nicht lange, bis das leise Blubbern ertönte und der Duft von stark gesüßtem Mokka den Raum erfüllte.

»So«, sagte Mama und stellte den Teller mit den zwei kleinen Tassen vor Elena auf den Tisch, ehe sie sich wieder hinsetzte. »Wer ist denn nun eigentlich dieser Gaetano, von dem du da eben gesprochen hast?«

Elena wollte gerade an ihrem Tässchen nippen, erstarrte jedoch mitten in der Bewegung.

Gaetano. Sein Name war ihr vorhin in ihrem Wortschwall herausgerutscht, sie hatte jedoch nicht erwartet, dass Mama es überhaupt bemerken würde.

»Er ist der *pasticciere* aus Castelbuono, in dessen Laden verschiedene Spezialitäten aus Manna hergestellt werden«, erklärte Elena in einem möglichst unbeteiligten Tonfall. »Sein Vater ist der Bürgermeister des Ortes. Darum hat er mich auf dessen Geheiß hin auf einem Großteil meiner Recherchefahrten begleitet.«

»Oh, wie zuvorkommend.« Mama nickte anerkennend, ehe sie einen Schluck Kaffee nahm. »Gut, dass sich jemand um dich gekümmert hat und du nicht selbst fahren musstest. Jeder weiß ja, wie gefährlich das Autofahren auf Sizilien ist.«

Schon wollte Elena einwenden, dass sie in anderen Ländern bereits in viel chaotischerem Verkehr allein unterwegs gewesen war.

Doch Mutter kam ihr zuvor. »Dann habt ihr also einige Zeit miteinander verbracht, du und Gaetano.« Das hatte zwar wie eine beiläufige Feststellung geklungen, die stumme Frage dahinter war aber nicht zu überhören gewesen.

»Er und seine Nachbarn haben mir sehr geholfen, ja. Aber das alles nützt jetzt kaum noch etwas«, versuchte sie, das Gespräch wieder in eine andere Richtung zu lenken. Wie, um alles in der Welt, war das Thema überhaupt von ihrer mit ziemlicher Sicherheit verpassten Karrierechance und der Enttäuschung über Holgers Verhalten plötzlich bei Gaetano gelandet?

»Gaetanos Nachbarn?« Mama neigte interessiert den Kopf.

»Sie wohnen alle in demselben alten Palazzo, in dem ich mich während der vergangenen Tage auch einquartiert habe. Wegen des Festes zu Ehren der Sant'Anna war nirgendwo sonst in Castelbuono mehr ein Zimmer frei«, erklärte Elena und kam sogleich wieder auf den Punkt. »Jürgen hat mir zwar weiterhin die Verantwortung für die Sonderausgabe zugesichert. Aber ich mache mir nichts vor, den Job als Chefredakteurin kann ich vergessen. Ich bin nicht wütend, weil ich mich für besser halte als Holger, sondern wegen der Art und Weise, wie er vorgegangen ist … Wir sind doch Kollegen. Er hätte mir von Anfang an reinen Wein einschenken und mich wie eine gleichberechtigte Konkurrentin behandeln können.«

»*Amore.*« Jetzt griff Mama nach Elenas Arm und sagte mit beschwichtigender Stimme: »Du kennst meine Meinung dazu, aber du hättest nie Holgers gleichberechtigte Konkurrentin sein können. Nicht, nachdem dich dein Chef mit der Leitung der Sonderausgabe betraut hat.« Dann streckte sie die Hand aus, strich sanft über Elenas Wange. »Ich weiß, wie enttäuscht du bist, du hast so hart dafür gearbeitet. Vielleicht ist das alles jedoch ein Zeichen, dass dieser Weg nicht der richtige für dich ist.«

Elena holte sogleich Atem, um zu widersprechen.

Einmal mehr kam Mama ihr zuvor. »Ich sage nicht, dass du aufgeben sollst, das würdest du ohnehin niemals tun.« Ein warmes Lächeln erhellte ihr Gesicht. »Womöglich ist es aber an der Zeit, dass du über andere Optionen nachdenkst. Du hast schließlich noch dein ganzes Leben vor dir. Es gibt noch so viele Türen, die sich unerwartet öffnen können.«

»Aber …« Schockiert schüttelte Elena den Kopf.

Doch Mama beugte sich vor und nahm ihr Gesicht in beide Hände. »Wofür auch immer du dich entscheidest … Dein Vater und ich sind unglaublich stolz auf dich, vergiss das nie. Das Allerwichtigste ist für uns, dich glücklich zu sehen. Und das bist du jetzt eindeutig nicht.«

Als wäre damit alles gesagt, lehnte sie sich wieder zurück. »Aber nun erzähl mir mehr über dieses Castelbuono. Das klingt nach einem sehr netten Örtchen …«

Elena war noch immer bestürzt. Mama hatte leicht reden.

Sie sollte über andere Optionen nachdenken? Wie stellte sie sich das vor? Das wäre, als würde sie alle ihre Träume und Ambitionen verraten, in eine Kiste stecken, begraben und vergessen.

Kurz darauf kam Papa von der Arbeit nach Hause und begrüßte sie freudig. So ließ Elena das Thema ruhen, erzählte stattdessen während des Essens in allen Farben von Sizilien und Castelbuono und schaffte es dabei sogar, weder die Palazzobewohner noch Gaetano zu erwähnen.

Erst später an jenem Abend, allein in ihrer Wohnung, wagte Elena erneut einen Blick auf ihr Handy und damit auf die inzwischen schon über zwanzig verpassten Telefonanrufe und Mitteilungen von Gaetano. Die letzte WhatsApp-Sprachnachricht war vor einer Stunde eingegangen.

»Ciao, ich bin's«, tönte seine vertraute Stimme aus dem Mobiltelefon. »Auf die Gefahr hin, dass dein Handyspeicher bald explodiert …« Er klang müde. Elena hatte außerdem nie zuvor bemerkt, wie prägnant sein Akzent war. »Hör zu, ich habe keine Ahnung, ob ich vielleicht etwas Falsches getan oder gesagt habe und du deshalb nicht antwortest. Aber was immer es ist, gib mir eine Chance, um es zu erklären oder mich zu entschuldigen.« Ein tiefes Ausatmen war zu hören. »Ich weiß, ich wiederhole mich, aber gib wenigstens ein Lebenszeichen von dir und sag, ob bei dir alles in Ordnung ist. Mafalda und Mimmo machen sich Sorgen. Ich auch.« Eine Pause. »Sie fehlen mir, Signora Buccitelli.«

Dann war die Nachricht zu Ende.

Elena fühlte, wie sich etwas in ihr zusammenzog. Dort, direkt unterhalb des Rippenbogens.

Sie schloss die Augen. Signora Buccitelli. So hatte Gaetano sie an jenem Abend genannt, als er sie in diesem ehemaligen Konvent zum Tanzfest geführt hatte.

Die Erinnerungen kamen wieder hoch. Selten zuvor hatte sie sich so wohlgefühlt – so ausgelassen, so lebendig.

Stur schluckte sie den dicken Kloß in ihrem Hals hinunter, sammelte einen Moment lang die Gedanken, ehe sie auf das kleine Mikrofon-Symbol zur Aufnahme einer Sprachnachricht tippte. »Bitte macht euch keine Sorgen. Ich bin gut wieder in Berlin angekommen, und es ist alles in Ordnung«, sagte sie ins Mikro und staunte, dass sie es schaffte, ihrer Stimme einen sachlichen Tonfall zu verleihen. »Es hat sich eine unerwartete Neuigkeit ergeben. Deshalb hatte ich heute Morgen schon eine Sitzung mit der Verlagsleitung. Aber keine Angst, die Sonderausgabe über Sizilien kommt auf jeden Fall, und sie wird ganz toll. Sobald Anja und Sue in ein paar Tagen hier sind, beginnen wir mit der Bearbeitung der ersten Entwürfe. Holger ist schon in Berlin.«

Und plötzlich kam Elena ins Schleudern. »Ich …«

Sie stockte. Jetzt bloß nicht den Faden verlieren. »Es tut mir leid, dass alles so schnell gehen musste. Ich hätte dich vor meiner Abreise gerne noch einmal gesehen. Bitte umarme alle von mir, ja?«

Einen Moment lang zögerte sie, ehe sie sagte: »Und du hast rein gar nichts falsch gemacht. Im Gegenteil.« Damit brach sie ab.

Was hätte sie ihm noch mehr erklären sollen? Sie wusste ja selbst längst nicht mehr, was sie denken, fühlen und tun sollte. Sie war völlig erschöpft. Am liebsten hätte sie sich im Bett verkrochen und sich so lange darin versteckt, bis alles wieder beim Alten war. Bis sich ihre Welt wieder in geordneten Bahnen drehte und sie ihrem Gefühl und der PZZ-Regel erneut vertrauen konnte.

So tat Elena während der folgenden Tage, was sie immer tat, wenn sie nicht mehr weiterwusste, und stürzte sich in die Arbeit. Voll konzentriert und unermüdlich. Tag für Tag, manchmal sogar bis spätabends. Es gab schließlich noch viel zu tun, von der Seitenplanung über das Schreiben der Artikel bis hin zur Auswahl des geeigneten Bildmaterials.

Inzwischen waren auch Anja und Sue wieder zurück in Berlin. Sie beide wussten nur, dass Holger aus geschäftlichen Gründen früher zurückgeflogen war. Dabei wollte Elena es auch belassen. Falls er ihnen sämtliche Details schildern wollte, wäre das seine Sache.

Sie selbst hingegen begegnete ihm mit absolut nüchterner Professionalität. Denn sie hatte eine Entscheidung getroffen: Die Produktion der Sonderausgabe hatte Priorität, unabhängig davon, was zwischen ihnen vorgefallen war und wie die Entscheidung der Verlagsleitung ausfallen würde. Im Gegenzug dazu verlor auch Holger kein einziges Wort mehr über die Geschehnisse. Umso besser.

So wurden aus Tagen Wochen, und allmählich wähnte sich Elena endlich wieder im Alltag angekommen.

»Seit wann hörst du denn Musik, während du arbeitest?«, fragte Sue und blieb erstaunt stehen, nachdem sie Elenas kleines Büro betreten hatte. »Und noch dazu alte italienische Schlager.«

Sofort schaltete Elena den Bluetooth-Lautsprecher aus, aus dem bis eben noch die Stimme von Italiens Gesangsikone Mina geträllert hatte. »Die Musik hilft mir bei der Inspiration für die Texte«, erklärte sie. Außerdem war das Lied *Se telefonando* nicht nur irgendein italienischer Schlager. Es gehörte quasi zum nationalen Kulturgut und wurde noch heute von bekannten Pop- und Rockgrößen neu interpretiert.

Zugegeben, sie hatte ihre Vorliebe für die *musica leggera* der Sechziger erst seit Kurzem für sich entdeckt. Vor zwei Wochen und zwei Tagen, um exakt zu sein. Seit sie aus Sizilien zurückgekommen war. Doch so genau brauchte Sue das nicht zu wissen.

Die Fotografin runzelte nur süffisant die Stirn. »Ich wollte dir kurz die Bildauswahl für die Seiten zum Manna zeigen.« Mit Magneten befestigte sie nacheinander vier mit dem Seitenlayout bedruckte DIN-A3-Papierbögen an der Wand vor Elenas Schreibtisch.

»Prima, ich sehe sie mir gleich an.« Elena stand auf und trat näher. Die Sonderausgabe wuchs Seite um Seite, sie kamen gut voran und lagen inzwischen sogar vor dem Zeitplan. Ausgezeichnet.

Die Bilder waren großartig. Sie zeigten das Städtchen Castelbuono mit der Via Sant'Anna, dem Kastell sowie der Piazza Margherita. Mario in seinem Eschenhain, während er vorsichtig ein Manna-*cannòlo* abbrach. Auf der nächsten Seite war eine Außenaufnahme vom *Il Frassino* zu sehen.

Elena kam nicht um ein Schmunzeln umhin, als sie Sasàs feixende Miene auf dem folgenden Foto erkannte. Wie immer trug er sein grünes Bandana und den schwarzen Arbeitskittel, und er streckte dem Betrachter eine mit köstlichem Manna-Eis gefüllte Brioche entgegen.

Doch ihr stockte der Atem, sobald sie das nächste Bild sah.

»Gaetano fand den anderen Ausschnitt zwar erst besser, aber ich habe ihn schlussendlich überzeugen können. So kommen seine Gesichtszüge viel besser zur Geltung, was meinst du?«, hörte sie Sue sagen, brachte aber nur ein stummes Nicken als Antwort zustande.

Sein Gesicht. Dieses feine, fast schon spöttische Lächeln. Seine Augen mit den wirklich ungehörig langen Wimpern. Es war, als würde er Elena direkt ansehen. Und beinahe erwartete sie sogar, seine Stimme zu hören. Jenes rauchige Timbre, in dem die unverkennbar sizilianische Akzentkadenz mitschwang.

»Er lässt dich übrigens grüßen«, sagte Sue in beiläufigem Tonfall und riss Elena damit augenblicklich aus ihrer Trance.

»Du hast mit ihm gesprochen?«, fragte sie. *Maledizione,* das hatte viel zu hektisch geklungen.

Sue zuckte die Schultern. »Ich musste doch die Einverständnisse für die Bilder einholen.«

»Ja. Ja, natürlich.« Was für eine dämliche Frage. Mit einem Ruck drehte sich Elena um und ging zurück zu ihrem Schreibtisch. »Lass die Seitenausdrucke ruhig hängen, ich schaue sie mir später noch einmal in Ruhe an.«

Die Fotografin nickte. »Kein Problem. Gib mir einfach Bescheid, falls du doch noch etwas ändern willst.« Mit der Hand am Türknauf blieb sie stehen. »Ach, übrigens ... Als ich Gaetano angerufen habe, war er gerade mit den anderen unten im Garten.« Sie grinste. »Du kannst dir ja vorstellen, was dabei herausgekommen ist. Mafalda und Paola schicken dir einen dicken Kuss. Mimmo ebenso. Tancredi lässt ausrichten, es wäre langweilig ohne dich im Palazzo. Ruggiero hat mich nach deiner E-Mail-Adresse gefragt. Er wollte dir noch ein paar Informationen schicken. Ich hoffe, es ist in Ordnung, dass ich sie ihm gegeben habe?«

Prompt spürte Elena, wie ihr schlechtes Gewissen erneut zu gären begann. Das tat es immer, wenn sie an Gaetano und seine Nachbarn dachte. Nach ihrer Abreise hatte sie sich kein einziges Mal mehr bei Mafalda, Mimmo und den anderen gemeldet. Und das nach allem, was sie für sie getan hatten.

Und Gaetano ...

Es kostete Elena jedes Quäntchen Selbstbeherrschung, damit ihr Blick nicht sogleich wieder zurück zu seinem Foto dort an der Wand wanderte.

Wie sehr sie ihn vermisste. Wenigstens das konnte sie sich selbst gegenüber inzwischen eingestehen, obwohl das nicht das Geringste mehr nützte. Zwar hatte er ihr seither noch ein paarmal geschrieben – kurze WhatsApp-Nachrichten, um zu fragen, wie es ihr ging. Ihre Antworten waren ebenso knapp und bewusst distanziert gewesen. Bis die Nachrichten immer seltener wurden und schließlich endgültig ausblieben.

So egoistisch es klingen mochte, so dringend hatte sie jedoch den Abstand während der vergangenen Wochen gebraucht, um alles in Ruhe verarbeiten zu können. Um sich selbst wiederzufinden. Sich jetzt, nach so langer Zeit, wieder zu melden, fühlte sich hingegen noch viel unpassender, ja geradezu falsch und erzwungen an. Als käme es nicht mehr von Herzen, sondern weil die Höflichkeit sie dazu verpflichte.

»Klar, kein Problem. Ich bin gespannt, was Ruggiero noch ausgegraben hat«, erwiderte sie gekonnt gelassen und sah zu, wie Sue die Tür öffnete.

Bevor sie hinaustrat, drehte sich die Fotografin jedoch noch einmal um. »Was ich dir auch noch sagen wollte ... Du hast dich irgendwie verändert. Das ist mir schon auf Sizilien aufgefallen, aber seit wir wieder zurück sind, noch viel mehr.« Lächelnd neigte sie den Kopf leicht zur Seite und betrachtete Elena. »Mir gefällt dein neues Ich, und ich find's außerdem klasse, dass du dich endlich fürs Bungee-Jumping entschieden hast.«

»Was? ... Aber ich ...« Weiter kam Elena nicht. Fassungslos starrte sie auf die Tür, hinter der Sue eben verschwunden war.

»Ich hatte dir doch gesagt, dass noch längst nichts verloren ist. Herzlichen Glückwunsch!« Jürgen strahlte am nächsten Morgen übers ganze Gesicht und umarmte Elena nun schon zum fünften Mal.

Sie war hingegen noch immer völlig ungläubig, überwältigt und schockiert zugleich. Vor einer halben Stunde hatte die Verlagsleitung ihr mitgeteilt, dass sie sie als Jürgens Nachfolgerin bestimmt hatten. Noch am Vormittag würde die Neuigkeit offiziell bekannt gegeben.

Es rauschte laut in Elenas Ohren, sie fühlte den Puls vor Aufregung rasen. Sie als Chefredakteurin. Ihr großes Ziel. Sie hatte es geschafft.

Aber wo war auf einmal ihre Freude geblieben? Eigentlich müsste sie jetzt doch Purzelbäume schlagen und die Welt umarmen wollen. Stattdessen fühlte sie sich eigenartig leer.

Selbst als kurz darauf die offizielle Mitteilung publik wurde und die Glückwunschprozession der Kolleginnen und Kollegen kein Ende mehr nehmen wollte: Anja und Sue waren sogar persönlich vorbeigekommen, um Elena zu gratulieren. Auch Holger – zwar weniger freudestrahlend, doch zumindest mit einem ehrlich wirkenden Handschlag. Alles schien perfekt, trotzdem blieb das Hochgefühl aus.

Es war früher Nachmittag, als endlich wieder etwas Ruhe in Elenas Büro einkehrte und sie erleichtert aufatmete. Vielleicht schaffte sie es heute doch noch, an ihrem nächsten Artikel weiterzuarbeiten.

Doch sie hielt mitten in der Bewegung inne, als auf dem Bildschirm unten rechts eine eingehende E-Mail-Nachricht aufpoppte. Als Absender war Ruggiero E. Lo Iacono angegeben, und die Nachricht lautete kurz und bündig:

Carissima, wenn du Zeit hast, lass uns doch kurz reden.

Darunter war eine Einladung zu einem Zoom-Meeting, das in zehn Minuten stattfinden sollte.

Im ersten Moment war Elena zu überrascht, um zu reagieren. Schließlich erinnerte sie sich wieder. Richtig, Sue hatte ihm ihren E-Mail-Kontakt gegeben.

Dann überkam sie auf einmal Panik. Was sollte sie als Entschuldigung vorbringen, weil sie sich so lange nicht gemeldet hatte? Sollte sie dem Meeting überhaupt zustimmen?

Ein kurzer Blick auf ihr Handy. Es war 13:25 Uhr.

Gut, um diese Zeit war Gaetano bestimmt noch bei der Arbeit. Ihm hätte sie jetzt unmöglich am Bildschirm gegenübersitzen können.

Ehe sie weiter darüber nachdenken konnte, nahm sie die Einladung an und klickte auf den Meeting-Link. Noch war sie allein im Besprechungsraum.

In Gedanken legte Elena sich sicherheitshalber schon ein paar möglichst plausibel klingende Entschuldigungen bereit: das Bewerbungsgespräch. Der Job, der sie völlig in Anspruch nahm.

Sie hielt den Atem an, als das zweite Teilnehmer-Fenster aufging. Auf dem Bildschirm war die oberste Reihe eines Bücherregals und die Decke von Ruggieros Studio zu sehen.

Und dann war da Mafaldas unverkennbare Stimme: »*Pronto? … Pronto?* Ich höre nichts. Bist du sicher, das funktioniert?«

»Ich bin mir ganz sicher. Nur einen Moment …«, erwiderte Ruggiero.

Ohne dass sie etwas dagegen hätte tun können, musste Elena lächeln. »Ich kann euch hören.«

»Elena, *cara!*«, rief Mafalda. »Wo bist du denn? Ich sehe dich nicht!«

»Da auf dem Bildschirm. Ich sehe sie«, ertönte Tancredis Stimme aus dem Hintergrund.

Das Bild begann zu wackeln und verschob sich. Zuerst war nun immerhin das ganze Bücherregal zu sehen. Dann ein Büschel lilafarbener Locken. Und schließlich kam Mafalda in ihrer ganzen Pracht, umringt von Ruggiero, Mimmo und Tancredi, ins Bild. Alle vier strahlten.

Elena winkte. »Wie geht es euch allen?«

Und als wäre der Startschuss gefallen, redeten alle gleichzeitig drauflos: *»Buongiorno.«* – *»Ciao.«* – »Da bist du ja.« – »Wie schön, dich zu sehen.« – »Ich freue mich ebenso.« – »Guck mal, ich hab einen neuen Transformer. Gaetano hat ihn mir gekauft.« – »Ach …« – »Du siehst müde aus. Schläfst du etwa nicht genug?« – »Doch, es ist nur …« – »Ich habe noch einen Artikel gefunden, der dich vielleicht interessiert.« – »Oh, wirklich?« – »Mama lässt dich grüßen. Sie musste zum Zahnarzt.«

Ein einziges aufgeregtes Durcheinander von Stimmen. Die Palazzobewohner zu bremsen, grenzte schon an eine Herausforderung, wenn sie einem im echten Leben gegenübersaßen. Hier in diesem virtuellen Meeting waren sie hingegen kaum noch zu halten.

Trotzdem spürte Elena, wie nach und nach sämtliche Befangenheit von ihr abfiel und stattdessen jenem schlichten, mächtigen Gefühl der Dazugehörigkeit Platz machte. Als würde auch sie dort in Ruggieros Arbeitszimmer sitzen und als wären seit ihrem Abschied nicht bereits Wochen vergangen. Es tat so gut.

Wie wenn er seinen Studenten Einhalt gebieten würde, brachte Ruggiero jedoch unvermittelt alle mit einem simplen Wink zum Schweigen. Sein Gesicht war ernst, während er sagte: »Es gibt noch einen weiteren Grund, warum wir dringend mit dir reden wollten.«

»Es geht um Gaetano«, warf Tancredi ein.

Mafalda nickte. »Und um dich. Wir können das Ganze nicht mehr länger mit ansehen.«

Elena schüttelte verwirrt den Kopf. »Ich verstehe nicht …«

»Genau das ist ja gerade das Problem«, rief Mimmo und lehnte sich so weit vor, dass kurz nur noch seine Stirn mit dem Haaransatz auf dem Bildschirm zu sehen war. »Ihr tut beide so, als wolltet ihr einfach nicht verstehen. Darum haben wir beschlossen zu handeln.«

Ruggiero nickte. »Der Plan heißt *Operation Fedora.*«

»Operation Fedora?«, echote Elena verwirrt.

Tancredi streckte den Kopf hoch. »Das haben Mafalda und ich uns ausgedacht.«

»Die Fedora-Torte ist meine absolute Lieblingssüßspeise«, ergänzte Mafalda lächelnd.

Mimmo strich seiner Frau liebevoll über die Hand, ehe er sich wieder dem Bildschirm zuwandte. »So ist es. Aber nun zum Plan …«

Eine halbe Stunde später starrte Elena noch immer reglos auf den Bildschirm ihres Computers, wo jetzt das leere Fenster des abgeschlossenen Zoom-Meetings zu sehen war.

Einmal mehr versuchte sie zu begreifen, was da eben geschehen war. Die *Operation Fedora.*

Gott, was war sie da im Begriff zu tun?

Allein bei dem Gedanken daran beschleunigte sich ihr Puls erneut. Dieses Mal fühlte es sich jedoch seltsamerweise anders an – viel besser, richtiger.

Die Erkenntnis traf sie mit aller Wucht. Und plötzlich erfasste sie eine ungeahnte Ruhe. Ihre Gedanken waren auf einmal völlig klar, und nun ergab alles Sinn.

Wie hatte Mama gesagt: *Vielleicht ist es an der Zeit, dass du über andere Optionen nachdenkst.*

Mit einem Ruck stand Elena auf.

Jürgens Büro war am anderen Ende des Ganges. Sie klopfte nicht einmal an, bevor sie eintrat und zu ihrem Chef sagte: »Wir müssen etwas bereden …«

KAPITEL 26

Ein Sauertopf und sieben *Cannoli*

Drei Tage später in Castelbuono

Gaetano stutzte und warf Tancredi über die Theke hinweg einen prüfenden Blick zu. »Mafalda will eine Fedora-Torte?« Und dafür hatte man ihn extra aus der Backstube nach oben in den Laden gerufen, weil die Bestellung offenbar so wichtig war?

Der Junge nickte eifrig. »Und dazu noch sieben *Cannoli.* Wir haben heute Abend Besuch.«

Gaetano runzelte die Stirn und riss den Zettel der Bestellung ab. »Na schön. Wenn es gegen 19 Uhr reicht, bringe ich alles vorbei.«

»Sieben passt prima«, antwortete Tancredi, doch sein Blick wanderte immer wieder zu der Eistheke hinüber, und er nestelte mit den Fingern am Saum seines T-Shirts.

Ah, Gaetano wusste genau, was das bedeutete, und er schmunzelte. Es gab nichts, was Tancredi so sehr liebte wie Eiscreme. Das *Il Frassino* war für ihn schon immer eine Art Schlaraffenland gewesen. »Wie wär's denn mit einer kleinen Kostprobe von Sasàs neuester Kreation?«

Sogleich begannen die Augen des Kleinen zu leuchten, und er klatschte begeistert in die Hände. »Ich verrate Mama auch ganz bestimmt nichts, versprochen.«

Als ob er, Gaetano, Paola nicht schon längst gebeichtet hätte, dass er ihrem Sohn hin und wieder eine kleine Waffeltüte mit Eis spendierte.

Selig und mit einer kleinen Portion Erdnussbutter-Zitronen-Eis mit Puffreis in der Hand flitzte Tancredi kurz darauf hinaus.

»Und? Was war das denn für eine so enorm wichtige Bestellung, die dein Mini-Nachbar nur dir und niemandem sonst hat anvertrauen wollen?«, flachste Sasà, als Gaetano wieder nach unten in die Backstube kam.

»Eine Fedora-Torte und sieben *Cannoli*«, antwortete er noch immer etwas verwundert. Eine Fedora-Torte. Das war eine ungewöhnliche Wahl, selbst für Mafalda. Nicht, weil die Torte besonders schwer zuzubereiten war, im Grunde bestand sie nur aus zwei Biskuitschichten und einer Füllung aus Ricottacreme. Die Fedora war allerdings schon seit Jahren ziemlich aus der Mode gekommen und vor allem jetzt im Sommer viel zu schwer verdaulich.

Sasà schien indessen nicht weiter davon beeindruckt, sondern hielt ihm nun stolz grinsend das Display seines Handys vor die Nase. »Da. Sieh dir das an. Das hat Elenas Kollegin eben geschickt. Du weißt schon, die Fotografin mit den blauen Haaren.«

Das Display zeigte die Fotos, die Sue seinerzeit von ihnen beiden gemacht hatte. Die Bilder waren jetzt bearbeitet und in die Seiten mit dem dazugehörigen Artikeltext eingefügt. Dem Text, den Elena geschrieben hatte.

Gaetano biss die Zähne zusammen. Allein schon der Gedanke an sie schmerzte wie ein Schlag in die Magengrube.

»Favoloso«, erwiderte er knapp und band sich eine neue Schürze um.

»Favoloso?« Sasà schnalzte mir der Zunge. »Von wegen, das ist gekonnter Stil!« Er warf sich in dieselbe Pose wie auf dem Foto. »Komm schon, das muss gefeiert werden. Was

hältst du davon, wenn wir heute Abend ausgehen? Du und ich – so wie früher.«

»Keine Zeit. Ich muss die Bestellung abliefern.« Das war eine sehr lahme Ausrede, aber Gaetano stand nicht der Sinn nach Feiern.

Ohne ein weiteres Wort drehte er sich um und ging zu seinem Arbeitsplatz. Er fluchte jedoch in Gedanken, als sein Cousin ihm folgte und sich mit vor der Brust verschränkten Armen neben ihn stellte. Verdammt, warum konnte er nicht einfach Ruhe geben?

»Was ist los mit dir?«, fing Sasà prompt an. »Der Laden läuft besser als jemals zuvor, es kommen ständig neue Aufträge herein. Trotzdem machst du schon seit Wochen ein Gesicht, als hätte man dir die Hefe versalzen.«

»Ich weiß nicht, was du meinst. Es ist alles tipptopp, und meine Laune ist so strahlend wie der Sonnenschein«, gab Gaetano zurück und verzog die Miene zu einem übertriebenen schiefen Grinsen.

Sasà hob nur die Augenbrauen. »*Matri,* womit habe ich bloß einen Sauertopf wie dich als Verwandten verdient.« Dann seufzte er tief, knuffte ihn mit dem Ellenbogen. »Na schön, dann lass es eben bleiben. Du weißt, wo du mich findest, wenn dir das Trübsalblasen zu dumm wird und du reden willst.« Damit ging er.

Kopfschüttelnd sah Gaetano ihm nach. Reden. *Mah* … Was sollte es da noch zu sagen geben? Er wusste schließlich selbst, was für ein Idiot er war, weil er sich seine Chance mit Elena verspielt hatte. Er brauchte niemanden, der ihm das auch noch bestätigte. Zum Glück konnte er sich zumindest in die Arbeit stürzen. Denn in einem hatte Sasà recht, das *Il Frassino* war noch nie so gut gelaufen wie jetzt.

Am besten machte er sich deshalb gleich an die Zubereitung von Mafaldas Bestellung, so konnte die Torte noch im Kühlschrank ruhen.

Der Teig war schnell angerührt und in die Formen gefüllt. Bald schon strömte ein köstlicher Duft nach Tortenbiskuit aus dem Ofen. Währenddessen röstete Gaetano die in Scheiben geschnittenen Mandeln und halbierte die kandierten Kirschen. Einen Teil davon würde er als Dekoration für die *Cannoli* benutzen.

Normalerweise half ihm seine Arbeit dabei, den Kopf frei zu bekommen. In letzter Zeit gelang ihm das jedoch kaum noch. Seine Gedanken wanderten ständig wieder zurück zu Elenas Antworten auf seine Nachrichten. Er hatte sie seither schon so oft gelesen, dass er sie in- und auswendig kannte. Jedes einzelne, immer distanzierter werdende Wort. Mit jeder Nachricht war Elena ihm ein Stück mehr entglitten, und er Tölpel hatte nichts, rein gar nichts unternommen, um sie festzuhalten. Aus purem, beschissenem Stolz und weil er schlicht nicht wusste, wie. Hätte er doch wenigstens einen Hauch von Romantik in sich …

Nachdenklich besprenkelte Gaetano die Biskuitschichten mit einem Zuckerwasser-Orangenlikör-Gemisch. Verflucht, er hatte ihr noch nicht einmal gesagt, dass er sie liebte. *Ecco,* da war es.

Er hatte es ihr an jenem Abend sagen wollen, wäre nicht auf einmal alles drunter und drüber gegangen. Und selbst ihm als Romantikmuffel war klar, dass man so etwas nicht in einer simplen WhatsApp-Nachricht mitteilte. Solch ein erstes Geständnis machte man jemandem, den man fühlen, den man auch wirklich berühren konnte. Aber Elena war nicht mehr da.

Pünktlich um Viertel vor sieben verließ Gaetano das *Il Frassino* mit einer in einer Schachtel verpackten Torte und den *Cannoli*.

Als er die Eingangshalle des Palazzo betrat, wunderte er sich kurz über die farbigen Papiergirlanden, die am Gittertor zum Innenhof hingen.

Wen Mafalda da wohl eingeladen hatte? Bestimmt irgendwelche alten Bekannten aus ihrer Zeit an der Oper. Es musste jedenfalls ein ziemlich wichtiger Besuch sein.

Egal, er würde ohnehin nur rasch die Bestellung abliefern und dann nach oben in seine Wohnung verschwinden.

Mit dem Ellenbogen stieß er das Gitter auf und rief: »Ich bin hoffentlich nicht zu spät. Tancredi hat gesagt, 19 Uhr sei in Ord… – *matri!*« Weiter kam er nicht, als es links und rechts von ihm plötzlich in farbigen Wolken knallte, Konfetti auf ihn niederprasselte, ein Chor aus Stimmen »Überraschung!« brüllte und er um ein Haar vor Schreck die Gebäckschachteln fallen ließ.

Gaetano hustete und keuchte. Was zur Hölle …?

Jemand nahm ihm die Schachteln aus den Armen. Er wedelte sich die Farbpulverschwaden aus dem Blickfeld, blinzelte.

Erst sobald sich die grün-gelbe Wolke etwas lichtete, erkannte er die Gestalt, die dort, eingerahmt zwischen zwei Topfpalmen und einem Hibiskus-Strauch, stand.

Bedda matri. Augenblicklich stockte Gaetano der Atem. »Elena?«

Sie war hier? Nur gerade zwei Schritte entfernt?

Sie lächelte ihn an. Das schlichte, lachsfarbene Leinenkleid passte perfekt zum Goldton ihrer Haut. Die weichen Locken umschmeichelten ihr Gesicht. Ihre Augen – inzwischen wusste er es mit absoluter Sicherheit, sie waren moosbraun.

Er stieß ungläubig den Atem aus. »Was machst du denn hier?« Schon wollte er auf sie zugehen, sie in die Arme reißen und nie mehr loslassen.

Doch Elena hob die Hand. »Warte. Lass mich erst reden. Bitte.«

Sofort blieb Gaetano stehen.

Mit einer fahrigen Geste strich sie sich das Haar aus dem Gesicht, biss sich kurz auf die Lippen, wie um sich zu sammeln. Dann erhellten sich ihre Züge erneut. »Entschuldige die bühnenreife Inszenierung. Mafalda hatte erst die Idee, ich sollte aus einer Geschenkschachtel springen. Das fand ich jedoch etwas zu viel des Guten.«

»Im Gegenteil, das wäre ein fulminanter Auftritt gewesen«, zwitscherte Mafaldas Stimme von irgendwoher hinter den Sträuchern.

Elenas Lippen zuckten kurz unter einem unterdrückten Auflachen, ehe sie sich wieder fasste. »Jedenfalls wollte ich dich überraschen. Ich hoffe, es ist mir gelungen.«

»Und wie dir das gelungen ist«, entgegnete Gaetano heiser, machte einen Schritt vor.

Sogleich schüttelte sie aber wieder den Kopf. »Nein, lass mich ausreden. Ich will nicht umsonst stundenlang vor dem Spiegel geübt haben.«

Wozu hatte sie denn geübt?, fragte sich Gaetano.

Die Frage verblasste hingegen mit einem Schlag, als er den wandelnden Blumentopf hinter Elena sah. Oder besser gesagt, Mimmo, der einen Topf mit hellrosa Fuchsien vor sich hertrug, um sich dahinter zu verstecken, während er offenbar auf die gegenüberliegende Seite des Innenhofs schleichen wollte. Auf halber Strecke, direkt hinter Elenas Rücken, hielt Mimmo kurz an, reckte lächelnd den Kopf über den Busch und hob anspornend den

Daumen hoch, bevor er hinter dem Kräuterbeet verschwand.

Was in aller Herrgotts Namen …?

Sogleich richtete Gaetano seine Aufmerksamkeit erneut auf Elena, als sie sagte: »Du erinnerst dich vielleicht noch, was ich dir erzählt habe. Davon, wie es gewesen ist, zwischen zwei Kulturen aufzuwachsen, und von meinem Ex-Mann, der das nie verstanden hat.«

Gaetano nickte.

»Ich habe meine Herkunft nach außen hin vertuscht, weil ich dachte, es wäre einfacher so. Weil ich überzeugt davon war, ich könnte damit allen Vorurteilen aus dem Weg gehen und bräuchte sie nicht mehr zu beachten.« Sie senkte den Blick. »Und auch weil ich mich hinter ihnen versteckt habe, statt sie einfach als Teil von mir zu akzeptieren.«

Sie seufzte leise. »Dabei hatte ich selbst die allergrößten Vorurteile, bevor ich hierher nach Sizilien gekommen bin. Ich wollte meinen Auftrag erfüllen, die Arbeit erledigen und dann so schnell wie möglich wieder abreisen, damit ja niemand meine italienische Herkunft entdeckt. Aber dann bin ich in deiner Backstube gelandet …«

»Mama, mein Bein ist eingeschlafen«, ertönte auf einmal ein Tuscheln, und die Zweige des Geranienbaums raschelten.

»Scht, nicht jetzt, Tancredi.«

Elena hob lächelnd die Schultern. »Und von einem Tag auf den anderen hast du meine ganzen Überzeugungen infrage gestellt.« Etwas lauter fügte sie hinzu: »Du und deine Nachbarn.«

Dann machte sie einen Schritt auf ihn zu.

Gaetano hätte nur die Hand auszustrecken brauchen, um sie zu berühren, doch er hielt sich zurück.

»Während der letzten Wochen in Deutschland ist mir nicht nur einiges klar geworden, ich habe auch eine Entscheidung getroffen. Ach ja ... Man hat mir übrigens den Posten als Chefredakteurin angeboten, aber ich habe abgelehnt«, sagte sie so leichthin, als würde sie über das Wachstumsverhalten von Stangenbohnen sprechen.

»Du hast abgelehnt?«, rief Gaetano fassungslos. »Aber das war doch dein Traum! Und was ist mit all deiner Recherchearbeit für die Sonderausgabe?«

In einer beschwichtigenden Geste berührte sie kurz seinen Arm. »Für die Sonderausgabe bin ich weiterhin verantwortlich. Und ich werde auch in Zukunft für *Globo* schreiben. Allerdings als Freelancerin. Mir ist endlich bewusst geworden, dass ich meinen Traumjob auch ohne einen großartigen Titel ausüben kann. Es ist schon alles mit Jürgen abgesprochen. So habe ich sogar viel mehr Freiheit. Ich werde zwar hin und wieder zu wichtigen Terminen nach Deutschland fliegen müssen, aber schreiben kann ich auch von hier aus.«

Den letzten Satz nahm Gaetano anfangs gar nicht wahr. Erst als Elena seine Hand nahm, begann es ihm zu dämmern. »Du willst wirklich bleiben? Hier, in Castelbuono?«, rief er ungläubig. Seine Stimme klang dabei wie ein heiseres Krächzen.

Sie hob die Schultern. »Meine Eltern spielen schon seit einiger Zeit mit dem Gedanken, wieder zurück in die Abruzzen zu ziehen. Ihretwegen brauche ich also kein schlechtes Gewissen zu haben. Sonst hält mich nichts in Deutschland.«

Er fühlte den warmen Druck ihrer Finger.

»Ich will wieder auf meine Herkunft stolz sein, Bungee-Jumping machen wie James Bond, herausfinden, was dieses *Futtitinni* genau bedeutet und ob die Sternzeichen

Jungfrau und Steinbock tatsächlich so gut zusammenpassen.«

»Oh, das tun sie, vertrau mir«, rief Paola aus den Sträuchern hervor.

»Meinst du das tatsächlich ernst?«, wagte Gaetano zu fragen.

Elenas Augen leuchteten. »Du hast mir damals beim Tanzen gesagt, dass wir es zusammen schon irgendwie hinkriegen – nun, ich nehme dich beim Wort. Wenn du willst. Wobei …« Sie legte den Kopf schief und verzog die Lippen zu einem kecken Schmunzeln. »Eigentlich bleibt dir gar keine andere Wahl.«

Bevor sie noch mehr sagen konnte, zog Gaetano sie an sich und küsste sie.

»Endlich, das wurde auch langsam Zeit.« – »Was für bewegende Worte.« – »Dann ist's ja gut, dass ich mein Arbeitszimmer aufgeräumt habe.« – »Ich habe schon von Anfang an gewusst, dass die beiden hervorragend zusammenpassen.« – »Können wir jetzt die Torte essen?« – »Ja, Tancredi, jetzt haben wir auch einen Grund zum Feiern.«

Und sie feierten die ganze Nacht lang. Dort im Innenhof des alten Palazzo an der Via Giordano 33. In dem kleinen Städtchen namens Castelbuono.

VOKABULAR

(in alphabetischer Reihenfolge)

ammaccare (lateinisch: *maccare*) quetschen, zerdrücken, dellen

amunìnni/amunì (italienisch: *andiamo*) Gehen wir.

Arancine Mehrzahl von *Arancina*. Frittierte und gefüllte Reisbällchen. Beliebter Snack der Sizilianer

Banca della Corte Bank des Hofstaats

Bar del Vicolo wörtlich: Bar an der Gasse

Basta/Basta così wörtlich: Genug so. Jetzt reicht's!

Bedda matri! (italienisch: *bella madre*) Schöne Mutter! Typisch sizilianischer Ausruf

bene gut

Bocconotti Häppchen (Mehrzahl)

boccone Happen, Kleinigkeit

buona sera guten Abend

buona notte gute Nacht

buongiorno guten Tag

cacio e ova bezeichnet eine Zubereitungsart aus Caciocavallo-Käse und Eiern

caffettiera Espressokännchen

Cannoli Mehrzahl von *cannolo* (deutsch: kleines Rohr). Frittierte und mit gesüßtem Ricotta gefüllte Teigrollen oder Ernteform des Manna

Caponata süßsaures Gemüsegericht aus u. a. Auberginen, Tomaten und Kapern

cara, caro teuer, wertvoll oder auch als persönliche Anrede: Liebe bzw. Lieber

carissimo als Anrede: Liebste bzw. Liebster

Cassata (arabisch: *qas'at* = deutsch: runde Schüssel) berühmte sizilianische Schichttorte mit Ricotta und kandierten Früchten

Cavadduzzi (italienisch: *cavallette*) Heuschrecken. Hier jedoch kleine, kunstvoll geformte Zierbrote aus Salemi

Ciao, come va? Hallo, wie geht's?

ciatu (italienisch: *fiato*) Atem. Wird auch als Kosewort verwendet

Ci mancherebbe So weit kommt's noch. *oder* Das fehlt gerade noch.

Circolo Amici della Musica Club der Musikfreunde

Ci vediamo domani. Wir sehen uns morgen.

Che diamine! Mensch! *oder* Verflixt!

chitarra Gitarre. Hier jedoch ein Gerät zur Herstellung von Pasta

colpo di fulmine wörtlich: Blitzschlag. Liebe auf den ersten Blick

cucì (italienisch: *cugino/cugina*) Cousin/Cousine

Cubbaita (arabisch: *qubbiat* = deutsch: Mandelkuchen) traditionelle Süßigkeit aus karamellisierten Mandeln, Pistazien oder Sesamkörnern

favoloso wunderbar

finalmente endlich

Focaccia belegtes Fladenbrot aus Hefeteig

frassino Manna-Esche (Baum)

frassineto Eschenhain

fratuzzo (italienisch: *fratellino*) kleiner Bruder, Kosewort

frutta e verdura Obst und Gemüse

furioso rasend, tobend, fuchsteufelswild

Futtitinni! (italienisch: *Fregatene!*) Lass gut sein. Kümmere dich nicht.

gioco del Maiorchino Spiel des Maiorchino

in rottame wörtlich: in Bruchstücken
in sorte sprichwörtlich zufällig, geschenkt
Involtini di pesce Spießchen aus Schwertfisch
spada Röllchen *(involtini)* mit Lorbeer
Mah typischer, Zweifel ausdrückender Ausruf
magnifico wunderbar
maledizione Fluch. Oder als Ausruf: Verflucht!
mannaluòru Manna-Bauer
miele ibleo Honig aus der Region Ragusa. Der antike Name Ragusas ist *Hybla Heraia* oder *Heraea* und stammt angeblich aus der Zeit der Sikuler (6. Jh. v. Chr.). Der »alte« Stadtteil wird deshalb noch immer Ragusa *Ibla* genannt, woraus sich die Bezeichnung *ibleo* für »aus Ragusa stammend« eingebürgert hat.
Muffuletta weiches, rundes Brötchen
musica leggera Schlagermusik
nivaloru Schneehändler
nonno Großvater
Non va bene così Das ist nicht gut so. *oder* Das geht so nicht.
Ombra mai fu wörtlich: Nie war ein Schatten.
Opera dei Pupi wörtlich: Puppenoper. Traditionelles Marionettentheater
pallottine kleine Kugeln
pane cunzato (italienisch: *pane condito*) wörtlich: gewürztes Brot
parroco Pfarrer
Parmigiana Auberginenauflauf
passeggiata (sizilianisch: *passiata*) Spaziergang
Pasta al forno wörtlich: Pasta im Ofen. Auflauf mit Tomatensoße, Hackfleisch, Erbsen und frittierten Auberginen
Pasta alla Norma typische Pasta der Region Palermo, mit Tomaten-Passata, frittierten Auberginen und *Ricotta salata*

Pasta cu maccu Pasta mit Bohnenbrei
pasticciere Konditor
patrunedda ri casa (italienisch: *padrona di casa*) wörtlich: Hausherrin oder in diesem Fall Hausgeist
piano langsam
piatto povero Armeleuteessen
Polizia Stradale Verkehrspolizei
Prego, dopo di Lei Bitte, nach Ihnen.
Pronto wörtlich: bereit. Bei Telefongesprächen: Hallo
Qual buon vento … wörtlich: Welch guter Wind. Im Sinne von: Was verschafft uns das Vergnügen?
ragazzi Mehrzahl von *ragazzo* (deutsch: Junge) oder umgangssprachlich: Leute
Risorgimento Wiedererstehung, Epoche der italienischen Geschichte von 1815–1870 mit dem Zug der Tausend unter Garibaldi und der Ausrufung des Königreichs Italien
rrasùla vermutlich von lateinisch: *rasculum* (deutsch: Schaber)
Sagra dei funghi Pilzfest, Kirmes. Findet jährlich Ende Oktober in Castelbuono statt
sangu mìu/sangu/sanguzzu (italienisch: *sangue mio*) wörtlich: mein Blut, Kosewort für Kinder oder unter Verliebten
Santissima Trinità Allerheiligste Dreifaltigkeit
scopa Besen oder Feger. Hier jedoch der Name eines in Italien beliebten Kartenspiels, bei dem die Karten vom Tisch »gefegt« werden müssen.
Scurdatillu! (italienisch: *Scordatelo!*) Vergiss es!
scursunera (italienisch: *scorzonera*) Schwarzwurzel
scursuni sizilianischer Name für die Karbonnatter
Se bruciasse la città Wenn die Stadt brennen würde (Lied von Massimo Ranieri)

Sì na camurrìa! Du bist eine Plage!

sindaco Bürgermeister

Spaghetti alle vongole Spaghetti mit Venusmuscheln

Spiritu ré fascitrari wörtlich: Geist der *Fascitrari. Fascitrari* nennt man die Hersteller der für die Region typischen Bienenhäuser (sizilianisch: *fasceddi*) aus Gertenstäben.

Stigghiola gefüllte und gegrillte Lammdärme. Beliebte sizilianische Spezialität

Su, su wörtlich: auf, auf

tavola calda wörtlich: warme Esstafel

tenerumi Laub des Schlangenkürbisses

Testa di Turco Türkenkopf

Torrone/torroncino Mandelnougat

Tutt' a posto? (italienisch: *Tutto a posto?*) Alles in Ordnung?

Va bene wörtlich: Es geht gut. Gut, alles klar, okay

Vieni a prendermi se puoi! Komm und fang mich, wenn du kannst!

ANMERKUNGEN DER AUTORIN

Über kaum eine Insel der Mittelmeerregion ist schon seit der Antike so viel geschrieben worden wie über Sizilien. Im Laufe der Jahrtausende ist sie nicht nur in unzähligen Heldensagen und Epen verewigt worden, sie erzählt die Geschichte alter Götter, antiker Kulturen, von Eroberern und Eroberten.

Funde und Felszeichnungen belegen die frühste Besiedlung Siziliens zwar auf vor über 8000 vor Christus, die ersten namentlich bekannten Kolonisatoren, die Sikaner, erscheinen jedoch erst gegen Ende des 2. Jahrtausends vor Christus auf der Bildfläche. Über deren Herkunft sind sich die Geschichtsforscher noch immer nicht im Klaren. Man vermutet ihren Ursprung in Nordafrika oder sogar dem Kaukasus. Zusammen mit den vom italienischen Festland her eingewanderten Sikulern und den angeblich aus Troja geflüchteten Elymern teilten sie sich die Insel in vorhellenischer Zeit.

Die geostrategisch wichtige Lage Siziliens machte die Insel während der folgenden Jahrhunderte zum begehrten Knotenpunkt und damit zum Schauplatz zahlloser Invasionen und Schlachten im Kampf um die wirtschaftliche und politische Vorherrschaft im Mittelmeerraum.

Genau jene turbulente Geschichte hat sowohl Charakter und Sprache als auch das Selbstbild der heutigen Sizilianer geprägt. So sieht sich Sizilien heutzutage in einem ambivalenten Dasein aus eisernem Widerstand gegen Fremdeinflüsse, Traditionsbewusstsein und stolzer Hartnäckigkeit auf der einen und dem Streben nach Aufschwung mit Blick auf den Kontinent auf der anderen Seite. Bezeichnend dafür ist unter anderem Siziliens politischer Sonderstatus einer autonomen Region mit einem eigenen Parlament.

Die Sizilianer sind stolz auf ihr historisches Erbe, das sie nicht nur geografisch, sondern auch kulturell vom Rest Italiens unterscheidet. So werden Traditionen mit Inbrunst gepflegt und gelebt, Neuerungen dagegen oft erst mit vorsichtigem Misstrauen beobachtet. Dass bereits der alte Homer die beiden Seeungeheuer Skylla und Charybdis ausgerechnet in der Meeresenge zwischen Sizilien und Kalabrien angesiedelt hat, könnte diesbezüglich schon die Basis für eine philosophische Diskussion bilden.

Umso bewusster sind sich die Inselbewohner allerdings zugleich der krassen Gegensätze, die überall sichtbar sind. So liegen zum Beispiel die eleganten Prunkstraßen Palermos nie weit von den zerfallenden Fassaden der Innenhöfe oder den engen Gassen der ärmeren Wohnviertel entfernt. Griechische Tempel, römische Mosaike und arabisch-normannische Paläste trotzen der Zeit und dem Verkehrschaos. Kaum irgendwo sonst lebt so viel Altes neben Neuem weiter, statt von ihm ersetzt zu werden. Man verirrt sich im unübersichtlichen, lauten Getümmel der Städte, um sich kurz darauf in der Ruhe der idyllischen Landschaften des Inlands oder entlang der Küste wiederzufinden.

Sizilien ist ein Flickwerk der Kulturen und Extreme, die trotz allem unzertrennlich miteinander verwachsen sind und jenes faszinierende Gesamtbild ergeben, das die Insel und ihre Bewohner so einzigartig macht.

In dieser Geschichte habe ich versucht, so viele dieser typischen Eigenschaften wie möglich darzustellen. Die Liste ist jedoch vielfältig und längst nicht abschließend.

Wenn wir schon von der kulturellen Vielfalt sprechen: Diese findet sich überall wieder, sowohl in der lokalen Küche als auch in der Sprache und nicht zuletzt im Erscheinungsbild der Sizilianer. So haben längst nicht alle Inselbewohner das typisch mediterrane Aussehen mit dunklem Haar und olivenfarbener Haut. Das genetische Erbe der einstigen Eroberer aus dem Norden – erst der Vandalen, Goten und schließlich der Normannen – hat sich bis heute erhalten. Das bezeugen die auffällig vielen groß gewachsenen Einheimischen mit blondem oder sogar rotem Haar.

Futtitinni

Was mich seit jeher beeindruckt hat, ist die Philosophie, mit der die Sizilianer ihren oft nicht einfachen Alltag leben. Jenes *»Futtitinni«* – die stoische Denk- und Lebensweise, die uns Mittel- und Nordeuropäern meistens ziemlich befremdlich, wenn nicht sogar absurd erscheint.

Mein sizilianischer Schwiegervater hat sie mir einmal so erklärt: »Wozu sich vor Ärger das Blut sauer werden lassen, wenn man ohnehin nichts an der Sache ändern kann? Also *futtitinni,* und denk nicht mehr darüber nach. *Di unni mi chiovi mi sciddica.*« Letzteres heißt wörtlich übersetzt: »Von wo es auf mich niederregnet, rinnt es an mir hinunter« und soll so viel bedeuten wie: Lass es an dir abprallen.

Betrachtet man nun die Geschichte der Insel und all die Widrigkeiten, mit denen die lokale Bevölkerung zu kämpfen hatte, macht das Motto durchaus Sinn. Kein Wunder, dass die Sizilianer zu wahren Überlebenskünstlern geworden sind. Und sie halten außerdem für nahezu jede Lebenssituation ganz pronto das passende Sprichwort bereit. Diese alten, seit Generationen überlieferten Weisheiten sind nicht nur meistens sehr bildlich, sie verdeutlichen den sizilianischen Charakter noch dazu ganz wunderbar. Ein paar meiner Lieblingsbeispiele will ich Ihnen darum nicht vorenthalten. Eines davon habe ich auch in der Geschichte benutzt, vielleicht erinnern Sie sich.

Cchiu scuru i menzanotti un po' fari. Dunkler als um Mitternacht kann's nicht werden.

Disse lu surci a la nuci: »Dammi tempu ca ti perciu.« Sagte die Maus zu der Nuss: »Wart's ab, bis ich dich knacke.«

Acqua, cunsigghiu e sali a cu n'addumanna 'n ci nni dari. Gib Wasser, Rat und Salz niemandem, der nicht danach fragt.

Ci voli 'u ventu in chiesa, ma non 'a astutari i cannili! Es braucht Wind in der Kirche, aber nicht, um die Kerzen zu löschen.

Wenn wir schon über Dialekt und Sprache reden … Möglicherweise haben einige von Ihnen auch bemerkt, dass im Roman zwei Schreibweisen des Namens Ruggiero oder eben Ruggero – ohne »i« – vorkommen. Onomastiker gehen davon aus, dass es sich bei der Version mit »i« um die ursprüngliche, direkte Ableitung aus dem altfranzösischen Namen *Rogier* handelt, der um das Jahr 1000 nach Christus mit den normannischen Eroberern nach Süditalien gelangt ist. Im Laufe der Zeit wurde die stumme Silbe offenbar einfach weggelassen. Heutzutage sind jedoch beide Schreibweisen üblich und unterscheiden sich nur durch regionale Präferenzen.

DANKE! – GRAZIE!

Wie immer bleibt mir zum Schluss nur noch, mich bei all jenen zu bedanken, die zur Entstehung dieser Geschichte beigetragen haben.

»Schuld« an allem trägt mein langjähriger Bekannter Dottore Giovanni Mogavero, der mich vor Jahren nach Castelbuono »verschleppt« hat, um mir dort ein Agriturismo zu zeigen. Dabei sind wir auf der Piazza Margherita gelandet, an der damals schon eine Pasticceria lag. Dort habe ich zum allerersten Mal Manna-Eis und Panettone aus Manna gekostet.

Die Pasticceria steht noch immer dort, direkt an der Kreuzung zwischen der Piazza Margherita und der Via Umberto. Inzwischen ist sie zu internationalem Ruf gelangt. Ihre Mannetini werden in eigens von Dolce&Gabbana kreierter Verpackung sogar nach Übersee geliefert, sind aber noch immer genauso köstlich. Außerdem hat mir das Lokal als perfekte Vorlage für das *Il Frassino* gedient.

Gentile dottor Mogavero, La ringrazio infinitamente. È stato Lei a farmi innamorare di Castelbuono.

Ebenso danke ich Gioacchina (genannt Rosa) Spallino von der Organisation Pro Loco in Castelbuono, die mir trotz 35 Grad Hitze all die hübschen Ecken und Gässchen ihres Städtchens gezeigt und unendlich viele Geschichten dazu erzählt hat.

Nicht zu vergessen, die Familie Battaglia, deren Eschenhain ich während der Manna-Ernte besuchen durfte.

Vi ringrazio di cuore.

Natürlich wäre dieses Buch nie ohne die Unterstützung des Verlags zustande gekommen. Vielen Dank an Sarah Sigle von Droemer Knaur für ihre Unterstützung, ihre hilfreichen Anmerkungen und dass sie die Idee ebenso spannend fand wie ich.

Ein großer Dank geht außerdem an meine Lektorin Birgit Förster für die wie immer großartige Zusammenarbeit. Ohne ihr Adlerauge würde es in diesem Buch nur so von Logikfehlern und Helvetismen wimmeln.

Und endlich ist es auch an der Zeit, dass ich meinem sizilianischen Mann, dessen Familie und allen Freunden und Bekannten auf Sizilien danke. Dafür, dass sie mich seit Jahren an ihrer Kultur und Tradition teilhaben lassen, mir beigebracht haben, wie man eine *Caponata* zubereitet oder richtig herzhaft auf Dialekt flucht. Dafür, dass sie mich mit ihrer Sizilianität oft zur Weißglut treiben, mir aber trotzdem ein seliges Lächeln aufs Gesicht zaubern, während ich mich bei jedem Besuch von Neuem in die Insel verliebe.

Questo libro l'ho scritto per voi.

Ein warmer Windhauch
spielte in den Blättern der Olivenbäume …

PIA CASELL

Oliven zum Frühstück

ROMAN

Idyllische Sandbuchten, verschlafene Bergdörfer, unberührte Landschaften: Kreta könnte ein Paradies sein – aber die ehrgeizige Archäologin Lisa hat keinen Blick dafür. Stattdessen muss sie auf ihrer Ausgrabung allerhand Probleme lösen: Es fehlt an Ausrüstung und Geld, die Behörden machen Schwierigkeiten, und ein äußerst störrischer Olivenbauer lässt Lisa einfach nicht auf sein Land. Als dann auch noch der Sponsor der Ausgrabung abspringt, ist Lisa buchstäblich auf Kreta gestrandet. Notgedrungen fügt sie sich in das gemächliche Leben im Dorf. Und erliegt jeden Tag ein wenig mehr dem urtümlichen Charme der Insel – und dem des Olivenbauern Charis.

Heiter bis sonnig: Die perfekte Urlaubslektüre für alle, die das mediterrane Flair lieben.

KNAUR